MIDDERNACHT

Ook verschenen van Amy McCulloch bij The House of Books:

Ademloos

Amy McCulloch

Middernacht

Vertaald uit het Engels door Erica Feberwee

the house of books

Oorspronkelijke titel: *Midnight*
Oorspronkelijk uitgegeven door: Michael Joseph, een deel van Penguin Random House, Londen 2023

Omslagontwerp Nederlandse uitgave: Loudmouth, Utrecht

Typografie: Crius Group, Hulshout

ISBN 978 90 443 6257 2
ISBN 978 90 443 6258 9 (e-book)
NUR 332

www.thehouseofbooks.com
www.overamstel.com

OVERAMSTEL
uitgevers

The House of Books is een imprint van Overamstel uitgevers bv

Voor Chris – jij en ik samen, in het grootste avontuur van het leven.

Proloog

Ik zie hem de loopplank af rennen, met zijn vuisten gebald, zijn armen strak langs zijn lichaam. Zo onopvallend mogelijk haast hij zich langs de rij passagiers die door de dienstdoende officier aan boord worden verwelkomd en ingecheckt voor de reis van hun leven.

Door mijn verrekijker lijkt hij zo klein. Een nietig figuurtje. Ik was benieuwd of zij met hem mee zou gaan. Maar blijkbaar niet. Maakt niet uit. Dat heb ik ingecalculeerd. En het is bovendien gemakkelijker zo.

Ik hou hen al heel lang in de gaten, in afwachting van het juiste moment. Alles wat ik heb gezien, bevestigt wat ik al wist: ze verdienen niet beter dan wat ik voor hen in petto heb.

Ik kijk op mijn telefoon en herlees de appjes van een paar minuten geleden.

IK MOET JE SPREKEN.

DAT ZAL NIET GAAN, kreeg ik als antwoord.

ZORG DAT JE OVER EEN KWARTIER IN HET HOTEL BENT. ANDERS ZET IK DE BEELDEN OP HET NET.

Hij was te slim om me te negeren. Al was het maar vanwege het screenshot dat ik erbij had gedaan. Hij moet zich rot zijn geschrokken!

Ik leg de verrekijker neer. Nu ik weet dat hij onderweg is, heb ik nog een paar minuten om de volgende fase voor te bereiden. Ik haal de injectiespuit tevoorschijn, controleer of hij gevuld is en klaar voor gebruik. Mijn koffers staan ingepakt bij de deur.

De receptioniste van het hotel zal hem een boodschap geven waarin staat waar hij naartoe moet. Naar de kamer naast de mijne. Ik controleer tot tweemaal toe of de deur op een kier staat. Ik heb al een laptop in de kamer neergezet, met het scherm naar de deur.

Ik wacht tot ik hem hoor binnenkomen. Dan bel ik.

Hij neemt onmiddellijk op. Woedend. 'Ik heb gedaan wat je zei!' snauwt hij. 'Je hebt gekregen wat je wilde. Dan was het klaar, zei je.'

'Het is te weinig. Als je niet doet wat ik zeg, zet ik de beelden op de laptop op internet.'

'Wat jij wilt kan niet. Dat heb ik je gezegd. Het schip vertrekt al over een uur. Ik heb je het geld gegeven. Je kunt niet om meer blijven vragen. Laat ons met rust!'

'Ik dacht het niet. Misschien zou je de laptop moeten opstarten. Dan begrijp je wat de beelden kunnen aanrichten.'

Ik wacht tot hij achter het bureau is gaan zitten. Dat van die beelden is bluf. Als ik bewijs had, hoefde ik dit niet te doen. Nu hij met zijn rug naar de deur zit, kan ik ongezien de kamer binnenkomen.

'Wát nou, verdomme?' hoor ik hem mompelen wanneer hij op de file klikt en er niks gebeurt.

Het geluid van mijn voetstappen wordt onvoldoende gedempt door het dikke tapijt. Hij hoort iets en schiet overeind.

Maar het is al te laat. In een oogwenk ben ik bij hem en zit de naald in zijn hals. Hij krijgt nauwelijks de tijd om zich te verzetten. Het overrompelt hem. En het middel dat ik heb gekozen, werkt razendsnel.

Terwijl hij in elkaar zakt, voel ik in zijn zakken. Misschien zit er iets in wat ik kan gebruiken. Dan sleep ik zijn lichaam naar de andere kamer. De kamer die ik voor een week heb geboekt. Ik hang het bordje NIET STOREN *aan de knop, trek de deur achter me dicht en loop met mijn koffer de gang uit. Het zal wel even duren voordat ze hem vinden.*

Tegen die tijd ben ik allang vertrokken.

Over een uur gaat de boot.

1

Vierentwintig uur eerder

Reusachtige bergen, bekroond door eeuwige sneeuw, rezen hoog op achter het stadje; hun gekartelde toppen leken de stralend blauwe hemel te doorboren. Het Martial-gebergte vormde als het ware een beschermende muur rond de zuidelijkste stad ter wereld: Ushuaia, ook wel de poort naar Antarctica genoemd.

Een ijzige wind striemde Olivia terwijl ze uitkeek over de loodgrijze zee. In de haven lagen wat jachten afgemeerd, vogels waadden door de branding, kibbelend om een zilverachtig glinsterende vis. De golven likten kalmpjes aan de kademuur. Het was nauwelijks voor te stellen dat dit deel van de wereld bekendstond om zijn woeste stormen en onstuimige noodweer.

Sommige mensen vonden troost bij het water. Maar dat gold niet voor haar. Alleen al de aanblik ervan zorgde voor een wilde angst die haar keel dichtsnoerde, waardoor ze het gevoel had dat ze stikte.

Met haar vingers om de stalen balustrade geklemd, haar blik op het schip gericht, ademde ze diep in. De MS Vigil lag nu nog in de haven aangemeerd, maar zou haar morgen via de Drake Passage, een van de gevaarlijkste zeestraten ter wereld, naar het meest zuidelijke continent op de aardbol brengen. De oorspronkelijk Noorse ijsbreker was gebouwd om moeiteloos de koudste wateren en de zwaarste stormen te trotseren. Olivia had de beschikbare informatie over het schip nauwlettend bestudeerd, net zoals ze kennis had genomen van de onberispelijke staat van dienst van de kapitein. Dus er was geen enkele reden om ongerust te zijn.

Toch slaagde ze er niet in haar angst van zich af te zetten.

Een beweging trok haar aandacht. Twee mannen kwamen de loopplank af. Toen ze zeker wist dat een van de twee Aaron was, haar vriend, stak ze haar hand op, dankbaar voor de afleiding. Haar vingers tintelden toen ze het koude staal losliet.

Ze wist niet zeker of hij haar had gezien. Hij reageerde tenminste niet. Aan de voet van de loopplank bleven de twee mannen staan, dicht naar elkaar toe gebogen. Vervolgens gingen ze na een handdruk ieder hun eigen weg. Olivia keek de andere man na terwijl hij de kade af liep. Ze herkende hem niet van de kennismakingsbijeenkomst, maar dat verbaasde haar niet. Ze was die ochtend aan zoveel mensen voorgesteld; bovendien ging zijn gezicht schuil onder de met bont gevoerde capuchon van zijn parka.

Ze fronste haar wenkbrauwen, maar toen zag ze Aaron haar kant uit komen. De wind had een blos op zijn wangen getoverd en zijn doorgaans onberispelijke kapsel in een wirwar van bruine krullen veranderd. Hij schonk haar een brede glimlach.

'Voel je je al wat beter, Livi?' vroeg hij toen hij de beveiligingshekken was gepasseerd die de kade scheidden van het parkeerterrein. Voordat ze zijn vraag kon beantwoorden drukte hij zijn lippen op de hare.

Nee, zou ze willen zeggen. *Ik voel me helemaal niet beter. Ik ben er nog niet klaar voor. Ik zou veel liever thuisblijven en aan de wal op je wachten.* Maar ze verdrong haar angst, zich bewust van het belang van het moment, zowel voor de relatie als voor het bedrijf. Want ook al had ze er op de avond van zijn grote veiling een puinhoop van gemaakt, Aaron had nog steeds alle vertrouwen in haar.

Maar hoe flink ze zich ook hield, hij liet zich niet voor de gek houden. 'Zodra we op weg zijn vind je het fantastisch. Dat weet ik zeker. Het schip is echt ongelooflijk. Een drijvend boetiekhotel. Je merkt amper dat je op het water zit.'

'Alles klaar en op orde?' Ze schoof haar arm door de zijne terwijl ze terugliepen naar het hotel.

'Zo goed als. Er is nog één vervelend akkefietje dat ik moet afhandelen.'

Aaron had aan boord toezicht gehouden op de voorbereidingen van een bijzondere presentatie van werken van de belangrijkste kunstenaar die hij vertegenwoordigde: Kostas Yennin. Hij had zich de afgelopen jaren onvermoeibaar ingezet om Yennins naamsbekendheid te vergroten, maar was er tot voor kort niet in geslaagd om hem in de kunstwereld te laten doorbreken. Pas toen het noodlot had toegeslagen met het vroegtijdig overlijden van de kunstenaar, was diens ster als een komeet gestegen. Inmiddels ging zijn werk op veilingen voor miljoenen van de hand. Musea en galeries stonden te dringen, en op de sociale media was het aantal van zijn volgers exponentieel gegroeid. Maar Aaron bleef voorzichtig. Hij had te vaak gezien hoe een talentvolle kunstenaar van het ene op het andere moment succes kreeg, maar er vervolgens niet in slaagde om zich tot een gevestigde naam te ontwikkelen, om toe te treden tot het hoogste echelon van kunstenaars wier schilderijen consequent in waarde bleven stijgen.

Het was zijn droom om het werk van Yennin eeuwigheidswaarde te verlenen, en om dat te bereiken zou de presentatie van diens schilderijen zich moeten onderscheiden van wat er in de kunstwereld gebruikelijk was. Omdat Yennin zich voor zijn schilderijen liet inspireren door de schoonheid van de poolgebieden, was Aaron erin geslaagd het werk van de kunstenaar te combineren met een avontuurlijke expeditie. De schilderijen zouden exclusief worden gepresenteerd tijdens een Zuidpool-cruise met de MS Vigil, waarbij de passagiers de unieke kans werd geboden kunst te kopen op zee.

Als de cruise een succes bleek, kon het concept worden uitgerold over de hele vloot van Pioneer Adventures, waardoor Yennins naam wereldwijd een begrip zou worden. Zijn werk zou oneindig in waarde stijgen, en Aaron zou voorgoed zijn reputatie hebben gevestigd als een van de meest vooraanstaande kunsthandelaren ter wereld.

In het verlengde daarvan zou hij, als oprichter van de Hunt Advisory, op zoek gaan naar de volgende Kostas Yennin. Tot Olivia's verrassing had hij haar gevraagd zijn compagnon te worden. 'Jij bent briljant met cijfers, ik weet alles van kunst, dus samen zijn we onverslaanbaar,' had hij gezegd.

Ze had niet geweten hoe ze moest reageren, in de veronderstelling dat ze op de avond van de grote veiling alles had bedorven, dat haar tekortschieten doordat ze er psychisch volledig doorheen had gezeten de doodsteek had betekend voor zowel haar carrière als haar relatie. Maar Aaron had haar een reddingsboei toegeworpen, en die had ze met beide handen gegrepen. Dit was haar kans om de schade die ze had aangericht ongedaan te maken.

'O?' zei ze nu. 'Wat is het probleem?'

'De veilingmeester van Art Aboard. Stefan Grenville. Die man is een nagel aan mijn doodkist. Het was me heel wat waard geweest als we zelf iemand hadden kunnen aanwijzen.'

Het was een frustrerend, maar noodzakelijk compromis geweest. Art Aboard had ervaring met het organiseren van veilingen op cruiseschepen. Vandaar dat Aaron met ze in zee was gegaan.

'De volgende keer kun je zelf iemand aanwijzen. Ik had met je mee moeten gaan. Om je te steunen.'

Aaron drukte haar arm. 'Het was belangrijk dat jij je rust nam. Bovendien, als alles volgens plan verloopt, krijg je het straks nog druk genoeg. Aan boord, maar ook als we weer thuis zijn. Dan wil ik dat je topfit bent.'

Ze knikte en legde haar hoofd op zijn schouder, zodat hij de twijfel in haar ogen niet zou zien. *Topfit*. Wanneer had ze voor het laatst het gevoel gehad dat ze alles onder controle had? Ze kon het zich nauwelijks herinneren. En ze wist ook niet of ze nog terug kon – terug wilde – naar de Olivia van vroeger. Voordat ze Aaron leerde kennen, had ze maar één doel gehad in het leven: zich zo snel mogelijk kwalificeren als actuaris, waardoor ze partner zou worden in de vennootschap en eindelijk genoeg ging verdienen om ook haar moeder te kunnen onderhouden. De kosten voor het verpleeghuis kwamen boven op de kosten voor haar eigen levensonderhoud, met als gevolg dat ze tegen het eind van de maand elke penny moest omdraaien. Ze kwam altijd tekort, zelfs al steeg haar salaris na elk examen dat ze met succes aflegde.

En dus ging 's ochtends om vijf uur de wekker, maakte ze werkweken van zestig uur en zat ze tot laat in de avond te studeren. Zo had haar leven er tot voor kort uitgezien. En ze had zich niet kunnen voorstellen dat ze het rustiger aan zou doen, dat ze zich minder krampachtig zou focussen op telkens een stapje hoger op de ladder. Ook nadat ze Aaron had leren kennen, was de gedachte niet bij haar opgekomen om gas terug te nemen. Integendeel, ze was er alleen maar ambitieuzer door geworden. Aaron leidde zo'n mondain bestaan. Hij leefde in een wereld vol glitter en glamour, en ze had ervan genoten om daar deel van uit te maken. Maar ze wilde niet van hem afhankelijk zijn. Ze wilde op eigen kracht haar plek in die wereld verdienen.

Voor een buitenstaander hadden ze het perfect voor elkaar en leidden ze een leven waarvan anderen slechts konden dromen.

In werkelijkheid was het onmogelijk vol te houden geweest.

Die bewuste avond was het Olivia allemaal te veel geworden. Ze was volledig ingestort. Met rampzalige gevolgen.

En ze had gedacht dat ze Aarons vertrouwen voorgoed had verspeeld.

Ze had de bodem van de put bereikt. Dieper kon ze niet zinken. Ze had de huisarts gebeld, die een burn-out had vastgesteld, in combinatie met angst- en paniekaanvallen.

Enerzijds had de bevestiging van haar klachten een opluchting betekend, anderzijds had ze zich ook volkomen hulpeloos gevoeld. Ze wist dat ze niet op de oude voet kon doorgaan, maar het leven zoals ze dat had geleid, was het enige leven dat ze kende. Ze had zich ziek gemeld, ze was in therapie gegaan, ze had geprobeerd het rustiger aan te doen en de batterij weer op te laden, maar diep in haar hart had ze geweten dat het niet genoeg was.

Ondertussen nam Aarons carrière een hoge vlucht. Met zijn plannen voor de oprichting van de Hunt Advisory had hij haar een reddingsboei toegeworpen – een kans om haar talenten te benutten, om eindelijk goed te gaan verdienen en misschien zelfs tijd over te houden om van het leven te genieten.

Maar dat alles was afhankelijk van het succes van de presentatie in Antarctica. En dat betekende dat ze een oude angst onder ogen zou moeten zien.

Een angst waarvan ze had gedacht dat ze die voorgoed diep had weggestopt.

Waarom moet het uitgerekend op een boot, had ze zich wanhopig afgevraagd.

Haar therapeut had haar geholpen zowel haar gevoelens als de situatie te reframen.

Het schip is niet jouw verantwoordelijkheid, had hij gezegd op haar uitleg waarom ze zo tegen de reis opzag.

En daar had hij gelijk in. Er was een bemanning, met aan het hoofd daarvan een ervaren kapitein, en het schip was uitgerust met de beste navigatie-instrumenten die er voor geld te koop waren.

Je hoeft niet op te letten of het allemaal wel goed gaat.

Precies! Ze was gewoon een van de passagiers; ze zou kunnen ontspannen, ze zou misschien zelfs kunnen genieten van de reis. Het zou niet zo zijn als die laatste keer.

Het schip is niet jouw verantwoordelijkheid.

En dan de bestemming: Antarctica. Terwijl ze het hardop zei, verwachtte ze dat zich een gapende afgrond van verdriet zou openen. In haar jeugd was Antarctica een plek met een bijna mythische status geworden: het enige continent dat haar vader nog niet had bezocht. Maar in plaats van in een afgrond van verdriet te storten, merkte ze dat ze glimlachte. Lang vergeten herinneringen kwamen naar boven. Herinneringen aan haar vader die de kaarten met de routes naar de Zuidpool op de keukentafel had uitgespreid. Haar vader die in de donkere kamer aan het voeteneind van haar bed had gezeten en had verteld over zijn verlangen om langs hoog oprijzende ijsbergen naar de laatste ongerepte wildernis te varen, naar de habitat van bultrugwalvissen, zeeluipaarden en pinguïns; zijn verlangen om de poolcirkel te kruisen en de middernachtzon te zien. De planken in zijn boekenkast bogen door onder dikke autobiografieën van mannen als Scott en Shackleton. Als hij in hun tijd had geleefd, zou hij ook een van die onverschrokken ontdekkingsreizigers zijn geweest. Als kind had Olivia zijn opwinding gevoeld, ze had een pinguïn als knuffelbeest gehad en ervan gedroomd om ooit een bezoek te brengen aan 'het IJs'.

Toen haar vader stierf, was ze zestien. Haar moeder had zijn bibliotheek onmiddellijk bij het vuilnis gezet en alles wat van doen had met zeilen, boten en ontdekkingsreizen uit hun leven verbannen.

Olivia had nooit protest aangetekend. Daar had ze het recht niet toe. Tenslotte was de dood van haar vader haar schuld.

Ze schudde driftig haar hoofd.

In dit geval ben je nergens voor verantwoordelijk. Ze haalde diep adem. Het was tijd om door te gaan met haar leven, om het verleden achter zich te laten.

En dus was ze hiernaartoe gereisd, naar deze volmaakte plek, om een nieuwe start te maken. Samen met Aaron. Ushuaia was een en al ongereptheid. Het stadje lag op bijna het zuidelijkste puntje van Tierra del Fuego, een ruige, door de wind gegeselde archipel van duizenden schaars bevolkte eilanden. De letterlijke vertaling, 'Land van Vuur', was niet gespeend van ironie, in aanmerking genomen dat het er ijzig koud was. Steile straten leidden naar de schilderachtige vissershaven; de daken van de huizen waren in stralende kleuren geschilderd. Een strook bos in diepe aquarelachtige tinten groen voerde naar de besneeuwde bergen die het stadje omarmden en zorgden voor een bijna intieme sfeer, ook al hield de bewoonde wereld hier op.

'We hebben nog een paar uur tot het diner.' Aaron pakte haar hand en drukte die stevig. 'Zullen we naar het hotel gaan?'

'Nog even een foto maken.' Olivia bleef staan bij een houten bord vlak bij het water.

Ze keek om zich heen, op zoek naar iemand die een foto van hen kon maken. Maar het plein lag er verlaten bij. Merkwaardig. Eerder die middag had het er gewemeld van de toeristen, allemaal druk in de weer met hun fototoestel.

In het park ontdekte ze een eenzame figuur: een man die met zijn rug tegen een van de spichtige bomen geleund stond. Hij had zijn zwarte jack tot aan zijn kin dichtgeknoopt en zijn muts diep over zijn voorhoofd getrokken. Toen zijn blik de hare kruiste, bonsde haar hart in haar keel door de manier waarop hij naar hen keek.

Ze klampte zich aan Aaron vast, maar die pakte op hetzelfde moment de telefoon uit haar hand. 'We maken wel een selfie.' Hij strekte zijn arm en hield het toestel zo dat ze allebei in beeld waren. Olivia boog zich lachend naar hem toe en verdrong de gedachte aan de merkwaardige verschijning.

Aaron las wat er op het bord stond: USHUAIA: EL FIN DEL MUNDO.

Olivia riep zichzelf tot de orde. *Het einde van de wereld.*

En hopelijk het begin van een nieuw hoofdstuk in haar leven.

2

Terwijl ze de selfie bestudeerde, probeerde ze het gevoel van zich af te zetten dat er naar hen werd gekeken. Ze zagen er goed uit samen. Dankzij de kou had ze voor het eerst sinds maanden weer een blos op haar wangen. Ze was er al bijna aan gewend geraakt om er altijd grauw en moe uit te zien. Maar deze foto was Instagram-waardig. Als Trishia hem zag zou ze misschien stoppen met het sturen van linkjes naar artikelen over de gevolgen en het herstel van een burn-out. Dat was eigenlijk de enige communicatie die ze nog hadden. Olivia wist dat haar beste vriendin zich zorgen maakte, maar dat was niet nodig. Ze had alles onder controle.

Instagram was als het ware de kroniek van haar herstel. Als ze maar genoeg foto's postte, werd de fantasie misschien werkelijkheid. Zo niet, dan bleken haar inspanningen ijdele hoop te zijn geweest.

Er kwam een melding binnen op het schermpje van haar telefoon. 'Van Sara! Onze thermokleren liggen klaar. We kunnen ze bij haar op kantoor komen halen.'

'Kan ze dat spul niet laten bezorgen? Ik loop de hele dag al van hot naar her, dus ik ben kapot. En vanavond hebben we dat diner en dan –'

Olivia ging op haar tenen staan om hem op zijn wang te kussen. 'Ik ga de spullen wel halen. Dan kun jij even rust nemen.'

'Zeker weten?'

'Heel zeker. Het is het minste wat ik kan doen. Jij hebt alles geregeld, en ik heb de hele ochtend geluierd.'

Hij bracht haar hand naar zijn lippen en kuste haar vingers. 'Je bent veel te goed voor me. Tot straks.'

'Ik ben zo terug.'

Met zijn handen in zijn zakken slenterde hij weg, in de richting van hun hotel. Olivia zag de spanning in zijn schouders. Ze wist hoe belangrijk deze cruise voor hem was. Want hoe succesvol hij ook mocht zijn, de markt was grillig. Het geluk kon hem van het ene op het andere moment weer in de steek laten.

Daarom hing er veel af van deze eerste veiling op zee. En Olivia zou doen wat ze kon om te zorgen dat alles op rolletjes liep en om althans iets van de druk van zijn schouders te nemen. Zoals hij dat ook voor haar had gedaan.

Ze keek weer op haar telefoon en voerde het adres in van het kantoor van Pioneer. Sara, die het bedrijf in Ushuaia vertegenwoordigde, had alles geregeld voor hun reis. Olivia bestudeerde de kaart; de route leidde via de drukke hoofdstraat, met aan weerskanten restaurants, sport- en kledingzaken en toeristenwinkels, naar een van de zijstraten.

Bij een laag prefab kantoorgebouw bleef ze staan. Ze klopte op de deur, en er werd opengedaan door een kleine vrouw met donker haar, die haar met een warme glimlach begroette. Aan de muren hingen inspirerende foto's en posters van ijsbergen en pinguïns, en ansichtkaarten verstuurd vanaf Antarctica – bedankjes van tevreden klanten.

'*Bienvenidos*, Olivia! Hoe gaat het op het schip? Is Aaron tevreden?'

'Ik geloof van wel.' Olivia haalde haar schouders op en probeerde niet te laten merken dat ze zich slecht op haar gemak voelde. Ze had een duidelijk antwoord moeten hebben. Maar dat had ze niet. Ze wist niet of Aaron tevreden was.

Sara fronste haar wenkbrauwen. 'Kan ik nog iets voor jullie doen?'

'Zo ja, dan weten we je te vinden.' Olivia glimlachte geruststellend. Althans, dat probeerde ze.

'Mooi zo. Daar reken ik op. Kijk eens, jullie thermokleding.' Ze wees naar een stapeltje met voor ieder twee gewatteerde waterdichte broeken en reusachtige met bont gevoerde wanten.

'Wauw!' Olivia hield de wanten omhoog. Ze waren groter dan haar hoofd. 'Wat een joekels!'

'Speciaal voor het poolgebied. Die houden je warm in de zwaarste, ijzigste stormen.'

'Niet dat we daarop zitten te wachten,' zei Olivia lachend.

Sara glimlachte. 'Je kunt ze maar beter bij je hebben. Het wordt een fantastische reis. De route is echt schitterend. Ben je al aan boord geweest?'

Olivia schudde haar hoofd. 'Nee, ik had last van mijn jetlag. Maar Aaron wel.'

'Je weet niet wat je ziet! Je zou het vanbuiten niet zeggen, maar het schip is volledig gerenoveerd en van alle gemakken voorzien. Van alle luxe die je maar kunt bedenken. De Vigil is een van de beste schepen voor een expeditie naar de Zuidpool.'

'Ik ben zo benieuwd!'

'Ik zie dat jullie ook genoteerd staan voor kajakken en kamperen. Dat zijn unieke ervaringen. Bovendien is dit de perfecte tijd van het jaar. Na het kruisen van de poolcirkel maak je kennis met een heel bijzonder fenomeen: de middernachtzon. Een heel etmaal waarin de zon niet ondergaat.'

'O ja! Op die avond heeft Aaron de veiling gepland.'

'Perfect gekozen. En wanneer je aan land gaat om te kamperen op het ijs, krijg je de kans om een "witte nacht" te ervaren. Een nacht waarin het geen moment helemaal donker wordt.'

'Het klinkt geweldig,' zei Olivia. Een van de burn-outsymptomen waar ze nog steeds van last had, was een ernstige vorm van slapeloosheid. Het kostte haar al de grootste moeite om thuis, in haar eigen bed, in slaap te komen. Maar als ze op het ijs wakker lag, zou ze althans beloond worden met een unieke ervaring.

Ondertussen rinkelde Sara's telefoon voortdurend. 'Neem gerust op, hoor. Ik hou je niet langer van je werk.'

Sara hief verontschuldigend haar handen. 'In de week voor vertrek is het altijd hectisch. Mr. Hughes wil het schip tot de laatste plaats bezet hebben, dus ik moet nog hutten regelen voor een aantal last-minute boekingen.'

Olivia knikte begrijpend. Ze kon zich voorstellen dat Cutler Hughes, CEO van Pioneer Adventures, een veeleisende baas was. Daar stond hij om bekend. 'Het verbaast me dat mensen op zo'n korte termijn kunnen vertrekken.'

'Er is een ellenlange wachtlijst voor dit soort cruises. En blijkbaar zijn er geïnteresseerden genoeg die op afroep op het vliegtuig kunnen stappen. Met ingang van deze reis hebben we trouwens ook een nieuwe bemanning. Antarctica is enorm in trek.' Sara ging weer achter haar bureau zitten, meteen verdiept in haar computer. 'Mochten jullie nog iets nodig hebben, laat het me dan weten. Ik werk de hele nacht door. Tot morgenmiddag, het tijdstip van vertrek.'

'Dank je wel. Ik zal het tegen Aaron zeggen.'

'En mocht ik je niet meer zien, dan wens ik je een fantastische reis.'

Het was lastig sjouwen met de thermokleding. Gelukkig hoefde ze maar een klein eindje te lopen. Hun hotel in Ushuaia was niet zo luxueus als in Buenos Aires, Parijs en Genève, maar het weidse uitzicht op de ruige kust maakte alles goed. Door de reusachtige ramen van de lobby kon ze de MS Vigil zien liggen; de loopplank lag uit, in afwachting van hun komst. Ondanks alles werd ze opnieuw besprongen door angst bij het vooruitzicht om over die houten treden aan boord te gaan. En om vervolgens twee weken lang op het water gevangen te zitten.

Het schip is niet jouw verantwoordelijkheid. Aan die woorden klampte ze zich vast als aan een reddingsboei.

Aaron sliep toen ze de kamer binnenkwam, en dat verbaasde haar niet. Hij moest uitgeput zijn van de intensieve voorbereidingen van de presentatie en de veiling, in combinatie met een jetlag. Het weekend was slopend geweest. Terwijl ze naar hem keek, naar zijn krullen die uitwaaierden op zijn kussen, stroomde haar hart over van liefde. Ze had verwacht dat hij er een punt achter zou zetten na de avond van de grote Yennin-veiling. En dat zou haar verdiende loon zijn geweest. Maar het tegenovergestelde was gebeurd.

Ze hadden instructies gekregen om hun bagage in de lobby te zetten, zodat die de volgende ochtend aan boord kon worden gebracht.

Dus ze rolde de koffers alvast de kamer uit, om Aaron niet wakker te maken terwijl ze de geleende thermopakken erin stopte.

Beneden in de lobby propte ze de broeken en wanten in haar toch al uitpuilende koffer, en vervolgens deed ze hetzelfde met de uitrusting van Aaron. Ze dacht er nog net op tijd aan zijn smokingjasje uit de koffer te halen. Hij zou woedend zijn als hij dat die avond niet aan kon, tijdens het diner met belangrijke klanten.

Terwijl ze het over haar arm hing, viel er iets uit de zak. Een zwartfluwelen doosje dat wegschoot over het glimmend gewreven parket. Ze bukte zich. Met trillende vingers maakte ze het open. Er zat een platina ring in met een flonkerende saffier, geflankeerd door twee diamantjes die al net zo stralend flonkerden. De ring moest antiek zijn. En hij moest erg duur zijn geweest.

Een verlovingsring.

Ze klapte het doosje weer dicht. Haar hart bonsde in haar keel, adrenaline joeg door haar aderen. Nerveus en nog altijd met trillende vingers stopte ze het doosje terug in de zak van het smokingjasje. Toen haastte ze zich om de koffers op de aangewezen plek in de lobby te zetten.

Het had er alle schijn van dat Antarctica voor grote veranderingen ging zorgen.

3

Toen ze terugging naar hun kamer zou Olivia durven zweren dat iedereen in de lift haar hart kon horen bonzen. Ze had het jonge stel dat na haar in de lift stapte een brede glimlach geschonken. Waarop de twee haar weifelend hadden aangekeken, alsof ze niet goed wijs was. Jammer dan! Ze voelde zich dolgelukkig! Aaron ging haar ten huwelijk vragen. Zou hij het vanavond al doen? Na het chique diner met de vips? Dat zou verklaren waarom hij zo nerveus was, en waarom hij speciaal daarvoor een nieuwe jurk voor haar had gekocht. Of zou hij wachten tot in Antarctica, op het ijs, tussen de pinguïns?

Het was geweldig! Toch? Haar maag maakte een salto. Wat ze voelde was geen opwinding, besefte ze, maar… angst.

Ze riep zichzelf tot de orde. Nee, geen angst. Ze was misschien een beetje terughoudend. Op haar hoede.

Tenslotte kenden ze elkaar amper een jaar. Bij hun eerste ontmoeting had ze nooit kunnen vermoeden waartoe die zou leiden.

Het was allemaal begonnen met een werkopdracht. En dat was niet verrassend. Tenslotte bracht ze het grootste deel van haar tijd op haar werk door.

'Ik heb een opwindend nieuw project voor je.'

Olivia keek op van de zwarte koffie waarmee ze de ochtend begon, toen Lisa, haar baas, naast haar bureau kwam staan met een dikke map onder haar arm. Ze wenste vurig dat de map niet bij het 'opwindende nieuwe project' hoorde. Om het vorige project af te krijgen had ze de hele nacht doorgewerkt. Met die enorme wallen onder haar ogen zag ze er nu al niet uit! De prijs om zich op te werken tot jongste partner in de vennootschap van actuarissen was hoog.

Maar de manier waarop Lisa glimlachte maakte haar nieuwsgierig. 'We zijn erg enthousiast over je werk voor LUJO. Dat pensioenplan voor het personeel. En blijkbaar zijn er meer mensen onder de indruk van je werk. Loop je even mee?'

Olivia schoot overeind. Als ze ooit promotie wilde maken, zou ze Lisa, een van de senior partners bij Pendle, te vriend moeten houden. Haar blik kruiste die van Trishia, haar beste vriendin en Lisa's PA.

'Wat? Wat? Wat?' mimede ze.

Olivia haalde haar schouders op.

Lisa's zonnige hoekkantoor keek uit over de City of London. Tussen de wolkenkrabbers was een schijfje te zien van de koepel van St. Paul's Cathedral. Lisa schoof achter haar computer, haalde een file tevoorschijn en draaide het scherm naar Olivia. Die herkende het schilderij dat daarop te zien was onmiddellijk. De veelkleurige schedel, in krachtige penseelstreken op het doek gezet, verried onmiskenbaar de hand van de kunstenaar.

'Basquiat,' zei Olivia. 'Dat doek heeft een astronomisch bedrag opgebracht. Het rendement voor de investeerder moet gigantisch zijn geweest. Ik weet nog dat ik het nieuws hier in de WhatsApp-groep van het team heb gezet.' Zelfs haar appjes gingen doorgaans over werk. Gelukkig waren de meeste van haar collega's net zulke financiële nerds als zij.

Lisa knikte. 'Vandaar deze opdracht. Een nogal uitzonderlijk verzoek van Mr. Lavaud. Hij is geïnteresseerd in de aankoop van kunst als investering, en hij wil daarover een persoonlijk consult met jou.'

'Met mij?' vroeg Olivia verrast. Pierre Lavaud was CEO van LUJO, de keten van luxehotels waarvoor Olivia jarenlang aan het pensioenplan had gewerkt. Ze had niet gedacht dat de Franse miljardair wist wie ze was, laat staan dat hij uitgerekend met haar een consult zou willen. 'Maar waarom dan?'

Lisa haalde haar schouders op. 'Geen idee. Misschien is hem ter ore gekomen dat je in kunst geïnteresseerd bent.'

'Ja, blijkbaar.' Ze had een conferentie bezocht in een van zijn hotels in Londen en daar de Jeff Koons in de lobby bewonderd. Misschien had ze er iets over gezegd en had hij dat gehoord? 'Zouden we niet beter een van de financieel analisten kunnen sturen? Investeren in kunst valt niet echt onder mijn expertise. Dus hij is waarschijnlijk beter af met een financieel adviseur.'

'Ik ben het helemaal met je eens, maar hij wil jou. Zoals ik al zei: blijkbaar heb je indruk gemaakt. Het is wel wat anders dan een pensioenplan opstellen, daar ben ik me van bewust. En als hij niet zo'n belangrijke klant was...' Lisa reikte haar glimlachend de map aan. 'Het is maar een consult, meer niet. Maar mocht je toch denken dat je het niet aankunt, dan geef ik de opdracht wel aan iemand anders.'

Olivia schudde haar hoofd. 'Nee. Nee, ik kan het wel aan.'

'Zeker weten?'

'Absoluut.' Olivia stopte met een dappere glimlach de map onder haar arm. Ze was verstandig genoeg om te weten dat ze een verzoek van Mr. Lavaud niet kon weigeren. Hij was hun grootste klant, en als deze opdracht een succes werd, maakte ze des te meer kans om partner te worden in de vennootschap. Voor haar kwalificatie als actuaris hoefde ze nog maar één examen te doen. Als partner zou haar salaris beduidend stijgen, waardoor ze eindelijk haar schulden kon aflossen. Die ochtend had er weer een rekening in de bus gelegen van het verpleeghuis van haar moeder; de tarieven waren opnieuw gestegen.

'Het is niet alleen maar werk. Het levert je ook een leuk extraatje op,' zei Lisa.

Olivia sloeg de map open. Bovenop lag een uitnodiging voor een tentoonstelling in Mayfair, hartje Londen. *Into the Unknown* luidde de titel. De uitnodiging was gedrukt op geschept wit papier. In de toelichting stond dat de Hunt Gallery met deze expositie haar kunstenaars van de toekomst presenteerde.

Te oordelen naar de vergulde belettering in reliëf ging het om een chique aangelegenheid. Misschien moest ze er iets nieuws voor kopen. En ze zou in elk geval iets aan de donkere kringen onder haar ogen moeten doen.

Lisa knikte. Dat was het teken dat het gesprek ten einde was, en Olivia liep verdwaasd het kantoor uit. Misschien was dit de kans waarop ze had gewacht, een kans om zich te onderscheiden.

'En? En?' Trishia schoot overeind en liep met haar mee naar haar bureau. Bij wijze van antwoord hield Olivia de uitnodiging omhoog.

'O, chic! Ik mag toch zeker wel mee?'

'Ja, natuurlijk.'

Een paar dagen later waren ze op weg naar de galerie.

Olivia trok aan de zoom van haar simpele zwarte hemdjurkje van de Zara, het meest geschikte wat ze in de kast had hangen voor een gelegenheid als deze. Ondanks haar goede voornemens was ze er niet aan toegekomen om iets nieuws te kopen. Nog even, dan moest ze opnieuw examen doen, en door haar research naar de kunstwereld, vanwege de opdracht van Mr. Lavaud, was ze achteropgeraakt met haar studie.

De rij bij de ingang van de galerie zag er duur uit, een en al designerkleding. Dat gold ook voor Trishia in haar gehuurde Hervé Léger. Ze had goed begrepen wat de gelegenheid vereiste. Het was iets waar Olivia haar om benijdde: haar smaak, haar gevoel voor stijl. Trish had aangeboden haar een jurk te lenen, maar Olivia was veel langer dan haar vriendin. Het scheelde bijna dertig centimeter. Dus ook al woonden ze samen, hun kleding delen was nooit een optie geweest.

Ze was hier niet als stijlicoon, hield ze zichzelf streng voor. Ze was hier om verslag te kunnen uitbrengen aan Mr. Lavaud en om vast te stellen of een of meer van de exposerende kunstenaars voor hem als investeerder interessant waren.

Ze had de veilingresultaten van de afgelopen vijf jaar in een spreadsheet gezet om de behaalde rendementen te kunnen berekenen en daarin een patroon te kunnen herkennen. Daarbij had ze ook de fiasco's in kaart gebracht.

De financiële modellen voor investeren in kunst waren complex. Slechts weinig kunstenaars bereikten uiteindelijk het stadium waarin hun naam gevestigd was, wat betekende dat hun werk in waarde zou blijven stijgen. Om zover te komen moesten alle sterren in precies de goede constellatie staan. Hun werk moest niet alleen spraakmakend zijn, ook de steun van de juiste galerie was een vereiste. Aandacht in de media, lof van de recensenten. Een bedwelmende cocktail van talent, geluk en waan van de dag. Daarbij waren de sociale media van cruciaal belang. Investeren in kunst was riskant, maar kon voor de juiste koper, met de juiste kunstenaar, buitengewoon lucratief zijn.

Het belang van de medewerking van een gepassioneerde, gedreven kunsthandelaar mocht daarbij niet worden onderschat.

Alle aanwezigen hoopten een nieuwe Rothko te ontdekken, of een tweede Hirst. Olivia maakte zich zo lang mogelijk om althans een glimp op te vangen van de kunst aan de muren, maar in het gedrang kon ze nauwelijks iets zien, anders dan hier en daar een flits van kleur tussen de cocktailjurken en geföhnde kapsels.

'Ik ga iets te drinken halen,' zei Trishia, die de schilderijen amper een blik waardig had gekeurd. Maar ze zag er spectaculair uit, volledig op haar plaats in het wereldje.

Olivia slenterde de verschillende zalen door, waarvan de indeling haar nogal willekeurig voorkwam: een doolhof van kunst waarin voor elk object een exclusieve ruimte was gecreëerd. De muren waren zo verblindend wit dat het pijn deed aan haar ogen. Het leek onwaarschijnlijk dat zo'n heldere ruimte zoveel verborgen hoeken kon herbergen. Toch was verdwalen tussen de witte muren net zo gemakkelijk als in een verduisterd labyrint.

Bijna aan het eind van de galerie kwam ze in een zaal waar nog geen gedrang heerste van kijkers die aan hun champagne nipten onder het maken van pretentieuze opmerkingen. Een sierlijk roodfluwelen koord vormde de afscheiding met de rest van de galerie. Na een blik over haar schouder maakte Olivia het koord los en glipte ze naar binnen.

Even alleen. De spanning vloeide bijna onmiddellijk uit haar schouders, terwijl ze zich bewust werd van een vibrerend gezoem dat onder haar huid leek te kruipen.

Aan de verre muur hing een enkel doek dat de hele ruimte domineerde. Olivia liep ernaartoe en bleef als aan de grond genageld staan.

In gedachten werd ze teruggevoerd naar de galeries die ze vroeger met haar moeder had bezocht. Elk bezoek een feestje – hun manier om zich onderling verbonden te voelen, ongeacht of ze de grote meesters in de Scottish National Gallery bewonderden of de nieuwste installatie in het Tate Modern, tijdens een zeldzaam weekendtripje naar Londen. Haar moeder was zelf een begenadigd kunstenaar geweest, met een eigen atelier in hun cottage op het Schotse platteland, ver van de bewoonde wereld. Het was een ontnuchterende gedachte. Wanneer had haar moeder voor het laatst het penseel opgepakt? Dat moest jaren geleden zijn.

Haar talent lag begraven onder een berg van verdriet en was inmiddels verloren gegaan door haar ziekte, net als een belangrijk deel van haar persoonlijkheid en haar herinneringen. Telkens wanneer Olivia haar opzocht, ging ze op zoek naar verbinding, naar een manier om contact te krijgen, om hun band te herstellen. Maar het leek wel alsof haar moeder hoe langer hoe verder van haar wegdreef.

Benoem wat je voelt. Dat zei haar moeder altijd. Olivia deed een stap dichter naar het schilderij en probeerde de juiste woorden te vinden om haar emoties te omschrijven. Wat ze voelde was… verwondering? Nee, dat was het toch niet helemaal.

Ontzag. Dat kwam meer in de buurt. Het zachte, vibrerende zoemen leek haar te omhullen, terwijl ze als in trance naar het doek keek met daarop een grimmig verlaten landschap, neergezet in gedurfde blauwe en witte penseelstreken die van binnenuit leken te gloeien.

Het schilderij had iets rusteloos; het leek bijna alsof het leefde, alsof de verf bestond uit mieren in plaats van uit olie en pigment, en over de lijst zou kruipen. Het zoemen op de achtergrond werd nadrukkelijker, tot ze het gevoel had dat ze in het geluid gedompeld werd, nog altijd volledig in de ban van de voorstelling op het doek. Uiteindelijk kon ze haar nieuwsgierigheid niet langer bedwingen en richtte ze haar telefoon op het schilderij om er meer over te weten te komen.

Het heette *nemiga*, en het was geschilderd door Kostas Yennin. Het betrof een mixed-mediaproject. Het vibrerende zoemen maakte deel uit van het werk en was gecomponeerd door de kunstenaar zelf. Olivia herinnerde zich dat ze zijn naam tijdens haar research was tegengekomen, maar er was niet veel over hem bekend. Hij was niet echt aanwezig op de sociale media, zijn werk werd nog nauwelijks verkocht, en hij werd vertegenwoordigd door een jonge kunsthandelaar met meer ambitie dan succes. Aaron... Ze kon zich zijn achternaam niet herinneren.

Ze deed nog een stap dichter naar het doek.

Op dat moment werd ze zich bewust van een muskusachtige geur met een zweem van vanille. Het was een dure, verleidelijke geur.

Geschrokken draaide ze zich om, denkend aan het fluwelen koord. 'Neem me niet kwalijk.' Ze deed haastig een stap bij het schilderij vandaan. 'Ik was op zoek naar een rustig plekje en toen...' Haar stem stierf weg.

De man die haar had doen schrikken glimlachte. 'Wat vindt u ervan?' Hij gebaarde naar het doek.

Ze haalde diep adem. Afgetekend tegen de witte muren had hij zelf ook wel iets van een schilderij – bijna te volmaakt om gewoon maar een mens te zijn. Hij leek zo op zijn gemak, met zijn handen in de zakken van zijn maatpak. Geen das. De boord van zijn overhemd los.

Voordat ze zijn vraag beantwoordde keek ze opnieuw naar het schilderij. 'Het is verbijsterend,' zei ze toen.

Hij hield zijn hoofd schuin. 'Persoonlijk vind ik dit het hoogtepunt van de hele collectie. De kunstenaar laat zich inspireren door de verlatenheid van de verste uithoeken van onze planeet, in het bijzonder Antarctica. Maar hij weet een naargeestig landschap ook een vonk van schoonheid te verlenen. Zijn kunst getuigt van het spanningsveld tussen isolement en vrede, tussen eenzaamheid en bewuste meditatie. Een doek zonder leven, maar toch rijk aan emotie,' zei hij zacht.

'Ik heb nog nooit zoiets gezien,' zei Olivia. 'Maar waarom trekt het niet meer de aandacht? Er is hier verder niemand.'

'Ik heb dit gedeelte van de galerie afgezet met de bedoeling een aantal vips een voor een met het doek te laten kennismaken. Maar u hebt het op eigen kracht ontdekt, dus neemt u gerust alle tijd.'

'Maar ik hoor niet bij de vips.'

'O nee? U bent toch Olivia Campbell?'

Ze trok verrast haar wenkbrauwen op. 'Eh… ja.'

'Als vertegenwoordiger van Mr. Lavaud bent u wel degelijk erg belangrijk voor me. Aaron Hunter-Williams,' stelde hij zich voor. 'Ik ben de curator van deze expositie.' Hij schudde haar de hand, waarbij het haar opviel hoe zacht die was, hoe verzorgd zijn korte nagels eruitzagen.

'Aangenaam kennis te maken. Dus u vertegenwoordigt de kunstenaar?'

'Dat heb ik het afgelopen jaar gedaan, ja. Als het aan mij lag, zou de hele wereld Yennin allang kennen. Maar het wachten is nog op een koper die zijn genialiteit herkent en weet te waarderen. Denkt u dat Mr. Lavaud geïnteresseerd is?'

'Dat durf ik niet te zeggen.'

'En uzelf?'

Ze beet op haar lip en deed weer een stap naar het schilderij toe, in een poging het werk te zien door de ogen van een investeerder. Maar het lukte haar niet. Want het ging niet om de kwaliteit, ook al was die natuurlijk boven elke twijfel verheven. Voor haar ging het om wat haar moeder haar had geleerd: om te benoemen wat het schilderij bij haar opriep. Ze dacht aan het overweldigende gevoel van ontzag dat ze had ervaren toen ze de zaal binnenkwam en waarvan ze had verwacht dat het uiteindelijk zou afzwakken. In plaats daarvan leek het alleen maar sterker te worden terwijl ze het doek aandachtig en tot in de kleinste details in zich opnam. Als ze wat ze voelde zou kunnen bottelen en verkopen, was ze miljonair.

Ze keerde zich weer naar Aaron. 'Als ik het kon betalen kocht ik het.'

Hij glimlachte. 'Dan hebt u een uitstekende smaak. Wilt u zo goed zijn Mr. Lavaud te vertellen dat er voor het doek veel belangstelling is? Een Bollywood-actrice heeft haar zinnen erop gezet. Ze is recentelijk met een Saoedische miljardair getrouwd, en het paar overweegt het schilderij aan te schaffen als huwelijkscadeau...' Hij legde zijn vinger langs zijn neus, alsof hij haar een geheimpje vertelde. 'Maar gelukkig kunnen we er nu nog van genieten. Het schilderij heeft geluk. Het krijgt ruimte om te ademen. Om gezien te worden. En daar is kunst ook voor bedoeld.'

'Wie het ook koopt, gaat het ongetwijfeld thuis ophangen. Om gezien te worden door een kring van schatrijke vrienden, al dan niet uit de filmwereld. En misschien door de huishoudster.' Ze glimlachte – nee maar, ze maakte een grapje! –, maar hij beantwoordde haar glimlach niet. Integendeel, zijn ogen werden vochtig.

'We mogen de hoop niet opgeven. Ook al denk ik dat de uiteindelijke koper het in een kluis zal opbergen. In afwachting van de waardestijging.'

Ze schudde haar hoofd. 'Denkt u dat echt? Als het nergens komt te hangen, zou de koper ermee langs galeries moeten gaan. Of hij zou het aan een museum moeten schenken. Een doek als dit verdient het om gezien te worden.'

Hij knikte. 'Dat ben ik helemaal met u eens. Maar zo gaat het tegenwoordig in de kunstwereld. De koper hoopt dat een doek in waarde stijgt wanneer het een tijdje uit de openbaarheid verdwijnt.'

'Wat zonde.' Ze had de neiging om *nemiga* van de muur te halen en het mee naar huis te nemen.

'Gezien uw werk zou ik denken dat u alles weet van stijgende rendementen op investeringen.'

'Dat is ook zo. Maar in dit geval zou ik het erg jammer vinden als het doek in een kluis verdween. Het kan natuurlijk zijn dat Mr. Lavaud in het schilderij zelf geïnteresseerd is. Maar als investering zou ik het hem niet durven aanbevelen. Dat lijkt me te riskant.'

'Maar een mens moet risico's durven nemen. Veilig is niet altijd het meest winstgevend.'

'Sterker nog: dat is het zelden. En als het ging om Mr. Lavauds persoonlijke kapitaal, zou het misschien geen ramp zijn als blijkt dat de investering zich niet terugbetaalt. Maar als onderdeel van het financieren van het pensioenplan voor de werknemers van LUJO? Dat is een heel ander verhaal. Want die zullen het niet leuk vinden als hun zuurverdiende geld wordt geïnvesteerd in iets wat zich nog moet bewijzen.'

Aaron deed een stap in haar richting. 'Je hebt een geweldig gevoel voor kunst, Olivia. En dan beschik je ook nog over een grote kennis van de financiële wereld. Naast jou voel ik me maar een kleine krabbelaar. Ik was erg benieuwd om de geheimzinnige vertegenwoordiger van Mr. Lavaud te leren kennen, en nu begrijp ik waarom hij jou hiernaartoe heeft gestuurd. Heb je zin om later in de week een hapje te gaan eten? Dan kan ik nader toelichten waarom ik denk dat Yennin een belofte is voor de toekomst. En ik kan je vertellen wat mijn plannen zijn om hem meer naamsbekendheid te geven in de kunstwereld...'

Ze hoestte, niet goed wetend hoe ze zijn uitnodiging moest opvatten. Ging het om een zakelijk etentje? Of voelde hij een klik? Daten was wel het laatste waar ze tijd voor had. Maar misschien kwam het door het schilderij, of door de muziek, of door de blik waarmee Aaron haar aankeek. Wat het ook was, ze besefte dat ze zich dichter naar hem toe boog.

'Liv! Daar ben je. Ik heb je overal gezocht.' Trishia kwam de zaal binnen, met twee glazen champagne.

'Zo te zien zijn we niet langer alleen,' fluisterde Aaron. Hij legde vluchtig een hand in het kuiltje van haar rug om haar over het touw te helpen.

Trishia liet de glazen bijna uit haar handen vallen toen ze zag met wie Olivia stond te praten. Ze schonk haar vriendin een sluwe grijns. 'Sorry dat ik stoor...'

Aaron boog vluchtig zijn hoofd. 'Ik moet terug naar mijn gasten, want ik wil het doek ook aan sommige anderen laten zien. Maar leuk je te leren kennen!' Hij boog zich naar Olivia toe, en terwijl hij een hand op haar schouder legde streek hij met zijn lippen vluchtig langs haar jukbeen.

Vanaf dat moment was ze reddeloos verloren geweest.

Dus misschien kwam zijn huwelijksaanzoek helemaal niet te snel. Tenslotte had hun relatie zich van meet af aan als een wervelwind ontwikkeld. Onconventioneel, een en al spanning, opwinding, een combinatie van zakelijk en privé. Ze vormden een geweldig team; daar zou de presentatie van getuigen.

De liftdeuren schoven open, en ze klemde zijn jasje tegen haar borst. Aaron sliep nog. Daar was ze blij om. Ze hing het jasje netjes in de kast en streek met haar vingers over de fraaie Italiaanse wol. Haar jurk voor die avond hing ernaast. Het was zo belangrijk dat de cruise een succes werd, en dat begon al met het diner van die avond. Het werd tijd om zich gereed te maken.

Ze stapte onder de douche en liet het hete water over haar huid stromen, in de hoop dat de knoop in haar maag zou verdwijnen. Ze stelde zich belachelijk aan. Misschien kwam het doordat het leven zo lang zo zwaar was geweest. Daardoor moest ze er weer aan wennen om gelukkig te zijn.

Wat ze voelde was geen angst. Geen terughoudendheid. *Benoem wat je voelt.*

Gespannen verwachting, dat was het.

Dat moest het zijn.

4

De tafel vormde een rommelige aanblik; halflege glazen rode wijn stonden tussen schalen met sneeuwkrabben en schotels gegrild vlees. De meeste gasten dineerden doorgaans met zilveren bestek, in restaurants met Michelinsterren, vermoedde Olivia, maar ze waren zichtbaar gecharmeerd van de unieke sfeer in het stadje aan het eind van de wereld. De stemming was informeel, om niet te zeggen uitgelaten. Aaron zat helemaal aan de andere kant van de tafel, naast Cutler Hughes, CEO van Pioneer Adventures en eigenaar van de MS Vigil.

Cutler was een imposante verschijning. Olivia kende hem niet, maar bij aankomst in het restaurant had ze hem direct herkend. Als hoofd van het cruisebedrijf ontleende hij zijn bekendheid toch voornamelijk aan het feit dat hij regelmatig op de televisie te zien was, in diverse realityshows. Hij was berucht om zijn opvliegendheid en directheid als werkgever, iets wat voor een Canadees vrij zeldzaam was, maar wat waarschijnlijk terug te voeren was op zijn Schotse afkomst. Hij had zelfs een eigen realityshow, een van de vele kopieën van *The Apprentice*.

Pioneer Adventures stond bekend om zijn avontuurlijke reizen en bijzondere bestemmingen, ver weg van de platgetreden paden. De combinatie cruise en kunst kwam Olivia wat merkwaardig voor, maar Aaron had haar toevertrouwd dat Cutlers langste tijd als CEO erop zat. Dat hij onderhandelingen voerde met een geheimzinnige koper die zich wilde richten op aanzienlijk luxere cruises; de toevoeging van kunstveilingen aan het aanbod zou een ander soort passagiers aantrekken. De presentatie van kostbare schilderijen, de veilingen – het maakte allemaal deel uit van het pakket. Wanneer deze eerste veiling een succes werd, was de deal rond.

Zo niet, dan bestond er een reële kans dat Pioneer Adventures failliet ging, waardoor honderden werknemers hun baan zouden verliezen.

Uit niets bleek hoe loodzwaar de last was die op Cutlers schouders drukte, besefte Olivia terwijl ze zag hoe hij de andere gasten vermaakte met de wildste verhalen over zijn waaghalzerijen. Hij bezat onmiskenbaar charisma en een soort ongepolijste charme. Olivia wenste dat ze ook zo'n ontspannen indruk had kunnen maken toen haar leven volledig was vastgelopen.

En trouwens, te oordelen naar de uitbundige stemming waarin het gezelschap verkeerde, had Cutler geen reden om zich zorgen te maken. Op de gastenlijst voor het exclusieve diner stonden, behalve Cutler en zijn vrouw Ingrid, ook Robert en Aida Freedman, de oprichters van Doublenet, een online coworking-bedrijf dat dankzij de pandemie een enorme groei had doorgemaakt. Het gezelschap bestond verder uit het powercouple Tariq en Greg Akbas, museumbeheerder respectievelijk kunstcriticus; Delilah Constance, een jonge Australische modeontwerper met een dure smaak als het om kunst ging, en met een verstrooide echtgenoot die werkzaam was in de computertechnologie en die behalve haar kunstaankopen ook haar exclusieve verzameling pruiken – die avond droeg ze lang donker haar tot haar middel – financierde; en ten slotte Stefan Grenville, de veilingmeester van Art Aboard, over wie Aaron zich had beklaagd.

Zij vormden tijdens deze reis de kring rond Cutler, enthousiast over de cruise, niet alleen vanwege de bestemming maar ook vanwege de unieke kans om een Yennin aan te schaffen. Ze waren niet de enige potentiële kopers, maar wel degenen van wie Aaron het meest verwachtte. En hij deed er alles aan om die verwachting bevestigd te zien.

Hoewel… Misschien waren ze niet allemaal even enthousiast. Ingrid Hughes, die naast Olivia zat, sloeg de inhoud van haar glas achterover en huiverde. 'Kun je pillen tegen zeeziekte innemen met alcohol?' Haar Duitse accent was met elk glas duidelijker te horen. Olivia en zij hadden tijdens het eten wat vrijblijvend gebabbeld, maar nu liet Ingrid voor het eerst haar masker vallen en schemerde er een zweem van kwetsbaarheid door alle glamour heen.

Olivia had met haar te doen. 'Heb je er erg veel last van?' Ze beet op haar lip.

'Nou en of. Zodra ik op zee zit word ik ziek. Dus ik kan niet zeggen dat ik naar de cruise uitzie. En al helemaal niet naar de Drake Shake.'

Olivia keek haar verbaasd aan. 'Wat is dat, de Drake Shake?'

'Zo noemen ze Drake Passage bij slecht weer. Dat stuk water van hier naar Antarctica kan de gevaarlijkste zeestraat ter wereld zijn. Maar ook zo glad als een spiegel. Het is óf de Drake Shake, óf het Drake Lake. Afijn, denk bij de Drake Shake maar aan een draaiende wasmachine. Ik neem niet aan dat je ooit hebt willen meedraaien?'

Olivia huiverde nu ook. 'Ik moet er niet aan denken! Dat laat ik aan mijn vuile was over,' zei ze in een poging een grapje te maken.

Maar Ingrid kon er niet om lachen. Ze zag al bleek, maar nu leek ze nog bleker, nog grauwer te worden. 'Heb jij er ook last van? Van zeeziekte?' Ze frunnikte nerveus aan de diamanten hanger aan haar ketting.

Olivia schudde haar hoofd. 'Nee, maar ik heb wel ooit iets heel akeligs meegemaakt op een boot.'

'En dan ga je toch op cruise? Is dat dan wel verstandig?'

'Nee, waarschijnlijk niet.'

Ingrid trok een perfect geëpileerde wenkbrauw op. 'Nou, mocht je ooit iemand zoeken om een borrel mee te drinken, dan weet je me te vinden.'

'Misschien hou ik je daar wel aan.'

Olivia keek de tafel rond. De meeste gasten waren al vertrokken voor hun laatste nacht op vaste grond. Ze fronste haar wenkbrauwen toen ze Aaron ook niet meer zag. Dus ze verontschuldigde zich haastig tegenover Ingrid en pakte haar jas van de rugleuning van haar stoel.

Ze hadden gedineerd in een eigen zaaltje – een afzonderlijke ruimte met een grote tafel, leren stoelen en houten lambrisering. Ook in het restaurant zelf was Aaron nergens te bekennen.

Terwijl ze naar buiten liep trok ze haastig haar jas aan, verrast door de ijzige kou. Haar adem was zichtbaar als grijze wolkjes. De straat lag er verlaten bij. Alleen aan de overkant stond iemand onder de luifel van een restaurant. Het opgloeien van de punt van zijn sigaret verried hem; zijn gezicht ging schuil onder zijn capuchon. Olivia kneep haar ogen tot spleetjes.

Was het dezelfde man als die middag in het park?

Ze wist het niet. Maar het gevoel dat ze kreeg, was wel hetzelfde.

Ze liep weer naar binnen, hoofdschuddend om haar paranoia. Toen zag ze Aaron. Hij stond met zijn rug naar haar toe, in de gang naar de herentoiletten, met Stefan te praten.

'Weet Olivia ervan?' vroeg die.

Bij het horen van haar naam bleef ze abrupt staan, net uit het zicht van de twee mannen.

'Nee, ze is de laatste tijd nogal... Nou ja, ze had andere dingen aan haar hoofd, zullen we maar zeggen.'

De bittere klank in Aarons stem ontging haar niet. Hij had zo zijn best gedaan om niets te laten merken, maar ze wist dat hij zich de afgelopen dagen aan haar gedrag had geërgerd, dat hij nijdig was over de gevolgen daarvan. En dat begreep ze. Het was niet meer dan logisch. Maar nu ze hem daarnaar hoorde verwijzen werd ze opnieuw overvallen door schuldgevoel. Haar maag verkrampte.

'Dus je verwacht geen problemen?'

'Volgens mij zijn de bedreigingen gestopt. Het lijkt erop dat mijn laatste bericht effect heeft gehad.'

'Mooi zo. Gelukkig zitten we hier aan de andere kant van de wereld. Bovendien, over twee weken ligt alles anders...'

Olivia deed een stap naar achteren. Ze wilde niet betrapt worden op afluisteren. Bovendien begreep ze niets van wat er werd gezegd en werd ze er zenuwachtig van. *Waar heeft hij het over? Welke bedreigingen zijn gestopt?*

Had hij iets voor haar verzwegen?

Ze wist dat ze de afgelopen maanden in een soort roes, een dichte mist had geleefd. Geestelijk zwaar overbelast. Maar nu ze aan de beterende hand was, zou ze hem om duidelijkheid moeten vragen...

Dit klonk als iets wat Aaron met haar moest kunnen delen.

'Olivia! Ik dacht al dat je weg was, maar ik wilde nog even gedag zeggen. Tot morgen! Dan zien we elkaar aan boord.' Ingrid kuste haar uitbundig op beide wangen, gehuld in een wolk parfum dat zelfs na een lange avond nog niets aan kracht had ingeboet.

'Reken maar.' Olivia dwong zichzelf te glimlachen en het nerveuze verkrampen van haar maag te negeren.

'En vergeet niet wat ik zei over die borrel! Champagne lost alle problemen op.'

'Probeert mijn vrouw jou ook aan de drank te krijgen?' Cutler sloeg een arm om Olivia's schouder. 'Deze dame hier moet haar koppie erbij houden, Ingrid. Ze gaat over het geld. Volgens Aaron is ze een financieel genie.'

'Dat zou ik niet durven zeggen.'

'Een financieel genie en de bescheidenheid zelve.' Aaron kwam aanlopen en pakte Olivia's hand. 'We zien elkaar morgen, Mr. Hughes?'

Die nam zijn arm van Olivia's schouder en schudde Aaron de hand. 'Op naar twee weken sneeuw en ijs! En naar heel veel verkochte schilderijen, hoop ik!'

'Daar ga ik van uit.'

Ze liepen naar buiten, de straat op. Aaron nam links en rechts afscheid van de resterende gasten, schudde hun de hand of kuste hen op de wang.

'Wie heeft er nog zin in een borrel?' vroeg Delilah. 'Er moet toch ergens in deze negorij een fatsoenlijke martini te krijgen zijn.'

'Wij gaan met je mee.' Greg schoof zijn arm door die van Delilah.

Tariq leek te twijfelen. Hij was de meest terughoudende van de twee, maar een strenge blik van Greg deed hem zwichten. 'Ach, waarom ook niet? We hebben tenslotte vakantie.'

'Ik denk niet dat er veel keus is, maar een eindje verderop zit een soort bodega. Die zag er leuk uit,' zei Aaron. 'Wat vind jij, Livi?'

'Nou eentje dan.' Olivia glimlachte, maar het kostte moeite. Vanaf het moment dat ze het restaurant uit kwamen, had ze opnieuw het gevoel dat er naar hen werd gekeken. En in gedachten hoorde ze weer wat Aaron had gezegd: *De bedreigingen zijn gestopt.* Ze keek over haar schouder. Er stonden nog wat gasten op de stoep, maar verder zag ze niets verontrustends.

Op weg naar de bodega liep ze dicht naast Aaron. En toen zag ze hem. De man die eerder onder de luifel aan de overkant had gestaan.

Hun blikken kruisten elkaar. Toen hij wegliep, viel het licht van een lantaarnpaal op zijn capuchon, die naar achteren was geschoven. Zijn hoofd was kaalgeschoren, met een soort tatoeage boven zijn oor. Zijn ijsblauwe ogen waren nog altijd strak op haar gericht.

Ze omklemde Aarons arm. 'Wie is dat?' vroeg ze, en ze wees.

Maar de man was verdwenen.

5

Sara had geen woord te veel gezegd. Terwijl ze van de eetzaal naar de centrale lobby liepen, slaagde Olivia er bijna in zichzelf wijs te maken dat ze zich in de foyer van een luxehotel bevonden in plaats van op een schip. En het lukte haar bijna om te vergeten dat ze zich vanuit de schaduwen bekeken had gevoeld door gedaanten met een kaalgeschoren hoofd. Aan het plafond hing een glinsterende sculptuur, een waterval van glas waarin de spiraalvorm van de indrukwekkende trap, compleet met koperen leuning, zich herhaalde. Elk deeltje leek te zweven; de stukjes glas waren opgehangen aan onzichtbare draden, als een brok ijs dat in de lucht uiteenspatte.

'Wie is de maker?' Olivia boog zich over de balustrade om het kunstwerk van dichterbij te bekijken.

Aaron volgde haar blik. 'Het is geïnspireerd op de lichtinstallaties van Lasvit. Cutler heeft bij de renovatie van het schip werkelijk alle registers opengetrokken.'

'En dat is te zien,' klonk een stem achter hen.

Toen Olivia zich omdraaide stond ze oog in oog met een lange, elegante vrouw in een stijlvol marineblauw uniform met daaronder een smetteloos wit overhemd. Ze had haar blonde haar strak uit haar gezicht gekamd en opgestoken in een gladde chignon. 'Mr. Hunter-Williams? Miss Campbell? Ik ben Elisabet, uw cruisemanager. Het is een eer om u aan boord van de MS Vigil te mogen verwelkomen!'

Aaron schudde haar ferm de hand. 'Aangenaam kennis te maken.'

'Ziet het schip er echt zo anders uit dan vroeger?' vroeg Olivia.

'Het heeft een grondige make-over gehad. Daarbij is het interieur volledig vernieuwd, en dat geldt ook voor alles wat is bedoeld om de veiligheid aan boord te garanderen. We hebben zelfs een heliplatform laten installeren. De Vigil is nu een eersteklas expeditieschip, en het vervult me met trots dat ik hier mag werken. Kan ik u een rondleiding geven?'

Aaron schudde zijn hoofd. 'Ik ben de afgelopen dagen al regelmatig aan boord geweest. Maar ik heb wel een paar vragen over de route. Ik wil de presentatie en de daaropvolgende veiling op dag zes houden. Het is de bedoeling dat een en ander samenvalt met het kruisen van de poolcirkel. Bestaat daar al duidelijkheid over?'

'De kapitein is zich ervan bewust hoe belangrijk dat voor u is, maar het is onmogelijk om de route zo lang van tevoren definitief vast te leggen. Het verloop van een reis naar Antarctica valt niet te voorspellen. Het weer, de omstandigheden op zee, de dikte van het ijs... Het zijn allemaal factoren die invloed hebben op onze route.' Al pratend liepen Aaron en Elisabet de trap af naar de receptiebalie. Olivia bleef wat achter en keek opnieuw naar de glazen luchter. *ICE STORM*, DOOR PERLA WEINBERG, stond er op een kleine plaquette aan de voet van de trap.

Onwillekeurig huiverde ze.

De lobby begon inmiddels vol te stromen. De passagiers hadden instructies gekregen uiterlijk om drie uur aan boord te zijn. Zover was het nog niet, maar velen gingen al eerder aan boord om zich in hun hut te installeren en gebruik te maken van het lunchbuffet. Olivia voegde zich bij Aaron en Elisabet aan de receptiebalie.

'Mag ik de indeling van de hutten nog eens zien?' vroeg Aaron aan de cruisemanager.

'Natuurlijk.' Elisabet pakte een vel papier van haar bureau met daarop de namen van de gasten en de hut die hun was toegewezen. Ze schoof het naar Aaron toe.

Olivia had hun hut nog niet gezien. Ze waren die ochtend aan boord gegaan, zodat Aaron een laatste blik kon werpen in de galerie, en ze hadden al vroeg geluncht met Stefan. Daarbij waren Aaron en Stefan het niet eens gebleken over wat er bij de veiling zou worden aangeboden. Sinds Yennins dood bezat de Hunt Advisory het auteursrecht op al zijn werk; de veilingrechten op zee had Aaron overgedaan aan Art Aboard, Stefans bedrijf. Als grote trekker had Aaron een originele Yennin ter beschikking gesteld, maar er waren ook wat gesigneerde reproducties en schetsen in een beperkte oplage waarvan de verwachting was dat ze aanzienlijk in waarde zouden stijgen, al was het maar omdat de kunstenaar was overleden. Art Aboard had bovendien diverse goedkopere opties voorgesteld – massaal gedrukte, ongenummerde reproducties, maar ook ansichtkaarten en zelfs een T-shirt met werk van Yennin. Aaron voelde niets voor die goedkopere opties. Het was aan hem om Yennins erfgoed te beschermen, en dat was een taak die hij uiterst serieus nam.

Olivia had bewondering voor zijn passie, voor zijn onuitputtelijke energie. Mede door die eigenschappen was ze voor hem gevallen. Maar ze ontdekte al spoedig dat hij die tomeloze inzet van iedereen verwachtte: van de kunstenaars en de galeriehouders met wie hij samenwerkte, en ook van zijn vriendin.

In de maanden na hun eerste ontmoeting, in de zaal waar *nemiga* hing, had het Olivia geduizeld. Ze had het gevoel gehad dat ze in een wervelwind was beland, een logistieke en emotionele achtbaan.

'Vertel!' had Trishia gezegd bij Olivia's terugkeer, nadat Aaron haar op vrijdag rechtstreeks uit haar werk had meegenomen voor een weekend op het vasteland van Europa. Trish had altijd een gedetailleerd verslag geëist van hun dates. Vooral in die eerste maanden. Dan zat ze met een glas pinot op de Ikea-bank, met haar benen opgetrokken, en keek ze Olivia vol verwachting aan.

Op haar beurt was die maar al te graag bereid haar vriendin bij te praten. Haar relatie met Aaron was heel anders dan met de vriendjes die ze vóór hem had gehad. Dus hoe uitgeput ze ook van een reis thuiskwam, ze liet zich in de sjofele fauteuil tegenover de bank ploffen en vertelde Trish alles wat indruk op haar had gemaakt. Zo had Aaron haar meegenomen naar Zwitserland, waar een dependance van de Hunt Gallery was gevestigd. Hij wilde aandacht genereren voor zijn aanstaande veiling, met uitsluitend werk van Yennin.

Ondanks de lovende kritieken had zich tijdens *Into the Unknown* geen koper gemeld voor *nemiga*. Dus hij wilde het doek opnieuw een kans geven.

Het was erop of eronder. Wanneer die tweede kans zich niet uitbetaalde, zou Aaron geen andere keus hebben dan zich op een andere kunstenaar te richten.

Van Genève waren ze naar Vilnius gevlogen, waar Yennin vandaan kwam. De kunstenaar was zijn atelier in Londen ontvlucht en had zich teruggetrokken in het huis van zijn zus. Aaron wilde zekerheid hebben dat Yennin met nieuw werk bezig was; bovendien wilde hij kennismaken met de sinds kort aangestelde manager Sociale Media, die in de aanloop naar de veiling zou zorgen voor videocontent waarmee de kunstenaar op een andere manier dan tot dan toe gebruikelijk onder de aandacht werd gebracht.

Terwijl Aaron besprekingen voerde, zwierf Olivia door de straten van de middeleeuwse stad; ze proefde *cepelinai*, de met vlees gevulde aardappelnoedels, en bewonderde de indrukwekkende kathedraal. Toen ze elkaar aan het eind van de dag weer troffen in het kleine, artistieke boetiekhotel waar ze logeerden, leek Aaron wat minder zorgelijk en gespannen. 'Kunstenaars! Ze laten zich nou eenmaal niet opjagen. Dus het is aan mij om hun verhaal te vertellen terwijl we in afwachting zijn van het volgende meesterwerk.'

Olivia knikte dankbaar toen Trishia haar nog eens bijschonk in hun kleine huurappartement in Brixton. 'Het was geweldig. Echt ongelooflijk. Trouwens, ik heb chocolaatjes voor je meegebracht. Dat je niet denkt dat ik je ben vergeten.' Ze haalde de doos uit haar koffer en legde die op de lage tafel tussen hen in.

'Ja, ja, ik krijg een doos chocolaatjes van het vliegveld, en jij zet in chique hotels de bloemetjes buiten. Ik heb een serieuze aanval van Instagram-jaloezie. Trouwens, over Instagram gesproken: wat is het profiel van die kunstenaar van je? Hij zou toch op Instagram komen?' Ze pakte haar telefoon erbij.

'Zijn manager Sociale Media lanceert het deze week. Ik had geen idee dat Instagram zo belangrijk kon zijn bij het ontwikkelen van een kunstenaarsprofiel. Maar Aaron heeft me laten zien hoe het werkt. En dat kunstenaars die zich ook digitaal presenteren het op veilingen geweldig doen.'

'Wauw, je hebt het jargon al aardig onder de knie. En dat allemaal dankzij Aaron. Heeft hij niet toevallig een leuke vriend? Dan ben ik ook onder de pannen.'

Olivia schoot in de lach. 'Ik zal het vragen.'

'Graag. Want volgens mij heb ik Tinder sinds vorige week wel zo ongeveer gezien.' Ze pakte een chocolaatje, stak het in haar mond en kreunde overdreven genietend. Ondanks haar protesten wist Olivia dat simpele melkchocolaatjes een verleiding vormden die Trishia niet kon weerstaan. 'Wat is dat toch? Ik zit elke week in Langan's en Hakkasan, maar een leuke date, ho maar! En jij gaat één keer naar een vernissage, en je scoort een man als Aaron Hunter-Williams.'

Olivia peuterde aan haar nagel. 'Het is heus niet louter en alleen glamour, hoor. Aaron staat zwaar onder druk. Het is allemaal erg stressvol. Ik ken niet alle details, maar volgens mij is hij enorm teleurgesteld als die Yennin-veiling geen succes wordt.'

'Is hij kwaad op je omdat je die miljardair negatief hebt geadviseerd?'

Olivia klakte afkeurend met haar tong. 'Ik heb niet gezegd dat hij dat schilderij niet moest kopen. Ik heb hem alleen de feiten voorgelegd zoals ik ze had verzameld. Bovendien, Aaron heeft me gevraagd hem uit te nodigen voor de veiling, en dat heb ik gedaan.' Ze haalde een stapel spreadsheets uit de tas van haar laptop met data die ze had uitgeprint. Op papier, ouderwets zwart op wit, zag ze de dingen duidelijker.

Trishia trok sceptisch een wenkbrauw op. 'Joh, wat moet dat nou weer voorstellen? Nóg meer werk?'

'Tja, het houdt nooit op.'

'Maar voor wie dan? Als je dat wilt, ga ik met Lisa praten. Ze zou je niet zo moeten afbeulen.'

‘Nee, het is niet voor Pendle. Aaron heeft me gevraagd om zijn boekhouding door te lichten.’

‘Dat lijkt me geen goed idee. Het is bijna examentijd, en dan heb je toch al de neiging om door te draaien…’

‘Welnee. Het komt allemaal goed.’ Olivia voelde zich lichtelijk gekwetst door haar gebrek aan vertrouwen. ‘Ik kan het heus wel aan. En het is fijn om Aaron een beetje te kunnen helpen.’

‘Dat zou je op Instagram moeten zetten. *Het is echt niet alleen cocktails bij Annabel’s en eersteklas tickets naar Genève. Ik moet ook spreadsheets bestuderen.*’ Trishia schudde haar haar naar achteren.

Olivia gooide haar een chocolaatje toe, dat ze met ergerlijke behendigheid uit de lucht plukte.

‘Ik maak me gewoon zorgen,’ zei Trishia, plotseling ernstig.

‘Dat hoeft niet. Ik kan het aan.’

Achteraf moest Olivia erkennen dat Trishia gelijk had gehad. Ze had inderdaad te veel hooi op haar vork genomen; het werk had zich dusdanig opgestapeld dat ze eronder bedolven was geraakt. Wanneer het om haar werk ging, kon ze geen nee zeggen. En haar beste vriendin had als eerste de voortekenen herkend van een onvermijdelijke inzinking. Maar Olivia had niet willen luisteren.

Niet dat Aaron daar iets aan kon doen. Hem trof geen schuld. Ze had indruk willen maken.

Olivia keek naar hem zoals hij daar stond aan de receptiebalie van de MS Vigil. Dit was zíjn moment. Maar toen ze met haar hand liefkozend over zijn rug wreef, reageerde hij als door een wesp gestoken. Geschrokken verfrommelde hij de lijst met de hutten tot een prop, zijn gezicht zag grauw, en hij keerde de balie – en haar – gesmoord vloekend de rug toe.

‘Alles oké?’ vroeg ze, op haar beurt ook geschrokken.

‘Ik krijg net bericht uit Londen. Er zijn problemen met Bertrand. Een crisis, luidde de formulering. Ik moet goed internet hebben, dus ik ga nog even aan wal.’

'Wat? Nu?'

'Ja, ik moet onmiddellijk actie ondernemen. Bij Pioneer kan ik videobellen, met Jules in de galerie.'

'Ik ga mee.' Bertrand was de volgende kunstenaar die Aaron wilde gaan vertegenwoordigen, en Olivia wist hoeveel stress de onderhandelingen hem bezorgden. Ze hing haar tas over haar schouder.

'Welnee, dat hoeft niet. Blijf jij maar lekker hier. Ik ben zo weer terug.'

Ze nam hem onderzoekend op. Hij zag bleek, op zijn voorhoofd glinsterden zweetdruppeltjes. Zo had ze hem nog nooit meegemaakt. 'Maar als er problemen zijn, heb je misschien hulp nodig. En dan wil ik bij je zijn.'

'Ik red me wel, Livi. Maak je geen zorgen. Trouwens, ik heb tegen Elisabet gezegd dat je... nou ja, dat je je op het water niet echt op je gemak voelt. Dus ze heeft geregeld dat je voor ons vertrek naar de kapitein toe kan, op de brug. Ik weet zeker dat hij je gerust kan stellen. En voordat je het weet ben ik ook weer terug. Ik heb iets in onze hut laten bezorgen om het glas te heffen op een nieuw begin. Voor ons allebei.'

'Oké, als je het zeker weet...'

'Ik heb nog twee uur de tijd voordat iedereen aan boord moet zijn.' Hij kuste haar op de wang. 'Probeer een beetje te genieten. Kijk nou eens om je heen. Beter wordt het niet.'

Ze haalde diep adem en hield haar mond stijf dicht om niet te ontploffen. Want ze kon het zich oneindig veel beter voorstellen. Ze wilde hier helemaal niet zijn! Aaron vatte haar zwijgen op als instemming. Hij haastte zich de trap op naar het dek vanwaar de loopplank naar de kade leidde. In zijn haast liet hij het overzicht van de hutten vallen. 'Aaron!' Olivia raapte de lijst van de grond, maar toen ze zich oprichtte was Aaron verdwenen.

Ze streek het vel papier glad op haar dij en liet haar blik over de namen gaan. Behalve de gasten die ze de vorige avond aan het diner had ontmoet, was er maar één andere naam die een belletje bij haar deed rinkelen. *M. Sadler*. Anderzijds, zo'n uitzonderlijke naam was het nu ook weer niet.

'Miss Campbell?' Elisabet riep haar vanachter de receptiebalie.

Olivia aarzelde, nog altijd met haar gedachten bij de naam die haar vaag bekend voorkwam. Maar er schoot haar niets te binnen, dus ze stopte de lijst in haar tas en keerde zich naar de cruisemanager. 'Ja?'

'Ik heb uw handtekening nodig op een paar formulieren, en dan kan ik de sleutel geven van uw hut. Daarna breng ik u naar de brug.'

Olivia knikte, liep terug naar de balie en zette haar handtekening om toestemming te geven dat haar creditcard werd belast voor incidentele uitgaven.

Op dat moment kwam er een vrouw aanlopen, die Olivia in haar haast tegen het notenhouten blad van de balie duwde.

'Hé! Pas op!'

'O, sorry,' zei de vrouw ademloos. 'Neemt u me niet kwalijk.' De man die haar op een drafje volgde, legde een hand op haar schouder. Na haar oprechte verontschuldigingen te hebben aangeboden keerde de vrouw zich naar Elisabet. 'Ik hoop zo dat u ons kunt helpen. Ik ben Christa, en dit is Jay, mijn man. We hebben op het laatste moment nog tickets kunnen boeken, maar op het kantoor van Pioneer hadden ze alleen nog afzonderlijke slaapplaatsen. In een mannen- en een vrouwenhut. Ze zei dat we aan boord om een upgrade konden vragen. We zijn op huwelijksreis, en het zou fijn zijn als we samen een hut konden krijgen.'

'Op huwelijksreis! Wat heerlijk. Gefeliciteerd!' Elisabet wist duidelijk onder alle omstandigheden professioneel te blijven, zelfs na de spraakwaterval van de teleurgestelde bruid. Olivia was onder de indruk, ook al besefte ze dat de cruisemanager ongetwijfeld dagelijks met klachten en ontevreden passagiers te maken kreeg. 'En het spijt me vreselijk, maar er is niet één tweepersoonshut meer beschikbaar. Het schip is volledig volgeboekt. Ik roep Maria Elena er even bij, mijn assistente. Dan kan zij u verder helpen.' Elisabet drukte een knop in op haar portofoon. 'Wat dacht u van een glaasje champagne van het huis? Geserveerd in onze panoramalounge?'

Ondertussen kwam er een jonge vrouw met donkere krullen uit het kantoortje achter de balie. 'Gaat u met me mee?' Ze gebaarde het kersverse echtpaar haar te volgen.

'Wat hebt u dat goed aangepakt,' zei Olivia waarderend toen Elisabet achter de balie vandaan kwam.

'Ik wou dat ik meer voor ze kon doen,' zei die met haar droge Scandinavische accent. 'Maar zoals ik al zei: het schip is volledig volgeboekt. Sara heeft keihard gewerkt om te zorgen dat er geen hut, geen couchette leeg zou blijven.'

'Dat zal wel een hele puzzel zijn, om iedereen op de juiste plek te krijgen.'

'Ja, maar het is wel een puzzel waar ik blij mee ben. We hebben het de laatste paar jaar niet gemakkelijk gehad, en een vol schip is een teken dat de zaken weer beter gaan.' Ze ging Olivia voor de trap op, over het dek met de galerie, de cadeauwinkel en de bibliotheek, en daarna weer een trap op naar de panoramalounge en het restaurant, totdat ze eindelijk helemaal boven waren, bij de skybar en de toegang tot de brug.

Elisabet klopte en gebaarde Olivia dat ze naar binnen kon gaan. 'Sorry, maar ik moet weer naar beneden. Om te zorgen dat alles goed gaat bij het inschepen. De kapitein laat het me weten wanneer ik u weer kan komen halen.'

'Oké. Bedankt.'

Elisabet haastte zich met een knikje de trap af, waarop Olivia enigszins aarzelend naar binnen ging.

'Aha. Miss Campbell?' begroette de kapitein haar met een zangerig Italiaans accent, en hij stak zijn hand op. Zijn gebruinde huid leek te gloeien en vormde een fraai contrast met zijn smetteloos witte uniform; hij had zijn dikke zwarte haar uit zijn gezicht gekamd. 'Enzo,' stelde hij zich voor. 'Kapitein van dit schip. Aangenaam kennis te maken.'

'Zeg maar gewoon Olivia.' Ze vond het bemoedigend om de bemanning aan het werk te zien. Het had iets geruststellend ingewikkelds: de enorme hoeveelheid draaischijven en knoppen, het reusachtige stuurwiel in het midden van de brug, de dikke mappen en logboeken, de zachte piepjes en knipperlichtjes voortgebracht door de diverse onderdelen van de elektronische apparatuur. Dit was wat je aan instrumentarium zou mogen verwachten om een schip door de poolzeeën te loodsen, geteisterd door storm en ijs. Alles wat simpeler was, zou verkeerd hebben gevoeld. Wat Olivia hier op de brug te zien kreeg, was lichtjaren verwijderd van de stuurhutten op de jachten waarop ze met haar vader had gezeild. En hoewel de uitrusting haar voor een deel vertrouwd voorkwam, was ze niet alleen blij met de complexe, hoogwaardige elektronica, maar ook met het grote aantal bemanningsleden die zorgden dat alles op rolletjes liep.

Bovendien straalde kapitein Enzo een en al competentie uit. Het was iets wat Olivia onmiddellijk herkende. Ze had altijd protest aangetekend wanneer zij zo werd genoemd – 'competent' –, alsof het impliceerde dat ze saai was, niets bijzonders, simpelweg opgewassen tegen haar taak. Inmiddels besefte ze dat 'competent' een buitengewoon waardevolle kwalificatie was. Dat had de burn-out haar maar al te duidelijk gemaakt, toen haar competentie had plaatsgemaakt voor een gevoel van onvermogen en nutteloosheid, een gevoel alsof ze zelfs de simpelste opdrachten niet aan zou kunnen. Van kapitein Enzo wilde ze niets liever dan dat hij competent was.

'Ik hoorde van Elisabet dat je last hebt van watervrees.'

Olivia kromp ineen. 'Het is meer een angst voor schepen, niet zozeer voor water.'

De kapitein trok een borstelige wenkbrauw op. 'O? Komt dat door een nare ervaring in het verleden?'

'Ik heb altijd veel gezeild met mijn ouders. Tijdens een van die tochten ging het mis en...' De rest van haar antwoord bleef steken in haar keel, terwijl ze uit alle macht probeerde de akelige herinneringen terug te dringen.

'Nou, zoals je ziet is de Vigil iets anders dan een zeilboot,' zei hij met een warme, geruststellende klank in zijn stem. Daarbij nam hij haar onderzoekend op. 'Ik zal je een rondleiding geven. Omdat je zeilervaring hebt, vind je het vast interessant om te zien hoe alles hier werkt.'

'Heel graag.'

Terwijl hij haar de diverse bedieningsmechanismen uitlegde en haar voorstelde aan zijn bemanning, was Olivia verbaasd over zijn geduld. Veel van wat ze te horen kreeg wist ze al – ze had de specificaties van het schip tenslotte grondig bestudeerd –, maar het was geruststellend om het uit de mond van de kapitein te horen.

Terwijl hij de elektronische kaartplotter toelichtte, werd hij onderbroken door de stuurman. 'Het spijt me dat ik stoor, kapitein, maar er is net een weerupdate binnengekomen. Misschien wilt u daar even naar kijken. Zo te zien is er vanaf de Pacific een lagedrukgebied in aantocht.'

Kapitein Enzo knikte. 'Sorry, Olivia, maar ik moet verder met de voorbereidingen van ons vertrek. We hebben een openbrugbeleid, dus mocht je ook maar iets willen weten, aarzel dan niet om langs te komen.'

'Bedankt. Dat waardeer ik.' Voordat ze verder nog iets kon zeggen, volgde de kapitein zijn stuurman en bogen ze zich samen over de weerradar. Elisabet was inmiddels teruggekomen – blijkbaar had ze een zesde zintuig waardoor ze wist wanneer ze nodig was, of misschien had de kapitein haar onopvallend gewaarschuwd – en gebaarde Olivia om haar te volgen. Maar niet dan nadat die een verontrustende flard had opgevangen van het gesprek tussen de twee mannen. '... zware storm op komst...'

Ze keek naar buiten. Haar blik dwaalde van de vredige kustlijn van Ushuaia naar het Beagle Channel, de toegang tot de beruchte Drake Passage. Ze dacht terug aan wat Ingrid had gezegd, over de 'Drake Shake'. Had de vrouw van de CEO een voorgevoel gehad van wat hun te wachten stond? Voorlopig was de zee nog rustig. De hemel was loodgrijs, met hier en daar een pluizige witte wolk. Aan de horizon doemden geen dreigende stormwolken op, geen huizenhoge golven.

Nog niet.

Net toen ze de brug wilden verlaten, vroeg de kapitein aan de cruisemanager: 'Zijn we klaar voor vertrek?'

Elisabet keek op haar iPad. 'Alles klaar, kapitein. De laatste passagier is tien minuten geleden aan boord gekomen.'

'Mooi zo.' Kapitein Enzo gaf een teken aan een van zijn ondergeschikten, die onmiddellijk in de houding sprong.

Elisabet legde een hand op Olivia's arm. 'Kom, dan wijs ik u de weg naar uw hut.'

Olivia knikte, met een draaierig gevoel in haar maag. Het bezoekje aan de brug was een aardige gedachte van Elisabet geweest, en de kapitein had alle tijd voor haar genomen, maar door de plotselinge bedrijvigheid waarmee de bemanning zich op het vertrek voorbereidde keerde haar angst in volle hevigheid terug. Haar maag verkrampte, haar ademhaling werd oppervlakkiger, haar hart sloeg op hol.

'Alles goed?' Elisabet fronste bezorgd toen ze merkte dat Olivia achterbleef en zich krampachtig vastgreep aan de reling. 'Wilt u dat ik u naar de ziekenboeg breng?'

'Nee, naar de hut is prima. U zei toch dat iedereen aan boord is? Ik wil naar Aaron.'

'Natuurlijk. Uw hut is op het dek nummer vier. Nog een paar trappen.' Ze ging Olivia voor. 'Hier is het,' zei ze even later. 'Hut nummer zestien.'

Olivia liep langs haar heen en deed de deur open. 'Aaron?'

Maar hij was er niet. Het grote tweepersoonsbed was keurig opgemaakt en onbeslapen. In een hoek stond een fles rosé champagne van haar favoriete huis. De roze folie stak uit een glimmend gepoetste ijsemmer. Hun koffers stonden naast elkaar onder de patrijspoort. Olivia vermeed het nadrukkelijk om naar buiten te kijken.

'Is het goed als ik terugga naar de receptie?' vroeg Elisabet.'

Er ging een plotselinge siddering door het schip, waardoor Olivia dreigde haar evenwicht te verliezen. 'Wat was dat?'

'De motoren zijn gestart. Ik denk dat we gaan vertrekken.'

6

Olivia haalde haar telefoon tevoorschijn. 14.44 uur, las ze op het schermpje. Nog een kwartier totdat iedereen aan boord moest zijn. Ze belde Aaron, blij dat ze nog bereik had, maar ze werd onmiddellijk doorgeschakeld naar zijn voicemail.

Dus ze stuurde een berichtje: IK BEN IN DE HUT. NUMMER 16. WAAR BEN JIJ?

Aaron had zijn telefoon altijd en overal bij zich. Het zou vast niet lang duren voordat hij van zich liet horen.

De intercom kraakte. 'Een hartelijk welkom aan alle passagiers van de MS Vigil!' Olivia herkende de stem van Elisabet. 'Mijn naam is Elisabet Eklund, ik ben tijdens deze reis uw cruisemanager. Namens de kapitein en zijn bemanning wil ik u bedanken voor de snelle en efficiënte manier van inschepen. En omdat iedereen inmiddels aan boord is en alle voorbereidingen zijn getroffen, heeft de kapitein besloten wat eerder uit te varen. We nodigen u uit op het bovendek, waar koffie en thee worden geserveerd om ons vertrek te vieren.'

Olivia vermoedde dat ze Aaron daar wel zou zien. Hij was dol op feestjes, vooral met zoveel mensen aan boord die hij enthousiast moest maken voor de veiling. Ze hoopte tenminste vurig dat hij op het bovendek zou zijn. Zo niet… Ze durfde er nauwelijks aan te denken dat hij de afvaart had gemist. Positief blijven, zei ze streng tegen zichzelf.

Ze liep de hut uit en nam de trap naar boven. Voor het inwendige van het schip waren kosten noch moeite gespaard om het een luxe, comfortabele uitstraling te geven, maar het buitendek was bekleed met een functioneel groen geschilderde vloer, bestand tegen de elementen. De Vigil bleef tenslotte een expeditieschip, gebouwd voor extreme omstandigheden.

Er was al een groot aantal passagiers op het bovendek, waar ze genoten van de zuivere, frisse lucht. Iedereen was dik ingepakt in een vuurrood jack met het logo van Pioneer Adventures, een cadeautje van de reisorganisatie. In een hoek stond een tafel met sleutelkoorden voorzien van de hutnummers en plaatjes met de namen van de passagiers. Bij nummer 16 zag Olivia hun naamplaatjes liggen: OLIVIA CAMPBELL en AARON HUNTER-WILLIAMS. Dus Aaron was blijkbaar nog niet langs de tafel geweest.

'Kan ik u helpen?' vroeg het bemanningslid dat achter de tafel zat. Zijn accent verried dat hij uit Australië kwam. Hij nam haar enigszins verstrooid op terwijl ze aarzelde om haar naamplaatje te pakken. Zijn gezicht was diepgebruind. 'Laat ik me eerst even voorstellen. Mijn naam is Liam. En ik ben excursieleider tijdens deze cruise.'

Olivia bloosde. 'Ik ben op zoek naar mijn vriend, Aaron Hunter-Williams. Hij heeft de kunstveiling opgezet,' voegde ze eraan toe omdat de naam hem niets leek te zeggen.

'O, nu weet ik het weer! Sorry. Ik heb hem nog niet gezien. Dus dan bent u Olivia Campbell.' Hij gaf haar het sleutelkoord. 'Zit u in mijn team tijdens de excursies?'

Doordat haar maag verkrampte van paniek hoorde Olivia nauwelijks wat hij zei. Aaron was er niet! Een dek hoger ontdekte ze Elisabet, die met haar klembord in de hand als een generaal haar troepen overzag. 'Sorry,' mompelde ze tegen Liam, en ze haastte zich de trap op; de punten van het antislipmetaal boorden zich pijnlijk in de zolen van haar sneakers.

'Elisabet, heb je Aaron gezien?'

'Nee, sorry. Nadat ik u naar uw hut had gebracht, ben ik niet meer bij de balie vandaan geweest.'

'Kun je nakijken of hij inmiddels weer aan boord is? Ik maak me zorgen. Want ik zie hem nergens.'

'Het is een groot schip. Hij zal vast wel ergens zijn.' Ze glimlachte, maar het ontging Olivia niet dat ze vluchtig – en blijkbaar ook bezorgd – haar wenkbrauwen fronste. Terwijl ze haar iPad raadpleegde, werd haar glimlach breder. 'Ja hoor! Kijk.' Ze hield de iPad zo dat Olivia het scherm kon zien. 'Mr. Hunter-Williams staat geregistreerd als ingelogd. Dus hij is aan boord.'

Olivia legde een hand op haar hart. 'Goddank! Kun je ook zien hoe laat hij weer terug was?'

'Hij heeft om tien uur vierendertig ingecheckt.' Haar stem haperde toen ze tot dezelfde conclusie kwam als Olivia.

'Dat was vanochtend. Maar hij is vanmiddag weer van boord gegaan.' Olivia's mond werd kurkdroog.

Elisabet bleef ook nu weer volmaakt beheerst. 'Kom maar even mee. Dan roep ik hem om en vraag ik of hij naar de receptie wil komen. Hij kent zoveel mensen. Waarschijnlijk is hij ergens aan de praat geraakt.'

'Heel graag. Dank je wel.' Olivia probeerde uit alle macht kalm te blijven en haar gezicht in de plooi te houden, maar het liefst zou ze het uitschreeuwen.

'Het is het minste wat ik kan doen.'

Maar een kwartier na de oproep van Elisabet had Aaron zich nog altijd niet gemeld. Olivia keek voortdurend op haar telefoon, in de vurige hoop dat die zou overgaan of dat er een berichtje zou binnenkomen. Ondertussen beet ze nerveus op haar nagels.

Toen ze het niet meer kon uithouden klampte ze Elisabet opnieuw aan. 'Misschien kun je het kantoor van Pioneer bellen. In Ushuaia. Daar ging hij naartoe, zei hij.'

'Oké. Doe ik.' Elisabet pakte de telefoon.

Maar toen ze Sara aan de lijn kreeg, verklaarde die dat Aaron niet bij haar langs was geweest, dat ze hem sinds de vorige dag niet meer had gesproken.

De paniek sloeg nu in volle hevigheid toe. Olivia had het gevoel dat haar zenuwen in brand stonden. *Wat kan er gebeurd zijn?* Ze stelde zich Aarons reactie voor wanneer hij het schip zag vertrekken, met aan boord het project waarop al zijn hoop gevestigd was. Wanneer hij besefte dat hij de veiling die zijn doorbraak moest worden zou moeten missen. Het was ondenkbaar dat hij het schip zonder hem had laten vertrekken. Dat betekende…

Ze keek voor de honderdste keer op haar telefoon. Het bereik was al afgenomen tot één streepje. Nog even, dan was het volledig weggevallen. En toen ze nog thuis waren, had ze daar nota bene naar uitgekeken! Een tijdje zonder telefoon, zonder wifi. Alleen zij samen, Aaron en zij. En de kunst.

Nu voelde het als een nachtmerrie.

Ze ging voor het eerst na bijna vijftien jaar weer de zee op. Alleen. Zonder Aaron. Het was een gedachte die ze probeerde zo diep mogelijk weg te stoppen.

Elisabet was in haar kantoortje verdwenen, maar zodra ze weer tevoorschijn kwam, klampte Olivia haar aan. 'En? Heb je nog iets gehoord?'

De cruisemanager schudde haar hoofd. 'Nee, sorry. Ik vind het heel vervelend voor u. Ik heb ook contact opgenomen met het hotel. Daar hebben ze hem vanmiddag nog gezien, maar alleen om een boodschap af te halen bij de balie. Daarna is hij weer vertrokken.'

'Het is ondenkbaar dat hij de boot heeft gemist,' zei Olivia, voor haar gevoel ook voor de honderdste keer. 'Er moet iets gebeurd zijn.'

Elisabet knikte. Het was duidelijk dat ze met haar meevoelde. 'Ik begrijp dat u dat denkt. En ik heb Sara gevraagd ons op de hoogte te houden. Ik zal straks nogmaals een oproep doen. Misschien heeft hij het de eerste keer niet gehoord. Bovendien heb ik het personeel en de bemanning ingeseind. Zodra ze hem zien, nemen ze contact op.'

Olivia's handen beefden. Het was ongelooflijk! Niet te bevatten! Waarom was ze niet met hem meegegaan? 'Als hij de afvaart inderdaad heeft gemist, dan weet ik zeker dat hij alles op alles zal zetten om alsnog aan boord te komen. De Vigil heeft toch een heliplatform? Zou Aaron het schip per helikopter kunnen bereiken?'

'Dan zou hij snel moeten zijn. Voordat we Drake Passage in varen. Daarna is het onverantwoord.'

'En ik? Kan ik met de heli terug naar Ushuaia? Zonder Aaron wil ik niet aan boord blijven.'

Elisabet legde een hand op haar arm. 'Ik begrijp hoe afschuwelijk dit voor u moet zijn. Maar u bént nu eenmaal aan boord. En over twee weken zijn we terug. Dan ziet u hem weer. Dit zou de reis van uw leven moeten zijn. Trouwens, wie doet de veiling als Aaron er niet is? Maar zover is het nog niet. Hij komt vast nog wel boven water. Ga lekker naar het bovendek, neem een kop thee... Zodra ik iets hoor laat ik het weten.'

'Ik wil geen thee! Ik wil weten waar Aaron is. Mijn telefoon heeft bijna geen bereik meer. Kan ik de jouwe gebruiken om de galerie in Londen te bellen? Er waren problemen. Dat was de reden dat hij weer van boord moest. Dus misschien weten zij iets.'

'Natuurlijk.' Elisabet bleef ergerlijk kalm, geconfronteerd met Olivia's frustratie. 'U kunt de telefoon in mijn kantoor gebruiken. Dat is prettiger.'

Ze loodste haar naar het stampvolle kantoortje achter de receptiebalie. Het was voor het eerst dat Olivia een indruk kreeg van hoe het schip er vóór de renovatie moest hebben uitgezien. Op de vloer lag praktisch maar ongezellig linoleum; de werkbladen waren van formica, bezaaid met lijsten en spreadsheets. Het deed haar denken aan haar bureau bij Pendle. Aan haken boven twee computerschermen hingen sleutelkoorden, opladers voor portofoons; op de werkbladen stonden telefoons met een vaste lijn.

'Via Starlink moet het lukken. Dan hebt u een fatsoenlijke verbinding. Neem alle tijd die u nodig hebt.'

'Dank je wel.' Olivia liet zich op een van de bureaustoelen vallen en keek in haar telefoon, op zoek naar het nummer van de galerie. Ze hoorde de telefoon in Londen overgaan. Het duurde lang voordat er werd opgenomen.

'Hunt Gallery, Mayfair, wat kan ik voor u doen?'

'Yelena? Hallo! Is Jules er ook? Je spreekt met Olivia.'

'Volgens mij zit hij in bespreking...'

'Ik moet hem dringend spreken. Kun je me alsjeblieft doorverbinden? Het gaat om Aaron.'

'Ogenblikje.'

De telefoon ging een paar keer over; toen had ze Jules aan de lijn, een van de curatoren. Bij het horen van zijn diepe stem ging ze als vanzelf rechtop zitten. 'Olivia. Zeg het eens.'

'Jules! Heb jij vandaag iets van Aaron gehoord?'

'Die is toch bij jou? Voor zijn poolavontuur?'

Olivia hoorde iets in zijn stem wat ze niet goed kon duiden. 'Hij kreeg bericht uit Londen. Van jullie. Iets over problemen met Bertrand. Hoelang heeft jullie videogesprek geduurd? En waar was hij toen hij je belde?'

Het bleef even stil aan de andere kant van de lijn. 'Ik heb geen idee waar je het over hebt. Er zijn geen problemen, behalve dat een van onze belangrijkste curatoren naar het andere eind van de wereld is verdwenen. Met medeneming van de portefeuille van onze belangrijkste kunstenaar.'

'Maar –'

'Sorry, maar ik heb niks van Aaron gehoord. Vandaag niet en de afgelopen maanden ook niet. Wil je verder nog iets weten?'

Olivia was zo verbijsterd dat ze even geen woord kon uitbrengen. 'Eh… ik… Ik geloof het niet,' stamelde ze ten slotte. 'Mocht hij alsnog contact met je opnemen, laat je het dan weten?'

'Natuurlijk. Maar ik zou er niet op rekenen.' De verbinding werd verbroken.

Olivia leunde naar achteren in haar stoel. Aaron had gelogen. Er wáren helemaal geen problemen bij de galerie. Dat kon niet de reden zijn geweest waarom hij weer van boord was gegaan. Ze dacht aan hun laatste ogenblikken samen, in de lobby van het schip, onder de lichtsculptuur. Hij had bleek gezien, met zweet op zijn voorhoofd, en hij was zichtbaar uit zijn doen geweest. Om niet te zeggen bang. Iets had hem angst aangejaagd.

Als Bertrand niet het probleem was, wie of wat was het dan wel?

Haar gedachten gingen naar de lijst met hutten, die hij tot een prop had verfrommeld, vlak voordat hij haastig van boord was gegaan. Was hij daardoor van streek geraakt? Door die lijst? Ze haalde hem uit haar tas. Opnieuw was er maar één naam die haar opviel: *Sadler*. Maar ze kon niet bedenken waarom die haar bekend voorkwam.

En dan dat gesprek tussen Aaron en Stefan, de vorige avond in het restaurant. Het gesprek waarin het woord 'bedreigingen' was gevallen. Bij de herinnering had ze het gevoel dat haar bloed veranderde in ijswater. Maar ze wist ook meteen met wie ze moest gaan praten.

'Hebt u erdoor kunnen komen?' Elisabet verscheen in de deuropening.

'Ja.' Olivia slikte. Haar handen voelden als verdoofd. 'Daar weten ze ook van niets. Heb je al iets van het personeel gehoord?'

Elisabet schudde haar hoofd. 'Nee, helaas niet.'

'Het lijkt er toch echt op dat hij niet op tijd was. Dat hij de afvaart heeft gemist. Ik kan het gewoon niet geloven!' Terwijl de waarheid begon in te zinken, wist ze niet of ze kwaad moest zijn, of bezorgd, of ronduit bang.

Het resultaat was een verontrustende combinatie van alle drie. 'Weet je waar ik Stefan kan vinden?' vroeg ze aan Elisabet.

Die glimlachte, maar in haar ogen stond medeleven te lezen. 'Volgens mij zag ik hem net aan de thee. Op de boeg. De theepot is voor jullie Engelsen een magneet. Trouwens, over een paar uur zou het internet in de bibliotheek het moeten doen.'

'Is er wifi? Voor mijn telefoon?'

'Dat is er, maar voor een betrouwbare verbinding denk ik dat u beter een van de computers kunt gebruiken.'

Olivia knikte. Verdwaasd liep ze het kantoor uit, de trap op. Toen ze op haar telefoon keek, zag ze dat ze geen bereik meer had.

Op het dek heerste nog altijd een levendige drukte van passagiers en bemanningsleden, maar Stefan was nergens te bekennen. Liam, die de sleutelkoorden en de naamplaatjes had uitgereikt, stond inmiddels bij een van de tafels met koffie en thee.

'Mag ik wat vragen? Heb je Stefan Grenville gezien? Van de galerie?'

'De galerie gaat morgen pas open.'

'Dat weet ik. Maar ik moet hem dringend spreken.'

'Ik zal hem oproepen via de portofoon. Neem ondertussen een kop thee.'

'Eh... oké.'

Ze pakte een mok en vulde die met heet water uit een van de kannen.

'Hij was even op bed gaan liggen, maar hij vraagt of u na de veiligheidsoefening naar de galerie wilt komen.'

'Maar ik moet hem nu spreken. Het is dringend.'

Liam haalde zijn schouders op.

Olivia gaf niet op. 'Kun je het alsjeblieft nog een keer proberen?'

Hij keek op zijn horloge. 'Nog even, dan begint de veiligheidsoefening. We zijn op weg naar Antarctica. Zo dringend zal het toch niet zijn?'

Olivia slikte een nijdige repliek in. Want in zekere zin had hij gelijk. Als Stefan geen tijd voor haar had, kon ze nu even niets doen. Dus ze pakte haar mok en slenterde naar de boeg, onder grote stalen lieren door, langs ingewikkeld uitziende ophaalmechanismen voor de ankers. Op veilige afstand van de reling zag ze Ushuaia steeds verder uit het zicht verdwijnen. Het schip voer langs talloze eilanden, langs een grillige kustlijn met verborgen baaien. Zeevogels verzamelden zich luid krassend op de kale rotsen en doken van grote hoogte in de loodgrijze golven. Op de boeg wapperde een vlag met een enkele ster.

Ergens op het uitgestrekte continent dat ze achter zich lieten moest Aaron zijn. Was alles goed met hem? Maakte hij zich zorgen om haar? Probeerde hij via een andere weg alsnog aan boord te komen?

En dan de veiling. Wat ging daar nu mee gebeuren? In het gunstigste geval zou Aaron via e-mail contact opnemen met een verklaring voor zijn afwezigheid, en met een uitgebreide handleiding wat ze moest doen totdat het schip terugkeerde in de haven van Ushuaia. Het was aan haar om te zorgen dat alles op rolletjes liep. Ze balde haar vuisten; de wind had vrij spel met haar haar en voerde de snik mee die in haar opwelde. Ze kon nog steeds niet geloven dat hij haar in de steek had gelaten.

Ze was kwaad. Bezorgd. Bang.

Er moest toch íéts zijn wat ze kon doen. Maar wat?

Ze wendde zich af, niet in staat nog langer naar het water te kijken. In plaats daarvan richtte ze haar aandacht op de passagiers. Een aantal kende ze al van het diner. Ze waren geen van allen types die ze in vertrouwen kon nemen of bij wie ze op medeleven hoefde te rekenen. Ze zou haar professionele masker zorgvuldig in stand moeten zien te houden. Maar de passagiers zorgden in elk geval voor afleiding, waardoor ze niet de kans kreeg zich in alle mogelijke rampscenario's te verdiepen.

Zelfs onder ideale omstandigheden was ze sociaal al niet zo sterk. Sinds ze werkte, had ze bijna alleen maar gestudeerd of achter de computer gezeten om financiële constructies te bedenken.

In sociaal opzicht had ze op Aaron gesteund. Op feestjes introduceerde hij haar bij de diverse groepjes; hij vertelde wat over haar, noemde een interessant aanknopingspunt voor een gesprek, en weg was hij weer, naar de volgende vriend of kennis of klant. Tijdens de feestjes van haar werk kon ze erop rekenen dat hij zich vermaakte en iedereen wist te charmeren. Hij had charisma, mensen trokken naar hem toe. Een meesterwerk in olieverf, daarmee vergeleek ze hem. Een schilderij waar iedereen van kon genieten. Anders dan zij. Ze was beslist niet saai, maar het vereiste inspanning om haar te leren kennen. Haar verhalen moesten worden uitgegraven, als mozaïeken die door de eeuwen bedolven waren geraakt, en niet iedereen was bereid die moeite te nemen.

'Je weet zoveel, je hebt zoveel te vertellen. Dat weet ik, en daarom hou ik van je. Waarom deel je dat alleen met mij? En niet met anderen?' had Aaron haar ooit gevraagd toen ze na een avondvullend diner eindelijk in bed lagen.

Ze had zich naar hem omgedraaid en een krul van zijn voorhoofd gestreken. 'Zolang jij het maar weet. Dat is genoeg. Al die anderen kunnen me niet schelen.'

Op dat moment ontdekte ze Cutler Hughes, die met zijn gezin over het dek kwam aanlopen. Hij scheidde de menigte als een Mozes die een zee van rode jacks doorkruiste. Ingrid en hij hadden hun twee zoons bij zich; voor de jongens was de reis één groot avontuur. De kleinste van de twee was er al helemaal klaar voor en had zijn jack versierd met pinguïnstickers.

Een eindje verderop stond Robert Freedman; Olivia meende te zien dat hij Liam, de excursieleider, de oren van het hoofd kletste. Dan was Aida waarschijnlijk ook in de buurt. Delilah was nog duidelijker te herkennen, ook al droeg ze een hoogblonde pruik en was ze tijdens het diner een brunette geweest. Als ontwerper stond ze bekend om de felle neonkleuren, in het oog springende prints en zijden stoffen die ze gebruikte. Bij haar rode jack droeg ze een opvallende staalblauwe sjaal. In plaats van een kop thee had ze al een glas champagne in haar hand.

Terwijl Olivia haar blik over het gezelschap liet gaan, keek ze recht in de ogen van een man in een blauw jack zoals de bemanning dat droeg. Zodra hun blikken elkaar kruisten, wendde hij zich af en verdween naar binnen. Maar niet dan nadat Olivia had gezien dat hij zijn hoofd had kaalgeschoren. Een ijzige kilte bekroop haar.

Het kon onmogelijk dezelfde man zijn als in Ushuaia. Ze leed aan achtervolgingswaanzin. Maar ze huiverde. Misschien moest ze iets warmers aantrekken, maar teruggaan naar de hut betekende de confrontatie met het feit dat ze alleen was.

Helemaal alleen.

Op dat moment klonk de hoorn van het schip, als een afscheidsgroet aan het vasteland. Ze voeren het Beagle Channel binnen. De lage bebouwing van Ushuaia lag ver achter hen en was nauwelijks meer te zien.

De reis naar Antarctica was begonnen. Vluchten kon niet meer.

7

De aanwakkerende wind joeg het merendeel van de passagiers naar binnen. Olivia zette koers naar de bibliotheek, in de vurige hoop dat het internet het deed en dat Aaron iets van zich had laten horen.

Ze had het rijk alleen. Vergeleken bij de drukte aan dek heerste er in de bibliotheek een serene rust tussen de glimmend gepoetste notenhouten lambrisering en planken gevuld met boeken over Antarctica – over de geschiedenis en de geografie van het continent, en ook logboeken en reismemoires. Verder was er een uitgebreide collectie fictie, voornamelijk thrillers en misdaadromans. In het midden stond een tafel met vier laptops, stuk voor stuk stevig vastgeschroefd. Vanwege het risico dat ze bij storm op de grond zouden belanden, of om diefstal te voorkomen?

Toen Olivia een van de computers opstartte, verscheen op het inlogscherm de optie om – voor een vorstelijk bedrag – twee uur internet te kopen. Daaronder stond in grote letters de waarschuwing dat de verbinding elk moment kon wegvallen. Dus ze zou efficiënt te werk moeten gaan. Ze voerde de gegevens van haar creditcard in en wachtte af terwijl de cursor met bijna kwaadaardige traagheid over het scherm bewoog. Uiteindelijk werd Gmail geopend. Uitsluitend tekst. Afbeeldingen konden blijkbaar niet worden geladen.

Er zat veel post in haar inbox, voornamelijk junkmail en niets van Aaron.

Ze controleerde alles opnieuw, en toen nogmaals, om er zeker van te zijn dat ze er niet overheen keek, tussen alle reclamepost van The Outnet en verzoeken om zich te abonneren op actuariaatsnieuwsbrieven.

Met een zucht van frustratie logde ze uit. Net op het moment dat ze opstond van haar stoel, schoot het schip naar voren, waardoor ze met haar dij onzacht in aanraking kwam met de rand van het bureau. Met een kreet van pijn zocht ze houvast bij een van de boekenkasten. Trillend sloten haar vingers zich rond een dunne koperen reling, bedoeld om te voorkomen dat de boeken van de plank vielen. De boeken waren beschermd. Zij niet.

De Vigil was op weg naar een van de meest beruchte wateren ter wereld, waar de zee wild tekeer kon gaan. Om haar angst onder ogen te zien had ze zichzelf in het diepe gegooid, zonder ook maar enig idee te hebben hoe ze zich staande moest houden. En dat gold des te meer nu ze het zonder Aaron zou moeten doen.

Toen ze haar evenwicht had hervonden liep ze terug naar de receptie.

In plaats van Elisabet zat Maria Elena achter de balie, de jongere vrouw met donkere krullen die zich eerder die middag over het pasgetrouwde stel had ontfermd.

'Sorry dat ik stoor, maar is Elisabet er niet? Ik moet haar dringend spreken.'

'Ze heeft even pauze.'

'Het is echt heel dringend.' Olivia's keel werd zo strak dichtgesnoerd dat ze weinig meer wist uit te brengen dan gekras. Blijkbaar was de wanhoop van haar gezicht af te lezen, want Maria Elena verdween in het kantoortje.

Vrijwel onmiddellijk verscheen Elisabet in de deuropening. Ze veegde haastig de kruimels uit haar mondhoeken. 'Heeft Mr. Hunter-Williams al van zich laten horen?'

'Nee, nog niet. Hoelang duurt het tot we de Drake Passage binnenvaren? Dan mail ik dat naar Aaron, zodat hij een helikopter kan huren. Of misschien een andere boot. En dan kan de kapitein misschien contact zoeken met de autoriteiten aan de wal, om te laten weten dat ze hem kunnen verwachten?'

Elisabets professionele onverstoorbaarheid haperde. Het was haar aan te zien dat ze haar uiterste best moest doen om haar gezicht in de plooi te houden en niet meewarig te kijken. 'Ik heb net een update binnengekregen van kapitein Enzo. Hij heeft al contact opgenomen met de havenautoriteiten in Ushuaia. Het weer is omslagen; er staat zo'n harde wind dat een helikopter onmogelijk kan opstijgen.'

Olivia sloot haar ogen en ademde diep in. 'Zoiets hoorde ik al op de brug. Dus er is storm op komst? Krijgt het schip het zwaar te verduren?'

Nu was de gespannenheid van Elisabets gezicht af te lezen. 'Kapitein Enzo heeft vaker met dit bijltje gehakt. Hij wil ons zo snel mogelijk door de Drake Passage loodsen om het zwaartepunt van de storm te vermijden. Dus ik zou zeggen: ga naar uw hut om uw koffer uit te pakken en probeer te ontspannen. Het blijft een heerlijk avontuur, deze cruise. Daar zal de storm niets aan afdoen. Dat beloof ik. En u hebt de hele hut voor u alleen! Wat een luxe.'

Olivia huiverde. Ze wilde geen twee weken alleen in een hut zitten. Ze had geweten dat de oude angst, de angst die ze bijna vijftien jaar lang diep had weggestopt, opnieuw de kop zou opsteken. Maar samen met Aaron kon ze het aan, had ze zichzelf moed ingesproken.

En nu moest ze het zonder hem doen? Bij die gedachte had ze het gevoel dat ze in haar angst zou verdrinken.

Ze kon en wilde niet alleen zijn.

Ze slikte. 'Dat stel dat hier vanochtend was... Zitten die nog steeds in afzonderlijke hutten?'

'Het jonge bruidspaar? Ja, alle tweepersoonshutten zijn bezet, maar –'

'Maar zonder Aaron heb ik geen tweepersoonshut nodig. Dus ze kunnen in die van ons.'

Elisabet trok een wenkbrauw op. 'Weet u het zeker? Dat betekent dat u een hut zou moeten delen met drie andere vrouwen. Dat is een stuk krapper.'

Olivia knikte. De angst om alleen te zijn woog zwaarder dan het ongemak, het gebrek aan comfort. Sterker nog: het zou een welkome afleiding betekenen om een hut met drie andere vrouwen te delen.

'Akkoord. Ik zal het echtpaar vragen om naar de lobby te komen, om een en ander te regelen. Het is echt erg royaal van u. Ze zijn u innig dankbaar, dat weet ik zeker. Ik zal iemand van de bemanning sturen om uw bagage naar uw nieuwe hut te brengen.'

Vrijwel meteen nadat Elisabet haar oproep had gedaan, meldde het bruidspaar zich. Het scheelde niet veel of Christa kwam op een drafje naar de balie.

'Ik heb goed nieuws,' zei Elisabet. 'Miss Campbell heeft besloten haar hut aan jullie af te staan.'

Christa omhelsde Olivia en knuffelde haar hartstochtelijk. 'Wat geweldig! Heel erg bedankt.'

'U hebt onze huwelijksreis gered,' zei Jay.

'De andere vrouwen in de hut zijn erg aardig,' vervolgde Christa. 'Ik weet zeker dat u het fijn met ze zult hebben. En we moeten iets bedenken om u te bedanken.'

'Jullie bedanken me door bij de veiling langs te komen. Daarom maak ik deze reis: vanwege de veiling.'

'Gaat het om het werk van Kostas Yennin? We zagen een van zijn doeken door het raam van de galerie. Het is echt ongelooflijk wat hij maakt. Vertegenwoordigt u hem?'

'Nee, dat doet mijn partner. Hij is de curator.' Olivia dwong zichzelf te glimlachen. 'Ik ga over de financiële kant.'

'Nou, we komen zeker langs. Ik vind het allemaal erg opwindend! En we zouden het leuk vinden als u een avond bij ons aan tafel komt zitten.'

Christa keek haar zo stralend aan dat Olivia geen spijt had van haar besluit. Verlamd door haar oude angst zou ze voor niemand ook maar iets kunnen betekenen. Ze was kwaad op Aaron omdat hij haar in de steek had gelaten, maar toch wilde ze dat hij trots op haar kon zijn. Hij had zoveel voor háár gedaan. Dit was haar kans om te laten zien dat hij op haar kon rekenen.

'Alstublieft, uw nieuwe sleutels.' Elisabet gaf zowel Olivia als Christa een plastic kaartje ter grootte van een creditcard. 'Miss Campbell, u gaat naar hut nummer twaalf. Dat is hier de trap op, richting de boeg.

Nogmaals: ik zal iemand sturen voor de bagage. Neem de tijd om u te installeren en om de andere vrouwen te leren kennen. Straks doe ik een oproep aan de passagiers voor de veiligheidsoefening.'

'Ik had het bovenste bed links,' vertelde Christa. 'Maar ik had nog niets uitgepakt.

'Gelukkig maar,' zei Olivia. 'Geniet van jullie tweepersoonshut.'

In navolging van de aanwijzingen van Elisabet liep ze de trap op en daarna in de tegenovergestelde richting ten opzichte van hun oorspronkelijke hut. Het interieur was hier net zo chic, net zo elegant, met gladde, glimmend houten relingen aan weerskanten van de gang. Aan de muren hingen antieke kaarten van de Noord- en de Zuidpool in vergulde lijsten. Olivia bleef niet staan om ze te bewonderen, maar keek naar de koperen cijfers op de deuren. Bij hut nummer 12 bleef ze staan.

Ze hield de sleutelkaart tegen de lezer en duwde met haar heup de deur open.

In vergelijking met de suite was de hut piepklein. Prompt kreeg ze alsnog spijt van haar aanbod om te ruilen. Aan weerskanten van de patrijspoort stonden twee stapelbedden met daartussen een tafeltje. Het badkamertje was ook erg klein, en in de kast was net genoeg ruimte om een paar jacks op te hangen. Olivia kon zich niet voorstellen hoe vier vrouwen zich hier twee weken lang moesten zien te redden. Er was amper ruimte om een rugzak op je schouders te hijsen.

Tot overmaat van ramp werd bijna de hele vloer in beslag genomen door vier enorme koffers. C. BELLWEATHER, stond er op het label van de meest linkse koffer. Olivia schoof hem richting de deur, zodat de bemanning hem naar Christa's nieuwe onderkomen kon brengen.

Ze schrok hevig toen ze besefte dat ze niet alleen was. De koffer had het zicht geblokkeerd op de slapende vrouw in het onderste bed links.

Op dat moment ging de deur open. 'Lieverd, we zijn weer thuis!' galmde een stem met een onmiskenbaar nasaal Noord-Amerikaans accent. Olivia was niet bereisd genoeg om de herkomst van de spreker nader te bepalen. 'Janine? Christa? Mogen we binnenkomen? Of zijn jullie bloot?'

In de kleine deuropening verschenen twee vrouwen. De oudste van het stel stond iets verder naar voren. In haar knalgele jack, zwarte legging en met haar heuptasje leek ze regelrecht weggelopen uit de jaren tachtig. Haar felroze lippenstift benadrukte haar brede glimlach, die slechts vluchtig haperde toen ze Olivia zag. Haar verraste blik maakte vrijwel onmiddellijk plaats voor opnieuw een hartelijke glimlach. Ze was duidelijk een routinier in intermenselijke contacten. 'O, hallo! Sorry. Blijkbaar zijn we de verkeerde hut binnengestiefeld.'

Olivia gebaarde naar de slapende gedaante, waarop de vrouw verschrikt een hand voor haar mond sloeg en achteruit de gang in liep. Olivia volgde. Ze trok de deur van de hut zachtjes achter zich dicht.

'Nee, dit is de goede hut. Ik ben Olivia.' Ze stak haar hand uit. 'Ik heb geruild met Christa. Dan kon die met haar kersverse echtgenoot in een tweepersoonshut.'

'Ach, wat ontzettend lief van je! Ze was zó teleurgesteld. Ik ben Patricia. Zeg maar Patty. En dit is Annalise. We komen uit Toronto. En jij?'

'Ik woon in Londen.'

'O, Londen! Daar doet Annalise haar MBA. Vlak bij die beroemde markt. Hoe heet-ie ook alweer?'

'Covent Garden,' zei Annalise.

'Precies! Woon je daar vlakbij?'

Olivia schudde haar hoofd. 'Nee, niet echt. Ik woon in Chelsea, helemaal aan de andere kant van de stad.'

'Met dat accent van je klinkt het vreselijk voornaam.'

Olivia schoot ondanks zichzelf in de lach. Ze had haar lichte Schotse accent nooit als 'voornaam' beschouwd, maar misschien had Patty gelijk. Bovendien voelde het nog altijd vreemd om te zeggen dat ze in Chelsea woonde. Ze was pas een maand geleden bij Aaron ingetrokken, en zijn fraaie etagewoning in een negentiende-eeuws pand was – ook figuurlijk gesproken – mijlenver verwijderd van de flat in Tooting die ze met Trishia had gedeeld.

'Waar studeer je? Aan welke universiteit?' vroeg ze aan Annalise.

'Aan de LSE. Maar nu wil ik toch echt naar binnen,' antwoordde die met een lelijk gezicht. Ze was heel anders dan Patty: minstens tien jaar jonger en broodmager, in een donkere spijkerbroek met een T-shirt van Led Zeppelin en een leren jack. Haar haar was gitzwart geverfd.

'Er ligt iemand te slapen...' waarschuwde Olivia.

'Ja, dat is Janine,' vertelde Patty. 'Het arme kind heeft erg veel last van haar jetlag. En van zeeziekte. Ze is vrijwel onmiddellijk als een blok in slaap gevallen.'

Annalise ging schouderophalend de hut binnen.

'Niks van aantrekken,' zei Patty. 'Een cruise naar Antarctica, de reis van haar leven, en toch chagrijnig. Dus je hebt een privéhut opgegeven? Moet ik met je naar de ziekenboeg? Volgens mij ben je niet goed bij je hoofd.'

'Nou, dat valt wel mee. Ik wilde gewoon niet alleen zijn. Mijn partner... Hij werd plotseling weggeroepen vanwege problemen op zijn werk. Daardoor heeft hij het vertrek gemist.'

'Ach, lieverd.' Patty sloeg troostend haar armen om Olivia heen. 'Wat een sufferd. Doet hij dat wel vaker, zulke stomme dingen? Nee, dat is niks voor jou, een domme man. Daar ben je veel te slim voor. Dat zie ik aan je. Afijn, we doen allemaal weleens iets doms. Wat zonde dat hij dit nu moet missen. Ik had graag gewild dat mijn Karl erbij had kunnen zijn, dat we deze cruise samen hadden kunnen maken.' Patty klakte spijtig met haar tong. Toen klapte ze in haar handen. 'In plaats daarvan zit ik opgescheept met zo'n chagrijn. Afijn, ik mag niet klagen. De zaak betaalt.'

'Dus je bent hier voor je werk?'

'Zoiets, ja. Ik heb een reisagentschap, en we hebben dit jaar de meeste tickets verkocht voor Pioneer Adventures.' Er verscheen een blos op haar wangen. 'En voordat ze voor haar studie naar Londen vertrok, was Annalise mijn topverkoper. Dus dit is een bedankje van

Mr. Hughes. Meevaren op de eerste reis van het totaal vernieuwde schip. En de kunstveiling lijkt me ook reuzespannend. Die was een enorme trekker voor onze klanten.'

'Dat is de reden dat ik meevaar. De veiling is het project van mijn partner. Hij is kunsthandelaar en heeft alles geregeld.'

'O, echt? Wat geweldig. Dan vind ik het helemaal leuk om jou in de hut te hebben. Je kunt vast wel een goed plekje voor ons regelen.'

'Natuurlijk.'

'Weet je,' vervolgde Patty met een blik op de deur, 'ik denk niet dat Janine het erg vindt als we vast beginnen met uitpakken. Ze heeft van die dure oortjes in. Plus een oogmasker op. Volgens mij merkt ze er niks van. Ze was doodmoe.'

'Ga jij maar vast. Mijn koffer is er nog niet, dus ik kijk eerst nog wat rond. Dan hebben jullie de ruimte.'

'Maak je daar maar geen zorgen over. We zitten inderdaad als haringen in een ton, maar we zullen het toch moeten zien te rooien, twee weken lang. Dus daar kunnen we maar beter meteen mee beginnen.'

8

Als haringen in een ton – Patty had het niet beeldender kunnen beschrijven. Olivia kreeg het er benauwd van. Ze snakte naar ruimte.

In gedachten zag ze het ongeloof in de blik van Aaron wanneer hij hoorde dat ze hun suite vrijwillig had afgestaan in ruil voor een hut met vier personen.

Toen ze begonnen te daten was er een wereld voor haar opengegaan. De creditcard die hij soepel tevoorschijn haalde bij etentjes buiten de deur; de maatpakken die hij droeg, afkomstig van Savile Row; zijn verzameling Zwitserse horloges; zijn schoenen, die hij dagelijks liet poetsen. In de kunsthandel was het belangrijk om er goed uit te zien, om potentiële klanten het gevoel te geven dat ze bij hem in vertrouwde handen waren. De eerste keer dat hij haar meenam naar zijn etagewoning in Chelsea besefte ze pas goed hoe breed de kloof was die er tussen hen gaapte. Bij hem geen Ikea-meubelen, geen ratjetoe aan mokken, geen huisgenoot met wie hij de huur deelde. Aaron leefde in een andere stratosfeer, op een niveau van rijkdom en welgesteldheid dat zij nooit had gekend. Soms vroeg ze zich af waar hij het van deed, vooral in de periode vóór de Yennin-veiling. Maar wat hij in zichzelf, in zijn imago had geïnvesteerd, had vrucht afgeworpen. Inmiddels kon hij alles kopen wat hij wilde.

Olivia bestudeerde de plattegrond van het schip die naast de liften hing. In haar zoektocht naar ruimte was de panoramalounge op een van de bovendekken waarschijnlijk haar beste optie. De halfronde lounge deed zijn naam eer aan met ramen aan alle kanten die van de vloer tot het plafond reikten. De beschildering van dat laatste was geïnspireerd op het zuiderlicht: wervelende penseelstreken van stralend groenblauw, vlakken paars en groen met daarin kleine lichtjes die flonkerden als sterren. Er waren comfortabele zitjes met blauwe leren stoelen, en op diverse plekken stonden chique apparaten voor warme dranken met een uitgebreide keus aan koffie, thee en warme chocolademelk. En met bovendien een ruim aanbod aan koekjes.

'Zó cool, het uitzicht hier.'

Olivia schrok. De uitspraak was afkomstig van Liam, de expeditieleider. Gekleed in een marineblauwe fleecetrui met het logo van Pioneer was hij bezig alle tafeltjes te voorzien van een stapeltje papieren.

'Wat zijn dat?' vroeg Olivia.

'Het is in grote lijnen een overzicht van onze route. De kapitein zal een toelichting geven na de veiligheidsoefening. Maar u mag nu alvast een kijkje nemen.' Hij gaf haar een stapeltje.

'Bedankt.' Ze liet haar blik over de tekst gaan. Pas over drie dagen zouden ze bij hun eerste ankerplaats arriveren: Barrientos Island. Vandaar was het nog twee dagen varen totdat ze de poolcirkel kruisten. Dus de veiling was pas over zes dagen. Daarna zouden ze aanleggen bij Neko Harbour, in Paradise Bay en bij Deception Island, voordat het schip aan de terugreis naar Ushuaia zou beginnen. 'We zitten wel erg veel tijd op zee.'

Liam knikte. 'Het is nu eenmaal een heel eind naar de poolcirkel. De meeste cruises komen niet zo ver zuidelijk. Maar het is de moeite waard. Voelt u zich wel goed? U ziet een beetje pips.'

'Ik voel me prima.'

'Is uw vriend al terecht?'

Olivia fronste haar wenkbrauwen 'Hoe weet je –'

'Er blijft aan boord niet veel geheim. En al helemaal niet wanneer zo'n belangrijke opvarende wordt vermist. Ik stond bij de loopplank toen die werd ingehaald. Dus ik voel me schuldig omdat ik niet in de gaten heb gehad dat hij nog niet terug was.'

Olivia keek hem verbouwereerd aan. 'Dus jij had de leiding over het in- en uitchecken?'

'Ja. Maar mijn aandacht lag bij de passagiers die aan boord kwamen, niet bij passagiers die het schip verlieten. Dat gebeurt bijna nooit.'

'We hadden nog twintig minuten voordat iedereen aan boord moest zijn. Als zijn afwezigheid toen was opgemerkt, zouden we niet eerder zijn vertrokken. Dan hadden we gewacht.'

'Dat klopt. Daar is iets misgegaan. En dat spijt me.'

'Het spijt je?' zei Olivia grimmig. Ze dacht dat ze zou ontploffen. De expeditieleider had althans het fatsoen om beschaamd te kijken. Maar door een fout van hem had Aaron de afvaart gemist. 'Hoe kon je nou denken –'

Ze werd onderbroken door een reeks piepjes uit de intercom. 'Ahoi, hier spreekt uw kapitein! Met een mededeling voor passagiers en bemanningsleden van de MS Vigil. Ik zou u willen verzoeken naar uw hut te gaan, uw reddingsvest te halen en vervolgens naar het verzamelpunt te komen. We zullen ons best doen de veiligheidsoefening zo snel mogelijk af te ronden, zodat u weer kunt gaan genieten van het laatste deel van onze geweldige, zij het wat winderige tocht door het Beagle Channel. Over enkele ogenblikken hoort u vijfmaal het alarmsignaal. Dat is een oefening, opdat u weet wat te doen wanneer zich een noodgeval voordoet.

Met negenenzeventig passagiers aan boord wordt er verzameld in de panoramalounge, op dek vijf. Let op de groepsletter die op uw reddingsvest staat, en zorg dat u bij die groep blijft. Er wordt gecontroleerd of iedereen er is, dus zorg dat u aanwezig bent. Na de veiligheidsoefening geef ik een korte toelichting op onze route en krijgt u het reisschema ook op papier uitgereikt. Tot zover. Over en uit.'

'Het spijt me echt heel erg wat er is gebeurd,' zei Liam. 'En u hoeft niet helemaal terug naar uw hut voor uw reddingsvest. Ik heb er hier een liggen. Dat kunt u gebruiken voor de oefening.'

Olivia voelde haar boosheid zakken. Het liefst zou ze woedend tekeer zijn gegaan, maar ze besefte dat de oorzaak van haar problemen niet bij Liam lag. 'Bedankt,' zei ze dan ook.

'Ik zal even kijken in welke groep u zit. Momentje.' Hij pakte zijn klembord van een van de tafels. 'Wat is het nummer van uw hut? Zestien?'

'Nee, ik heb geruild toen bleek dat ik alleen was. Dus ik zit nu in twaalf.'

'Wat leuk! Dan zit u in mijn groep. Samen met Patricia, Annalise, Janine en Christa.'

'Christa is degene met wie ik heb geruild.'

Liam streepte haar naam door en zette die van Olivia ervoor in de plaats. 'Geregeld. Ik zal mijn collega Melissa ook informeren. Zij zou oorspronkelijk uw groepsleider zijn geweest. U vindt het geen probleem om hier even te wachten?'

'Nee hoor. Prima.'

Ze hoefde niet lang te wachten. De lounge vulde zich al snel met passagiers, van wie sommigen hun reddingsvest hadden omgebonden. Delilah Constance verscheen met in haar hand een grote cocktail – felblauw, in de kleur van haar sjaal. Het leek erop dat ze een jongere mannelijke passagier had gestrikt om haar reddingsvest te dragen. Olivia keek uit naar het pasgetrouwde stel, maar dat was nergens te zien.

'Olivia!' Patty's stem klonk boven al het geroezemoes uit. 'Moeten wij hier verzamelen?'

'Ik geloof van wel, ja.' Ze schoof een eindje door op de bank om plaats te maken voor Patty en Annalise.

'Dames, goedemiddag! U maakt deel uit van het Team Liam!' De expeditieleider ging op een puntje van de bank zitten, gewapend met zijn klembord.

Patty boog zich naar Annalise en Olivia. 'Als ik dertig jaar jonger was, nou dan wist ik het wel.' Ze wiebelde veelzeggend met haar wenkbrauwen.

Hut nummer 20 voegde zich bij hen: Yara en Helena, twee socialemediasterren die Annalise onmiddellijk herkende.

'Ik hoop dat jullie de cruise een mooie recensie geven,' verklaarde Patty met een knipoog.

'Ze doen alleen maar videocontent, Patty. Ze schrijven geen recensies,' mompelde Annalise.

'O, aha! Jullie zijn infl… infl… Kom, hoe heet dat nou?'

'Influencers,' zei Yara.

Patty sloeg met een vlakke hand op haar knie. 'Dat is het! Influencers!'

Helena glimlachte. 'Het is voor het eerst dat we naar Antarctica gaan, dus ik reken op interessante content. En Yara heeft heel veel volgers op TikTok. Ze post regelmatig over kunst. Dus reken maar dat ze aandacht gaat besteden aan de veiling. Zo zijn we hier terechtgekomen: op uitnodiging. Hashtag talentvol!'

Olivia keerde zich naar Yara. 'Ik kan je een rondleiding geven door de galerie als je dat wilt. Een voorvertoning van wat er wordt aangeboden?' Als Yara was uitgenodigd omdat ze content postte over kunst, dan moest Aaron daar de hand in hebben gehad.

'Ja, geweldig! Ik ben helemaal weg van Yennin. Tragisch dat hij nooit meer nieuw werk zal maken.' Haar bruine ogen werden vochtig.

'Wacht even. Dit moeten we vastleggen.' Helena haalde haar telefoon tevoorschijn, en de twee gingen verzitten zodat het gezicht van Yara werd omlijst door het raam; de kolkende zee achter haar vormde een fraai contrast met haar betraande wangen terwijl ze voor de camera vertelde over haar emoties.

Olivia verkende de rest van het gezelschap. Ze zag wel twintig marineblauwe truien en ook een paar mannen met een kaalgeschoren hoofd, maar ze bezorgden haar geen van allen het onheilspellende gevoel dat ze aan dek had ervaren. Benedendeks waren er ongetwijfeld nog veel meer bemanningsleden aan het werk – mensen die niet bij de veiligheidsoefening aanwezig waren.

Haar blik viel op een man aan de andere kant van de lounge, vlak bij Cutler Hughes en zijn gezin. Hij kwam haar vaag bekend voor. Niet bedreigend, maar ze wist zeker dat ze hem al eerder had gezien. Toen hij zag dat ze naar hem keek, knikte hij.

De naam op de lijst met de bezetting van de hutten schoot haar te binnen.

Sadler. En de M stond voor Maxwell. Ze had hem in de galerie in

Londen gezien, maar niet geweten dat hij ook aan boord zou zijn. Waarom was hij niet bij het vip-diner geweest? Ze probeerde zich te herinneren wat ze van hem wist. Hij deed iets in de financiële wereld, als investeerder of belegger.

Ze schrok op toen het alarm ging. Op slag vielen alle gesprekken stil.

Na het laatste signaal liep kapitein Enzo naar een microfoon voor een projectiescherm dat uit het plafond werd neergelaten, met een kaart van het Antarctische schiereiland waarop met een dikke rode lijn hun route stond aangegeven. Tot dusver was alles soepel verlopen. Het was duidelijk dat bij de renovatie van de boot kosten noch moeite waren gespaard.

'Goedemiddag, opvarenden van de MS Vigil! Mijn naam is Enzo Giuliani, ik ben uw kapitein. Zoals u waarschijnlijk wel kunt horen, kom ik uit Italië. Om precies te zijn uit Sardinië.

Welkom aan boord, bij deze volledig verzorgde expeditie naar een van de mooiste gebieden ter wereld. Onze eerste verantwoordelijkheid is uw veiligheid, en vervolgens die van Antarctica. Het is van het grootste belang dat we het gebied beschermen. Deze reis verschilt van wat u mogelijk hebt ervaren bij andere cruises. In Antarctica staan we er alleen voor. Er zijn geen ziekenhuizen, er is geen politie. Tot op heden is het gebied door amper een half miljoen mensen bezocht. Overigens een aantal dat snel groeit.

Sommigen van u hebben misschien ervaring met veiligheidsoefeningen, maar aan boord van de MS Vigil gaat het er een beetje anders aan toe. Ik wil u erop wijzen hoe buitengewoon belangrijk het is dat iedereen aan boord weet wat hem of haar te doen staat wanneer zich een noodgeval voordoet. Voordat u deze ruimte verlaat, weet u allemaal hoe u bij de reddingsboten moet komen. De groepen gaan nu met hun eigen teamleider naar buiten. U bent bij hen in goede handen.'

Prompt klapte Liam in zijn handen. 'Attentie, Team Liam. Komt u maar mee. Hoe eerder we buiten zijn, hoe eerder we weer naar binnen kunnen. Ik hoop dat u zich goed hebt ingepakt, want het is koud.'

Hij loodste hen een aantal trappen af, via brandwerende deuren naar het buitendek. Ondertussen was hij voortdurend aan het woord, en Olivia deed haar best om te luisteren, maar ze kon haar aandacht niet losrukken van de kolkende grijze zee en de wolken aan de horizon.

'Team Liam, doe uw reddingsvest om!' droeg hij zijn groep op terwijl hij hun voorging naar twee oranje reddingsboten, opgehangen aan davits.

Olivia trok het reddingsvest over haar jack, dankbaar voor een extra beschermlaag tegen de kou. Het vest was enorm, knaloranje, gevuld met hard schuim en voorzien van een lange, centimeters brede riem, die ze om haar middel moest vastmaken. De riem bleef ergens aan haken, met als gevolg dat ze achteropraakte. Voorovergebogen tastte ze achter zich om het uiteinde te pakken te krijgen.

Een volgend groepje passagiers kwam door de zware deuren naar buiten, voorgegaan door hun teamleider. Behalve Delilah liepen ook anderen al met een cocktail in hun hand, en te oordelen naar hun luide stemmen was het niet hun eerste. Olivia probeerde niet te oordelen, maar ze kon niet nalaten te denken dat het nog wel erg vroeg was voor cocktails.

Delilah en haar groepje zagen haar amper terwijl ze zich langs haar heen werkten en haar aan de kant duwden, met als gevolg dat Olivia zich schrap moest zetten tegen de reling om te voorkomen dat ze haar hoofd stootte. Ondertussen trok de ongrijpbare riem van haar reddingsvest strak en drukte tegen haar keel.

Ze kreeg geen lucht.

Moeizaam wurmde ze haar vingers achter de riem. Toen ze over haar schouder keek, besefte ze dat er iemand achter haar stond. Een grote, breedgeschouderde gestalte. Op hetzelfde moment werd er een krachtige ruk aan de riem gegeven. Pijn flitste op achter haar ogen. Maaiend met haar armen slaakte ze een gesmoorde kreet, terwijl ze nog altijd met haar vingers naar haar hals klauwde. Ze verloor haar evenwicht en viel, waardoor het voorpand van het reddingsvest omhoogkwam en het nog moeilijker werd om greep te krijgen op de riem.

Wanhopig probeerde ze de hakken van haar sneakers tegen de grond te drukken, maar ze kon niet verhinderen dat ze werd meegesleurd. Alles werd zwart voor haar ogen.

En toen ineens... was het voorbij! Bevrijd, happend naar lucht, ging ze op haar knieën zitten. Hoestend en hijgend trok ze het reddingsvest over haar hoofd en gooide het van zich af. Het schoot over het gladgeboende dek en werd uiteindelijk tegengehouden door de reling. Ze draaide zich om, op zoek naar de schuldige, maar Elisabet liep in de weg. Achter haar stond een deur open.

Wie het ook was geweest die haar had willen wurgen, was verdwenen. Olivia tuurde door de deuropening. Op het dek daarachter was niemand te bekennen. Haar hals bonsde pijnlijk.

'Gaat het wel?' vroeg de cruisemanager. 'Ik zag u worstelen. Bleef de riem soms haken achter de vergrendeling van de deur?'

Olivia schudde haar hoofd, wrijvend over haar hals. 'Nee, iemand greep hem vast en trok eraan.'

'Echt waar?' Elisabet sloot de deur en liet haar blik over het verlaten dek gaan.

'Alles oké hier?' Liam kwam aanrennen. 'Ik besefte ineens dat u ontbrak. Kom, dan helpen we u overeind.'

De twee bemanningsleden namen Olivia onder de arm en zetten haar weer op haar benen. Op het dek was nog altijd niemand te zien. Maar ze wist zeker dat er iemand aan de riem had getrokken. Dat die niet aan de deur was blijven haken. Dat iemand had geprobeerd haar te wurgen.

Maar waarom had hij niet doorgezet? Was Elisabet net op tijd gekomen? Of was het bedoeld geweest als waarschuwing...

Wat het ook mocht zijn, ze twijfelde niet langer: iemand aan boord had het op haar gemunt. En ze wist bij wie ze moest zijn om daar meer duidelijkheid over te krijgen.

9

'Ze zouden niet moeten drinken,' mopperde Elisabet. 'We zijn bezig met een veiligheidsoefening! Beseffen ze wel hoe belangrijk dat is?'

Liam hield Olivia nog steeds bij de arm. 'Gaat het weer een beetje?'

'Nee, niet echt.' Nu de eerste schok voorbij was, kreeg ze tranen in haar ogen van de pijn. Liam haalde haar reddingsvest. In plaats van het aan te trekken drukte ze het tegen haar borst terwijl hij haar mee terugnam naar de groep.

Ondertussen streek ze met haar vingertoppen over haar hals, zich afvragend of ze blauwe plekken zou krijgen.

Tegen de tijd dat ze terugliepen naar de lounge, had Patty zich over haar ontfermd. Liam was nog altijd aan het woord; hij behandelde tot in de kleinste details de speciale veiligheidsmaatregelen tijdens een cruise naar Antarctica en drukte zijn team op het hart de pinguïns niet aan te raken. Olivia was er niet echt bij met haar gedachten. Wanneer ze slikte, voelde ze opnieuw de riem om haar keel. Was ze maar nooit aan boord gebleven, maar met Aaron meegegaan! Dan zou ze nu niet alleen zijn geweest. Hoe kon ze in hemelsnaam ontspannen, laat staan genieten? Wat als Aaron iets was overkomen? *De bedreigingen zijn gestopt.* Het gesprek dat ze onbedoeld had afgeluisterd bleef door haar hoofd spoken.

En blijkbaar had nu iemand het op haar gemunt.

Zodra de veiligheidsoefening voorbij was, moest ze op zoek naar Stefan en duidelijkheid eisen. Waar hadden Aaron en hij het over gehad de vorige avond? Van wie waren die bedreigingen afkomstig? En als diegene haar aan boord was gevolgd, dan was die ook in Ushuaia geweest. Als iemand haar – en Aaron – naar het leven stond, moest ze de politie inlichten. Maar de verleiding was groot om zich op te sluiten in haar hut en er de rest van de cruise niet meer uit te komen. Totdat ze terug waren in Ushuaia.

In de lounge nam kapitein Enzo opnieuw het woord, en Olivia deed haar best om te luisteren, ondanks de mist van angst die haar denken vertroebelde. Het was van het grootste belang dat alle bezoekers aan Antarctica zich hielden aan de regels zoals die waren opgesteld door de International Association of Antarctica Tour Operations, aldus de kapitein, die eraan toevoegde dat het gebied geen overheid kende. Geen wetten. Geen handhaving. Er waren geen hulpdiensten, er was slechts beperkt internet en geen telefoonbereik. Voortijdig rechtsomkeert maken en teruggaan was onmogelijk.

Dat laatste alleen al was genoeg om de angst die Olivia in de greep hield te doen uitgroeien tot paniek.

De kapitein ging verder met een toelichting op de veiligheidsmaatregelen aan boord, en hij vertelde zijn passagiers hoe te handelen bij storm. Daarbij liet hij hen, als een soort mantra, herhalen wat ze geen moment mochten vergeten: *Een hand voor mezelf, een hand voor het schip*. Ze moesten te allen tijde voorbereid zijn op ruw weer, en dat betekende dat ze altijd één hand vrij moesten hebben om zich vast te grijpen aan een reling of een trapleuning.

Door de reusachtige panoramaramen zag Olivia enorme wolkenpartijen hoog boven de grijze zee. De golven boden geen verontrustende aanblik; het schip navigeerde er moeiteloos doorheen. In de verte was nog altijd land te zien: loodgrijze rotsen en hier en daar een glimp van groen. Grote jagers en aalscholvers vlogen in zwermen over het water, dat rijk was aan krill. Olivia probeerde zich dáárop te concentreren. De natuur was troostrijk, er ging een kalmerende werking van uit.

In haar hoofd hoorde ze de stem van haar vader: *Je kunt veel leren door de vogels te observeren*. In gedachten zag ze hem voor zich, met zijn zware zwarte verrekijker op de boeg van hun schip. Ze volgden de kustlijn van het Isle of Mull en hadden alleen maar wat zeemeeuwen gezien, terwijl ze qua weer op één dag alle seizoenen hadden moeten trotseren. Olivia had geklaagd en gemopperd. Ze was moe, ze had het koud, haar kleren waren nat, en ze had haar vader gesmeekt om naar huis te gaan. Toen had hij haar gewezen op een donkere vlek op een klif en haar zijn verrekijker gegeven. De donkere vlek was een steenarend. Voor hun ogen spreidde hij zijn vleugels, vloog op en scheerde vervolgens rakelings over hen heen.

Hard werken, ontberingen lijden, en ja, soms ook bang zijn – dat was de prijs die je betaalde om de verborgen wonderen van Moeder Aarde te mogen zien. Wat zou het heerlijk zijn als ze nu ook kon ontspannen en genieten.

'Was dat alles, kapitein?' Cutler liep naar de microfoon. 'Vindt u het goed dat ik ook iets zeg voordat u ons laat gaan?'

'Maar natuurlijk.' De kapitein gebaarde naar het geïmproviseerde podium en deed een stap naar achteren, kaarsrecht, met zijn handen op zijn rug.

Het werd weer stil in de lounge. Alle ogen richtten zich op de volgende spreker. Olivia merkte dat Patty gespannen reageerde. De oudere dame boog zich naar voren, met haar handen stijf gevouwen in haar schoot. Annalise, die naast haar zat, rolde met haar ogen, maar uiteindelijk keerde ook zij zich naar het podium.

'Om te beginnen: welkom aan boord! Voor degenen die mij niet kennen, mijn naam is Cutler Hughes, ik ben CEO van Pioneer Adventures. Deze cruise is heel bijzonder. De eerste reis van ons volledig gerenoveerde schip. De reisbranche heeft een zware tijd achter de rug, en ik ben er trots op dat Pioneer vooroploopt als het gaat om vernieuwing. Zoals blijkt uit de veiling die zal worden gehouden op de dag dat we de poolcirkel kruisen. Noteert u dat alstublieft in uw agenda. De MS Vigil is de enige plek op de hele wereld waar u een echte Kostas Yennin kunt kopen. Yennin is een kunstenaar wiens werk groot opzien heeft gebaard, vooral in de nasleep van zijn tragische overlijden.' Cutler zweeg even en sloeg ernstig, plechtig zijn ogen neer. Toen glimlachte hij weer. 'Maar deze cruise is boven alles een feestelijke aangelegenheid, dankzij u, dankzij de resultaten van het afgelopen jaar en dankzij de reisbranche, die niet alleen terug is op het oude niveau maar die bovendien weer groeit.'

'Bravo!' riep iemand.

'En bij wijze van welkom stel ik voor dat u samen met mij het glas heft. Champagne!'

Vanuit de pantry kwamen bemanningsleden binnenlopen met bladen vol glazen gevuld met gouden belletjes. De stemming werd op slag uitbundig terwijl mensen opstonden om een glas te pakken. Olivia aarzelde; haar hoofd stond er niet naar, maar ze wilde niet uit de toon vallen. Dus ze pakte ook een glas van het blad dat langskwam.

'Dat hebben we verdiend.' Patty leegde in één teug haar glas en wenkte een ober voor een tweede. 'Vooral Annalise. Hij had het over Kostas Yennin die opzien had gebaard, maar dat geldt ook voor Annalise. Mijn man en ik zijn al dertig jaar werkzaam in de reisbranche, en Annalise is de beste verkoper die we ooit hebben gehad.'

Er verscheen een lichte blos op Annalises wangen, terwijl ze haar glas naar haar mond bracht om haar gêne te verbergen.

Olivia nipte van haar champagne. De gouden belletjes gleden moeiteloos naar binnen. Maar haar hals bonsde nog altijd door de riem die haar keel letterlijk had dichtgesnoerd.

Toen ze zag dat Cutler om zich heen keek, vermoedde ze dat hij op zoek was naar haar, om een verklaring te eisen voor Aarons afwezigheid. En daar had hij alle recht op. Maar niet nu.

Eerst moest ze met Stefan praten.

10

De champagne had haar moedig gemaakt, dus ze negeerde het bordje met GESLOTEN en klopte aan. De galerie zou pas voor de passagiers opengaan op de eerste dag op volle zee. Maar Stefan had laten weten dat hij na de veiligheidsoefening aanwezig zou zijn. Door het matglas zag ze een bewegende schaduw, en ze klopte nog iets harder.

Het duurde even voordat de deur op een kier openging. 'Sorry, maar we gaan morgen pas open!'

'Stefan? Ik ben het. Olivia.'

'O, sorry. Dat had ik niet in de gaten.' Hij deed de deur verder open om haar binnen te laten.

De galerie zag er geweldig uit. Olivia was er die ochtend ook al geweest, samen met Aaron. Bij de herinnering voelde ze een steek van pijn in haar hart. Was hij echt amper een paar uur geleden nog bij haar geweest? Bij haar tweede bezoek vond ze het opnieuw adembenemend hoe de ruimtes eruitzagen. Het was alsof ze werd teruggevoerd naar haar eerste kennismaking met het werk van Yennin, naar de vernissage waarbij Aaron en zij elkaar hadden leren kennen. Hier was de belangrijkste Yennin, het enige origineel dat tijdens de veiling te koop zou worden aangeboden, niet te zien. Maar ook de reproducties waren opmerkelijk; de grimmige, sobere doeken vormden een schril contrast met de luxe en het comfort van het schip.

'Stuurt Aaron zijn betere helft om me zover te krijgen dat ik me terugtrek? Alles is in gang gezet. Dat heb ik hem gezegd. En hij heeft de deal gesloten in de wetenschap dat ik de leiding zou hebben. Daar heeft hij zijn handtekening onder gezet. Dus ik stel voor dat hij me vertrouwt. Hij is minder bekend met dit soort clientèle dan ik.' Als een geroutineerde veilingmeester praatte Stefan onafgebroken door. Olivia kreeg er geen speld tussen. Hij was tenger, om niet te zeggen graatmager, en kleiner dan Olivia. Zijn stijl was die van een chique Franse gentleman – gedessineerde sjaals, zijden overhemden, maatpakken –, maar hij kwam uit Liverpool. Het maakte allemaal deel uit van het imago dat hij zich had aangemeten, maar zijn charme was onmiskenbaar. Al pratend trok hij de deur achter Olivia in het slot.

'Waar heb je het over? Ik begrijp het niet. Heb je alsnog gekozen voor een andere aanpak?'

'Zeg maar tegen Aaron dat hij zelf langs moet komen als hij het een probleem vindt om –'

'Hij is zélf het probleem,' viel Olivia hem in de rede. 'Hij was niet op tijd terug op het schip.'

Daarmee wist ze Stefan eindelijk het zwijgen op te leggen. Even leek hij met stomheid geslagen. Boven zijn linkerwenkbrauw trok een spiertje. 'Wát zei je?' wist hij ten slotte uit te brengen.

'Hij is na onze lunch nog van boord gegaan. Er waren problemen in de galerie in Londen. Ze hebben hem toen niet uitgelogd, en hij heeft het vertrek niet gehaald. Sindsdien heb ik nog niets van hem gehoord.'

'Meen je dat nou? Je maakt geen grapje?'

Olivia schudde haar hoofd.

'Maar… Maar dat kán toch niet? Hoe heeft zoiets nou kunnen gebeuren?' Hij haastte zich naar het dichtstbijzijnde raam, alsof hij verwachtte Aaron te zien aankomen op een gehuurde boot.

'Dat weet ik niet. Zoals ik al zei: ik krijg hem niet te pakken. En blijkbaar heb jij ook niks gehoord.'

'Nee. Nee, natuurlijk niet. Ik, eh… Ik ging er gewoon van uit…' Hij liet zich op de met zwaar fluweel beklede vensterbank zakken. 'Wat een toestand.'

Olivia ging naast hem zitten. 'En dat is nog voorzichtig uitgedrukt.' Ze haalde diep adem. 'Hij zou nooit met opzet te laat zijn gekomen. Dus er moet iets gebeurd zijn. Daarom ben ik hier: om het over die bedreigingen te hebben.'

Stefan kneep zijn ogen tot spleetjes. 'Wat weet jij daarvan?'

In plaats van antwoord te geven hield ze zijn blik vast en keek ze hem afwachtend aan.

Stefan wreef zuchtend over zijn wenkbrauwen. 'Tja, het is een ellendige zaak. Maar Aaron had het geregeld, zei hij.'

Olivia zou het liefst doorvragen, maar Stefan leek nerveus. 'Wat vind jij ervan? Het klonk behoorlijk verontrustend, maar ik geloof niet dat ik het hele verhaal heb meegekregen...'

Stefan slaakte een diepe zucht. 'Verontrustend lijkt me te kort door de bocht. Aaron had dreigbrieven en -mails ontvangen. Met het soort laster dat je ook op de sociale media tegenkomt. Allemaal ongefundeerde beschuldigingen natuurlijk.'

'Wat vreselijk! Maar waarom dan?'

Stefan fronste zijn wenkbrauwen. 'Vanwege Yennin.'

'Ik snap het niet.'

'Vanwege de manier waarop hij aan zijn einde is gekomen. Sommige mensen zetten daar vraagtekens bij.'

'Maar wie dan?'

Stefan schudde zijn hoofd. 'Dat heeft hij niet gezegd. En ik weet ook niet of hij wist wie de afzender was. Het ging allemaal anoniem. Hij heeft me een paar van die mails laten lezen. Heel onaangenaam. Maar hij heeft een goed juridisch team. Volgens mij was hij ervan overtuigd dat ze geen poot hadden om op te staan.'

'Ik snap het niet,' zei Olivia weer. 'Yennin is omgekomen in het verkeer. De politie heeft niemand verantwoordelijk gesteld. Het was tragisch, maar een ongeluk.'

'Daar is blijkbaar niet iedereen van overtuigd.'

'Maar... Aaron was niet eens in de buurt toen het gebeurde! Hoe kan iemand dan zeggen dat het zijn schuld was?'

Bovendien, als het iemands schuld was, dan toch de hare. Althans, ten dele. Haar herinneringen aan die avond waren gekleurd door schuldgevoel. Het had Yennins grote doorbraak moeten worden. De veiling van zijn werk. Maar de kunstenaar stond bekend als schuw, introvert. Hij had er niet bij willen zijn.

Toch had Aaron aangedrongen op zijn aanwezigheid. Hij had Yennin er bijna om gesmeekt. Zo had Olivia hem nog nooit meegemaakt. Waarop Yennin had toegezegd, op voorwaarde dat hij werd opgehaald, door iemand die hij kende. Aaron had het die dag veel te druk, dus hij had Olivia gevraagd om het te doen. Hij had het haar zelfs laten beloven.

Maar hij had niet beseft hoe labiel ze was. En uitgerekend die dag had ze haar absolute dieptepunt bereikt. Ze had met onmiddellijke ingang haar baan opgezegd en geen moment meer aan haar belofte gedacht.

Toen ze bij de veiling arriveerde, een halfuur nadat die had moeten beginnen, was ze nog altijd volledig van de kaart. Ze had iedereen teleurgesteld: haar collega's, haar vrienden, haar familie, en nu ook nog Aaron en de kunstenaar van wie hij zulke hoge verwachtingen had. Maar tot haar verbazing stonden de bezoekers nog met een glas champagne in de lobby, in geanimeerd gesprek gewikkeld of verdiept in hun telefoon. Ze zou het vermakelijk hebben gevonden – al die mensen in smoking en gala die naar een oplichtend schermpje keken – als ze niet zo tegen Aarons reactie op haar laatkomen had opgezien.

Ze baande zich onopvallend een weg door de mensen en ging achter de schermen op zoek naar Aaron. Tegen de muren stonden reusachtige schilderijen, in afwachting van het moment waarop ze geveild zouden worden. Tijdens de presentatie werden ze met de uiterste zorg behandeld en droegen de veilingknechten witte handschoentjes, maar hier? Het was bijna pijnlijk om te zien hoe onverschillig ermee werd omgesprongen, terwijl ze stuk voor stuk misschien wel miljoenen waard waren. Dat zou moeten blijken tijdens de veiling.

Ze vond Aaron in een bescheiden ruimte waar collega-kunsthandelaren, journalisten en critici de veiling konden volgen op een klein televisiescherm. De gasten begonnen inmiddels hun plaats in te nemen, en op grote schermen aan weerszijden van de veilingmeester zouden de biedingen verschijnen.

'Livi! Goddank, daar ben je,' riep Aaron toen hij haar zag. 'Waar is Yennin?'

Het ontging haar niet dat er zweetdruppeltjes op zijn voorhoofd parelden. 'Hoezo? Is hij er nog niet dan?'

'Nee! Jij zou hem halen. Wilde hij niet mee?'

'Ik... Ik kon niet. Het was erg druk op mijn werk. Dus ik ben rechtstreeks hierheen gekomen.'

'Shit! De veilingmeester wil niet langer dan een halfuur uitstel. Dan beginnen ze zonder hem. Hoezo, je kon niet? We hadden een afspraak. Je had het beloofd!'

'Sorry. Het spijt me. Echt waar. Het spijt me echt heel erg...'

Een van de journalisten siste om stilte. Aaron keerde zich naar het scherm; zijn gezicht zag bleek, zijn handen beefden. De veiling van *nemiga* begon.

Aaron tikte met zijn voet telkens wanneer de veilingmeester een bieding herhaalde. Hij was één brok nerveuze energie, bruisend als net ingeschonken champagne. Weg van de kritische blikken van zijn klanten kon hij zichzelf zijn, hoefde hij geen rol te spelen als man van de wereld. Olivia ving een glimp op van de jongen die schuilging onder het gepolijste vernislaagje en besefte hoeveel er voor hem op het spel stond. Doorgaans wist hij de risico's die hij nam perfect te bagatelliseren. Zelfs tegenover haar.

'Jezus!' fluisterde de journalist luidruchtig tegen zijn collega. 'Heb je die tweets gezien?'

Olivia keek niet-begrijpend achterom. De journalist en zijn collega zaten diep over hun telefoon gebogen.

'Is het Yennin? Weten ze dat zeker?' fluisterde de ander terug.

Olivia keerde zich weer naar Aaron, maar die merkte niets van wat er om hem heen gebeurde. Als in trance volgde hij de veiling.

Dus ze haalde haar telefoon tevoorschijn, opende Twitter en zocht op YENNIN. Er waren wat tweets over de veiling, maar toen zag ze het. Nieuwsupdate: Straat in Mayfair geblokkeerd door ernstig auto-ongeluk waarbij Litouwse kunstenaar Kostas Yennin betrokken zou zijn.

Olivia was verbijsterd. Ze kon het niet bevatten. Een auto-ongeluk. Dat kon niet waar zijn. Ze gaf Aaron een duwtje tegen zijn schouder, maar hij negeerde haar en bleef strak naar het scherm kijken.

Ze pakte zijn hand. Zijn vingers sloten zich krampachtig om de hare. De biedingen volgden elkaar snel op; sommige kwamen per telefoon of van kopers die online de veiling volgden. De cijfers op het scherm versprongen met grote snelheid, het bedrag steeg naar duizelingwekkende hoogten…

Tot uiteindelijk de hamer viel na een bieding van drie miljoen pond. Een astronomisch bedrag. Vele malen de inzet. De laatste bieder was een man met zilvergrijs haar, gekleed in een duur zeiljack. Pierre Lavaud, miljardair en haar klant.

De kamer stroomde leeg, de journalisten haastten zich om Pierre te interviewen. Olivia had alleen maar oog voor Aaron. Hij leek wanhopig, ten einde raad.

'Aaron, wat is er? Het is je gelukt. Yennin gaat het helemaal maken. Hij wordt mega. Een superster.'

Aaron sloeg zijn ogen neer en keek op zijn telefoon. 'Ik moet naar de politie.'

Uiteindelijk bleek dat het gerucht op de sociale media bij wijze van uitzondering op waarheid berustte. Yennin was die avond betrokken geweest bij een dodelijk verkeersongeluk, op korte afstand van het veilinghuis. Maar Aaron was de hele middag de deur niet uit geweest, laat staan in de buurt van de plek van het ongeluk. Er waren talloze getuigen die dat konden bevestigen.

Hij kon onmogelijk verantwoordelijk zijn voor de dood van Yennin.

Zij daarentegen…

De stem van Stefan bracht haar terug naar het hier en nu. 'Wat sommige trollen online beweren, daar valt niks tegen te doen. Maar ik weet wel dat hij het er behoorlijk moeilijk mee had.'

'Degene die hem bedreigde… Denk je dat die het misschien niet bij brieven en e-mails heeft gelaten? Dat die uiteindelijk geweld heeft gebruikt?'

'Dat gaat wel heel ver. Anonieme dreigbrieven sturen is wel wat anders dan je doelwit achtervolgen naar het eind van de wereld.' Hij leunde ontspannen achterover in de kussens.

Blijkbaar maakte hij zich niet al te veel zorgen, dacht Olivia enigszins opgelucht. Dus misschien had Elisabet gelijk gehad. Misschien was de riem van haar reddingsvest inderdaad achter de deur blijven haken. Als ze het afgelopen jaar iets had geleerd, dan was het wel dat ze niet op haar gevoelens, haar gedachten kon vertrouwen. Het herstel had ingezet, maar ze had nog een lange weg te gaan voordat ze geestelijk weer volledig in evenwicht was.

'Dus Aaron is er echt niet.' Stefan wreef over zijn kin. Ondertussen liet hij zijn blik door de galerie gaan.

Zijn stemming leek veranderd. Olivia kende hem niet goed genoeg om te begrijpen wat daarvan de reden kon zijn. Maar het maakte haar opnieuw nerveus.

'Dan is het aan jou om voor hem waar te nemen, zou ik zeggen. De verkoop, dat doe ik. Daar hoef jij je niet mee bezig te houden. Maar het was Aarons taak om de spanning op te voeren, om potentiële kopers enthousiast te maken. Natuurlijk door Yennin aan te prijzen. Maar ook – en dat is misschien nog belangrijker – door te zorgen dat iedereen het naar zijn zin heeft. Dan is de kans groter dat mensen bereid zijn de beurs te trekken. Aaron had zich voorgenomen om aan alle excursies mee te doen. Kajakken, kamperen op het ijs. En natuurlijk de vip-party, op de avond vóór de veiling. Het is er allemaal op gericht om de klanten in de juiste stemming te brengen. Wat denk je? Kun jij daar in zijn plaats voor zorgen?'

Olivia knikte. 'Natuurlijk. Je kunt op me rekenen.'

Stefan sloeg met zijn handen op zijn knieën. 'Mooi zo. Dan komt alles toch nog op zijn pootjes terecht. Het is niet te geloven! Dat hij de boot mist! Na alles wat hij heeft gedaan om de deal rond te krijgen. Afijn, ik moet vóór de beruchte Drake Passage nog wat administratie wegwerken. De hutten van de bemanning zijn een stuk minder comfortabel dan jullie prachtige suite.'

Olivia overwoog hem te vertellen dat ze had geruild, maar net als Aaron zou hij het niet begrijpen. Ze stond op en liep naar de deur. 'Je laat het me weten als je iets hoort?'

'Ja, natuurlijk. 'O, trouwens…'

Ze bleef staan, met haar hand op de deurknop.

'Het zijn niet alleen de potentiële kopers die je tevreden moet houden. Voor Cutler Hughes is het ook heel belangrijk dat de veiling een succes wordt. En dat we bij terugkeer kunnen aantonen dat het concept lucratief is, voor herhaling vatbaar. Dat vormt een wezenlijk onderdeel van het pakket voor de geheimzinnige investeerder die Cutlers cruiseschepen wil kopen.'

'Wie is het? Weet je dat?'

Stefan haalde zijn schouders op. 'Daar ga ik niet over. Het verbaast me dat jij het niet weet.'

Olivia's wangen begonnen te gloeien. Ze bloosde van ergernis omdat ze zich in de kaart had laten kijken. 'Ik zal mijn best doen om Cutlers zorgen weg te nemen. Jij gaat over de veiling. En laten we hopen dat die genoeg opbrengt.'

'Daar ben ik niet bang voor.' Terwijl hij de deur achter haar dichttrok, ontging het haar niet dat hij glimlachte.

Ze kon zich niet aan de indruk onttrekken dat hij het niet zo erg vond dat ze het zonder Aaron moesten stellen.

11

Tegen de tijd dat de bel ging voor het diner, hadden ze de beschutting van het Beagle Channel achter zich gelaten en voeren ze door de Drake Passage, waar drie oceanen elkaar ontmoetten. Het leek wel alsof ze ruzie hadden; hoge golven beukten tegen de patrijspoorten, die dropen van het schuim.

Het diner was voor alle passagiers tegelijk, in de ruime eetzaal op het een-na-hoogste dek. Toen Olivia de zaal binnenkwam, was bijna iedereen er al, en er heerste grote hilariteit terwijl de gasten probeerden te voorkomen dat hun glas omviel. Olivia voelde zich net als het nieuwe meisje in de klas dat niet goed wist waar ze moest gaan zitten. In gedachten hoorde ze nog wat Stefan had gezegd. Ze moest zorgen dat de gasten het naar hun zin hadden. Net toen ze naar Delilahs tafel wilde lopen, hoorde ze haar naam.

'Olivia!' Patty stak haar hand op en wenkte haar naar een tafel die bijna volledig werd ingenomen door hun groep van de veiligheidsoefening. Zo te zien kwam iedereen rechtstreeks van het happy hour in de lounge. Ze wuifde terug – morgen begon ze met het enthousiasmeren van potentiële kopers, nam ze zich voor – en maakte dankbaar gebruik van de uitnodiging.

Patty trok de stoel naast haar naar achteren. 'Heb je onze veilingmeester te pakken gekregen?'

'Ja, gelukkig wel. Ik heb hem de situatie voorgelegd.' Op haar bord lag de kaart met het driegangenmenu. Ze zou althans geen honger lijden. Nadat ze haar keuzes had doorgegeven aan de ober, keerde ze zich weer naar Patty. 'Dus jij hebt al dertig jaar een reisbureau?'

'Klopt. We noemen onszelf tegenwoordig "reisadviseur".' Patty gaf haar een vette knipoog. 'We doen het samen, mijn man en ik. Reizen is zijn lust en zijn leven. Karl is al in zoveel landen geweest. Ik ben onderhand de tel kwijtgeraakt. Maar nog nooit in Antarctica. Hij zou het geweldig hebben gevonden, deze cruise.' Patty leek een beetje rozig, met blosjes op haar wangen. Ze wenkte de ober om haar nog eens bij te schenken en gebaarde vervolgens naar Olivia's glas. Het schip deinde gestaag op de golven, maar dankzij glazen met een verzwaarde voet werd er geen druppel rode wijn op het witte tafelkleed gemorst. 'Is er nog nieuws van je vriend?'

Olivia schudde haar hoofd. 'Internet is niet geweldig.'

'Daar hadden ze het over in de lounge. Jij was toen al weg. Het schijnt dat het door de storm nog slechter is,' vertelde Yara. 'Sinds we aan boord zijn heb ik nog niets naar mijn TikTok-account kunnen uploaden.'

'Het is goed om even afstand te nemen,' zei Patty. 'Dan heb je iets om over te praten tegen de tijd dat je drieëntwintig jaar getrouwd bent. Ik heb nu al medelijden met die man van je. Want ik weet zeker dat je hem tot vervelens toe doorzaagt over pinguïns.'

'Waar is Annalise?' vroeg Olivia.

'Die is met Janine naar de ziekenboeg, voor pillen tegen zeeziekte. Het arme kind is niet echt goed voorbereid. Misschien was het wel een last-minute boeking. Net als dat pasgetrouwde stel.' Patty keek reikhalzend om zich heen. 'Trouwens, ik zie Christa nergens. Misschien hebben zij en haar man ook wel last van zeeziekte. Of misschien genieten ze van hun tweepersoonshut.' Ze wiebelde veelbetekenend met haar wenkbrauwen.

Ondanks zichzelf schoot Olivia in de lach.

Toen de eerste gang werd geserveerd – een variant op de traditionele garnalencocktail – keek Olivia om zich heen. De stem van Cutler was boven alles uit te horen. Ingrid en hij zaten aan een lange tafel, op de ereplaats in de eetzaal, samen met Robert en Aida en een paar mensen die Olivia niet herkende.

'Is het niet een beetje ongemakkelijk om je baas aan boord te hebben?' vroeg ze toen ze zag dat Patty naar Cutler keek.

'Welnee. Ik prijs me gelukkig dat ik mee mocht. En ik hoop dat ik de kans krijg om hem te bedanken.' Ze prikte een garnaal aan haar vork. 'Pioneer is mijn leven! Maar ik heb Mr. Hughes maar één keer ontmoet. Jaren geleden. Dus hij heeft ongetwijfeld geen idee wie ik ben.'

'Maar hij heeft je toch uitgenodigd?'

'Volgens mij heb ik dat vooral aan Annalise te danken.' Patty nam een grote slok wijn. Olivia kreeg de indruk dat het onderwerp nogal gevoelig lag, dus ze probeerde te bedenken waar ze het dán over konden hebben.

Op dat moment ging er een siddering door de boot en was een veilig gespreksonderwerp wel haar minste zorg. De borden gleden van de tafel, een glazen zoutvat spatte op de grond uiteen.

Olivia kneep haar ogen stijf dicht terwijl ze wachtte tot het deinen ophield. Toen ze, nog altijd met bonzend hart, haar ogen weer opendeed, zag ze dat Patty haar bezorgd zat op te nemen.

'Ik ben niet zo'n botenmens,' zei ze, en ze probeerde te ontspannen toen ze besefte dat haar vingers zich als een bankschroef om haar bestek klemden.

'Ach, kindje. Wil je ook naar de ziekenboeg voor Dramamine? Ik kan je er wel heen brengen...'

Olivia schudde haar hoofd. 'Nee, dat hoeft niet. Ik ben niet zeeziek. Tenminste, dat denk ik. Maar ik weet niet of ik nog iets door mijn keel krijg.'

'Ik neem jouw portie wel,' bood Patty aan. 'Ik weet niet waarom, maar van reizen krijg ik altijd ongelooflijke trek.'

De zee bleef tijdens het hele diner onstuimig, en Patty besloot samen met Olivia terug te gaan naar de hut in plaats van naar de eerste spreker op het programma te luisteren. De arme glacioloog, een zekere dr. Arthur Vance, zou een lezing geven met de titel 'IJs, ijs en nog meer ijs', over de diverse soorten ijsbergen. Maar Olivia dacht niet dat hij veel publiek zou hebben.

Ze was blij toen ze zag dat haar koffer inmiddels was gebracht. Die van Aaron zou wel in de opslag zijn verdwenen. Daar was in de kleine hut geen ruimte voor.

Toen ze het wankele laddertje beklom, besefte ze dat iemand de bedden had opengeslagen. Of liever gezegd: er was aan weerskanten een kussen tussen de matras en de rand van het bed gezet, waardoor de matras omhoogkrulde en het leek alsof ze in een half doorgesneden buis lag. Toen er opnieuw een siddering door het schip ging, besefte ze waarom die kussens daar zaten: zodat ze niet uit bed zou vallen.

Door de patrijspoort zag ze dat zich boven de golven dikke wolken hadden samengepakt, die de hemel verduisterden en deze ziekelijk grauwgeel kleurden. De golven hadden witte koppen, als het schuim op de bek van een hondsdol dier. Dit was de storm waarvoor de kapitein al had gewaarschuwd. Olivia trok het verduisteringsgordijn dicht en kroop onder de dekens. Ze deed haar uiterste best om in slaap te vallen, maar dat was onmogelijk door de deining, door de schok die er bij elke hoge golf door het schip ging, door het lawaai wanneer dingen die niet vastgezet waren – een fototoestel, Patty's brillenkoker, een tandenborstelhouder in de badkamer – op de grond vielen. Ze had er spijt van dat ze voor het bovenbed had gekozen, want daar was de deining nog sterker voelbaar. Bovendien moest ze doodstil blijven liggen, met haar benen gestrekt, haar armen langs haar lichaam. Als ze toch uit bed viel zou ze een akelige smak maken. Tot overmaat van ramp kwamen alle gedachten die ze had verdrongen opnieuw bij haar op.

Waarom was ze niet met Aaron meegegaan?

Waarom had hij niets van zich laten horen?

Was alles goed met hem?

Wie had geprobeerd haar te wurgen tijdens de veiligheidsoefening?

Ze ging op haar andere zij liggen, zo dicht mogelijk tegen de muur. Het schip werd opgetild, en haar maag volgde de beweging. Opnieuw kneep ze haar ogen stijf dicht. Toen dat niet hielp, probeerde ze zich te concentreren op een vast punt. Ze dacht aan haar yoga-oefeningen, focuste op haar ademhaling.

De angst, de schok deed haar verstijven, als bij de eerste stappen in het ijskoude water van een *loch*. Ze knipperde verrast met haar ogen. Het was iets waar ze in geen jaren aan had gedacht, een van de vele herinneringen die ze zo diep mogelijk had weggestopt. Haar vader nam bijna elke dag een duik, zowel thuis als wanneer hij op zee zat. Tijdens de schoolvakanties ging ze met hem mee. Ze gilde het uit wanneer ze in het water sprong, maar zodra haar lichaam aan de kou gewend was, had ze ervan genoten. Na het zwemmen hulden ze zich in een dikke badjas en dronken ze warme chocolademelk, voordat ze zich aankleedden en weer op avontuur uitgingen: zeilen over het loch waarin ze hadden gezwommen, of een trektocht met hun kajaks.

Bij de gedachte aan haar vader werd ze rustiger. Hij had altijd in haar geloofd, had altijd vertrouwen gehad in haar kunnen. In de paar uur dat ze nu aan boord was, op weg naar Antarctica, had ze meer aan hem gedacht dan in de afgelopen tien jaar. Misschien zou blijken dat de reis alle ontberingen waard was, al was het maar doordat ze de herinneringen aan haar vader weer naar boven liet komen. Herinneringen die haar de kracht zouden geven om sterk te zijn.

Er moest een redelijke verklaring voor zijn dat Aaron niets van zich liet horen.

Redelijk. Logisch denkend. Stressbestendig. Het waren kwalificaties die ooit op haar van toepassing waren geweest, en nu klampte ze zich eraan vast, alsof ze op die manier de paniek de baas kon blijven die maakte dat ze het zou willen uitschreeuwen; die maakte dat ze zou willen eisen om onmiddellijk per heli te worden teruggebracht naar Ushuaia.

Ze deed zichzelf een belofte: als ze over vierentwintig uur nog niets van Aaron had gehoord, zou ze kapitein Enzo vragen contact op te nemen met de Argentijnse politie. Het was een plan, iets concreets, en dat had ze nodig. Maar zolang ze op het schip was, moest ze zich concentreren op wat er van haar werd verwacht: zorgen dat de presentatie een succes werd.

Haar maag kwam in opstand. Ze had tijdens het diner amper iets gegeten, maar ze was misselijk; haar maaginhoud dreigde omhoog te komen. Als kind had ze nooit last gehad van zeeziekte, maar blijkbaar was ze in de loop der jaren haar zeebenen kwijtgeraakt. Het was zinloos om in bed te blijven liggen. Misschien kon ze beter naar de ziekenboeg gaan, voor pillen of een pleister tegen zeeziekte. En misschien zou ze dan ook kunnen slapen.

Ze wachtte tot het deinen even minder werd; toen zwaaide ze haar benen over de rand van het bed en klom de ladder af.

Beneden bleef ze even staan, bang om de anderen wakker te maken. Maar die sliepen door alles heen, besefte ze verbijsterd.

Rekening houdend met het deinen van het schip sloop ze naar de deur, deed hem heel zachtjes open en geruisloos weer dicht. De gang lag er verlaten bij. Met één hand aan de koperen reling, voor het geval dat het schip een onverwachte beweging maakte, haastte ze zich voort. Een eind verderop in de gang was de hut die ze met Aaron zou hebben gedeeld. Ze zouden hebben gelachen terwijl de golven woest tekeergingen, en als ze bang was, zou hij haar op haar gemak hebben gesteld. Ze hoopte dat het pasgetrouwde stel het fijn had samen.

Ze had het nog niet gedacht, of iemand in een marineblauwe polo met het logo van Pioneer kwam uit hut nummer 16. Hij droeg witte handschoenen. Een steward. Zijn hoofd was kaalgeschoren, op twee rechte lijnen boven zijn oor na.

Deze keer viel het niet te ontkennen. Hij zag er precies zo uit als de man die de vorige avond tegenover het restaurant had gestaan, de man van wie ze het gevoel had gehad dat hij hen in de gaten hield.

Onwillekeurig hield ze haar adem in. En toen hij opkeek, zag ze zijn ogen. Ze waren lichtblauw. Waterig blauw. En hij kneep ze tot spleetjes terwijl hij met grote stappen naar haar toe kwam.

In paniek draaide ze zich om en vluchtte ze de trap af. Met twee treden tegelijk rende ze naar beneden. Maar toen ze de reling losliet om op de overloop de hoek te nemen, verdween de grond onder haar voeten. Het schip schokte en steigerde. Ze werd opgetild, haar voet miste de volgende tree, stootte tegen de muur, en ze viel achterover, wild maaiend met haar armen.

Haar hoofd beukte met een misselijkmakend gekraak tegen de reling.

12

'Heel stil blijven liggen, Olivia,' beet de man haar grommend toe.

Ze huiverde, bracht een hand naar haar achterhoofd. Toen deed ze één oog open, en ze gilde het uit.

Hij keek op haar neer, met zijn hand geheven. Het was met haar gedaan! Hij was in de verkeerde hut naar haar op zoek geweest, en vervolgens was ze hem recht in de armen gelopen. Ze was overgeleverd aan zijn genade. Ze schopte met haar benen en probeerde achteruit te krabbelen, maar door de trap kon ze geen kant uit.

'Hé! Alles goed daar?'

Toen ze haar hoofd achteroverboog zag ze het hoofd van Liam boven de balustrade in het trappenhuis verschijnen. De man gromde bij het horen van zijn stem. Hij richtte zich op, zette het op een lopen en verdween door een deur met daarop VERBODEN TOEGANG VOOR ONBEVOEGDEN.

Liams vriendelijke bruine ogen stonden bezorgd terwijl hij zich de treden af haastte. 'Bent u gevallen?'

'D-die man. Iemand van de bemanning,' stamelde ze. 'Weet je wie dat was?'

'Nee, sorry. Ik kon het niet goed zien. Alleen de bovenkant van zijn hoofd.'

'Hij zat achter me aan. En toen ben ik gestruikeld. Hij viel me aan.'

Liam fronste zijn wenkbrauwen. 'Iemand van de bemanning? Dat kan ik me niet voorstellen.'

'Hij is lang, zeker een meter vijfentachtig, en kaalgeschoren, met twee streepjes haar boven zijn oor. Hij was ook in Ushuaia. Daar heb ik hem gezien.'

Liam grinnikte. 'Dat klinkt alsof u het over mijn hutgenoot hebt. Hij noemt het een "haartatoeage". En daar is hij heel zuinig op. De sukkel. Maar het kan niet dat u hem in Ushuaia hebt gezien. Hij komt net van een ander schip, en we hadden niet veel tijd aan de wal.'

'Waarom ging hij er dan vandoor, als hij geen kwaad in de zin had?'

'Hij hoort hier niet te zijn, in het passagiersgedeelte. Waarschijnlijk zag hij me aankomen en had hij geen zin in een uitbrander van de kapitein. Dus hij besloot dat ik het mocht opknappen.'

Olivia beet op haar onderlip. Ze was niet overtuigd. 'Maar hoe wist hij dan hoe ik heette?'

'We hebben allemaal een map gekregen met informatie over de passagiers. Waarschijnlijk herkende hij u daarvan.'

Olivia had tijd nodig om het allemaal op zich te laten inwerken. Misschien was het inderdaad de man uit Ushuaia, maar misschien ook niet. Dat laatste leek waarschijnlijker. Uiteindelijk had hij haar niets gedaan. Hij had alleen maar gezegd dat ze stil moest blijven liggen. En dat was ongetwijfeld verstandig, gezien het feit dat ze gewond was aan haar hoofd. Terwijl de adrenaline wegzakte, keerde de pijn in volle hevigheid terug. Ze kreunde.

'U hebt nogal een smak gemaakt. Shit, en u bloedt. Kunt u staan? Kom, dan breng ik u naar de ziekenboeg.'

'Dat hoeft niet. Ik red me wel.'

'Het is hier vlakbij. Ik wil zeker weten dat u geen serieuze verwondingen hebt opgelopen.'

Ze leunde op zijn arm, en hij loodste haar de trap af naar de ziekenboeg op het benedendek. Vanwege de pijn kon ze haar ogen nauwelijks goed openhouden. 'Wat deed u nog zo laat op de gang?' vroeg hij.

'Ik wilde naar de ziekenboeg. Voor pillen tegen zeeziekte.'

'Die kan dokter Ranjeed u geven. Dan komt het allemaal goed. En niet vergeten om altijd een hand aan het schip te houden.'

Hij klopte voor haar op de deur. Het duurde even voordat er werd opengedaan.

De dokter oogde uitgeput. Zijn haar stond alle kanten uit. Zijn huid had een diepgebruinde kleur die zelfs tijdens een maandenlang verblijf op Antarctica niet zou verbleken, maar zijn warmte zou behouden. Kleine rimpeltjes waaierden uit vanaf zijn ooghoeken. Wat was zijn verhaal, vroeg ze zich af. Hoe was hij op een boot naar de Zuidpool terechtgekomen?

Hij nodigde haar mompelend uit om binnen te komen en op de behandeltafel te gaan liggen. 'Wat scheelt eraan?'

'Ze is van de trap gevallen,' vertelde Liam. 'En toen heeft ze haar hoofd gestoten. Ze bloedt. Misschien moet het gehecht worden.'

De dokter knikte. 'Ik zal wat Steri-Strips pakken.'

'Dan kan ik nu maar beter mijn ronde afmaken, anders krijg ík morgen de wind van voren van de kapitein. We zien elkaar morgen, oké?'

Olivia stak haar hand op terwijl ze voorzichtig op de behandeltafel ging liggen. Wat moest hij wel niet van haar denken? Dit was nu al de tweede keer dat hij haar te hulp had moeten komen.

Misschien kon ze de dokter ervan overtuigen dat ze om medische redenen moest worden teruggevlogen naar Ushuaia. Ze staarde naar zijn rug, terwijl hij in een kast de hechtstrips zocht. Hoe erg moest het zijn om gerepatrieerd te worden? Een zware hersenschudding? Een gebroken been? Een zenuwinzinking?

Maar voordat ze had bedacht wat ze moest zeggen, kwam de dokter terug met verbandgaas en ontsmettingsdoekjes. Hij veegde het bloed van haar voorhoofd, onderzocht de wond en controleerde haar hersenfuncties door haar te vragen zijn vinger te volgen. Toen knikte hij. 'Het ziet er akelig uit, maar het hoeft niet gehecht te worden. U hebt geluk gehad. U wel. Wat een narigheid allemaal.'

Olivia fronste haar wenkbrauwen. 'Zijn er dan nog meer mensen gewond geraakt?'

'Ranj?' klonk een vrouwenstem uit de aangrenzende ruimte. Olivia probeerde haar hoofd zo te draaien dat ze kon zien bij wie de stem hoorde, maar door een steek van pijn gaf ze het op.

'Ja?' Dokter Ranjeed gaf Olivia een ijskompres voor op de wond. Ze pakte het dankbaar aan.

'Je moet me echt komen helpen.' De stem trilde, er klonk wanhoop in door. Blijkbaar was er een stroom patiënten die medische hulp nodig had. En dat was ook niet zo gek. Het schip had het zwaar te verduren in de storm, de patiënten werden weinig zachtzinnig ingewijd in het cruiseleven. De ziekenboeg had geen ramen, maar Olivia kon zich de deining moeiteloos voorstellen. Golven van negen meter hoog die tegen het schip beukten en het als een stuk speelgoed heen en weer slingerden. Ze probeerde te doen alsof ze weer aan land waren, in plaats van op een loodgrijze oceaan die hen dreigde op te slokken.

'Mijn collega heeft me nodig.' Dokter Ranjeed legde zijn handen op haar schouders en dwong haar te gaan liggen.

Met het ijskompres op haar voorhoofd sloot Olivia haar ogen in een poging de pijn draaglijk te maken. Al haar spieren verkrampten toen het schip opnieuw vervaarlijk begon te hellen. Zou ze er ooit aan wennen? Hoelang was het varen door de Drake Passage? Wat had de kapitein gezegd? Twee dagen. Met slecht weer zelfs nog langer...

Het geluid van stemmen drong tot haar door. Dokter Ranjeed had de deur op een kier laten staan, dus ook al kon ze hen niet zien, ze kon wel horen wat hij en zijn collega zeiden.

'Wat moeten we doen?' De fluisterende vrouwenstem had een licht Slavisch accent, waardoor ze de w uitsprak als een v. Een accent dat blijkbaar werd versterkt doordat ze in paniek was. 'We zijn nog geen vierentwintig uur op weg,' vervolgde ze. 'We moeten ze terugsturen met de heli.'

'In deze storm? Onmogelijk,' zei dokter Ranjeed.

'Dan moeten we rechtsomkeert maken. Het is echt heel ernstig, Ranj.'

'Daar gaat de kapitein nooit mee akkoord. Met Mr. Hughes aan boord.'

'En als het inderdaad vergif is? Wat doen we dan?'

Olivia schoot overeind. Ze moest het verkeerd verstaan hebben. *Vergif?* Het schip werd opnieuw opgetild door de golven, de deur viel dicht, ze kon het antwoord van de dokter niet meer horen.

Een ijzige kilte bekroop haar. Als er iemand was vergiftigd, kon de reis onmogelijk worden voortgezet. Dan zou de kapitein onmiddellijk omdraaien en terugvaren naar de haven. Maar door haar accent had ze de vrouwelijke dokter waarschijnlijk verkeerd verstaan. Bovendien werden alle geluiden vervormd en verwrongen door het bonzen in haar hoofd.

U wel. Wat een narigheid allemaal.

Nu begreep ze de sombere woorden van de dokter.

Ze schrok op uit haar naargeestige gedachten toen hij terugkwam. De adrenaline die was gaan stromen door wat ze had opgevangen, had de pijn naar de achtergrond gedrongen.

Hij keek verbaasd, alsof hij haar was vergeten, en ze dwong zichzelf te glimlachen. Hij glimlachte terug, maar ze had de indruk dat het hem moeite kostte.

'Waar ging dat over?' vroeg ze.

'Mijn collega had hulp nodig met wat papierwerk. Het is altijd ingewikkeld wanneer iemand ziek wordt aan boord. Vanwege de verzekering en dat soort dingen. Het zal niet lang meer duren, dan hebben we de ergste deining gehad. U hebt geen hersenschudding. Dus ik geef u iets tegen de pijn. Dan slaapt u beter. En iets tegen zeeziekte, mocht het weer slecht blijven. Als u morgenochtend nog steeds beroerd bent, kom dan gerust weer langs.'

'Maar... ik hoorde u praten. U en uw collega. En toen hoorde ik dat het woord...' Ze kreeg het bijna niet over haar lippen. 'Ik hoorde het woord "vergif" vallen.'

Ze nam hem onderzoekend op en zag dat hij aarzelde. Heel even maar. Een fractie van een seconde. Maar ze had het gezien.

'Dat moet u verkeerd hebben verstaan. We hadden een patiënt met buikgriep. Met andere woorden, voedselvergiftiging. Dat komt vrij vaak voor op cruiseschepen. We werken aan een advies voor de kapitein om het ontsmettingsprotocol te intensiveren en besmette passagiers in quarantaine te stellen.'

Hij gaf haar een cupje met pillen, dat ze met trillende vingers aanpakte. 'Dus ik kan maar beter weer aan het werk gaan.' Hij hielp haar overeind en ging haar voor naar de deur.

Ze protesteerde niet langer. Zijn woorden klonken nog na in haar hoofd terwijl ze de pillen droog doorslikte en terugliep naar de hut, waarbij ze de reling geen moment losliet. Voedselvergiftiging. Hoe had ze zo onnozel kunnen zijn?

Toen ze weer in bed lag, was het deinen afgezwakt tot een soort wiegen. Was de storm over zijn hoogtepunt heen? Haar hoofd bonsde nog altijd, maar de medicatie begon te werken.

Ze sloot haar ogen en dommelde weg. Eindelijk.

13

Ze was al vroeg wakker. Even na zessen, zag ze op haar digitale horloge. Enigszins gedesoriënteerd keek ze om zich heen, al was het maar omdat het schip volmaakt stil leek te liggen. Misschien had de kapitein die nacht rechtsomkeert gemaakt en waren ze weer op weg naar Ushuaia? Ze verwachtte half en half door de patrijspoort bergen aan de horizon te zien.

Haar hoofd bonsde nog altijd, haar ogen waren pijnlijk en gezwollen. Starend naar het plafond legde ze voorzichtig een hand op haar keel. Stefan had zich niet bezorgd getoond dat de 'bedreigingen' niet langer beperkt bleven tot internet, dat degene die erachter zat was overgegaan tot fysiek geweld. Maar wat er met haar reddingsvest was gebeurd, had heel echt gevoeld. Bovendien had ze gezien dat er iemand vlak achter haar liep. Of had ze zich dat verbeeld?

En dan de man met het kaalgeschoren hoofd. Kon het toch dezelfde man zijn geweest die ze in Ushuaia had gezien?

Ze leed aan achtervolgingswaanzin. Maar dat was ook niet zo vreemd. Ze was moederziel alleen, in een omgeving waarin ze zich hoogst ongemakkelijk voelde. Haar enige houvast was de belofte die ze aan zichzelf had gedaan: als ze vandaag niets van Aaron hoorde, zou ze eisen dat de kapitein bericht stuurde naar de wal en de autoriteiten waarschuwde.

Had ze maar iemand om mee te praten. Iemand die haar kon helpen om alles wat er gebeurde in perspectief te zien. Patty was allerliefst, maar loyaal aan Pioneer, waardoor Olivia het gevoel had dat ze niet vrijuit kon praten. En Stefan mocht dan aan haar kant staan als het ging om de veiling, hij had iets wat haar nerveus maakte. Wat ze nodig had, was een kameraad.

Toen ze rechtop ging zitten, begon haar hoofd nog harder te

bonzen, en ze kromp ineen van de pijn. Gelukkig zakte die weer weg toen ze haar ogen sloot. Ze legde haar hand op haar voorhoofd en voelde een bult, net bij de haargrens. De vlinderpleister zat er nog op. *Au!*

Er schalde een belsignaal door de hut, dat vervolgens nog twee keer werd herhaald. Uit de intercom klonk de stem van de kapitein. 'Goedemorgen, passagiers en bemanning van de Vigil. Als uw kapitein zou ik u moeten feliciteren met de succesvolle doortocht door de Drake Passage. Maar ik heb vannacht zorgwekkende berichten ontvangen vanuit de ziekenboeg. Denk erom dat u altijd één hand vrijhoudt, zodat u zich kunt vastgrijpen aan de reling. Kijk tijdens het rondlopen aan boord niet op uw telefoon en probeer geen foto's te maken. Het schip is voortdurend in beweging, en ook al hebben we voorlopig het ergste achter de rug, het valt niet te voorspellen wat voor weer we nog gaan krijgen.

En dan nu vrolijker nieuws. Ondanks de ruwe zee zijn we goed opgeschoten, dus misschien zijn we morgenochtend al bij de eerste plek waar we aanmeren. Ter voorbereiding daarop heb ik onze geweldige bemanning gevraagd een tandje bij te zetten om te zorgen dat alles er klaar voor is. Vandaar dat u na het ontbijt opnieuw een veiligheidsoefening kunt verwachten, waarna u uw uitrusting krijgt uitgereikt om het ijs op te gaan.

Bovendien nodig ik u uit een bezoek te brengen aan onze kunstgalerie, die vanochtend om tien uur opengaat. Dan krijgt u alvast een voorproefje van de veiling, waarbij u de unieke kans wordt geboden om origineel werk te kopen van een van de meest gelauwerde namen van de huidige generatie moderne kunstenaars. Daar kan Stefan, onze veilingmeester, u alles over vertellen, dus nogmaals: ga bij hem langs op dek vier. En ten slotte wens ik u een verrukkelijke dag op zee.'

'Voel je je weer wat beter, lieverd?' vroeg Patty aan Janine, die in het bed onder dat van Olivia sliep.

'Nog een beetje wiebelig,' klonk het antwoord.

‘Je ziet er wel iets beter uit. Niet meer zo groen van de zeeziekte.’

‘Gelukkig maar. Ik denk dat ik eerst maar eens opsta om mijn tanden te poetsen.’

‘O, mag ik alsjeblieft eerst?’ Zonder het antwoord af te wachten verdween Patty in de badkamer.

Olivia voelde dat Janine ging verliggen en zich traag uitrekte. Vervolgens zag ze haar vingers die zich om de rand van het bovenbed klemden, terwijl Janine opstond en zich omdraaide.

Op datzelfde moment maakte het schip een onverwachte beweging. Janine sloeg achterover, met haar hoofd tegen het andere stapelbed, en belandde op de grond.

‘O hemel! Gaat het?’ Olivia klauterde haastig uit haar bovenbed en hielp haar overeind.

‘Ik heb blijkbaar nog geen zeebenen,’ mompelde Janine. Ze had een zachte stem. Haar rossig bruine haar kroesde waar ze erop had gelegen. Verbaasd en met een vragende blik in haar ogen keek ze Olivia aan.

‘O, sorry. Ik heb me nog helemaal niet voorgesteld. Ik ben Olivia.’ Ze stak haar hand uit.

Licht fronsend legde Janine de hare erin. ‘Eh… ik geloof dat ik nogal de kluts kwijt ben. Door de zeeziekte en de jetlag. Want ik dacht dat ik een stapelbed deelde met ene Christa.’

‘Dat klopt. Maar we hebben van hut geruild. Dan konden haar man en zij bij elkaar slapen.’

‘O, aha. Nu snap ik het. Ik ben Janine. Leuk je te leren kennen.’ Ze glimlachte.

Patty kwam de badkamer uit, enigszins verhit en verward in haar thermo-ondergoed. ‘Allemachtig, het is wel krap, zeg! O! Ik zie dat jullie elkaar hebben ontmoet. Eindelijk. Hut nummer twaalf is compleet!’

Vanuit het bed aan de overkant van het middenpad klonk een kreet van opwinding. Olivia zag tot haar verbijstering dat die afkomstig was van Annalise, die ze de hele reis nog amper op een glimlach had kunnen betrappen. 'Kijk dan!' Ze boog zich over het tafeltje tussen de bedden en schoof het gordijn voor de patrijspoort opzij.

Druppels spatten tegen het raam, dat mistig was door aangekoekt zout. De vier vrouwen keken ingespannen naar buiten, naar de deinende weidsheid van de oceaan. Het was alsof ze op kwik dreven; de zee was net zo grijs als de hemel, en de serene rust voelde bijna onnatuurlijk.

Aan de horizon was een donkere schaduw verschenen. Was het een ander schip? Kwam Antarctica zo in zicht? Olivia wreef in haar ogen.

Op dat moment ontstond er een opening tussen de wolken en het loodgrijze water, en Olivia's adem stokte in haar keel. Een ijsberg! Haar eerste! Een grimmige witte driehoek die oprees uit de oceaan. Haar reactie was instinctief: een overweldigende angst nam bezit van haar. Ze had niet verwacht dat ze zo zou reageren, maar ijsbergen hadden iets dreigends, iets onheilspellends door wat er onder water loerde, in de duistere diepte. Misschien kwam het door de film. Misschien had ze *Titanic* net iets te vaak gezien. De aanblik van de ijsberg doordrong haar ervan dat ze op een schip zat, in een oceaan waarvan het water zo koud was dat er eilanden van ijs op dreven. Dat ze, als het schip zonk, onherroepelijk zou verdrinken. Dat haar dan een langzame, pijnlijke dood wachtte.

Ze deed een stap bij het raam vandaan om ruimte te maken voor de anderen. Annalise beefde van opwinding en had haar ogen wijd opengesperd in een bijna kinderlijke verwondering. Mensen waren net ijsbergen, dacht Olivia. Ze lieten maar een heel klein stukje van zichzelf zien; hun verhaal kwam slechts ten dele aan de oppervlakte. Het meeste bleef verborgen, diep weggestopt waar niemand het kon zien.

Olivia had nooit iemand onder de oppervlakte toegelaten. Zelfs Aaron niet, besefte ze geschokt. Diep weggestopt bewaarde ze de herinneringen aan haar jeugd, aan haar vader. Aan hoe hij aan het roer van een jacht stond, zwervend over de turkooisblauwe wateren van de Caribische Zee. Aan hoe hij haar leerde knopen leggen of met een kajak varen. Herinneringen aan haar moeder, die toen zo anders was geweest – sprankelend, onbekommerd – en die urenlang in haar tot atelier verbouwde schuur verdween om te schilderen. Zo had Olivia haar al heel lang niet meer gezien. Al ver voordat de ziekte haar geheugen had aangetast, was de moeder uit Olivia's jeugd ergens heel diep onder water verdwenen.

'Wauw! Onze eerste ijsberg,' fluisterde Annalise.

'Laten we aan dek gaan kijken,' stelde Patty voor.

'Ja! Een beetje frisse lucht zal me goeddoen,' zei Janine. Maar ze fronste verschrikt haar wenkbrauwen toen ze naar Olivia keek. 'Je bloedt!'

'Wat?' Olivia voelde aan haar voorhoofd. 'O, blijkbaar is het verband losgeraakt. Ik ben vannacht naar de ziekenboeg geweest. Want ik was van de trap gevallen,' zei ze ter verduidelijking.

'Vannacht? In die storm?' vroeg Annalise verbijsterd.

'Ach, lieverd toch!' riep Patty. 'Ik kon me amper staande houden. Dus het verbaast me niets dat je bent gevallen. Kom, dan gaan we naar de ziekenboeg voor een schoon verband.'

Voor het eerst sinds ze aan boord was, had Olivia het gevoel dat er althans iets van de druk van haar schouders werd genomen. Ze had er goed aan gedaan van hut te wisselen. Misschien hield ze aan de reis zelfs een paar goede vriendinnen over. Het was lang geleden dat ze nieuwe vrienden had gemaakt, zonder ze vervolgens weer weg te duwen. Bij de gedachte aan Trishia voelde ze een steek van pijn.

Hun laatste gesprek was ronduit onaangenaam geweest.

Het was niets voor haar zoals ze zich had gedragen, dacht ze schuldbewust. Ze zou Trish moeten schrijven om het uit te leggen. Tegen de tijd dat ze terug was in Londen, konden ze er misschien om lachen.

'Welnee, dat hoeft niet,' zei ze tegen Patty.

Toen ze de hut uit kwamen, liep Annalise een andere kant uit dan de rest.

'Waar ga je naartoe?' riep Patty haar na.

'Naar de bibliotheek. Om te werken.'

Olivia bleef staan. 'Vind je het goed als ik meega? Ik moet weten of Aaron al iets van zich heeft laten horen.'

'Mij best.' Annalise haalde haar schouders op.

'Veel plezier,' zei Patty. 'Maar mij niet gezien. Ik ben deze vakantie offline. Kom mee, Janine.'

Onderweg naar de bibliotheek beet Annalise peinzend op haar onderlip.

'Waar ben je mee bezig?' vroeg Olivia om het zwijgen te doorbreken.

'Hoe bedoel je?'

'Je zei dat je naar de bibliotheek ging om te werken...'

'O, aan mijn scriptie, voor mijn MBA.'

'Wauw. Waar gaat je scriptie over?'

'Over de reisbranche na COVID-19.'

'Klinkt interessant.'

Maar Annalise ging er niet verder op in. Olivia begreep de hint. Ze ging langzamer lopen om wat afstand te nemen.

'Het is wel een raar verhaal. Van je vriend,' zei die over haar schouder. 'Hoe krijg je het voor elkaar om voor zoiets te laat te komen?'

Nu was Olivia degene die zich in de verdediging gedrongen voelde. 'Daarom wil ik mijn post controleren.'

In de bibliotheek ging ze opnieuw achter de laptop zitten die ze inmiddels als de hare beschouwde. Annalise nam de laptop ertegenover.

Gelukkig ging het inloggen deze keer een stuk soepeler. Het internet was nog altijd traag – misschien kwam dat door al die ijsbergen –, maar het werkte tenminste.

Terwijl haar inbox volstroomde slaakte Olivia een zucht van frustratie. Nog altijd niets van Aaron.

Ze drukte op NIEUWE E-MAIL.

Aaron, ik weet niet wat er aan de hand is en waarom je niets laat horen. Ik hoop vurig dat er niks ergs is gebeurd en dat alles goed met je is. Maar als je dit leest, weet dan dat ik doodsbang ben. Ik zie overal gevaar. Ik schrik van mijn eigen schaduw. Ik dacht zelfs dat die vent die bij het restaurant in Ushuaia rondhing aan boord was. Zeg alsjeblieft dat alles goed is. Ook tussen ons.

XX, Livi

Behalve Aaron was er nog iemand die ze moest schrijven.

Trishia.

De laatste keer dat ze elkaar hadden gesproken, was op de dag dat ze was gezakt voor haar afrondende examen om zich officieel actuaris te mogen noemen, een paar weken voor de Yennin-veiling.

De bekendmaking van de uitslagen was bij Pendle altijd een hele happening. Onder normale omstandigheden zou Olivia er opgewonden naar hebben uitgekeken. De uitslagen werden tegen vijven op het net gezet, en dan verzamelde het hele kantoor zich rond een van de computers, doorgaans die van Trishia, omdat zij onpartijdig was. Administratief medewerkster in plaats van kandidaat-actuaris.

Zoals gebruikelijk had Trishia een lijst gemaakt en uitgeprint met daarop wie welk examen had gedaan. Wanneer de uitslag online stond, las ze hardop voor wie er geslaagd was – gejuich! – en wie het niet had gehaald – boegeroep. Tegen de tijd dat alles was afgehandeld, gingen ze met het hele kantoor naar de kroeg om de uitslag te vieren. Of om hun verdriet te verdrinken.

Deze keer was er een gespannen stilte gevallen toen Trishia bij Olivia was aangekomen. Ze wisten allemaal dat dit haar laatste examen was. En dat ze nog nooit voor een examen was gezakt. Een zeldzaamheid in de wereld van het actuariaat, waar het slagingspercentage doorgaans rond de dertig schommelde.

Maar in dit geval was haar geluk op geweest; de veel te zware werkdruk had haar genekt. Ze was niet alleen gezakt, ze had het examen ook volledig verknald.

Trishia was snel – maar niet snel genoeg – verdergegaan met de volgende op de lijst.

Olivia was naar de wc's gevlucht. Daar had ze op het deksel van een toiletpot gezeten, met haar handen voor haar gezicht. Toen ze eindelijk weer opkeek, hield ze een pluk haar in haar hand. Vol ongeloof staarde ze ernaar.

Er werd op de deur geklopt. 'Alles goed daar?' klonk de stem van Trishia.

'Ja hoor. Prima!' riep ze – veel te hard – terug. Ze rolde luidruchtig wc-papier af en spoelde de pluk kastanjebruin haar door.

Toen ze tevoorschijn kwam stond Trishia haar op te wachten, met haar armen over elkaar.

'Ik ga naar huis,' zei Olivia.

'Wacht nou even. Als je geen zin hebt, gaan we niet naar de kroeg. Dan gaan we ergens anders heen, lekker een cocktail drinken. Jij en ik samen. Verder niemand.' Trishia draaide haar armbanden rond om haar pols. 'Ik wil je al een tijdje iets vragen…'

'Sorry. Ik moet weg. Aaron zit op me te wachten.'

'Toe nou, Liv. Het duurt maar even.'

'Nee. Sorry.'

Maar Trishia ging met haar armen wijd voor de deur staan. 'Ik maak me zorgen. Volgens mij moet je met iemand gaan praten.'

'Ik heb één examen niet gehaald, en dan denk jij meteen dat ik doordraai? Nou, bedankt voor het vertrouwen.'

'Als het alleen dat ene examen was, dan hoorde je me niet. Dat weet je best. Maar ik vind echt dat je hulp moet zoeken. Voordat het te laat is. Ik ben bang voor een burn-out. Wat ik erover lees, zie ik ook bij jou. Je hebt de laatste tijd veel hooi op je vork genomen. Naast je werk opdrachten van Pierre Lavaud, projecten voor Aaron, en ik heb de laatste rekening gezien van het verpleeghuis van je moeder. Ik denk echt dat je het wat rustiger aan moet doen…'

'Sinds wanneer lees jij mijn post?'

'Je had die rekening op het aanrecht laten liggen.'

'Dus je weet hoezeer ik onder druk sta, maar toch zeg je dat ik het rustiger aan moet doen? Zeg jij dan maar tegen de huisbaas dat ik de huur niet kan betalen. Omdat ik het van jou rustiger aan moest doen.'

'Dat is niet eerlijk.'

'Hoezo, niet eerlijk? Weet je wat niet eerlijk is? Dat ik maanden moet wachten voordat ik dat examen over kan doen. Voordat ik partner in de vennootschap kan worden. Zoveel tijd heb ik niet.'

'Waarom ga je niet met Lisa praten? Er moet toch iets te bedenken zijn waardoor je de kans krijgt je evenwicht te hervinden? Of misschien kan Aaron je helpen?'

'Geloof het of niet, maar er zijn ook vrouwen die níét op hun rijke vriendje willen steunen,' bitste Olivia.

'Oké. Dan moet je het zelf maar weten.' Trishia draaide zich om en liep de deur uit, maar niet voordat Olivia de gekwetste blik in haar ogen had gezien.

Ze hield haar handen onder de koude kraan en verwachtte dat er tranen zouden vloeien, dat ze zou worden overweldigd door emotie. Trishia en zij hadden nog nooit echt ruzie gehad.

Maar ze voelde helemaal niets.

Door haar gevoelens de ruimte te geven zou ze erkennen hoe wankel de blokkentoren van haar leven was geworden. Haar carrière, haar inspanningen om zich als actuaris te kwalificeren, haar relatie, Aarons werk, haar vriendschappen, haar moeder… Dat alles vormde een instabiel bouwwerk dat dreigde in te storten als ze te lang naar de gaten keek die er in de basis vielen: haar gezondheid, zowel geestelijk als fysiek.

Een burn-out.

Het was duidelijk dat Trishia de symptomen had herkend, lang voordat Olivia eerlijk had durven zijn tegenover zichzelf.

De ruzie had hun vriendschap blijvend beschadigd. Zelfs nadat Olivia's arbeidscontract bij Pendle was beëindigd, had ze zelden meer iets van Trishia gehoord, behalve af en toe een link naar een artikel over herstellen van een burn-out. Ze was weggegaan uit het appartement in Tooting en bij Aaron ingetrokken, en Trishia had haar geblokkeerd op haar sociale media.

Het had gevoeld als het einde van een vriendschap.

Had ze maar geprobeerd het goed te maken, dacht ze nu. Maar misschien was het nog niet te laat. Trishia zat acht uur per dag achter haar computer, en nog veel meer uren op haar telefoon. Anders dan Aaron zou zij vast en zeker meteen reageren. Olivia voelde zich schuldig in het besef dat ze haar vriendin gebruikte om te controleren of haar post wel doorkwam. Maar dat was niet de enige reden dat ze haar mailde.

Hoi Trish,

Het is lang geleden dat we elkaar spraken. Veel te lang. En dat spijt me. Echt waar. Ik voel me weer een stuk beter, meer in balans met mezelf, en dat heb ik voor een groot deel aan jou te danken.
Het liefst ging ik een kop koffie met je drinken. Maar dat zal niet gaan. Want je raadt nooit waar ik ben. Op een cruiseschip, op weg naar Antarctica! Het is echt heel bijzonder. De gids aan boord is een cutie. Ik weet zeker dat je hem leuk vindt. Wanneer de wifi het weer doet, stuur ik je een foto. Mail me alsjeblieft terug! Ik mis je en ik wil weten hoe het met je gaat.

xOJC

Toen ze op VERZENDEN had gedrukt, ging ze op zoek naar haar laatste mails met Aaron over de deal met Pioneer. Maar het scherm bevroor, de verbinding haperde.

Het mocht niet zo zijn. Ze logde uit, stond op en strekte haar armen. De klok boven de deur tikte hoorbaar. Het was nog vroeg. Pas negen uur. Ze gaf zichzelf tot drie uur die middag. Als ze dan nog niets van Aaron had gehoord… Het aftellen was begonnen.

Annalise was geconcentreerd aan het werk, en Olivia liep om haar heen, benieuwd naar wat er op de planken achter haar stond. Ze schrok toen Annalise hardhandig haar computer dichtklapte.

'Weleens van privacy gehoord?'

Olivia was verbijsterd. 'Ik keek alleen maar naar de boeken. Doet jouw verbinding het nog wel? De mijne hield ermee op.'

'Bij mij doet hij het.'

'Oké, dan ga ik het nog een keer proberen.'

Ze ging weer achter haar computer zitten, logde in en opende haar e-mail.

Tot haar verrassing kwam er een nieuw bericht binnen. Het was een kwartier eerder verstuurd, zag ze.

En het kwam van Aaron.

Met bonzend hart opende ze de mail.

Lieve Olivia,

Ik vind het heel erg dat ik het vertrek heb gemist. Het spijt me echt vreselijk. Ik heb alles in het werk gesteld om een helikopter te regelen. Vandaar dat ik je niet eerder heb gemaild. Maar het is me niet gelukt.

Het is een ramp, dat besef ik. Maar ik wil niet dat je je zorgen maakt. Geniet van de reis. Doe met alle excursies mee. En zorg namens mij voor de kunst. Je kunt het! Wanneer je terugkomt sta ik op de kade.

Liefs,
Aaron

Ze voelde een overweldigende opluchting. 'Goddank!' zei ze hardop, achteroverleunend in haar stoel terwijl ze met haar handen door haar haar ging.

'Wat is er?' vroeg Annalise.

'Ik heb eindelijk, eindelijk bericht van Aaron. Alles is goed met hem.' Ze keek weer naar de mail en streek met haar vinger over het scherm alsof ze hem kon aanraken. Toen controleerde ze nogmaals de afzender, want ze kon het nog altijd niet geloven. Maar de mail kwam echt van hem. Dus ze hoefde niet naar de kapitein.

Toch was er iets wat haar niet lekker zat. Ze las de mail opnieuw.

Lieve Olivia...

Toen riep ze zichzelf tot de orde. Alles was goed met hem. Tegelijkertijd voelde ze dat haar wangen begonnen te gloeien. Waarom had het zo lang geduurd voordat hij iets liet horen? Ze drukte op BEANTWOORDEN. Maar toen ze begon te typen, draaide het wieltje onder de cursor alleen maar gekmakend in het rond. En vervolgens viel de verbinding helemaal weg.

Ze haalde diep adem, bang dat ze anders een ram op het toetsenbord zou geven. 'Volgens mij heb ik frisse lucht nodig. Ga je mee?' vroeg ze aan Annalise.

'Straks.'

Olivia haalde haar schouders op, liep de bibliotheek uit en zette koers naar de boeg, waar door leden van de bemanning koffie werd geserveerd. Er stond nog altijd een harde wind, maar zonder de kwaadaardige windstoten waarmee de storm gepaard was gegaan. En ondanks de hoge golven sneed het schip soepel en zonder al te veel deining door het water.

Terwijl Olivia een kop zwarte koffie pakte, ontdekte ze Patty en Janine een eindje verderop. Maar ze had behoefte aan een moment voor zichzelf. Terwijl het besef dat alles goed was met Aaron begon in te zinken, was ze zich ervan bewust dat haar aanvankelijke opluchting werd verdrongen door een andere emotie. *Geniet van de reis. Doe met alle excursies mee.* Geniet van de reis? Hoe durfde hij het te zeggen? Hoe kon hij haar zo in de steek laten? Hoe was het mogelijk dat hij haar een hele dag in onzekerheid had gelaten, op een schip naar Antarctica nota bene? Ze had zo in angst gezeten dat er iets verschrikkelijks was gebeurd.

Nu ze wist dat alles goed met hem was, kon ze geen enkel excuus bedenken waarom hij het vertrek had gemist.

Op dat moment hoorde ze een geluid dat haar hart een slag deed overslaan: het diepe, hakkende geratel van de rotoren van een helikopter. Ze haastte zich naar de reling om te zien waar de heli vandaan kwam. Was het Aaron alsnog gelukt een vlucht te krijgen nu de storm was afgezwakt? Was dat mailtje bedoeld geweest om haar om de tuin te leiden? Ze speurde de hemel af, maar tussen de wolken was geen helikopter te bekennen.

Toen voelde ze plotseling een harde wind, en op hetzelfde moment zag ze de helikopter. Maar hij landde niet.

Hij steeg op.

14

Olivia zag de helikopter nog even boven het schip cirkelen en vertrekken. Naar Ushuaia, veronderstelde ze. Moedeloosheid overviel haar toen het toestel uit het zicht verdween. Haar laatste kans om weg te komen was definitief verkeken.

Ze draaide zich verschrikt om toen iemand een hand op haar rug legde.

Patty stond achter haar, samen met Janine en Annalise. 'Wat zou er aan de hand zijn?' vroeg ze zich hardop af.

'De heli wordt gebruikt voor medische spoedgevallen,' antwoordde Olivia. 'Dat weet ik van Elisabet.'

'Waarschijnlijk een van de bejaarden. Laten we hopen dat ze goed verzekerd zijn.' Annalise liep schouderophalend naar de deur van de eetzaal, zonder af te wachten of de anderen haar volgden.

'Wat afschuwelijk,' zei Patty. 'Stel je dat toch eens voor! Dan heb je peperdure tickets naar Antarctica gekocht, en word je na één verschrikkelijke nacht op zee per luchtbrug teruggebracht. Olivia, wat is er?'

Patty keek haar zo bezorgd aan dat Olivia besefte hoe geschokt ze eruit moest zien. 'Ik herinner me ineens dat ik vannacht niet de enige was in de ziekenboeg. De dokters hadden het over een andere patiënt. Of de heli moest worden ingezet. Blijkbaar is zijn toestand dusdanig verslechterd dat ze geen keus hadden.'

Janine zette grote ogen op. 'Zeiden ze ook wat die patiënt mankeerde?'

'Ik heb alleen flarden van het gesprek opgevangen.' Olivia wilde de anderen geen deelgenoot maken van haar paranoia. Maar die keken haar zo doordringend aan dat ze zwichtte. 'Het woord "vergif" viel. Maar toen ik de dokter ernaar vroeg, legde hij uit dat het ging om een geval van voedselvergiftiging.'

'Dat komt wel vaker voor op cruiseschepen.' Patty huiverde, en haar grijze krullen huiverden mee. 'Maar rechtvaardigt dat een luchtbrug? Dat heb ik nog nooit gehoord. Een luchtbrug wordt alleen ingezet bij hartproblemen of ernstige verwondingen aan het hoofd. Of bij een uiterst gecompliceerde breuk.'

Janine keek haar weifelend aan, maar Patty haalde haar schouders op. 'Ik heb regelmatig klanten moeten helpen om verzekeringskwesties af te handelen. Die doen zich bij cruises vaker voor dan je denkt. Afijn, genoeg over ziektes en vergif. We gaan ontbijten! Ik rammel! Trouwens, ik hoorde van Annalise dat je eindelijk iets van je vriend hebt gehoord. Wat zul je opgelucht zijn. Ik wil er zo alles over horen.'

Olivia rammelde ook van de honger. Met een lege maag kon ze niet nuchter en helder denken. Op het dieptepunt van haar burn-out had ze ook haar lichaam verwaarloosd door niet goed te eten.

Van de lucht kon je niet leven. Dat wist ze maar al te goed. Dus ze knikte, en Patty schoof haar arm door de hare terwijl ze naar de eetzaal liepen. Ondertussen liet de helikopter haar niet los. Ze moest erachter zien te komen wat er was gebeurd.

Het was druk en lawaaiig in de stampvolle eetzaal. Een kok bakte op bestelling eieren met bacon. Het buffet bood een uitgebreide keus aan ontbijtgranen, vruchtensappen en versgebakken broodjes.

Met haar bord in de hand liet Olivia haar blik over het aanbod gaan. Ze koos voor een stapeltje pancakes gedrenkt in maple syrup met slagroom en vers fruit. De koffiemachine zag er veelbelovend uit, dus ze nam een dubbele espresso. Die had ze wel nodig.

Terwijl ze op haar koffie wachtte zag ze Cutler binnenkomen. Samen met Robert, een van de vips die ze kende van het diner in Ushuaia. Toen Cutlers blik de hare kruiste, kwam hij rechtstreeks naar haar toe, op de hielen gevolgd door Robert.

'Olivia! Ik was gisteren al naar je op zoek, maar toen zag ik je nergens. Wat hoor ik? Is Aaron niet aan boord?'

Olivia pakte haar koffie. Ze had verwacht dat hij haar ter verantwoording zou roepen, maar had gehoopt dat hij zo discreet zou zijn het onder vier ogen te doen. Robert, die achter hem stond, fronste zijn wenkbrauwen. Ach, misschien was het ook wel beter zo, dacht ze. Misschien zou het gesprek op deze manier minder lang duren.

'Hij werd vanwege een dringende kwestie weggeroepen.'

'Nog dringender dan dit? Dat kan ik me nauwelijks voorstellen.'

'Het kon helaas niet anders. Maar daarom ben ík hier. Stefan is volledig gekwalificeerd om alle vragen over de kunstwerken te beantwoorden, en als partner bij de Hunt Advisory kan ik de financiële kant van de investering toelichten.'

Cutler knikte. 'Hoor je het, Rob? Wat heb ik je gezegd? Er is geen enkele reden om je zorgen te maken. Je bent in goede, capabele handen.'

'Tja, je moet het me maar vergeven,' zei Robert. 'Dat ik me zorgen maakte. Investeren in kunst is nieuw voor me. Die Aaron van je weet het overtuigend te brengen. Maar nu hij er niet is...'

'Ik kan u alles vertellen wat u wilt weten,' zei Olivia. 'Misschien kunnen we het er tijdens het diner over hebben. Ik wil met alle plezier toelichten wat de voordelen zijn om kunst te kopen tijdens deze reis.'

'Prima! Dat doen we.'

Cutler, die inmiddels achter Robert stond, knipoogde naar Olivia.

Ze wachtte tot hij Robert meeloodste naar het ontbijt. Toen slaakte ze een zucht van verlichting.

Omdat de anderen nog bij het ontbijtbuffet stonden, liep Olivia alvast naar een lege tafel in het midden van de zaal, ver van de ramen.

'Hoe gaat het? Hebt u uw eerste ijsberg al gezien?'

Olivia schrok. De vraag kwam van Liam, de expeditieleider. Haastig slikte ze haar hapje pancake door en bette ze haar mond, voor het geval dat er maple syrup aan haar lippen kleefde. Liam was beslist niet onaantrekkelijk, en ze werd verlegen onder zijn aandacht.

'Ja, ik heb hem gezien. Maar ik dacht eerst dat het een ander schip was.'

'Er komen er nog veel meer.' Hij liet zich met een bord vol roerei op de stoel naast de hare zakken en begon met smaak te eten.

Olivia sloeg hem onopvallend gade, maar hij maakte een ontspannen indruk. En hij zag er zeker niet uit alsof hij zojuist had gehoord dat een van de passagiers was vergiftigd. Hij droeg als enige korte mouwen. Hoewel het aangenaam warm was in de eetzaal, droeg bijna iedereen thermo-wear om regelmatig naar buiten te kunnen lopen. De haartjes op zijn armen staken donker af tegen zijn gebruinde huid.

'Het zal wel niet meevallen om tussen de ijsbergen door te laveren,' zei ze. 'Hoe doet de kapitein dat?'

'We zitten hier niet op de Titanic. Met een uitkijk die niet oplet. Dus maak u geen zorgen.'

Olivia verslikte zich bijna in haar koffie. Door wat hij zei moest ze onvermijdelijk aan haar vader denken. Ze sloeg een hand voor haar mond, alsof ze op die manier de overweldigende gevoelens van angst en schuld kon verdringen die haar maag deden verkrampen.

'Kapitein Enzo heeft jarenlange ervaring op de poolzeeën. Hij voert bovendien een openbrugbeleid. Dus u kunt het hem zelf vragen.'

'Ik ben gisteren op de brug geweest,' vertelde ze, dankbaar dat haar stem vast klonk. 'Weet jij waarom de helikopter vanochtend is vertrokken?' vroeg ze toen.

'Het zal wel een medische evacuatie zijn geweest.'

'Was het ernstig?' Gespannen hield ze haar adem in.

Hij haalde zijn schouders op. 'Ik ga over de excursies. Ons wordt niets verteld, tenzij het ons rechtstreeks aangaat. Trouwens, hoe is het met uw hoofd?' Hij keek haar fronsend aan. 'Ik maakte me echt zorgen gisteravond.'

'O, dat gaat al stukken beter.'

'Gelukkig maar. U moet fit zijn voor het kajakken morgen.'

'Het kajakken?'

'Ik leid de excursie. Uw naam staat op de lijst. Voor het kajakken en kamperen op het ijs.'

'O, dat klinkt geweldig! Mag ik ook mee?' Janine kwam tegenover hem zitten.

'Hm, er was een wachtlijst. Maar ik zal zien wat ik kan doen,' zei hij met een knipoog die Janine deed blozen. ‘Hebben jullie ervaring met kajakken?’

‘Ik niet,’ zei Janine. ‘Maar ik ben een snelle leerling.’

‘Mooi zo. We kunnen u alles leren wat u weten moet. En jij, Olivia?’ Hij duwde met zijn schouder tegen de hare, en ze verstijfde.

‘Pap, moet dat echt?’ Van het ene op het andere moment was ze op Loch Lomond. Mist steeg op van het spiegelgladde water. Deze keer was het een fijne herinnering aan haar vader. Ook midden in de zomer wilde hij dat ze een wetsuit droeg. Het Schotse weer kon razendsnel omslaan van zonnig naar *dreich*. Haar vader had haar geleerd hoe ze zich vanuit de kajak in het water moest laten glijden als er iets gebeurde, en hij liet het haar elke keer weer doen telkens wanneer ze het water op gingen.

‘Nee, het hoeft niet,’ had hij lachend gezegd. ‘Ik vertrouw je. Maar volgens mij is er geen betere manier om de dag te beginnen dan met een natte exit.’

‘Je hebt me erin geluisd!’ Ze had met haar riem op het water geslagen om hem nat te spetteren.

Maar dat kon hij nog beter, en het duurde niet lang of ze waren allebei doorweekt. Maar ze hadden dikke pret. ‘Peddel klaar?’ vroeg hij dan, en ze tikte tegen haar helm. ‘Daar gaan we.’

Ze kon zich niet voorstellen dat ze het was verleerd. En dat gold ongetwijfeld ook voor alle andere dingen die haar vader haar had bijgebracht. Paalsteken leggen, navigeren met een kompas, vuur maken met een vuursteen. Zijn lessen waren diep in haar verankerd. Ze mocht dan geprobeerd hebben ze te begraven onder berekeningen en statistieken, ze mocht zich dan hebben afgekeerd van alles wat gedurfd en avontuurlijk was omdat ze dat aan haar moeder had beloofd, de vaardigheden waren er nog. Ze maakten deel uit van haar DNA.

‘Ik heb een beetje ervaring,’ zei ze toen ze besefte dat Liam nog altijd op een antwoord wachtte. ‘Maar die dateert van voor…’ Haar stem stierf weg. Ze wist niet hoe ze duidelijk moest maken dat haar relatie met het water sinds haar jeugd was veranderd. 'Ik weet alleen niet of ik het red, alleen in een kajak.'

Liam knikte. 'We zullen je kennis wel weer weten op te frissen. En je bent niet alleen. De meesten van jullie gaan in een tweepersoonskajak.'

Olivia haalde diep adem. Alleen al de gedachte joeg haar angst aan. Maar er stond meer op het spel dan haar angst. Het ging om haar toekomst. En om de belofte die ze Stefan had gedaan: om te zorgen dat de potentiële kopers het naar hun zin hadden. En dat betekende dat ze met alle excursies mee moest. Sterker nog: ze moest ervan genieten, had Aaron haar op het hart gedrukt. 'Oké, ik ga het proberen.'

'Mooi. En maak je geen zorgen. Ik zal goed voor jullie zorgen.'

Olivia trok een gezicht. Want ze had haar twijfels. Ze besloot het over een andere boeg te gooien. 'Trouwens, wat een bijzondere baan! Excursieleider in Antarctica – doe je dat al lang?'

'Ja, dit is al mijn vierde reis dit seizoen. Tenminste, dat geloof ik. Want ik ben de tel kwijtgeraakt. Maar de eerste met de vernieuwde Vigil. Afgelopen zomer deed ik wildwaterraften in Colorado, op de Salt River. Daarna zou ik naar Banff gaan, voor een baan als hulpverlener in de skigebieden, maar toen kreeg ik een telefoontje dat ik was aangenomen als excursieleider in Antarctica. Ik had zonder veel verwachtingen op die baan gesolliciteerd, maar ik had nooit gedacht dat ik 's winters ook op het water zou zitten… Nou is het hier natuurlijk zomer. Dat doet me aan thuis denken.'

'Echt waar? En thuis, waar is dat?'

'Nieuw-Zeeland. Queenstown. Ik heb altijd geweten dat ik geen kantoorbaan wilde. Dat ik ging voor spanning, voor het avontuur. En dit is zó cool! Echt ongelooflijk. Elke reis heeft weer nieuwe uitdagingen. Met nieuwe mensen. Nieuwe weersomstandigheden. En doorgaans een heleboel nieuw ijs.'

'Het klinkt fascinerend,' zei Olivia.

Maar diep in haar hart kon ze het nauwelijks bevatten. De vluchtigheid van zijn bestaan. De onzekerheid. Het feit dat je nooit wist wat je volgende klus zou zijn. Zo zou zij niet kunnen leven. Na haar studie wiskunde had ze gekozen voor een carrière met de grootst mogelijke zekerheid. Een vaste baan, met een vast salaris en met op vaste tijden salarisverhoging.

Het klonk idyllisch zoals Liam leefde, afwisseling naar de zon of naar de sneeuw, maar het bood geen enkele zekerheid. In zo'n leven had je geen thuis en hoorde je nergens echt bij. Waar liet hij zijn spullen? Ze dacht aan haar studieboeken, haar tientallen geurkaarsen, haar prullaria uit de tweedehandswinkel. Haar huis was haar tempel, de plek waar ze de wereld kon buitensluiten. Zelfs haar koffiezetapparaat was iets wat ze koesterde.

Liam kon niet veel méér hebben dan wat hij in een stel koffers kon meenemen. Tenzij hij familie had die als opslag wilde dienen. Zo'n leven was voor haar ondenkbaar. Zij had behoefte aan een veilige plek waar alles haar vertrouwd was.

'Ben je ooit in Nieuw-Zeeland geweest?' vroeg hij.

Maar Olivia's aandacht werd afgeleid door een vrouw in een blauwe trui zoals de bemanning die droeg. Ze kwam de eetzaal binnen en liep rechtstreeks naar de kapitein. Haar blonde haar was in een slordige vlecht gebonden. Olivia spitste haar oren, maar ze kon niet goed verstaan wat de vrouw zei. Vooral omdat ze een zwaar Slavisch accent had.

Als íémand haar duidelijkheid kon geven over de medische evacuatie, dan was het de dokter die ze de afgelopen nacht met dokter Ranjeed had horen overleggen.

15

Toen de dokter weer vertrok, verontschuldigde Olivia zich tegenover Liam en Janine en liep ze op een holletje achter haar aan.

'Hallo? Mag ik u iets vragen!' riep ze al van een afstand.

De dokter haperde even, maar liep door. Het lichte hellen van haar hoofd verried dat ze Olivia had gehoord, en ze leek ineens haast te hebben.

'Hallo! Ik wil u iets vragen...' Olivia volgde haar de trap af en zette het op een rennen.

Uiteindelijk bleef de dokter staan bij een deur met daarop VERBODEN TOEGANG VOOR ONBEVOEGDEN. Ze voelde in haar zak. Op zoek naar haar pasje, veronderstelde Olivia. Daardoor kreeg ze de kans haar aan te klampen, net voordat de dokter naar binnen verdween.

'Sorry dat ik u lastigval, maar u bent toch dokter? Kunt u me misschien helpen? Ik ben gisteravond in de ziekenboeg geweest, en mijn Steri-Strip laat los.' DR. TOVE, las ze op het naamplaatje. Dus ze had zich niet vergist.

De dokter zag ziekelijk bleek, met donkere, groenachtig blauwe kringen onder haar ogen, alsof ze de hele nacht had doorgewerkt.

Ze wierp een vluchtige blik op Olivia's voorhoofd. 'Maakt u zich geen zorgen. Het ziet er goed uit.'

'Maar misschien kunt u nog even aan dokter Ranjeed vragen of hij –'

'Dokter Ranjeed heeft het allejezus druk!'

Olivia was zo verbouwereerd dat ze even niet wist wat ze moest zeggen. Dokter Tove keek langs haar heen. Blijkbaar had iets haar aandacht getrokken. Toen Olivia zich omdraaide zag ze Elisabet aankomen, met opgetrokken wenkbrauwen.

De dokter wreef over haar voorhoofd. 'Sorry. Ik... Ik had niet zo moeten uitvallen. Maar het was een zware nacht. Ik heb mijn bed nog niet gezien. U weet hoe dat gaat. Slecht weer in de Drake Passage, en wij in de ziekenboeg zijn de hele nacht in touw. Alsof wij geen last hebben van zeeziekte.' Ze legde beschermend een hand op haar maag.

'Ach, natuurlijk. Ik begrijp het,' zei Olivia. 'Daarom wilde ik de dokter van gisteravond spreken. Maar toen ik u zag, hoopte ik dat u me misschien zou kunnen helpen. Sorry. Ik heb vast nog wel een pleister in mijn hut. Gaat u maar lekker naar bed.'

'Welnee, ik help u wel even. Komt u maar mee. Dan zullen we eens kijken.'

Ze liepen zwijgend de trap af naar de ziekenboeg. Olivia's hart bonsde zo luid dat de dokter het moest kunnen horen. Ze was in een opwelling achter haar aan gelopen, zonder te weten hoe ze het moest aanpakken.

In de ziekenboeg ging ze op de behandeltafel zitten. Anders dan die nacht kon ze nu in alle rust om zich heen kijken. Langs alle muren stonden kasten, met daarin diverse soorten verband, potten met pillen, dozen met mondkapjes en handschoenen. Aan de muur hingen een defibrillator, een cilinder met zuurstof en een externe pacemaker. Het schip was zo te zien op alles voorbereid.

Ook op een geval van vergiftiging?

Daar moest ze achter zien te komen.

Dokter Tove kwam naast de behandeltafel staan. Ze scheen met een lichtje in Olivia's ogen, zei dat ze haar vingers moest volgen en controleerde haar reacties. Net zoals dokter Ranjeed dat die nacht had gedaan.

'Niets wijst op een hersenschudding. Gelukkig maar. U hebt geen last gehad van misselijkheid?'

'Een beetje. Maar dat was al voordat ik viel. Dus dat kwam door het slechte weer, neem ik aan.'

'Mooi zo. De wond kan nog wat blijven bloeden, dus ik zal er een nieuwe hechtpleister op doen. En ik geef u nog wat pijnstillers. Plus iets sterkers tegen de misselijkheid, voor het geval dat we opnieuw in ruw weer terechtkomen.'

Ze liep naar een van de kasten en maakte een keuze uit de enorme hoeveelheid pillen.

Olivia slikte, haar blik ging naar de deur die toegang gaf tot de aangrenzende ruimte. 'Dus het slechte weer heeft voor problemen gezorgd? Meer dan gebruikelijk?'

Het ontging haar niet dat de schouders van dokter Tove verkrampten. 'Waarom vraagt u dat?'

'Vanwege de helikopter. We zagen hem vertrekken.'

'O, natuurlijk. Maar ik heb niet de vrijheid uitspraken te doen over andere patiënten.'

Olivia besloot nog wat meer aan te dringen. 'Was dat vanwege dat vergiftigingsgeval?'

Dokter Tove deed de deur van de kast zachtjes dicht. Toen draaide ze zich om. Haar gezicht verried geen enkele emotie; ze had zichzelf weer volledig in de hand. Olivia herkende het masker van professionaliteit. Daar verschool zij zich ook achter wanneer de markt was ingestort en ze een klant moest uitleggen waarom zijn investering van de ene op de andere dag de helft minder waard was geworden.

Beheerst. Volmaakt kalm. Niets aan de hand. Alles onder controle. 'Ik heb geen idee waar u het over hebt.'

'Ik hoorde dat u het erover had. Toen ik hier vannacht ook al was. En dokter Ranjeed heeft het later bevestigd.'

Even dreigde het masker weg te glijden. Dokter Tove was moe. Doodmoe. Ze beefde van uitputting. Olivia voelde zich bijna schuldig omdat ze daar misbruik van maakte. 'Hij bevestigde dat het om vergif ging,' herhaalde ze.

Dokter Tove reageerde niet meteen. 'Dat had hij niet moeten zeggen,' zei ze ten slotte. 'En al helemaal niet zolang het resultaat van de autopsie nog niet bekend is.'

Olivia's adem stokte in haar keel, maar ze deed haar uiterste best haar gezicht in de plooi te houden. *Het resultaat van de autopsie*. Dat betekende... Haar mond werd plotseling kurkdroog. 'U leek er vannacht behoorlijk zeker van te zijn. Als er iemand is vergiftigd, lopen wij dan ook gevaar?'

'Nee,' verklaarde de dokter resoluut, met een scherpe klank in haar stem. 'Ze hadden het spul zelf mee aan boord genomen. Dat is zo goed als zeker. In de hut is een fles champagne aangetroffen, van een merk dat we aan boord niet hebben. Ik gok op een overdosis partydrugs. Maar nogmaals: we moeten het resultaat van het onderzoek afwachten. Hoe dan ook, hut nummer zestien is verzegeld. U hoeft zich nergens zorgen over te maken.' Ze kwam weer naar de behandeltafel en plakte de pleister op Olivia's voorhoofd. 'Zo. Klaar. En het spijt me, maar ik moet verder. Er wachten nog meer patiënten.'

'Hut nummer zestien?'

'Dag, miss Campbell.' Dokter Tove loodste haar naar de deur en sloot die nadrukkelijk achter haar.

Christa en Jay. Het pasgetrouwde stel. Ze had hen al gemist bij het ontbijt. Het duizelde haar. Ze was zo van streek door wat de dokter had gezegd dat ze op de grond moest gaan zitten.

Het ging niet om één, maar om twéé gevallen van vergiftiging.

De slachtoffers waren het pasgetrouwde stel uit hut nummer 16. De hut die aan Aaron en haar was toegewezen. Ze had de fles champagne zien staan voordat ze met Christa en Jay had geruild.

En nu waren ze allebei dood.

16

Uit de intercom klonken drie belsignalen. Er leek geen eind te komen aan de mededelingen waarvan ze kennis dienden te nemen.

Olivia zat nog altijd als verlamd op de grond. In gedachten zag ze de fles champagne, gewikkeld in roze folie. Champagne van haar favoriete huis. Misschien hadden Jay en Christa wel gedacht dat iemand die voor hen had klaargezet, als cadeautje omdat ze op huwelijksreis waren.

Maar die fles was voor Aaron en haar bedoeld geweest.

Dat moest ze hem onmiddellijk laten weten. En hem vragen of hij enig idee had wie of wat daarachter kon zitten.

'Goedemorgen, opvarenden van de MS Vigil!' klonk de opgewekte stem van de cruisemanager. Olivia kon zich nauwelijks concentreren op wat ze zei. 'Zoals u van de kapitein al hebt gehoord, gaan we vandaag aan de slag met uw uitrusting, het desinfecteren en een briefing van de excursie. Dan hoeven we dat niet meer te doen wanneer we aanleggen bij onze eerste ankerplaats. In uw hut vindt u een overzicht van de activiteiten waarvoor u zich hebt opgegeven. Hebt u zich ingeschreven voor het kajakken en kamperen, komt u dan nu naar wat we oneerbiedig "het laarzenhok" noemen, voor de briefing.'

Olivia werkte zich overeind. Ze moest naar de bibliotheek. Als de champagne inderdaad vergiftigd was geweest...

Een paar meter verderop in de gang ging een deur open. 'Nee maar, jij bent er al vroeg bij!' zei Liam met een brede grijns.

'Hè? Wat bedoel je?' vroeg ze verbouwereerd.

'Je bent de eerste. Of was je niet op zoek naar het laarzenhok? Voor de briefing?'

'Maar...'

'De briefing is verplichte kost. Dus kom maar meteen binnen.'

Olivia aarzelde. Maar ze had niet veel keus. Bovendien, zolang ze bij Liam was, en bij de rest van de groep, liep ze geen gevaar. Dus ze knikte en volgde hem naar binnen.

De vloer was bedekt met licht verende zwarte rubbermatten. Langs de muren waren lage houten banken bevestigd, net als in een sportkleedkamer, met daarboven ijzeren haken. Aan het eind van de ruimte bevond zich een kast, gevuld met kajakpeddels en laarzen.

Olivia liep ernaartoe en liet haar vinger over een kunststof peddel glijden. Zou ze het nog kunnen? Het was jaren geleden dat ze het voor het laatst had gedaan.

Er kwam een grote zwarte vrouw binnen, met een pet op haar ingevlochten haar. MELISSA, stond er op haar naamplaatje. Het was niet bepaald warm in het laarzenhok, maar ze had haar jack uitgetrokken en om haar middel geknoopt. Haar blote armen en schouders oogden gespierd. Het was duidelijk dat ze bij het kajakken haar mannetje zou staan.

'Alles onder controle, Liam?'

'O, was je eindelijk zover? We moeten de drysuits op maat leggen.'

'Het gesprek met Elisabet duurde wat langer,' zei Melissa kortaf, en ze ging aan de slag om de drysuits op volgorde van grootte te leggen.

Olivia wachtte op de bank tegen de achterwand terwijl de rest van de passagiers binnendruppelde. Ze keek uit naar Janine, maar die kwam niet. Cutler was samen met zijn gezin, plus nog een aantal van de gasten die Olivia kende van het vip-diner. Het leek erop dat ze aan alle excursies meededen en nog steeds als vips werden behandeld. Uiteraard was Robert er ook bij. Hij had opgeschept over zijn ervarenheid, en Olivia twijfelde er niet aan of hij zou geen kans voorbij laten gaan om zich als buitenmens en sportieveling te presenteren. Greg en Tariq daarentegen, de kunstcriticus en de museumbeheerder, leken haar niet echt types voor excursies die een zware fysieke inspanning vereisten. Vooral Greg keek wantrouwend naar de drysuits. Olivia was zich ervan bewust dat dit de mensen waren die ze enthousiast moest maken voor de veiling, maar voorlopig hield ze zich op de achtergrond.

De ruimte stroomde steeds verder vol, en uiteindelijk waren ze met zo'n twintig rillende passagiers. Tot het laatste stel dat binnenkwam, behoorde de man van wie Olivia zich de vorige dag had herinnerd waar ze hem van kende. Maxwell Sadler. De rijzige slanke vrouw die hem vergezelde, was vermoedelijk zijn vriendin. Ze had haar gitzwarte haar opgestoken in een knot. De twee schudden Greg en Tariq de hand, wat Olivia bevestigde in haar veronderstelling dat ze hem in de galerie in Londen had gezien. Anders was het wel erg toevallig dat ze elkaar kenden. Ten slotte kreeg ze ook Janine in de gaten, die enigszins afzijdig stond van de rest.

Liam klapte in zijn handen. 'Welkom, deelnemers aan onze expedities. U bent de avontuurlijksten onder onze passagiers. Dit is bepaald niet mijn eerste reis naar de Zuidpool, maar ik kan u vertellen: het verveelt nooit. Tijdens de expeditie per kajak maakt u persoonlijk en van heel dichtbij kennis met een landschap dat qua ruigheid, puurheid en ongetemdheid zijn weerga niet kent. De natuur van de Zuidpool is iets wat u nergens anders ziet. Voor wie volgende week ook van de partij is, wanneer we op het continent gaan kamperen: u kunt van me aannemen dat u iets heel bijzonders gaat meemaken, een onvergetelijke ervaring.'

'Het klinkt fantastisch, Liam. Dus ik stel voor dat je ons aan een pak en aan laarzen helpt. We willen morgenochtend zo snel mogelijk van boord.' Het was uiteraard Cutler die het voortouw nam, waarop de meeste anderen instemmend knikten. Alleen Greg leek slecht op zijn gemak en fluisterde iets in het oor van zijn partner.

'Gaan we doen! Op de planken staat het nummer van uw hut, met daaronder uw laarzen. Kom daarna bij Melissa of bij mij, en dan regelen we een drysuit. Wanneer de uitrusting compleet is, worden de laarzen gedesinfecteerd, zodat ze klaarstaan voor morgenochtend. Laat de spullen hier. Dat is heel belangrijk. Alles wat aan wal gaat, moet worden gestofzuigd en gedesinfecteerd om te voorkomen dat we het eiland vervuilen met besmettelijke stoffen. De regels zijn heel strikt. En in ons aller belang.'

Olivia knikte. Dat voelde prettig. In haar leven draaide het ook om regels. Ze begreep het belang ervan. Dat was een van de redenen waarom ze zich zo thuis voelde in de financiële wereld: het feit dat er regels waren en protocollen waaraan je je diende te houden, grenzen die niet konden worden overschreden zonder dat het tot ernstige repercussies leidde. Als kind had ze maar al te vaak gezien hoe haar vader zijn uitrusting tot driemaal toe inspecteerde, waarbij hij steeds opnieuw zijn handen over de touwen liet gaan om te controleren of ze nergens begonnen te rafelen. Hij had altijd een checklist die hij afwerkte, om er zeker van te zijn dat hij niets vergat. Hij stelde haar vragen – ze wist dat hij haar kennis op de proef stelde, maar dat vond ze niet erg; waarschijnlijk genoot ze er daarom ook zo van om, later in haar leven, telkens examen te moeten doen – en ze gaf braaf antwoord. Voor haar vader vormden zijn nauwkeurigheid en de controlemechanismen die hij hanteerde de structuur die maakte dat hij verantwoord op avontuur uit kon gaan. Velen ervoeren regels als belemmerend, benauwend. Maar dankzij haar vader ontleende Olivia er een gevoel van zekerheid, van veiligheid aan.

Regels konden echter alleen veiligheid garanderen als iedereen zich eraan hield. Ze liet haar blik over haar medepassagiers gaan. Zouden ze doen wat hun werd gezegd?

Nadat ze haar uitrusting in ontvangst had genomen en gedesinfecteerd, legde ze die in het vak met haar naam.

'Olivia?'

'Ja?' Toen ze zich omdraaide stond ze oog in oog met de man die ze in de galerie in Londen had gezien. Met naast hem de prachtige vrouw met zwart haar. Ze waren dik ingepakt in dure merinowol.

'Maxwell Sadler,' stelde hij zich voor. 'En dit is Lucinda, mijn vriendin.'

Olivia schudde hun beiden de hand. Ze schatte dat zijn vriendin minstens tien jaar jonger was dan hij.

'Leuk om kennis te maken.'

'Het genoegen is geheel wederzijds. Ik heb al veel over je gehoord.'

Hij zei het zo nadrukkelijk dat Olivia bloosde. 'Maar, eh... klopt het wat ik van Cutler hoorde? Is de man van de Hunt Advisory er zelf niet bij?'

'Helaas niet. U zult het met mij moeten doen. Maar ik ben ervan overtuigd dat ik al uw vragen kan beantwoorden en –'

Maxwell klakte afkeurend met zijn tong. 'Typisch iets voor Aaron. Ik wilde hem verrassen tijdens het diner in Ushuaia, maar onze vlucht was vertraagd. We waren pas tegen twaalven in het hotel. Heeft hij de benen genomen toen hij mijn naam op de passagierslijst ontdekte? Hij had natuurlijk geen zin om verantwoording af te leggen. Ergens begrijp ik dat wel.'

Olivia fronste. 'Hoe bedoelt u?'

'Je man en ik kennen elkaar al heel lang. En toen de schuldeisers bij hem op de stoep stonden, kwam hij bij mij met de vraag om meer krediet. Hij heeft me erom gesmeekt. Totdat hij met Yennin in zee ging, heeft hij nooit veel geluk gehad met de kunstenaars die hij vertegenwoordigde. Die laatste veiling was zijn doorbraak. Dat heeft hem gered. Want hij stond op het punt om financieel volledig kopje-onder te gaan. Ik weet niet wie hem met die Franse miljardair in contact heeft gebracht, maar nogmaals: dat heeft hem gered. Dus hij mag die contactpersoon wel erg dankbaar zijn. Hij hoeft nu alleen nog maar op de winkel te passen. De volslagen onverwachte dood van Yennin werkt ook in zijn voordeel, neem ik aan.'

'Max! Zoiets zeg je niet!' Lucinda haalde naar hem uit. 'Yennins werk is zo bijzonder. Hij zou hoe dan ook tot de groten zijn gaan behoren. En het is schrijnend dat hij dat niet meer mag meemaken.'

'Dat is het inderdaad.'

'Lucy is een enorme bewonderaar.' Maxwell trok haar tegen zich aan, en Olivia had de indruk dat ze huiverde. Maar misschien zag ze het verkeerd. 'Zij heeft me overgehaald om deze cruise te maken. Ik ben meer een type voor Ibiza. Lekker relaxen op het strand, in plaats van dat mijn ballen eraf vriezen. Maar Lucy's wil is wet.'

'En zo hoort het ook,' zei die.

'De kunstenaar, die Yennin, is al een grote naam waar zij vandaan komt. Ik heb geprobeerd een goeie deal bij Aaron los te peuteren. Maar de enige kans om werk van Yennin te kopen was deze cruise, zei hij. Dus daar zijn we dan.'

'Komt u uit Litouwen?' vroeg Olivia aan Lucinda.

'Ja.' Terwijl ze het zei wierp ze een woedende blik op Maxwell.

'Ik ben er één keer geweest,' zei Olivia. 'In Vilnius. Wat een prachtig land!'

'Dank u wel. Ik mis het ontzettend.'

'Ik heb haar ontvoerd,' vertelde Sadler. 'Het kostte me wel een eersteklas hut op een luxe cruise, maar ze is het waard.'

Olivia dwong zichzelf te glimlachen. Ondertussen vroeg ze zich bezorgd af wat hij met die opmerking in het begin van hun gesprek had bedoeld. Want misschien had hij wel gelijk. Aaron was inderdaad vertrokken nadat hij de passagierslijst ter inzage had gekregen. Met het verzonnen excuus dat er problemen waren met Bertrand. Was zijn vlucht een gevolg van de lijst?

Hij stond op het punt om financieel kopje-onder te gaan.

Ze probeerde zich Aaron te herinneren in de aanloop naar de veiling. Was hij bezorgd geweest? Bang? Hoogstens gespannen. Maar dat was normaal. En de spanning was alleen maar groter geworden toen Yennin zich niet liet zien en toen vervolgens het gerucht ging dat hij een ongeluk had gehad. Daar zou iedereen doodzenuwachtig van worden. Op haar beurt had zij die dag helemaal niet goed in haar vel gezeten. Sterker nog: ze had de bodem van de put bereikt. Ze was niet ver verwijderd geweest van… van een gevolg van haar burn-out waarvan ze nooit meer had kunnen herstellen.

Maar na de veiling was alles anders geworden. Na de veiling was ze van de ene op de andere dag aan een nieuw leven begonnen.

Al vanaf hun eerste date was ze diep onder de indruk geweest – om niet te zeggen: overweldigd – door Aarons manier van leven. Hij smeet met geld; niets was te duur of te dol. In de wereld waarin hij werkte, was het juiste imago nu eenmaal van het grootste belang.

Maar dat imago was gebaseerd geweest op bluf, op misleiding, leek Maxwell te suggereren. Ze was naïef geweest, besefte ze. Of misschien had ze bewust haar kop in het zand gestoken en alles over zich heen laten komen.

Het werd tijd dat ze de regie over haar leven weer zelf in de hand nam.

'Max, de lezing begint zo. Ga je mee?' zei Lucinda.

'Natuurlijk ga ik met je mee.' Hij boog zich naar haar toe en kuste haar op de wang.

'Ik zie jullie in elk geval bij onze eerste excursie,' zei Olivia, opgelucht dat ze vertrokken. Ze voelde zich ongemakkelijk door de manier waarop Maxwell haar aankeek, door zijn vreemde, starre grijns. Ze wilde terug naar de hut, om de passagierslijst nogmaals door te nemen.

Maar toen ze naar de deur liep, versperde Maxwell haar de doorgang. Hij wachtte tot Lucinda het laarzenhok uit was, toen greep hij Olivia bij de arm. Zijn vingers drukten pijnlijk in haar vlees.

Geschrokken keek ze naar hem op.

'Heb je hem bij je?'

'Ik… Ik weet niet wat u bedoelt,' stamelde ze.

Met een nijdig gebrom liet hij haar los. 'Als je hem spreekt, zeg dan maar dat hij alles heeft bedorven,' beet hij haar toe. 'En dat hij nog steeds bij me in het krijt staat.'

17

'Gaat het? Dat leek me niet oké,' zei Janine toen Sadler driftig wegbeende. 'Wil je er iets over kwijt?'

Olivia schudde haar hoofd, maar er trok een huivering door haar hele lijf. 'Nee, ik ga weer naar de bibliotheek. Ik wil... Ik moet Aaron terugmailen.'

'Goed idee. Dan ga ik met je mee. Ik was toch al van plan om mijn ouders te mailen. Die vragen zich waarschijnlijk wanhopig af waar ik nou weer uithang.'

'Ben je al lang op reis dan?' vroeg Olivia terwijl ze de trap op liepen.

'Ja, al een paar maanden. Dat is mijn werk. Reizen en daar online verslag van doen.'

'Wauw! Het zijn bijna allemaal influencers of kunstliefhebbers aan boord. Ik heb gisteren twee andere influencers leren kennen. Ik kan je aan ze voorstellen. Maar misschien ken je ze al.'

'Misschien wel. Maar dan waarschijnlijk alleen bij de naam die ze op internet gebruiken,' zei Janine lachend. 'Ik overweeg een filmpje te maken over de kunst aan boord. Dat lijkt me interessant voor mijn volgers. Is de kunstenaar zelf ook aan boord? Dan zou ik hem kunnen interviewen.'

'Helaas niet. Hij is overleden. Een paar maanden terug. Maar zijn erfenis is bij Aaron in goede handen.'

'Wat zonde toch dat Aaron werd weggeroepen. Maar misschien kan ik jou interviewen.'

'Ach, ik denk niet dat mensen geïnteresseerd zijn in wat ik te melden heb. Maar ik kan je wel in contact brengen met Stefan, de veilingmeester.'

'Dat zou geweldig zijn! En ik begrijp dat je er niet blij mee bent om dit allemaal alleen te moeten doen. Maar misschien kunnen we elkaar een beetje gezelschap houden.'

'Ja, dat zou ik fijn vinden,' zei Olivia, en ze meende het oprecht. Het was fijn om met iemand te kunnen praten die losstond van de kunstwereld.

Toen ze de bibliotheek binnenkwamen, bleek dat ze daar niet de enigen waren. Annalise zat in een gemakkelijke stoel, met haar benen over de leuning, verdiept in een boek.

'Doe geen moeite,' zei ze zonder op te kijken. 'Ik ben alleen al twintig minuten bezig geweest om een zoekmachine te openen.'

'Ik ga het toch proberen.' Olivia klapte de laptop open, terwijl Janine de boeken in de kast achter haar bestudeerde. Ze had Aaron meteen moeten terugmailen, dacht ze, nijdig op zichzelf, in plaats van zo kinderachtig te zijn om hem te laten wachten. Het gesprek met Maxwell had haar bang gemaakt. Wat had hij gesuggereerd? In hoeverre stond Aaron bij hem in het krijt?

Maar Annalise had gelijk gehad. Olivia verspilde minuten aan internettijd zonder verder te komen dan een wieltje dat frustrerend ronddraaide onder de cursor.

Uiteindelijk gaf ze het op en klapte ze de laptop hardhandig weer dicht.

'Ik zei het toch?'

Olivia sloot haar ogen. 'Ja, je had gelijk.' Met een zucht liet ze zich in een stoel tegenover haar vallen. 'Wat lees je?'

'Ik zit te studeren.'

'Dat ken ik. Voor mijn gevoel heb ik mijn hele leven weinig anders gedaan. Dus ik voel met je mee.'

Annalise keek op. 'Maar je studeert nu toch niet meer?'

'Ik wil mijn kwalificatie halen als actuaris. Dus naast mijn werk moest ik voortdurend examens afleggen. Er komt geen eind aan.'

'Wauw! Actuaris. Daar heb ik ook over gedacht. Maar het duurt gemiddeld zeven jaar om die kwalificatie te krijgen! Vreselijk. Vind je het leuk? Je werk, bedoel ik?'

Olivia beet op haar lip. 'Tja, wat zal ik zeggen? Ik ben er min of meer in gerold. Ik was goed in wiskunde, en ik zocht een baan met zekerheid. Op dit moment ben ik met onbetaald verlof. Om Aaron te helpen met zijn adviesbureau voor investeringen in kunst.'

Annalise knikte. 'Cool. Zakendoen zit me in het bloed. En dan vooral in de reisbranche. De afgelopen drie jaar heb ik voor Pioneer gewerkt. Niet zo lang als Patty, maar toch.'

'Patty is een categorie op zichzelf.'

'Ze zit al haar hele leven bij Pioneer. Haar man en zij zijn met het agentschap in Toronto begonnen en hebben keihard gewerkt om het tot een succes te maken. Die arme man. Wie gaat er tegenwoordig nog naar een reisbureau? En sinds covid zit er helemaal de klad in. Volgens mij zijn er ingrijpende veranderingen op komst. Neem nou die investering van Pioneer in dit schip. Cutler heeft het totaal laten renoveren. Waarom in godsnaam?'

Olivia fronste haar wenkbrauwen. Ze wist waarom. Cutler hoopte die tak van het bedrijf – zijn cruiseschepen – voor een gigantisch bedrag over te doen aan een anonieme koper. De kunstveiling maakte deel uit van de deal. Iets unieks om passagiers te trekken. Maar blijkbaar wist Annalise nog van niets, en het was niet aan Olivia om haar wijzer te maken.

'Eerlijk gezegd zag ik er een beetje tegen op,' vervolgde Annalise. 'Tegen deze reis. Met hem voortdurend in mijn buurt.'

Olivia wist niet goed over wie ze het had, maar vanwege de bitterheid waarmee het werd gezegd, leek het haar beter niet door te vragen.

Annalise haalde haar schouders op. 'Maar Patty is een soort tweede moeder voor me. Het is fijn om haar te kunnen steunen. En tot dusver vind ik het echt cool.' Ze gebaarde met haar hoofd naar de patrijspoort, naar de ijsbergen waar ze langs voeren.

'Cool is in dit geval wel erg toepasselijk. Wat jammer dat Patty's man niet mee kon.'

Annalise verstijfde.

'Heb ik iets verkeerds gezegd?' vroeg Olivia fronsend.

'Het is eigenlijk niet aan mij, want het is allemaal nog zo vers. En volgens mij weet ze niet hoe ze met het verlies moet omgaan. Maar Karl is een paar maanden geleden gestorven.'

Janine, die achter Olivia stond, hield geschokt haar adem in. 'Maar als je haar hoort praten, zou je denken...'

'Precies. Dat bedoel ik. Ze weet niet wat ze ermee aan moet, hoe ze erover moet beginnen.'

'Wat erg. Daar had ik geen idee van,' zei Olivia.

Annalise legde een vinger op haar lippen.

Patty kwam de bibliotheek binnen. 'Hier zijn jullie! Ik zocht jullie al.' Ze liet zich in een makkelijke stoel vallen. Janine leunde tegen een van de computertafels. 'Je hebt een nieuwe pleister.' Patty boog zich naar voren en bestudeerde Olivia's voorhoofd. 'Ben je er al achter waar ze de heli voor nodig hadden?' Haar ogen schitterden van nieuwsgierigheid.

'Er waart toch niks rond, hè? Een of andere gruwelijke variant van het norovirus?' Annalise trok een bedenkelijk gezicht.

Olivia aarzelde. Ze wilde geen paniek zaaien, als bron van een gerucht dat zich in razend tempo over het hele schip zou verspreiden. Maar ze wilde ook niet liegen tegen de vrouwen met wie ze de hut deelde. Ze keek om zich heen. Er was verder niemand. 'Nee. Het was geen voedselvergiftiging. Het enige wat ik weet, is dat er twee mensen ziek zijn geworden. Het jonge bruidspaar. Ze zijn teruggevlogen naar Ushuaia om vast te stellen waaraan ze zijn... wat ze onder de leden hebben.'

Patty's gezicht betrok. 'O, wat erg. Ik hoop dat alles goed met ze is. Christa was zo'n lieverd.'

'Ze hebben in elk geval snel actie ondernomen,' zei Annalise. 'Een virusuitbraak zou een publicitaire nachtmerrie betekenen. Weet je nog, Patty? De "poepcruise"?'

Patty trok een lelijk gezicht. 'Als de dag van gisteren!'

'Ik heb die zaak bestudeerd voor mijn scriptie.'

'Dus ze maken het goed? Ze hadden alleen medische hulp nodig?' vroeg Janine.

Olivia vertrouwde haar stem niet, dus ze knikte.

'Gelukkig dat het al aan het begin van de reis is gebeurd. Nu konden ze nog gered worden. Verder naar het zuiden had dat niet meer gekund,' merkte Patty op.

Gered. Olivia zei niets. Maar mensen die al dood waren, konden niet meer gered worden.

'Wat zou er gebeurd zijn?' vroeg Annalise zich hardop af.

'Het schijnt dat ze zelf iets bij zich hadden waar ze ziek van zijn geworden. Tenminste, dat denken ze,' zei Olivia.

'Drugs? God, wat kunnen mensen toch stom bezig zijn,' mopperde Patty. 'Daar leek Christa me nou helemaal niet het type voor, maar je weet het nooit tegenwoordig. Drugs mee aan boord nemen, dat stel ik me eerder voor bij al die poenige types. Die kunstverzamelaars. Vind je ook niet, Olivia?'

'Denk je dat de politie wordt ingeschakeld?' vroeg Annalise.

Olivia ontweek Patty's vraag en gaf alleen antwoord op die van Annalise. 'Ik heb geen idee. Dat zal er wel van afhangen of de Argentijnse autoriteiten hier in deze wateren jurisdictie hebben.'

'Hoe dan ook, ik weet zeker dat de dokters in Ushuaia ze weer beter maken.' Patty klopte Olivia op haar knie. 'Maak je nou maar geen zorgen. Je weet het niet, maar misschien wilden ze dáárom zo graag een hut voor hen samen.'

'Jezus, wat was dat?' Annalise schoot overeind. Haar boek viel op de grond. Ze rende naar het raam en vandaar naar de deur naar het buitendek.

Ze had zo geschokt geklonken dat Olivia het ergste vreesde. Man overboord. Een ijsberg die een gevaar vormde.

Ze haastte zich achter Annalise aan. Met de andere twee vrouwen in haar kielzog werkte ze zich door de zware deuren. Een harde wind sloeg haar in het gezicht. Annalise ging op haar tenen staan en boog zich over de reling.

'Niet doen!' Olivia greep haar bij haar shirt.

'Kijk dan!' Annalise wees in de diepte, naar de donkere golven.

Olivia slikte en dwong zichzelf te kijken. Maar ze zag niets. Alleen hoge golven met witte schuimkoppen.

Net toen ze zich wilde omdraaien, greep Annalise haar arm. 'Daar!' fluisterde ze.

En op hetzelfde moment dook er uit de golven een pinguïn op, alsof hij was afgeschoten door een kanon.

Het was zo onverwacht, zo verrassend, dat Olivia in de lach schoot. Samen met de anderen bleef ze geboeid kijken, en bij elke acrobatische manoeuvre van de pinguïn slaakten ze alle vier een kreet van verrukking.

Ze schrokken toen de deuren achter hen opengingen. 'Liam! Je jaagt ons de stuipen op het lijf,' mopperde Patty.

De expeditieleider haalde verontschuldigend zijn schouders op. Toen keerde hij zich naar Olivia. 'De kapitein wil je spreken.'

18

Het was rustiger op de brug dan bij haar eerste bezoek, met behalve de kapitein maar een beperkt aantal bemanningsleden. Terwijl Olivia op het raam tikte, hoopte ze dat de zenuwen haar niet waren aan te zien. Haar handen trilden, dus ze balde haar vuisten om dat te verbergen toen de kapitein haar gebaarde om binnen te komen.

'Miss Campbell. Bedankt voor je komst.'

'Is alles oké?' flapte ze eruit.

'Ik stel voor dat we naar mijn kantoor gaan.' Hij ging haar voor naar een kleine ruimte achter de brug. De planken langs de muren waren gevuld met boeken, kaarten, handleidingen. 'Heb je al iets van je man gehoord?' vroeg hij terwijl hij de deur achter hen dichtdeed.

'Aaron is mijn vriend. We zijn niet getrouwd. Ja, ik had vanmorgen eindelijk een mailtje van hem. Hij heeft geprobeerd een helikopter te regelen, maar dat is helaas niet gelukt.'

De kapitein knikte, wrijvend over zijn kin. 'Ik ben blij dat je iets hebt gehoord, en het spijt me dat we je niet konden helpen met een rechtstreekse verbinding. Hoe dan ook, er is me gevraagd een privéboodschap aan je door te geven. Vandaar mijn verzoek om naar de brug te komen. De boodschap is afkomstig van...' Hij keek in de aantekeningen op zijn bureau. 'Van monsieur Pierre Lavaud?'

Olivia was stomverbaasd. Dat was wel het laatste wat ze had verwacht: dat ze bericht zou krijgen van haar vroegere klant bij Pendle, de miljardair die haar om een investeringsadvies had gevraagd, waardoor ze Aaron had leren kennen. Ze had hem maar een paar keer ontmoet, voornamelijk in de context van haar werk, en bij de veiling van de Yennin, nadat hij een recordbedrag had betaald voor *nemiga*. Wat kon de reden zijn dat hij uitgerekend nu contact met haar zocht?

Ze beet peinzend op haar onderlip. Misschien had het te maken met het probleem waardoor Aaron zo van slag was geraakt. En als Pierre hem niet kon bereiken, dan was het logisch dat hij bij haar uitkwam.

'Ja, die ken ik.' Ze deed haar best om haar stem vast te laten klinken.

'Alsjeblieft.' De kapitein gaf haar een envelop.

Ze stak haar vinger onder de flap en scheurde hem open. Er zat een velletje papier in met een geprinte tekst.

OJC

Hij had haar initialen gebruikt. De letters waarmee ze haar e-mails bij Pendle altijd had ondertekend.

Ik heb tevergeefs geprobeerd contact op te nemen met Aaron. Vanwege verontrustend nieuws dat ik heb ontvangen, maak ik me zorgen om jullie veiligheid.

PL

Olivia staarde naar het bericht. Ze las het opnieuw. En toen nog eens. De tekst riep alleen maar nog meer vragen op. Wat bedoelde hij met 'verontrustend nieuws'?

En waarom had Aaron niet gereageerd toen Pierre contact met hem zocht? Nota bene zijn belangrijkste klant. De angst die haar maag deed verkrampen was zo overweldigend dat ze houvast moest zoeken bij het bureau van de kapitein.

'Is alles in orde?' vroeg die.

Olivia schudde haar hoofd. 'Kan ik Pierre een antwoord sturen?'

'Hij heeft contact gezocht via onze satellietradio. Dat is hoogst ongebruikelijk. De satellietradio is niet bedoeld voor boodschappen van passagiers. Of het moet heel dringend zijn. Ik besef dat het internet aan boord regelmatig wegvalt, maar onze technicus is ermee bezig.

Dus ik verwacht dat het probleem snel opgelost zal zijn. Ondertussen zou ik zeggen: probeer van de reis te genieten.'

Olivia fronste haar wenkbrauwen. Hoezo, probeer te genieten? 'Pierre schrijft dat hij zich zorgen maakt om mijn veiligheid.'

'Als je wilt kan ik je voorstellen aan Pedro, hoofd Beveiliging. Maar ik kan je verzekeren dat je hier aan boord volkomen veilig bent.'

'En die sterfgevallen van gisteren dan?' vroeg ze, geërgerd door zijn neerbuigende toon.

Zijn gezicht verstrakte, zijn blik veranderde van warm in ijzig. 'Waar heb je het over? Wie heb je gesproken?' vroeg hij bars.

'Ik was in de ziekenboeg, tegelijk met het pasgetrouwde stel,' antwoordde ze, geschrokken door zijn toon. 'De dokters maakten zich ernstig zorgen. Dat was maar al te duidelijk.'

'Heb je dat ook aan andere passagiers verteld?'

'Nee. Maar is er nog nieuws? Is de politie gewaarschuwd?'

'Ik heb niet de vrijheid om daar mededelingen over te doen. Het enige wat ik kan zeggen, is dat er geen reden is voor ongerustheid. Het paar in kwestie is herstellende in het ziekenhuis van Ushuaia.'

'Dus ze zijn niet dood? Er komt geen autopsie?'

'Nee. Ik hoop dat je nu gerustgesteld bent.'

Hoorde ze een waarschuwende ondertoon in zijn stem? 'Nog één ding...'

'Ja?' Hij liep al naar de deur, alsof hij het liefst zo snel mogelijk van haar af wilde zijn.

'Ik zag die avond iemand hun hut uit komen. Hut nummer zestien. Ik was op weg naar de ziekenboeg, voor pillen tegen zeeziekte. Het ging om een bemanningslid. Toen ik dat aan Liam vertelde, zei die dat het klonk alsof het ging om de man met wie hij een hut deelt.'

De kapitein knikte. 'Juist ja. En toen ben je gevallen. En je hebt je hoofd gestoten.'

'Dat klopt. Maar... hoe weet u dat?'

'Elk incident aan boord van mijn schip wordt aan mij gerapporteerd. Dus het was een kwestie van één en één bij elkaar optellen. Dat bemanningslid was daar om de paspoorten van het stel op te halen, vanwege de helikoptervlucht.' Hij boog zich naar haar toe. 'Olivia, ik besef dat dit zwaar voor je is. Je voelt je niet op je gemak op het water, je moet het zonder je partner stellen, en de veiling drukt als een enorme verantwoordelijkheid op je schouders. Dus ik begrijp dat je je zorgen maakt. Maar wat je veiligheid betreft kan ik je geruststellen. Je bent bij ons in goede handen. En de barometer geeft rustig weer aan. Dus probeer alle sombere gedachten van je af te zetten. Daar bereik je niets mee. Hier niet en aan de wal ook niet.' Met die woorden draaide hij zich op zijn hakken om en liep het kantoor uit. Het gesprek was afgelopen. Maar Olivia kon een gevoel van ongemak niet van zich afzetten.

Er was iemand die tegen haar loog. Ze dacht aan de wanhoop in de stem van dokter Tove, de vorige avond. Aan de oprechte angst die in haar woorden had doorgeklonken. Het lag voor de hand dat de kapitein tegen elke prijs wilde voorkomen dat er paniek ontstond onder de passagiers.

Nu ze wist dat alles goed was met Aaron, had ze gedacht te kunnen ontspannen, zoals de kapitein haar op het hart had gedrukt. Maar in plaats daarvan stapelden de vragen zich op. Het dode bruidspaar, Maxwells dreigende woorden, de waarschuwing van Pierre...

En met de vragen die zich opstapelden, werd ze hoe langer hoe nerveuzer, hoe langer hoe angstiger.

19

De volgende morgen zag Olivia vanuit een patrijspoort in het laarzenhok dat de Vigil de eerste aanlegplek in Antarctica naderde, voor de kust van Barrientos Island. Geen weidse verten van ijs en sneeuw zoals ze had verwacht, maar een grimmige, ongastvrije verlatenheid. Uit het donkere water met daarachter een halfrond kiezelstrand rees een scherpe, gekartelde rots op. De hemel was opmerkelijk grijs, een bleke grauwe kleur als van rook die opsteeg van een smeulend vuur, en er hing een dichte heiigheid in de lucht. Vanaf het land voerde de wind een sterke geur aan, afkomstig van de enorme kolonie ezelspinguïns die op het ijs nestelden en die een keelachtig geluid produceerden dat leek op balken.

Olivia was al aangekleed, met over haar drysuit het jack dat ze in de kajak zou dragen. Huiverend blies ze in haar wanten. Onder haar drysuit zaten diverse lagen kleding – thermo-ondergoed, een trui en haar dikste, met fleece gevoerde legging. In de zak van haar jack zat een kleine digitale camera in een waterdicht omhulsel.

‘Volgens mij kun je deze wel gebruiken.’ Liam gaf haar een stel handwarmers, die je moest schudden om ze te activeren. Ze pakte ze dankbaar aan en stopte ze in haar wanten.

‘Het is veel kouder dan ik had verwacht. En we zijn nog lang niet op ons zuidelijkste punt.’

‘Geloof mij nou maar. Eenmaal op het water zul je zien dat het de moeite meer dan waard is. Mij verveelt het nooit, hoe vaak ik deze excursie ook doe. Kajakken in de Zuidelijke IJszee!’

Olivia glimlachte vluchtig. ‘Ik vind het best heftig.’

‘Het is normaal dat je nerveus bent. Maar je bent bij Melissa in goede handen.’

‘Ja, bedankt voor het regelen.’

'Het is haar eerste keer. Maar ze is hartstikke goed.'

'Doet ze het voor het eerst – kajakken?'

Liam schoot in de lach. 'Nee, het is haar eerste cruise. Er was eigenlijk iemand anders aangenomen, maar die kreeg op het laatste moment een beter aanbod. Afijn, het kwam erop neer dat ik haar op een holletje moest zien in te werken. En dan moet ik ook nog alle passagiers in de gaten houden.'

Ondanks alles was Olivia blij met wat afleiding. Ze had bijna de hele vorige avond in de bibliotheek gezeten, in de hoop verbinding te krijgen met internet. Daardoor had ze het diner gemist. Uiteindelijk had ze moeten opgeven om nog wat slaap te krijgen, maar in bed had ze liggen woelen en draaien.

Melissa kwam naar haar toe om nogmaals te controleren of haar kleding volledig verzegeld was. Toen ging ze met de stofzuiger langs het pak om mogelijke restanten van verontreinigende stoffen te verwijderen. 'Ben je er klaar voor?'

'Ik geloof het wel.'

'Liam vertelde dat je watervrees hebt. Dus ik vind het moedig dat je meedoet.'

'Ik, eh... Dank je wel.'

'Maar hij zei ook dat je wel enige ervaring hebt met kajakken. Ben je bekend met de natte exit? Beheers je de techniek van het peddelen?'

Olivia knikte.

'Dan ben je al verder dan de meesten.' Melissa gaf haar een knipoog, en Olivia grijnsde. Haar blik kruiste die van Janine, die een vastberaden, bijna grimmige trek om haar mond had. Terwijl Melissa de andere deelnemers controleerde, ging Olivia naast Janine staan.

'Met wie zit jij in een kajak?'

'Met ene Robert. Volgens mij een rijke zakenman. Hij zit voortdurend te smoezen met de CEO van Pioneer.' Janine huiverde. 'Blijkbaar heeft hij veel ervaring met kajakken, maar toch wou ik dat ik bij jou in de boot zat.'

'Robert is inderdaad een van de vips. Maar ook een echte sportman.

Dus ik weet zeker dat je bij hem in goede handen bent. Ik heb geen idee hoe ik het ervanaf ga brengen.'

Op dat moment kregen Cutler en Ingrid ruzie. Niet dat Olivia kon verstaan waarover. En daar deed ze ook geen moeite voor. Het echtpaar zat samen in een boot, maar het leek erop dat de excursie geen prettige ervaring ging worden.

Melissa gebaarde Olivia om op weg naar buiten door het bad met ontsmettingsmiddel te waden. Toen bonsde ze twee keer hard op de deur en zwaaide hem open. Daarachter was slechts een uitgestrekte watervlakte te zien. Het deinen van de golven wekte de indruk alsof de zee een eigen hartslag had; het water likte aan het schip en dreigde naar binnen te stromen. Olivia's adem stokte in haar keel toen ze zag hoe donker het was. Dik, bijna teerachtig.

Deed ze er wel verstandig aan om, voor het eerst sinds het ongeluk, in een kajak het water op te gaan? Toen hoorde ze in gedachten de stem van haar vader: *Klaar? Daar gaan we!* Dat zei hij altijd. Wat ze ook gingen doen. Hiken. Zwemmen in open water. Kajakken. Zeilen.

Bovendien was het nu te laat om nog terug te krabbelen. Ze zou rechtstreeks de confrontatie met haar angst aangaan. Dus ze haalde diep adem en stapte in de kajak die Melissa naar de deur had getrokken.

Zodra ze zich in de kuip had geïnstalleerd controleerde ze of het afdekzeil goed vastzat. Het was verrassend hoe snel haar lichaam lang niet gebruikte vaardigheden weer paraat had. Het zachte deinen van de boot werkte ontspannend. Zodra Melissa achter haar zat, gaf Olivia het sein dat ze er klaar voor was. Ze doopte haar peddel in het water, duwde af, en ze waren los!

Met haar ogen dicht probeerde Olivia haar ademhaling onder controle te krijgen, die oppervlakkig en gejaagd was geworden. Ze klemde haar handen krampachtig om de peddel. Wat bezielde haar? Ze nam te snel te veel hooi op haar vork. Alleen Aaron wist hoe diep de put was geweest waaruit ze zich omhoog had moeten worstelen, en hij was er niet.

'Mag ik een voorwaartse slag van je?' vroeg Melissa.

Maar Olivia was als verlamd. Ze schudde haar hoofd en hield haar ogen stijf dicht.

'Olivia? Ik wil een voorwaartse slag.' Het klonk geduldig, maar resoluut.

Olivia deed één oog op een kiertje open, toen stak ze de peddel opnieuw in het water. Haar handen beefden, maar ze trok het blad naar zich toe. Vervolgens maakte ze dezelfde beweging aan de andere kant. De kajak gleed soepel door het water.

'Heel goed. En nu een omgekeerde slag, om snelheid te minderen. Ik moet eerst zeker weten dat iedereen zit.'

Olivia deed wat haar werd gezegd, en ze besefte tot haar verbazing dat ze alles onder controle had. Ze vroeg de kajak iets met haar peddel, en die reageerde precies zoals ze wilde.

Het was een bescheiden overwinning, maar toch.

De Vigil torende hoog boven hen uit. Olivia kon elk detail onderscheiden, elke klinknagel in de blauw geschilderde romp. Daarboven zag ze passagiers in rode jacks die vanaf het dek op hen neerkeken. Een van hen stak een hand op en wuifde. Olivia had de indruk dat het Patty was, maar het was moeilijk te zien.

'Geen abrupte bewegingen, maar kijk eens naar links,' zei Melissa zacht.

Olivia was net op tijd om te zien dat een zeeluipaard zijn kop uit het staalgrijze water stak. Het glimmende beest staarde hen aan met zijn glasachtige ogen, als de bewaker van Antarctica, en dook toen sierlijk weer onder.

Olivia slaakte een diepe zucht. Toen lachte ze. 'Wat was hij dichtbij!'

'Hij is waarschijnlijk op jacht naar pinguïns. Dat is het geweldige van kajakken: dichter kun je niet bij de dieren komen.'

Dankzij het zeeluipaard had Olivia even aan niets anders gedacht. Zelfs niet aan haar angst.

Er kwam een kajak naast hen varen en die tikte de neus van hun bootje aan. Cutler zat erin, met een enorme telelens op zijn camera. 'Waar is hij gebleven?' vroeg hij gebiedend.

'Onder water.' Olivia wierp een blik over haar schouder naar Melissa. Die rolde met haar ogen, maar ze glimlachte erbij.

'Als u achter ons aan vaart, laat ik u de beste plekken zien om wilde dieren te spotten,' zei ze. Daarop hief ze haar peddel om de aandacht van alle kajakkers te krijgen, en ze gebaarde de groep om haar te volgen. Met een paar krachtige slagen bracht ze de boot vóór die van Cutler en Ingrid.

'Oké, Olivia. Laat maar eens zien wat je kunt. Eigenlijk zou ik het sturen voor mijn rekening moeten nemen, maar ik moet ook een oogje op de rest houden. Dus probeer ons om het eiland heen te loodsen. Dat zou geweldig zijn.'

Olivia haalde diep adem, geconcentreerd tot het uiterste. Het was al zo lang geleden dat ze dit voor het laatst had gedaan. Melissa mocht dan zeggen dat ze de anderen in de gaten hield, maar Olivia besefte dat ook zij op haar vaardigheden werd beoordeeld, dat Melissa probeerde in te schatten hoe groot de kans was dat de angst haar te veel werd. Ze ging verzitten, rechtte haar rug en klemde soepel, vooral niet te krampachtig, haar handen om de peddel. Toen voerde ze het tempo op, waarbij haar bovenlichaam meebewoog met haar slagen. De kajak schoot als een waterkever over het oppervlak, en Olivia voelde zich machtig. Haar angst was verdwenen.

Hier op het water, weg van de Vigil, werd pas echt duidelijk hoe wild en ongerept dit continent was. Aan boord, dik ingepakt, met een beker warme chocolademelk en met haar voeten stevig op het glimmend houten dek geplant, voelde ze zich onthecht, alsof ze naar filmbeelden keek met een superhoge resolutie. Maar hier op het water, waar de zee tegen de kajak sloeg en ijzige druppels in haar gezicht spetterden, waar boven haar hoofd vogels krijsten en onder de golven zeeluipaarden loerden... Hier voelde ze zich één met de natuur. Hier raakte ze doordrongen van waar ze was.

'Je doet het geweldig,' zei Melissa. 'Je bent een natuurtalent, zelfs onder deze omstandigheden. Dat maak ik niet vaak mee: iemand die zoveel slag heeft van peddelen.'

Olivia bloosde. 'Ik heb het van mijn vader geleerd. Hoe ben jij in dit werk terechtgekomen?' vroeg ze over haar schouder.

'Ik ben aan het water opgegroeid. Maar mijn moeder vond het maar raar dat ik altijd buiten wilde zijn, dat ik altijd wilde zwemmen of surfen. Ze verhuurde vakantiewoningen in Dorset, dus de Jurassic Coast was mijn achtertuin.'

'O, daar heb ik gezeild. Het is er prachtig.'

'Echt waar? Ik kom zelden iemand tegen die er is geweest. Hoe dan ook, in de zomer werkte ik als zeilinstructeur en coachte ik bij andere watersporten. Maar het was me te braaf. Ik wilde avontuur.'

'En wat vond je moeder daarvan? Wat vindt ze van wat je nu doet?'

'Ze vindt me nog steeds knettergek. Maar ze ziet hoe gelukkig ik ben, dus ze zegt er niks van. Ook al had ze natuurlijk liever dat ik verpleegkundige werd of zoiets. Maar ze heeft het losgelaten. Althans, voorlopig.'

'Liam zei dat dit je eerste cruise is. Wat deed je hiervoor?'

'O, van alles. Voornamelijk privécharters. Oké, ik denk dat we even snelheid moeten minderen –'

Achter hen klonk een kreet, en zowel Olivia als Melissa stak haar peddel in het water om af te remmen. Het leek erop dat alle commotie opnieuw om Cutler draaide. Deze keer was zijn kajak op de een of andere manier in aanvaring geraakt met die van Janine en Robert. Ze waren vlak bij een uitstekende rots waar twee zeehonden lagen, en Cutler zat met zijn camera in de hand.

Janine maakte de situatie nog erger. Ze maaide met haar peddel door de lucht en raakte bijna Ingrids hoofd, waarop de kajak vervaarlijk begon te hellen. De neus zat klem onder die van de boot van het echtpaar Hughes.

Melissa riep dat ze rustig moesten blijven en wenkte Liam. Toen die in de gaten kreeg dat er problemen waren, kwam hij in zijn wendbare eenpersoonskajak razendsnel aanpeddelen.

Janine leek in paniek te zijn; ze klauwde naar het afdekzeil van de kuip en greep naar de smalle touwen die elkaar kruisten over de neus van de kajak, alsof ze eruit wilde klimmen. Het bootje schommelde hevig, en Olivia sloeg de schrik om het hart. Ze draaide zich om naar Melissa. 'Je moet haar helpen!'

Die zat al op haar portofoon en vroeg om een zodiac te sturen; de grote rubberboten werden gebruikt om passagiers van het schip naar het vasteland te brengen.

Olivia bleef peddelen, totdat ze zo dichtbij waren dat ze met Janine kon praten, maar ze bleef voldoende op afstand om niet ook in de problemen te komen. 'Janine! Diep ademhalen. Je hebt een paniekaanval.' Ze deed haar best om beheerst te klinken.

Janine hapte naar lucht en jammerde dat ze eruit wilde. Het leek erop dat ze wilde gaan staan. Ondertussen ging Robert woedend tegen haar tekeer, waardoor Janine nog meer in paniek raakte. Zijn gezicht was rood aangelopen.

Maar toen was Liam er. Hij greep de kajak, nam de peddel uit Janines handen en gaf het bootje van Cutler en Ingrid een duw, waardoor ze niet langer in elkaar verstrikt waren. Op zijn teken kwam de zodiac naast hen varen, zodat hij Janine vanuit de kajak in de reddingsboot kon helpen.

Een fluitsignaal gaf aan dat iedereen terug moest naar de Vigil. De excursie was voorbij.

'Kom, we gaan naar het schip,' zei Melissa. Ze klonk verrassend kalm na alle commotie.

Olivia hijgde. Haar haar kleefde aan haar bezwete voorhoofd. Maar ze knikte. Janine zat in de zodiac, met haar hoofd op haar knieën.

Olivia wist precies hoe ze zich voelde.

20

'Janine, gaat het weer een beetje?'

In het laarzenhok liet Olivia zich naast haar op de bank zakken.

'Ik weet ook niet wat er gebeurde.' Ze zag nog altijd bleek. Haar rossig bruine haar kroesde doordat het onder haar wollen muts had gezeten.

'Volgens mij had je een paniekaanval. Ik weet hoe dat voelt. Daar had ik een tijdje terug ook last van.'

'Wat moest dat in godsnaam voorstellen?'

Ze keken op. Cutler torende hoog boven hen uit. Achter hem stond Robert.

'Ho ho, rustig aan,' probeerde Olivia de zaak te sussen.

'Ik was bijna dood geweest!' tierde Robert. 'Als ze niet voor zichzelf kan instaan, moet ze niet meegaan!' Zijn gezicht zag vuurrood.

'Eh... niet om het een of ander, maar jij stuurde!' snauwde Janine.

Olivia schoot overeind. 'Laten we dit niet nu doen. Het lijkt me goed om even afstand te nemen. Dan kunnen we het er later over hebben. En Robert, het was voor Janine haar eerste keer in een kajak.'

Cutler zag eruit alsof hij elk moment kon ontploffen. 'Ze zat op haar telefoon! Daar begon het allemaal mee.'

Olivia wierp hem een waarschuwende blik toe. 'Ze gaat het niet op haar sociale media zetten. Toch, Janine?'

Die schudde haar hoofd.

'Oké,' zei Cutler grimmig. 'Kom mee, Rob. We gaan een borrel halen. Ik heb gezorgd dat ze een puike whisky aan boord hebben.' De twee mannen stampten weg op hun zware laarzen.

'Wat een eikel,' zei Olivia.

'Is hij niet een klant van je?'

Olivia haalde haar schouders op. 'Daarom vind ik het nog wel een eikel. Je kon er niets aan doen. Het was allemaal best angstaanjagend.'

'Ik wil het er niet meer over hebben.' Janine huiverde.

Olivia fronste. 'Gaat het wel goed met je? We moeten zorgen dat je weer warm wordt.'

Liam hoorde wat ze zei. 'Er is een sauna aan boord. Dat is dé manier om te ontstressen.'

Janine schudde haar hoofd. 'Ik wil hier gewoon weg.' Ze keek Olivia aan. 'En jij? Wat ga jij doen?'

'Ik blijf bij je. Zullen we naar de galerie gaan? Daar wilde je toch filmen? Ik kan je een rondleiding geven. Exclusief, alleen voor jou. Niet voor de andere influencers.'

'Dat zou geweldig zijn! Ik heb vanuit de kajak nog wel wat mooie beelden kunnen maken. Voordat de ellende begon. Daar kan ik vast wel wat mee, om iets te posten over de excursies. Ik weet niet of ik nog een keer van boord durf. Bovendien ben ik benieuwd naar wat jij doet. Naar de galerie en de kunst die er hangt.'

'En ik ben benieuwd naar wat jij doet, als influencer.'

'Als je maar niet te streng bent. Ik doe het nog niet zo lang. Ik ben begonnen in de digitale marketing, dus ik heb meer ervaring met de zakelijke kant van de sociale media. Maar toen ik wilde gaan reizen, leek het me de moeite waard om iets voor mezelf te beginnen. En om op die manier, al reizend, wat terug te verdienen.' Ze gebaarde naar het schip.

'Stoer! Heb je al veel volgers?'

Janine haalde haar schouders op. 'Ach, in mijn niche doe ik het niet slecht.'

'Dat klinkt als valse bescheidenheid.'

'Wanneer we terug zijn kun je me volgen. En zien wat je ervan vindt.'

Olivia glimlachte. 'Dat ga ik zeker doen. Maar ik ben hopeloos als het om sociale media gaat.'

'Daar geloof ik niks van. Ik weet niet beter of je hebt het geweldig voor elkaar. Snoepreisjes, galeries... Je zou een hoop volgers kunnen hebben.'

'Allemaal schijn. De laatste maanden waren behoorlijk heftig. Ook al zou je dat niet zeggen als je op mijn sociale media kijkt. De foto's zijn prachtig. Maar ik was zo verdoofd dat ik er nauwelijks iets bij voelde. En er was niemand die het begreep, want het leek allemaal zo perfect.'

'Ik weet wat je bedoelt. Dat je altijd maar doorgaat. Dat je ook tegenover jezelf niet wilt toegeven dat je bijna bezwijkt onder de druk.'

'Precies. Ook al is die druk lood- en loodzwaar. Alleen mijn beste vriendin had het in de gaten. Maar ik was al te ver heen om naar haar te luisteren.'

Op weg naar de galerie kwamen ze langs een cadeauwinkeltje met een uitgebreide collectie souvenirs van Antarctica, waaronder kleding bedrukt met afbeeldingen van de Zuidpool. Ze liepen naar binnen om wat rond te neuzen tussen de magneetjes en boekenleggers met pinguïns, boeken over Antarctica, ansichtkaarten en notitieboekjes.

Olivia liep met een kettinkje naar een spiegel. Toen gilde ze het uit en liet het kettinkje bijna uit haar handen vallen. Want in de spiegel zag ze een gezicht. Vanuit de gang die langs de winkel liep, stond iemand naar haar te kijken.

Het was de man met het geschoren hoofd. De man met wie Liam een hut deelde en die achter haar aan was gekomen toen ze van de trap viel.

'Wat is er?' vroeg Janine.

Olivia draaide zich met een ruk om, maar de man was verdwenen. Ze legde een hand op haar wild bonzende hart. 'Niks. Ik stel me aan.'

'Nee, vertel nou. Het helpt om erover te praten als je ergens mee zit.'

'Welnee, het is echt niks. Ik zit op een boot, dat is al niet echt mijn ding, en dan ook nog zonder Aaron... Dus ik ben gewoon een beetje in de war, een beetje schrikachtig.'

Janine trok een wenkbrauw op en zei verder niets.

Olivia zwichtte, om de stilte te vullen. 'Nou, oké dan. Ik zie telkens een man met een geschoren hoofd, en ik heb het gevoel dat hij me volgt. Ik zag hem voor het eerst in Ushuaia, toen ik met Aaron uit het restaurant kwam. Hij stond aan de overkant, en het leek alsof hij ons in de gaten hield. En aan boord heb ik hem ook al een paar keer gezien. Onder andere die nacht dat ik van de trap viel en mijn hoofd stootte. Het klinkt belachelijk, dat besef ik.'

'Helemaal niet. Het klinkt angstaanjagend. Maar ik wed dat het elke keer een ander is – met hetzelfde kapsel.'

'Precies. Dat denk ik ook. Wat ik al zei: ik ben in de war, ik zie dingen die er niet zijn.'

'Toch vind ik wel dat je altijd op je intuïtie moet vertrouwen. Je kunt tenslotte nooit weten. En het is duidelijk dat je intuïtie probeert je iets duidelijk te maken. Dus misschien kan het geen kwaad om op je hoede te blijven.'

Ze liepen door naar de galerie. Aan het eind van de lange gang had Stefan een enorm schilderij opgehangen, het enige origineel aan boord. Niet *nemiga*, het schilderij waar ze verliefd op was geworden, maar *šviesa*, een explosie van zonlicht achter een wolk, boven een wereld bedekt met ijs. Hoewel het doek volledig uit tinten wit was opgebouwd, leek het van binnenuit een warme gloed te verspreiden.

Maar toen Olivia er dichter naartoe liep, had ze de neiging zich naar Aaron te keren, alsof hij bij haar was. Want er klopte iets niet. En Aaron zou onmiddellijk hebben gezien wát er niet klopte aan het schilderij.

Voordat ze er nog langer over kon nadenken, ontstond er commotie in de galerie. Luide stemmen drongen tot hen door.

Janine en Olivia keken elkaar verschrikt aan, en Olivia haastte zich naar de deur.

'Een schande! Dat is het!' klonk een vrouwenstem.

'Rustig nou maar.' Dat was Stefan, die probeerde de boel te sussen. 'Maak alsjeblieft geen scène...'

Door het raam zag Olivia een vrouw staan die driftig haar handen in de lucht gooide. Het duurde even voordat ze haar herkende. Het was Lucinda, de vriendin van Maxwell Sadler. 'Blijf van me af!' riep ze woedend. 'Wat denk je wel? Hoe durf je?' Ze stormde de galerie uit.

'Ga jij maar naar binnen,' zei Olivia tegen Janine. 'Ik moet weten wat er aan de hand is, en of ik iets voor haar kan doen.'

'Weet je het zeker?'

Olivia knikte. Toen liep ze de gang uit, achter Lucinda aan. Ze had geen idee wat ze moest zeggen, maar het was haar taak om te zorgen dat de potentiële kunstkopers het naar hun zin hadden. En daar had het bij Lucinda bepaald niet op geleken.

Ze was al bang dat ze haar kwijt was, toen ze haar in de gaten kreeg op het buitendek. Haar lange donkere haar wapperde in de wind.

Olivia trok de zware deuren open. 'Hé, hallo,' zei ze aarzelend.

Lucinda keek op en wreef in haar ogen. 'O. Hallo, Olivia. Zo heette je toch?'

'Ja, dat klopt. Sorry, maar ik hoorde je tegen Stefan tekeergaan.'

'Jij zit toch ook in de organisatie? Van de veiling?'

Olivia knikte.

'Dan moet je die veilingmeester ter verantwoording roepen. Het is geen originele Yennin die daar hangt, aan het eind van de gang naar de galerie.'

'Ik zal het met hem bespreken.'

'Het deugt niet. Kostas verdient het niet dat zijn nagedachtenis wordt bezoedeld! Na alles wat hij heeft doorgemaakt.'

'Dat begrijp ik.'

'Dat hoop ik dan maar. Anders heb ik met jou ook een probleem.'

De wind werd krachtiger en de ijzige kou benam Olivia de adem. Lucinda trok haar jack dicht om zich heen en ging weer naar binnen.

Olivia volgde haar niet meteen. Dus ze had het goed gezien: er klopte iets niet met het schilderij. Het was niet het origineel. Waar was dat dan? En waarom hing het er niet? Daar moest ze achter zien te komen.

21

Toen ze de galerie binnenkwam, werd Janine door Stefan onthaald op zijn enthousiasmerende, zorgvuldig ingestudeerde verhaal. 'De expositie is alleen te zien op dit schip. Maar de bedoeling is om het concept te gaan uitrollen over de hele vloot van Pioneer Adventures. Het werk van Yennin weet de schoonheid en de magie van Antarctica op een unieke manier te vangen. Daar kan geen foto tegenop. Yennin was geobsedeerd door de poolgebieden, met name vanwege het licht. Wanneer we de poolcirkel kruisen en wanneer u de middernachtzon ervaart, dan begrijpt u pas goed dat het hem als een van de weinige kunstenaars is gelukt de magische sfeer van Antarctica met verf tot uitdrukking te brengen. Zijn werk heeft ook iets dreigends. Het is wild, het heeft maling aan regels, aan wetten. Net als het continent dat hij schildert. Je zou kunnen zeggen dat hij de duisternis die diep binnen in hem heerste probeerde te verbergen onder de explosies van licht en sneeuw in zijn werk. Maar uiteindelijk heeft de duisternis gewonnen.'

'Boeiend!' Janine was hoorbaar onder de indruk. 'En zijn dit allemaal originelen?'

'Nee, die zijn te kostbaar voor een dergelijk project. Zijn eerste schilderij dat werd geveild bracht al miljoenen op. Maar de gesigneerde reproducties zijn in een beperkte oplage gedrukt, dus die worden alleen maar meer waard. Is dat geen mooi verhaal om mee thuis te komen: dat u tijdens deze cruise een werk van een groot schilder hebt gekocht? Een schilder die nooit meer nieuw werk zal maken.'

'Dat kan ik niet betalen,' zei Janine.

'Dat moet u niet te snel zeggen. We hebben heel aantrekkelijke aanbiedingen. Zoals originele tekeningen, ook gesigneerd door de kunstenaar. En interessant als belegging.'

'Echt waar?' Ze trok een wenkbrauw op.

'Absoluut. En u kunt in elk geval een ansichtkaart kopen.' Hij liep met Janine verder de galerie in, en Olivia bleef achter bij *šviesa*. Ze bestudeerde het schilderij aandachtig, en met een toenemend gevoel van ongemak.

Toen Stefan aan het eind van zijn rondleiding was gekomen, kwam hij naar haar toe, terwijl Janine met haar camera in de weer was.

'Ik had begrepen dat dit het origineel zou zijn?'

'Hoe bedoel je?'

'Je zei net tegen Janine dat er geen originelen geveild worden.'

Stefan kuchte. 'Dat lijkt me duidelijk.'

Olivia fronste haar wenkbrauwen. 'Maar dat is toch het hele idee achter de presentatie? Ik weet zeker dat Aaron heeft gezegd –'

'Aaron heeft me gemaild. Hij was van gedachten veranderd.' Zijn toon verhardde. 'Ik ga over het aanbod op de veiling, en hij was het met me eens dat dit de juiste aanpak is.'

Waarom had Aaron dat dan niet tegen haar gezegd, vroeg Olivia zich af. Het klopte niet met wat ze voorafgaand aan de cruise hadden besproken. Het ging Aaron erom de erfenis van Yennin te koesteren, om de waarde van zijn werk zo hoog mogelijk te houden.

Dit voelde helemaal niet goed.

'Mag ik die mail ook lezen?' vroeg ze.

Stefan rolde met zijn ogen. 'Als je dat per se wilt.' Hij ging haar voor naar zijn kantoor en zette zijn computer aan. Het internet was hier net zo traag als in de bibliotheek. Toen de computer eindelijk verbinding had, haalde Stefan de bewuste e-mail tevoorschijn. Die leek inderdaad afkomstig van Aaron. Opnieuw voelde Olivia zich buitengesloten. Maar misschien had hij haar ook gemaild, toen ze aan het kajakken was.

'Vind je het goed als ik hier in mijn inbox kijk?'

'Ga je gang.'

Ze opende haar Gmail, maar er was geen nieuwe mail van Aaron. Bijtend op haar onderlip probeerde ze haar emoties in bedwang te houden. Waarom had hij alleen met Stefan overlegd? Waarom had hij haar in onwetendheid gelaten?

Ze sloot haar Gmail af en stond op. 'Ik moet ervandoor. Wil je tegen Janine zeggen dat ik ben teruggegaan naar onze hut?'

'Doe ik. En probeer er allemaal niet zo zwaar aan te tillen. Neem een glas champagne. Dat zal je goeddoen.'

Olivia keek hem verbijsterd aan. 'Een glas champagne?' Was dat een verkapt dreigement? Een verwijzing naar de fles champagne die voor Aaron en haar had klaargestaan? Maar voordat ze ernaar kon vragen, was hij al verdwenen. Ongetwijfeld om Janine de boodschap door te geven.

Ze vluchtte terug naar de hut, blij dat daar niemand was. Ze had tijd nodig om na te denken, om te laten bezinken wat er de afgelopen twee dagen was gebeurd. Was het echt maar twee dagen? Het voelde alsof ze al een week op het schip zat.

Ze pakte haar koffer, vouwde zorgvuldig haar kleren op en legde ze in de la die haar was toegewezen. Veel had ze niet nodig. Er was weinig aanleiding om zich mooi te maken aan boord, behalve dan voor de cocktailparty met de vips, de volgende avond. Een dag eerder dan gepland, omdat ze de tocht door de Drake Passage in zo'n recordtijd hadden afgelegd.

Haar jassen en truien hing ze in de kast. In haar kleine weekendtas zat Aarons smokingjasje, dat op de een of andere manier tussen haar kleren was terechtgekomen na dat laatste etentje in Ushuaia. Ze rook eraan en snoof zijn geur op. Toen ze over de voorkant streek, besefte ze dat het doosje met de ring was verdwenen. Blijkbaar had Aaron dat bij zich gestoken. Maar toen ze het jasje in de kast wilde hangen, viel er een stukje papier op de grond.

Ik weet wat je hebt gedaan. En daar zul je voor boeten.

22

Toen de deur openging, raapte ze het briefje haastig op en stopte het in de zak van het jasje.

Annalise kwam binnen. Toen ze Olivia's gezicht zag, reageerde ze verschrikt. 'Alles goed? Je kijkt alsof je water ziet branden.'

'Ja hoor. Niks aan de hand.' Olivia hing het jasje op een knaapje en wurmde het in de smalle kast, bij haar spullen. 'Bij het uitpakken kwam er een herinnering aan thuis naar boven.'

'Je trilt helemaal.'

Ze had het zelf niet eens gemerkt, naar nu besefte ze dat haar ademhaling gejaagd was geworden, oppervlakkig, en dat ze alles wazig zag.

Aaron zat in moeilijkheden. En zij kon niets voor hem doen.

'Ik geloof...' Maar haar mond was plotseling zo droog dat ze amper kon praten. '... dat... dat ik een paniekaanval heb.'

Annalise reageerde onmiddellijk. Ze hielp haar op een bed te gaan zitten en haalde een glas water voor haar. Olivia strekte zich uit en probeerde vier tellen in en acht tellen uit te ademen, totdat de paniek zakte.

'Wil je erover praten?' vroeg Annalise. 'Heeft het met het schip te maken? Met dat je op het water zit?'

Olivia probeerde te focussen. Het was logisch dat Annalise daarin de oorzaak zocht. Ze had het verhaal van wat er met haar vader was gebeurd al heel lang niet meer aan iemand verteld. Trish kende het tot in de kleinste details, maar zelfs Aaron wist alleen de grote lijnen.

Misschien zou het helpen om er met een vreemde over te praten. Om het eruit te gooien, zodat ze niet langer bang hoefde te zijn voor de herinnering. Het zou haar in elk geval afleiden van het briefje.

Ze ging rechtop zitten en nam nog een slok water. 'Je zult het niet geloven, maar ik heb mijn hele jeugd op het water gezeten.'

'Echt waar?'

'Mijn vader was kapitein op een jacht. Nadat ik was geboren, deed hij het niet meer fulltime. Maar hij had goede contacten en kreeg regelmatig de vraag om een boot van de ene naar de andere haven te varen. Boten die 's zomers op de Middellandse Zee voeren en 's winters in het Caribisch gebied. Of hij bracht ze van Australië naar een van de eilanden in de Pacific. De overtocht maakte hij alleen, en daarna vlogen mijn moeder en ik naar hem toe om nog een week of twee vakantie te houden op zo'n boot.'

'Het klinkt verrukkelijk.'

'Dat was het ook. En dat hebben we heel lang zo gedaan. Mijn vader heeft me leren zeilen. We hadden zelf een bootje in een loch in Schotland. Tegen de tijd dat ik zestien was, kon hij me niets meer leren, zei hij. Hij vertrouwde erop dat ik me in elke situatie wist te redden. Maar toen –' Ze zweeg abrupt, haar keel werd dichtgesnoerd. 'We lagen in de Caribische Zee, voor de kust van St. Lucia. Met een waanzinnig duur jacht. Mijn vader, mijn moeder en ik. De boot heette...' Sinds die nacht had ze de naam nooit meer hardop uitgesproken, ook al was het jacht vaak in haar dromen verschenen. 'De Clarissa. We hadden het heerlijk, en mijn vader liet alles aan mij over. Mijn moeder voelde zich niet helemaal honderd procent. Ze had behoefte aan rust. Dus mijn vader vroeg mij om in onze laatste nacht wacht te lopen.'

Ze sloot haar ogen. Het geluid van de zee die tegen de patrijspoort klotste voerde haar terug naar dat moment, al die jaren geleden.

Het klotsen van de zee was het enige geluid geweest tijdens haar wacht. Het was donker, en het liefst zou ze haar koptelefoon hebben opgezet met keiharde muziek. Maar dat mocht niet als je wachtliep. Ze moest scherp blijven.

Tegen de glimmend gewreven houten reling geleund tuurde ze ingespannen in de verte, op zoek naar speldenprikjes licht, maar ze zag niets. Er was zelfs geen ster te bekennen. De hemel was gitzwart. Ze peuterde aan het eelt dat zich had gevormd door het trekken aan touwen en het leggen van knopen. Haar handen verrieden hoe hard ze had gewerkt. Eerder die dag had ze erom gelachen. Nu was het de enige manier om wakker te blijven: peuteren aan haar eelt, met de scherpe rand van haar nagel.

Wakker blijven. En hou alles goed in de gaten.

Dat had haar vader haar gevraagd. Ze kende de regels. Het was haar verantwoordelijkheid om hem te waarschuwen als de wind veranderde, als ze iets ongebruikelijks hoorde, of als ze lichten zag opdoemen. Maar het liep tegen middernacht, en ze was al uren op. Ze dacht aan haar kooi beneden, aan hoe ze gewend was geraakt aan het zachte deinen dat haar in slaap wiegde. Dit was hun laatste nacht op zee.

Haar oogleden werden zwaar. Ze kneep zichzelf in haar arm.

Maar zelfs de nachtelijke kilte kon haar niet wakker houden. Ze leunde naar achteren, trok een deken over zich heen.

Wakker blijven. En hou alles goed in de gaten.

Ze deed heel even haar ogen dicht.

Plotseling doemden er lichten op. Ze waren al veel te dichtbij om nog alarm te slaan.

'Er botste een speedboot tegen ons op. Op zich geen grote boot, maar groot genoeg om schade aan te richten. Ik dacht dat mijn ouders in hun kooi lagen, maar het bleek dat mijn vader al op was om het van me over te nemen. Hij is overboord geslagen. En dat was mijn schuld.'

Haar vader was dood. En het was haar schuld. Dat viel niet te ontkennen. Sindsdien had ze gezworen om nooit meer een voet op een boot te zetten. Dat had ze haar moeder beloofd. En de enige reden dat ze die belofte nu brak, was dat ze haar moeder eigenlijk ook al had verloren.

'Jezus,' zei Annalise. 'Je vader vertrouwde je en...'

'Ik was dat vertrouwen niet waard. Sindsdien ben ik inderdaad nooit meer op een boot gestapt. Dit is voor het eerst.'

Ze schrok toen de scheepshoorn ging ten teken dat het anker werd opgehaald en dat ze van Barrientos Island op weg gingen naar de poolcirkel.

'Red je het wel? Wil je pillen tegen zeeziekte? Of pijnstillers?'

Olivia schudde haar hoofd. Annalise haalde haar schouders op en liep naar de badkamer.

Olivia ging weer liggen. Het was een opluchting dat ze haar verhaal had gedaan, al was het maar omdat het haar deed beseffen dat ze deze keer niet machteloos stond. De eerste grote deal van de Hunt Advisory moest een succes worden. Dat was háár verantwoordelijkheid. Dus daar ging ze voor zorgen.

De Vigil was niet de Clarissa.

Er was zoveel uit die tijd dat ze was vergeten, dat ze diep had weggestopt. Maar vandaag was ze in een kajak gestapt. En ze had iemand verteld wat er die nacht op het jacht was gebeurd. Ze kon eindelijk verder met haar leven.

Ze kon wakker blijven en alles goed in de gaten houden.

En om te beginnen zou ze ervoor zorgen dat Stefan de veiling niet verknalde.

23

Ze zorgde ervoor dat ze de volgende dag op zee goed gebruikte. Er waren geen excursies, ze hoefde niet te kajakken, het schip meerde nergens aan, en internet deed het weer. Ze was teleurgesteld dat ze niets meer van Aaron had gehoord, maar ze mailde hem toch, met de vraag of hij haar een lijst met instructies kon sturen, zodat ze wist hoe hij de veiling voor zich zag, nu hij in overleg met Stefan blijkbaar voor een andere aanpak had gekozen. Bovendien schreef ze hem over de cryptische boodschap van Pierre. Die stuurde ze ook een mailtje, om hem te laten weten dat de kapitein de boodschap had overgebracht.

Vervolgens las ze Aarons mails terug vanaf het begin van hun relatie, op zoek naar aanwijzingen die ze destijds niet had herkend, maar waardoor ze nu begreep wat er gaande was. In plaats van duidelijkheid te krijgen werd ze teruggevoerd naar het prille begin, naar de tijd waarin ze zo gelukkig was geweest en alles opwindend had gevonden.

Zijn eerste e-mail dateerde van zeven maanden geleden. Zeven maanden... Aan de ene kant voelde het alsof ze al jaren samen waren, aan de andere kant besefte ze nu pas hoe snel het allemaal was gegaan. Dat kwam ook door haar burn-out, doordat ze zich volledig had laten meeslepen door Aarons charme als man van de wereld.

Maar was dat nou zo erg? Zijn mails waren romantisch, er sprak oprechte liefde uit. *Mijn liefste Livi...*

Er mocht toch ook weleens iets goed gaan in haar leven?

Ze opende zijn laatste e-mail. En opnieuw had ze het gevoel dat er iets niet klopte. Bijtend op haar onderlip tuurde ze ingespannen naar het scherm. *Lieve Olivia...* Wanneer had hij haar voor het laatst zo genoemd?

Er verscheen een melding op het scherm: *DE VERBINDING WORDT OVER TWEE MINUTEN VERBROKEN. WIL JE MEER TIJD KOPEN?*

Ze wreef in haar ogen. Nog even, dan moest ze zich gereedmaken voor de cocktailparty met de vips, en daar wilde ze de tijd voor nemen. Dus ze logde uit en klapte de laptop dicht.

Ze huiverde toen ze door een van de ramen een glimp opving van een reusachtige ijsberg. Inmiddels hadden ze de Aitcho Islands achter zich gelaten, waartoe ook Barrientos behoorde, en voeren ze richting de poolcirkel. Hoe zuidelijker ze kwamen, hoe groter de ijsbergen werden. Ze oogden dreigend, als mythische monsters, die zelfs een kolossaal cruiseschip moeiteloos zouden kunnen opslokken. Maar de Vigil was gebouwd voor de meest extreme omstandigheden en in staat zich een weg door het ijs te banen. De opvarenden hadden van ijsbergen niets te vrezen, wat er onder het oppervlak ook mocht schuilgaan.

Vanuit de bibliotheek liep ze even het dek op, met haar jack dicht om zich heen getrokken. Ze had behoefte aan frisse lucht om haar gedachten te ordenen. Geboeid keek ze naar de ijsbergen die ze passeerden, en ze kon haar ogen niet afhouden van het wild: de stormvogels die zich lieten meevoeren op de wind, de pinguïns die massaal uit het water sprongen en dan weer razendsnel en met een sierlijke boog in de golven verdwenen.

'Weet je waarom ze dat doen?'

Bij het horen van de stem van Liam draaide ze zich om.

'Om roofdieren in verwarring te brengen.' Hij kwam bij haar aan de reling staan. 'Wat een stuiterballen, hè? Een en al energie.'

'Ja, het is ongelooflijk.'

'Dat was me het ochtendje wel, hè, gisteren bij het kajakken. Gaat alles goed met die vrouw uit je hut?'

'Ja hoor. Ze was behoorlijk van streek, maar inmiddels gaat het wel weer.'

'En hoe ging het bij de kapitein? Ik had je er al eerder naar willen vragen, maar het was allemaal zo hectisch.'

'O, dat. Er was een boodschap voor me binnengekomen. Van het vasteland.'

Liam knikte. Hij klemde zijn handen om de reling en boog zich voorover. 'O. Was dat alles? Ik weet dat je vragen had over de inzet van de helikopter… Heb je daar nog naar geïnformeerd?'

Olivia knikte. 'Ja. Tenminste, ik heb gevraagd hoe het met dat jonge stel ging. Christa en Jay, met wie ik van hut heb geruild.'

'En wat zei hij toen?'

'Dat ik me geen zorgen hoefde te maken. En dat is raar, want ik sprak de dokter, en die impliceerde… Nou ja, die had het over de uitkomst van de autopsie die moest worden afgewacht.'

'Shit, zijn ze dood? Heeft Ranj dat gezegd?' Liam struikelde over zijn woorden; in zijn paniek werd zijn accent nog zwaarder.

'Nee, dat hoorde ik van dokter Tove. Maar ik zou denken dat jij er meer van weet dan ik.' Olivia sloeg haar armen over elkaar, in verwarring gebracht door zijn reactie.

'Dat kun je wel denken, maar dat is niet zo. Ons wordt niets verteld. Alleen het hoogstnoodzakelijke. We hebben alleen te horen gekregen dat de heli is ingezet vanwege een medisch spoedgeval.' Hij harkte nerveus met zijn handen door zijn haar. Van zijn bravoure was niets meer over. 'Zei dokter Tove ook wat eraan scheelde?'

'Ze had het over vergiftiging. Met mogelijk als bron de fles champagne in hun hut. Maar ik neem aan dat daar nog onderzoek naar wordt gedaan.'

Er verscheen een grimmige trek om zijn mond, zijn ogen stonden plotseling hard en kil. Olivia besefte ineens dat ze met hem alleen was, op het buitendek. En dat hij veel groter en sterker was dan zij. Het schip sneed soepel door het water, de wind was nog verder aangewakkerd. Als ze overboord ging zou niemand het merken.

Ze deed onwillekeurig een stap naar achteren. 'Maar om het verhaal compleet te maken: de kapitein zei dat ze herstellende waren in het ziekenhuis van Ushuaia.'

Liam fronste zijn wenkbrauwen. 'Ho, wacht even. Wat is het nou? Zijn ze dood, of liggen ze in het ziekenhuis?'

'Dokter Tove had het over autopsie. De kapitein zei iets heel anders. Dus ik weet het ook niet. Ik ben passagier. Jij bent lid van de bemanning.'

'Nogmaals: dat betekent niet dat ik er meer van weet. Het enige wat ik kan bedenken, is dat de kapitein geen schandaal wil. Er hangt veel af van deze cruise.'

Olivia dacht aan wat Annalise had gezegd, over de enorme investering om het schip te renoveren, en dat de Vigil cruciaal was om Pioneer Adventures opnieuw in de markt te zetten. Ze kon zich de publicitaire nachtmerrie voorstellen wanneer bekend werd dat er twee passagiers waren overleden, ook al ging Pioneer vrijuit.

'Mocht je nog iets horen, laat je het dan weten?' vroeg Liam.

'Op voorwaarde dat jij dat ook doet.'

'Ja, natuurlijk. Dank je wel.' Hij wilde een hand op haar arm leggen, maar ze verkrampte.

'Ik moet ervandoor.' Ze draaide zich om en liep haastig naar de zware deuren. Terwijl ze haar hand op de knop legde, keek ze nog even achterom. 'Trouwens, ik heb de kapitein ook verteld dat ik je collega die eerste nacht uit hut nummer zestien heb zien komen. Geen idee wat hij met die informatie gaat doen, maar dan weet je het.'

Zonder zijn antwoord af te wachten haastte ze zich naar binnen. Het gesprek had haar nerveus gemaakt. Ze had tijd nodig om tot zichzelf te komen en zich voor te bereiden op de cocktailparty.

Ingrid Hughes wenkte haar. Ze zat samen met Cutler aan een tafeltje, nippend aan een martini. Olivia gaf haar jas aan Maria Elena, die in een hoek van de bar een provisorische garderobe had ingericht, streek haar jurk glad en plooide haar gezicht in een glimlach.

'Ben je er klaar voor?' Cutler knipte met zijn vingers naar de vrouwelijke barkeeper om nog een rondje te bestellen.

'Ik vind het zo jammer dat Aaron er niet bij is,' zei Ingrid. 'Hij is altijd zo aardig.'

'Ja, dat weet ik nou wel,' mompelde Cutler. Toen klaarde zijn gezicht op. 'Maxwell! Kom erbij zitten. Fijn dat je er bent. En jij ook,

Lucinda. Wat zie je er weer prachtig uit.' Hij schudde Maxwell de hand en kuste Lucinda op beide wangen. 'Wordt het niet eens tijd dat je haar vraagt, ouwe jongen?' Cutler sloeg Maxwell op zijn schouder.

Olivia verkrampte toen Maxwell aanschoof. Ze voelde nóg zijn vingers als een bankschroef om haar arm. Maar ze zou hem te vriend moeten houden. Daar was ze zich sinds haar gesprek met Lucinda nog sterker van bewust. Het mocht niet zo zijn dat zij de reden was waarom een potentiële koper afhaakte. 'Mr. Sadler, ik wil me nogmaals verontschuldigen voor Aarons afwezigheid,' zei ze dan ook.

In gezelschap reageerde hij aanzienlijk milder, zonder de felheid waarmee hij haar eerder had aangevallen. 'Je hoeft je niet te verontschuldigen. We hebben in het verleden onze geschillen gehad. Maar hij hoeft zich zorgen meer te maken.'

'O nee?'

Hij wierp een zijdelingse blik op Lucinda. Die wist duidelijk niet dat Maxwell haar had bedreigd. 'Ik weet niet beter of hij kan al zijn schulden afbetalen als de deal doorgaat en het werk van Yennin wordt uitgerold over de hele vloot van Pioneer Adventures. Dus ik hoop niet dat je me nu gaat vertellen dat de boel is afgeblazen…'

Olivia schudde haar hoofd. 'Nee, zeker niet. Alles loopt op rolletjes.'

'Daar ben ik blij om. Ik heb Aaron altijd graag gemogen. De kunsthandel is verraderlijk. Je weet nooit waar je mee gaat scoren. Zoals ik al zei: hij heeft geluk gehad. Of misschien moet ik zeggen: júllie hebben geluk gehad.'

Toen Lucinda in gesprek raakte met Ingrid, boog Maxwell zich dichter naar Olivia, zodat alleen zij kon verstaan wat hij zei. 'Want anders had het heel vervelend kunnen aflopen.' Hij tikte met zijn glas tegen het hare en sloeg de inhoud in één teug achterover.

Olivia probeerde niet te laten merken dat ze huiverde door haar glas langdurig aan haar mond te zetten.

Op dat moment kwam Delilah de bar binnen, druk in gesprek met Greg, de kunstrecensent. Ze zagen er chic uit. Delilah in een wijdvallende kaftan met een jungleprint, met vlechten die tot haar taille reikten. Greg droeg een marineblauwe wollen blazer en een broek met smalle pijpen, met daarbij een roomwit zijden overhemd.

Olivia verwelkomde hen met een cocktail.

'Je bent een schat. Dank je wel,' zei Delilah. 'Greg zei net hoe bijzonder dit is. Om het landschap te zien waar de kunstenaar zijn inspiratie vandaan haalde.'

Olivia knikte. 'Ik ben blij dat jullie het naar je zin hebben.'

'Nou en of. En ik ben zo benieuwd naar de presentatie van Yennins kunst en naar de veiling,' zei Greg. 'Dat is weer eens wat anders dan de kunstveilingen die normaliter op zee worden gehouden. Ik waardeer de focus op één kunstenaar. Daardoor kun je je als toeschouwer volledig in het werk onderdompelen. Ik heb begrepen dat je hem hebt ontmoet – Kostas Yennin?'

'Ja, in Vilnius. Hij had daar een atelier in zijn ouderlijk huis.'

Lucinda voegde zich bij het gesprek, want Ingrid zat inmiddels geanimeerd met Maxwell te praten. 'Dat is echt heel bijzonder,' zei ze. 'Hij trad niet graag naar buiten. Trouwens, dat gold ook voor zijn familie. Ze leefden teruggetrokken. Dus je mag je gelukkig prijzen dat je hem hebt ontmoet. En nu helemaal, nu de wereld hem voorgoed zal moeten missen.'

'Het is een ervaring die ik nooit zal vergeten.' Olivia legde een hand op haar hart. 'Delilah, Greg, mag ik jullie voorstellen aan Lucinda? Ze komt ook uit Litouwen, net als onze kunstenaar. Delilah is modeontwerper, ze woont in Sydney, en Greg –'

'Ik schrijf over de kunstwereld. Voor diverse publicaties. Vorig jaar heb ik voor *Vogue* een profiel gemaakt over Yennin. Dus ik weet uit ervaring hoe weinig hij naar buiten trad. Na zijn dood heeft mijn uitgever alles op alles gezet voor een interview met iemand uit zijn naaste omgeving. Zijn zus, zijn vriendin. Hij heeft het zelfs bij zijn manager Sociale Media geprobeerd. Maar er was niemand bereid om te praten.'

'Zijn vriendin?' vroeg Delilah.

'Ja, hij had een vriendin. Volgens mij hield hij haar uit de openbaarheid om geen afbreuk te doen aan zijn imago als onbereikbare kunstenaar, maar ze zijn jaren samen geweest.'

Olivia knikte en probeerde niets te laten merken, maar ze vond het onthutsend te ontdekken hoe weinig ze van Yennin wist.

'Misschien was het haar eigen keus. Misschien wilde ze niet in de schijnwerpers staan,' opperde Lucinda.

'Wat denk je dat hij hiervan zou vinden?' Delilah gebaarde om zich heen.

'Volgens mij was het niets voor hem geweest.'

'Heb jij hem ook gekend?' vroeg Olivia aan Lucinda.

'Mij lijkt het de droom van iedere kunstenaar,' walste Delilah over iedereen heen. 'Ik was erbij, die avond van de veiling. En ik geloof niet dat ik ooit zoveel geïnteresseerde kopers bij elkaar heb gezien. Daar blijven alle andere veilingen ver bij achter. Daarom wilde ik deze cruise ook voor geen goud missen. Ik laat het me niet nog eens gebeuren dat ik achter het net vis.'

'Jij was de op een na hoogste bieder!' herinnerde Olivia zich ineens weer.

'Was je dat vergeten?' zei Delilah met gespeelde afschuw.

'Sorry...'

Delilah duwde haar vlechten naar achteren. 'Ik vind dat ik recht heb op genoegdoening. Ik ben zo ver gegaan met bieden, en toen wist ik nog niet dat hij dood was. Het ging me echt om zijn werk.' Ze boog zich naar Olivia toe. 'Volgens mij is Pierre getipt, dat Yennin was verongelukt. Misschien had hij een mannetje in het veilinghuis. Hij heeft zijn investering verdriedubbeld, in één avond! Afijn, nu kan ik alsnog een Yennin kopen. Het is nog niet te laat. Zijn werk blijft in waarde stijgen. Waar of niet, Olivia?'

'Absoluut.'

'Ik had liever gehad dat hij nog leefde.' Lucinda zette haar glas neer. Het was nog halfvol. 'Sorry.' Ze stond op en liep de bar uit, maar niet dan nadat Olivia de uitdrukking van afkeer op haar gezicht had gezien.

Ze overwoog achter haar aan te gaan, maar Delilah hield haar tegen. Haar lange nagels boorden zich in haar arm. 'Bespaar je de moeite. En hoe tragisch ook, Yennin heeft het hoogste bereikt wat een kunstenaar kan overkomen.'

'En dat is?'

Delilah ging met haar tong langs haar lippen. 'Onsterfelijkheid. Dat is niet in geld uit te drukken. Waar of niet, Greg?'

Die boog zich naar voren. 'Precies. Ook al was hij dan volledig doorgesnoven. Tenminste, dat heb ik gehoord. Dus je kunt het nauwelijks een ongeluk noemen als je in die toestand achter het stuur gaat zitten. Iemand had hem het telefoonnummer van een taxibedrijf moeten geven.'

'Nee!' Delilah greep ontsteld naar haar ketting. 'Olivia! Is dat echt zo?'

Die slikte. 'Ik weet alleen wat er in het politierapport stond. En volgens de politie was het een ongeluk.' Dat was niet helemaal waar. De politie wist dat hij MDMA had gebruikt, en waarschijnlijk nog veel meer. Maar dat wilde ze niet herhalen waar iedereen bij was, al helemaal niet in gezelschap van een journalist en een potentiële koper. Ze keek op toen twee andere vips de bar binnenkwamen: Robert en Aida. 'Willen jullie me verontschuldigen? Ik ga onze andere gasten begroeten.'

'Nou, vooruit dan maar. In ruil voor een cocktail,' zei Delilah.

Olivia knikte. 'Ik zal nog een rondje laten brengen.'

Maar in plaats van de Freedmans aan te spreken, liep ze naar de verste hoek van de bar, waar ze snel een glas water dronk en probeerde haar emoties weer onder controle te krijgen. Dit was bij uitstek een gelegenheid waarbij ze kon zorgen dat iedereen het naar zijn zin had. Ze waren er allemaal, de potentiële kopers die ze in de juiste stemming moest zien te brengen. Maar het enige waaraan ze kon denken, was dat ze Aaron miste. Dat ze wilde dat hij erbij was. Dat ze niet wist of ze het wel kon. Netwerken. Ze was geschokt geweest door de uitdrukking op Lucinda's gezicht. Het liefst ging ze terug naar de hut.

Naar de gezelligheid, de ontspannen sfeer tussen de vrouwen daar.

Hier in de bar werd ze voortdurend herinnerd aan de avond van Yennins dood. Aan de rol die zij daarbij had gespeeld.

Wat haar betrof kon de cocktailparty niet snel genoeg afgelopen zijn.

24

Bij het aanbreken van de volgende dag was duidelijk dat ze nu echt in Antarctica waren. Enorme witte kliffen verhieven zich uit een diepblauwe zee, hoog uittorenend boven zelfs de bovenste dekken van de Vigil. Het schip leek plotseling nietig, als een speelgoedbootje in een badkuip.

De Aitcho Islands waren in de weidse IJszee slechts speldenprikjes geweest vergeleken met wat ze nu om zich heen zagen, terwijl ze door de Gerlache Strait voeren. Dankzij de lezing na het ontbijt was Olivia voorbereid geweest op de verandering van landschap. Dr. Vance, de glacioloog, had alsnog zijn uitgestelde college gegeven over de diverse soorten ijs die ze zouden tegenkomen. IJsplaten en -schotsen, zee-ijs, landijs, pakijs. De kans was groot, vertelde hij, dat ze terminale morenes in zee zouden zien storten, maar ook dat ze op hun hoede moesten zijn voor de gletsjers die als een tweede huid over het ijs hingen. De aard van de afkalvingen was in de laatste tien jaar veranderd, en door het stijgen van de temperatuur stootte het continent soms brokken ijs af zo groot als de Vigil. Meer dan tachtig procent van de gletsjers in Antarctica was aan het afnemen; het afkalven was angstaanjagend 'normaal' geworden, en tegelijkertijd nauwelijks te bevatten. Olivia kon zich niet echt een voorstelling maken van de omvang van het probleem.

Alles voelde vaag. Warrig. Na de cocktailparty had ze slecht geslapen, en een gevoel van ongemak drukte als een steen op haar maag. Maar eigenlijk kon ze zich niet herinneren wanneer ze voor het laatst echt lekker had geslapen, een hele nacht door. Het herinnerde haar aan het absolute dieptepunt van haar burn-out, aan de ergste verschijnselen waarmee ze had geworsteld. Maar die avond stond de veiling op het programma, synchroon met de middernachtzon en het kruisen van de poolcirkel. Gelukkig had ze zich niet weer bedreigd gevoeld na die akelige incidenten in het begin van de cruise.

Ze concentreerde zich op het uitzicht. Dat was spectaculair. De zon deed het water flonkeren als diamanten, het ijs was onwaarschijnlijk blauw waar de golfslag erlangs schuurde.

De kapitein moest voorzichtig navigeren. De doorgang was verrassend smal en de kliffen – en de bergen daarachter – zorgden voor een wonderlijke intimiteit. Ook hier waren weer allerlei wilde dieren te zien. Regelmatig verscheen de rug van een walvis boven het oppervlak, terwijl het water uit het spuitgat van het dier in miljoenen druppeltjes uiteenwaaierde.

De kou kwam nu snel opzetten en drong door alle lagen van haar kleding heen. De zon stond stralend aan de hemel, en dat was verraderlijk. Daardoor verwachtte je dat het warmer zou zijn. Haar vingers verkleumden in haar handschoenen, het vocht op haar wimpers en in haar neusgaten begon te kristalliseren, dus ze besloot naar binnen te gaan.

In de panoramalounge stond altijd thee en koffie klaar. Een kop hete thee zou haar goeddoen.

De lounge lag er bijna verlaten bij; de meeste passagiers zaten aan de lunch of deden een dutje. Ze nam een kop dampende earl grey, met veel meer suiker dan ze thuis in haar thee deed. De verleiding was groot om een kop koffie te nemen, vooral nu ze zo slecht had geslapen. Maar van te veel cafeïne werd ze nóg nerveuzer, en ze was al zo gespannen.

Door de grote ramen liet ze haar blik over de golven gaan, op zoek naar pinguïns, of naar een zuil van water die de aanwezigheid van een walvis verried. Maar de zee lag er vredig bij, ook al besefte ze dat de oceaan een ademend organisme was, een levend wezen met zijn eigen nukken en grillen. Toen ze door de Drake Passage voeren was hij boos op hen geweest en had hij hen willen straffen. Tijdens het kajakken had nieuwsgierigheid de overhand gehad en hadden zeebewoners hun kop uit het water gestoken om hen te begroeten.

Maar nu leek de zee schuchter en verborg hij zijn wonderen in plaats van ermee te pronken. De oceaan was als een kunstenaar, wiens werk werd bepaald door zijn stemming.

Het was het water dat haar angst aanjoeg. Althans, dat had ze altijd gedacht. Tenslotte had het water haar vader van haar afgenomen. Maar nu besefte ze dat ze de schuld onmogelijk bij de oceaan kon leggen, dat die daar te weids en te groots voor was. Misschien zou er ooit een dag aanbreken waarop de aanblik van de zee haar geen angst meer aanjoeg, een dag waarop ze er in alle rust en kalmte naar kon kijken.

Dat wenste ze haar moeder ook toe. Sinds ze het water uit hun leven hadden verbannen, waren ze veranderd. Het was hun zwaar gevallen om afscheid te nemen van iets wat zo'n wezenlijk deel van hun leven was geweest, iets wat zo'n centrale rol vervulde in alle mooie herinneringen van hen als gezin. Het water was van iets wat hun dierbaar was, verworden tot iets wat ze vervloekten.

Ze vroeg zich onwillekeurig af of haar moeder ooit nog het water op zou gaan en daar opnieuw rust zou kunnen vinden… Misschien zou het haar helpen. Misschien zou iets wat een bron van pijn was geworden veranderen in een plek om te ontspannen, misschien zelfs een plek om van te genieten. Dat moest toch mogelijk zijn?

Ze dacht terug aan de laatste keer dat ze bij haar moeder langs was geweest, na de dood van Yennin, na haar gedwongen vertrek bij Pendle. Ze had het bezoek aan het verzorgingstehuis keer op keer uitgesteld, omdat ze het er niet over wilde hebben hoe ze zonder werk de kosten van het verpleeghuis zou moeten opbrengen. Maar toen had Aaron haar gevraagd om partner te worden in de Hunt Advisory, met ingang van de reis naar Antarctica. Vanwege haar angst voor schepen was ze bang geweest dat ze het aanbod niet kon aannemen. Maar partner worden in de Hunt Advisory betekende het einde van al haar financiële problemen.

Van Victoria Station had ze de trein genomen naar het verzorgingstehuis in Oxted. Het stond in een lommerrijke straat en keek uit op het glooiende groene landschap van de North Downs.

Ze was naar de zonnige serre verwezen. Het was te koud om buiten op een bankje te zitten, wat ze veel liever zou hebben gedaan. Maar met snoeren lichtjes langs de ramen zag het er gezellig uit.

Haar moeder zat met een kop thee op de rotan bank. Olivia boog zich naar haar toe en kuste haar op beide wangen. 'Wat zie je er leuk uit,' zei ze opgewekt.

'Heb je koffiebroodjes bij je?' Haar moeder keek op zonder een zweem van herkenning in haar bruine ogen.

Olivia werd overvallen door moedeloosheid. Ze had zo gehoopt dat haar moeder een goede dag zou hebben. 'Ik ben het, Olivia. Weet je nog? Hoe gaat het, mam?'

Haar moeder trok een lelijk gezicht.

'Ik heb een tijdje vrij genomen op mijn werk. Misschien ga ik wel op vakantie. En misschien wel naar Antarctica. Weet je nog dat papa altijd zei dat hij daar met ons naartoe wilde? Het enige continent waar hij nog nooit was geweest. Misschien ga ik daar binnenkort wel naartoe.'

'Het is er veel te donker. En veel te koud.'

Olivia schoot in de lach. 'Het is er helemaal niet donker. Daar is het nu zomer. En wat de kou betreft, ik neem een heleboel dikke kleren mee, en die trek ik allemaal over elkaar aan.'

Haar moeder huiverde. 'Ik vind het niet fijn als het donker is. Hier is het ook donker.' Ze trok haar sjaal om zich heen. 'Ik wil naar mijn kamer.'

Paige, haar vaste verzorgster, kwam haastig aanlopen. Olivia voelde een steek van teleurstelling toen ze zag hoe de ogen van haar moeder oplichtten. Maar ze was in elk geval in goede handen. 'Dat is goed, Mrs. Campbell. U wilt misschien even gaan rusten?'

'Ja, kindje. Dat zou ik fijn vinden.' Ze stond op, en ze keek nadenkend op Olivia neer, die nog altijd op de bank zat.

Die ging iets meer rechtop zitten, want ze meende iets van... herkenning in de ogen van haar moeder te lezen. Of verbeeldde ze het zich?

'Je ziet er niet goed uit. Meer slapen. En een goede oogcrème gebruiken.'

Olivia liet met een zucht haar schouders weer hangen.

'Miss Campbell?'

Ze schoot weer overeind. Paige keek haar vol verwachting aan. 'Ja?'

'Sorry, maar ik hoorde wat u vertelde over uw reisplannen. Het klinkt geweldig.'

'Zodra ik terug ben kom ik weer langs...'

'U moet het zich maar niet aantrekken. Ik ben blij dat u bij uw moeder langs bent geweest. En misschien moet u even meekomen. Uw moeder wilde zo graag dat u het zou zien.' Paige wenkte, en Olivia stond geïntrigeerd op. Ze liepen een lange gang door, waar Olivia verrast naar de kunst aan de muren keek. Ze herkende het landschap op de schilderijen. Het was het landschap van haar jeugd, in Schotland. Weidse, mistroostige bergen, mist die oprees boven de lochs. Maar er waren ook zeiltaferelen. Schilderijen van jachten die door ruwe wateren ploegden of die dicht aaneengesloten in drukke havens lagen aangemeerd.

'Maar dat is...' De woorden bleven steken in haar keel. Haar blik viel op de naam van de kunstenaar, in een hoek van een van de schilderijen. *L. Campbell.* Laura Campbell. Haar moeder.

'Ze kan prachtig schilderen. Hier hangt nog meer.' Paige gebaarde naar een kleine ruimte gevuld met doeken, waarvan sommige nog niet voltooid waren.

Olivia keek haar ogen uit, met stomheid geslagen door het werk van haar moeder.

Toen viel haar blik op een doek dat nog op een ezel stond, afgedekt met een wit laken. Ze tilde het laken op en deed een stap naar achteren, met haar vingers op haar lippen. Het schilderij stelde het meer in de Trossachs voor, op een winterse ochtend. De bomen waren zo diepgroen dat ze bijna zwart leken en op de grijze bergen daarachter lag hier en daar sneeuw. Een kleine zeilboot voer over het water, met aan boord twee nietige gedaanten aan weerskanten van de helmstok.

De ene droeg een knalroze muts. Het was de pluizige muts van haar vader. Zijn lievelingsmuts. Die had hij voor zijn dochter gekocht, maar Olivia had hem te meisjesachtig gevonden en wilde hem niet op. En dus droeg hij hem zelf als hij ging zeilen. Samen met haar, maar ook als hij er alleen op uit ging met de boot.

Ze stak haar hand uit en raakte voorzichtig het kloddertje roze aan. Het gaf het doek kleur. Daardoor leek het nog meer te leven. En dat was ook de rol die haar vader voor haar en haar moeder had vervuld. Hij was hun zon geweest. Hij had hun leven kleur gegeven. Zonder hem was de wereld grauw en monotoon geworden.

Haar moeder had met geen woord meer over die gelukkige tijden willen praten. Ze had al haar herinneringen diep weggestopt, en wanneer Olivia ook maar iets over schepen of zeiljachten zei, had ze haar kortaf het zwijgen opgelegd. Inmiddels bleef haar gezicht uitdrukkingsloos wanneer Olivia herinneringen aan haar vader ophaalde. Maar dit, deze gang vol schilderijen, bewees dat haar moeder nog steeds aan hem dacht.

Bovendien sprak er liefde uit de manier waarop ze de zeilschepen op het doek had gezet. Haar moeder had altijd genoten van die vakanties. Droomde ze ervan om weer het water op te gaan? Droomde ze van die tijd waarin ze als gezin alles samen hadden gedaan, of ze nu zeilden op het loch of in de mooiste havens ter wereld voor anker lagen? Hunkerde haar moeder ernaar de zon op haar huid te voelen? Verlangde ze naar de weidse luchten, naar de wind die de zeilen deed bollen?

Olivia wist het niet. Maar alles wees erop dat haar moeder zich niet langer vastklampte aan de wrok die haar de laatste vijftien jaar in zijn greep had gehouden.

Dat was het moment waarop Olivia besloot om met Aaron naar Antarctica te gaan. Om haar angst onder ogen te zien.

Ze haastte zich terug naar de kamer van haar moeder, maar die sliep al. Terwijl ze haar een kus gaf, streek ze het haar van haar voorhoofd. 'Ik kom gauw weer. Dat beloof ik.'

Iemand beukte met zijn vuist op tafel. Het geluid deed haar

opschrikken uit haar gedachten. Blijkbaar was ze niet langer alleen in de panoramalounge. Ze boog zich naar voren, zodat ze om de hoek van de U-vormige ruimte kon kijken. Tot haar verrassing zag ze Cutler en Annalise aan een tafeltje zitten. Maar net op dat moment schoot Annalise overeind.

'Dat meen je niet!'

'Sst. Niet zo hard,' zei Cutler.

'Dus het is allemaal voor niets geweest. Je hebt tegen me gelogen!'

'Dat is niet waar. Bovendien deed ik het voor jou. Voor ons.' Hij legde zijn hand op haar arm, met een tederheid die Olivia schokte. Ze leunde weer naar achteren, vervuld van plaatsvervangende schaamte.

Nu begreep ze waarom Annalise was uitgenodigd. Het was behoorlijk brutaal om je maîtresse mee te nemen op een cruise met je gezin. De woordenwisseling werd nog heftiger, nog luider, en even later zag ze Annalise met wapperende haren langs het raam stormen.

Olivia's maag verkrampte bij het zien van haar geschokte gezicht. Ze zette haar thee neer en liep naar buiten. Maar op het dek was Annalise nergens meer te zien. Aan de reling stond Patty. Ze staarde met gebogen hoofd naar de golven in de diepte.

'Alles goed?' vroeg Olivia.

'Ach, ik ben in een sentimentele bui. Ik mis Karl. Hij zou zo van deze reis hebben genoten.'

Olivia ging naast haar aan de reling staan. 'Ik heb het gehoord, van Karl. Annalise vertelde het. Ik vind het heel erg voor je.'

Patty snoof. 'Hij werkte veel te hard, echt. Hij heeft zich kapotgewerkt. En toen hij eindelijk naar de dokter ging, was het te laat. Toen was de kanker al te ver uitgezaaid. Hij is nu in een betere wereld. Maar ons reisbureau, ons agentschap van Pioneer was zijn lust en zijn leven! We hebben een paar zware jaren achter de rug, maar Cutler zal het niet laten gebeuren dat de boel op de fles gaat. Dat weet ik zeker. Moet je zien wat hij met de Vigil heeft gedaan! Ik verheug me er nu al op om het schip aan mijn klanten te verkopen.'

Dan is het niet meer van Pioneer, dacht Olivia. Maar misschien deed dat er niet toe. Als het bedrijf kon worden gered door de schepen te verkopen, en als daardoor de agentschappen konden voortbestaan, dan was dat de juiste beslissing.

Olivia dacht aan Annalise en Cutler, aan wat ze zojuist had gezien. En ineens was ze er niet zo zeker van dat Cutler altijd de juiste beslissingen nam.

'Volgens mij voel je je een stuk beter,' zei Patty. 'Je hebt weer wat kleur op je wangen.'

'Ja, met dit om je heen vergeet je vanzelf je zorgen.' Olivia wees naar het landschap waar ze langs voeren.

Patty knikte. 'En er zijn geen akelige dingen meer gebeurd, zoals op die eerste avond?'

Olivia schudde haar hoofd. 'Nee. Gelukkig is alles rustig gebleven. Ik wou alleen dat ik iets van Aaron hoorde.'

'Die weet niet beter of je bent aan het genieten. Dus hij wil je niet storen.'

'Hm.' En hij was niet de enige. Pierre had ook niet teruggemaild, net zomin als Trishia. Van Pierre was dat misschien te verwachten, maar van Trish? Was het haar eigen schuld? Had ze hun vriendschap zo verwaarloosd en haar vriendin zo tekortgedaan dat Trishia er genoeg van had? Dat ze zelfs niet antwoordde op een e-mail afkomstig van het zuidelijkste puntje van de wereld?

Olivia was die ochtend opnieuw naar de bibliotheek gegaan om nogmaals te proberen het goed te maken:

Trish, het spijt me zo wat er is gebeurd. Ik was mezelf niet, maar dat is geen excuus voor mijn gedrag.
Ik heb het je in mijn vorige e-mail niet verteld, maar ik ben hier alleen. Zonder Aaron. Ik weet nog steeds niet hoe het heeft kunnen gebeuren, maar hij kwam te laat. De boot was al vertrokken. Er waren problemen in de galerie, dus hij moest op het laatste nippertje nog even terug naar de wal.

Reken maar dat hij de wind van voren krijgt als ik terug ben.
Het internet wordt blijkbaar steeds slechter naarmate we verder naar het zuiden komen. Morgen kruisen we de poolcirkel.
Ik mis je. Dat meen ik echt. En nogmaals: het spijt me heel erg wat er is gebeurd.

OJC xx

Ze had geprobeerd zich voor te stellen wat Trishia zou doen wanneer ze de mail binnenkreeg. In Engeland was het nu middag. Trish kwam terug van haar lunchpauze en ging meteen weer druk aan de slag voor Lisa. Ze werkte keihard, maar ze zorgde voor de juiste balans tussen werk en privé.

Waarom had zij daar altijd zoveel moeite mee gehad? Ze was erg bang geweest om haar ambities los te laten. Haar kwalificatie als actuaris, partner worden in de vennootschap, financiële onafhankelijkheid, het was allemaal zo belangrijk voor haar geweest dat loslaten, afstand nemen haar onmogelijk had geleken. Inmiddels besefte ze hoe krankzinnig zwaar haar werkdruk was geweest, en hoe krankzinnig zij was geweest door koste wat kost te willen presteren. Het had niet veel gescheeld of ze was eraan onderdoor gegaan.

Maar ze vond het nu eenmaal afschuwelijk om mensen teleur te stellen. Haar baas, haar klanten. En niet te vergeten haar moeder. Die mocht ze al helemaal niet teleurstellen! De enige keer in haar leven dat ze haar verantwoordelijkheid niet serieus genoeg had genomen, waren de gevolgen rampzalig geweest.

Patty legde vluchtig een hand op de hare. 'Ik wed dat er weer problemen zijn met internet. Daar hoorde ik zelfs Annalise over klagen. Ik heb geen idee wat dat betekent voor al die influencers. Hoe die zich redden zonder internet. Janine was tenminste behoorlijk van slag toen ze niet online kon en niks kon posten. Ik heb haar op een borrel getrakteerd om haar een beetje te kalmeren. Maar zeg, wat zul je uitkijken naar vanavond! Naar de veiling en naar de middernachtzon!'

Olivia knikte. 'Reken maar. Het is een zware verantwoordelijkheid. Maar als dat achter de rug is kan ik misschien eindelijk ontspannen. En genieten.' Ze gebaarde naar de witte wereld om hen heen.

'Precies. En dat heb je verdiend.'

'Jullie komen toch ook vanavond? Dat wil je niet missen. En ik wil het met jullie kunnen delen.'

'Nou en of we komen. Ik weet niets van kunst, maar een gratis borrel sla ik nooit af. Bovendien is het vast een mooi verhaal om straks aan mijn klanten te vertellen. Dus ik kom. Ik zou het voor geen goud willen missen.'

25

'Ik geloof er niks van dat Aaron het zo wil.'

Een paar uur voordat de veiling zou beginnen liep Olivia door de galerie. Ze was geschokt door de veranderingen die Stefan had aangebracht. Omdat ze het zo druk had gehad, was ze niet dagelijks bij hem langsgegaan. Dus ze was onaangenaam verrast door de nieuwe opzet waarvoor hij had gekozen. In plaats van trouw te blijven aan het oorspronkelijke idee – het sober, exclusief uitlichten van het werk, waardoor elk schilderij de volle aandacht kreeg en een maximale impact had – had Stefan de aanvankelijke selectie aanzienlijk uitgebreid.

Olivia keek met afschuw naar een muur waarvan het bovenste gedeelte bijna volledig schuilging achter potloodtekeningen en schetsen waarvan ze wist dat Art Aboard erin geïnteresseerd was, maar waarvan haar niet was verteld dat er reproducties van waren gedrukt. Eronder hing een selectie ansichtkaarten, prenten en zelfs een T-shirt met werk van Yennin.

'Ik heb het je al eerder gezegd: Aaron en ik hebben de afspraak dat ik over de verkoop ga. Dat is mijn expertise.' Stefan liep langs haar heen naar een reproductie die een beetje uit het lood hing ten opzichte van de rest.

SCHETS, YENNIN, stond er op het bordje. GEAUTORISEERDE REPRODUCTIE.

Ze bekeek hem aandachtig. 'Dat weet ik. Maar Aaron wilde het werk langzaam uitrollen. Te beginnen met een exclusieve veiling, om daarmee aandacht te genereren en de waarde hoog te houden. Als we nu ineens alles in de verkoop gooien...'

'Als Aaron het er niet mee eens is, moet hij dat zelf bij me aankaarten. Jij bent de vrouw van de cijfers. En als je na de veiling niet gelukkig bent met het financiële plaatje, dan hoor ik het wel.'

'Reken maar.' Olivia keek op haar horloge. Ze moest zich gaan omkleden. Het zou haar niet lukken om Stefan alsnog van gedachten te doen veranderen. Ze zou het later aan Aaron uitleggen, wanneer ze terug waren in Ushuaia. En dan maar hopen dat hij begrip had voor haar positie. 'Ik ben er om even voor zessen, voordat de gasten komen.'

'Dat is je geraden.'

Ze rolde met haar ogen naar zijn rug, toen liep ze de deur uit. Van ergernis sloegen de vlammen haar uit, maar ze kon moeilijk ingaan tegen wat Aaron aan Stefan had gemaild. Ze zou alleen willen dat hij haar had teruggemaild, om uit te leggen waaróm hij voor een andere aanpak had gekozen. *Lieve Olivia...* Misschien was dat zijn manier om haar duidelijk te maken dat hij niet met haar verder wilde, dat zijn gevoelens voor haar waren veranderd.

Maar ze had nu geen tijd om daarover na te denken. Ze moest er het beste van zien te maken, en dan zou ze zich later, na terugkeer in Ushuaia, wel over de gevolgen buigen.

In de hut koos ze uit de wat chiquere kleding die ze had meegebracht een eenvoudig bordeauxrood kanten jurkje van LK Bennett met daarbij het enige paar hakken dat ze in haar koffer had gestopt. Er zou ongetwijfeld door iedereen gefilmd worden, dus dit was een geweldige kans om de Hunt Advisory onder de aandacht te brengen. En dan moest zij, als vertegenwoordiger van het kunstadviesbureau, er goed uitzien.

Janine kwam binnen. 'Wat zie je er leuk uit. Ter ere van de veiling?'

'Ja, ik ga er zo heen. Jij komt toch ook?'

'Ja, natuurlijk. Ik zou het voor geen goud willen missen.'

De deur ging opnieuw open, en Patty kwam binnen, met een blos op haar wangen van de frisse zeelucht. 'O! Ik wist niet dat we op chic moesten.'

'Dat hoeft ook niet. Ik weet bijna zeker dat de meeste mensen gewoon in een trui komen.'

'Dus ik kan zo, denk je?' Ze wees naar haar thermolegging en de hoody met het logo van Antarctica die ze aan boord had gekocht.

'Ja, natuurlijk. Ik ben blij dat jullie er allemaal bij zijn. Want ik kan wel een beetje morele steun gebruiken.'

'Janine gaat er een schitterende vlog over maken. Dat weet ik zeker. Waar of niet, kindje? En we kunnen dan wel geen kunst kopen, maar een glaasje wijn van het huis is ook niet verkeerd.' Ze boog zich naar voren. 'Het is toch van het huis, hè?' vroeg ze op gedempte toon.

Olivia schoot in de lach. 'Ja hoor, maak je geen zorgen.'

'Hoe meer mensen drinken, hoe meer ze uitgeven. Is dat het idee?' vroeg Annalise. 'Kapitalisme op z'n best.'

'Toe, niet zo cynisch.' Patty sloeg een arm om haar collega heen. 'Wij moeten dit straks aan alle vips verkopen die met Pioneer op cruise willen. Dit soort reizen zou weleens de hardloper van het komende seizoen kunnen worden.'

'Denk je dat echt? Dan ben je nog naïever dan ik dacht. Er zijn krachten in het spel die wij niet kunnen controleren en die schijt hebben aan alles en iedereen. Het enige waar het hun om gaat is hun eigen portemonnee spekken.'

'Annalise!' riep Patty geschokt. 'Wat bedoel je? Waar heb je het over?'

'Ik moet ervandoor.' Annalise rukte zich los en liep de hut uit.

'En de veiling dan?' Patty maakte aanstalten om achter haar aan te gaan.

'Laat haar maar even,' zei Olivia. Zij was ook geschrokken van Annalises uitbarsting. Bovendien had die háár aangekeken toen ze het had over de krachten die schijt hadden aan alles en iedereen.

En dat niet alleen, Olivia had ook oprechte woede in haar blik gelezen.

Samen met Patty en Janine liep ze even later naar de galerie. Daar heerste al een gezellige drukte; de stemming was opgewonden. Achterin was een klein podium opgezet, met daarvoor rijen met stoelen. Aan de zijkant van de verhoging stond een traditioneel spreekgestoelte, compleet met een hamer, voor Stefan als veilingmeester. De glamour van de strak georganiseerde veiling in Londen ontbrak, maar Olivia hield zichzelf opnieuw voor dat ze er vertrouwen in moest hebben dat Stefan wist wat voor vlees hij met zijn publiek in de kuip had.

Terwijl de galerie volstroomde, voelde ze zich – niet voor het eerst – underdressed. Delilah verscheen in een lang glinsterend galagewaad, Aida en Lucinda in designercocktailjurken, en zowel Robert als Maxwell was in smoking, wat nogal bizar oogde met de zon die stralend naar binnen scheen. Zelfs de bemanning had zich uitgesloofd. Elisabet had veel werk aan haar kapsel besteed, en de kapitein zag er schitterend uit in zijn gala-uniform. Zelfs Liam had een blazer uit zijn kast opgediept.

Bij binnenkomst kregen de gasten een wit bordje met daarop het nummer van hun hut dat ze bij het bieden omhoog konden houden.

Janine boog zich naar Olivia. 'Wie zíjn al die mensen?'

'Dat zijn de echt belangrijke klanten, die daar met Cutler en Ingrid staan te praten. We verwachten dat Robert en Aida Freedman een Yennin zullen kopen. Het zijn Amerikanen, schatrijk, een powercouple in de zakenwereld. En zij, met die geblondeerde pruik, dat is Delilah Constance. Uit Australië. Ze is modeontwerpster en een bekend kunstverzamelaar. Bij de veiling in Londen was ze de op een na hoogste bieder. De man die naast haar staat, dat is Greg Akbas. Kunstrecensent. Hij bespreekt tentoonstellingen voor *The Times*, *Vogue* en de BBC. Daarnaast heeft hij een populaire podcast. Tariq, zijn man, is museumbeheerder en trendvoorspeller. Toen hij een sculptuur had gekocht van een op dat moment nog onbekende kunstenaar in Seattle, werd die vervolgens benaderd door het MOMA voor een werk in opdracht. Althans, volgens de geruchten. En dat stel daar, dat zijn Maxwell Sadler en zijn vriendin Lucinda. Hij is investeringsbankier en een van Aarons geldschieters. Lucinda is een groot bewonderaar van Yennins werk. Ze komt ook uit Litouwen, net als de kunstenaar.'

Janines ogen werden groot. 'Maxwell Sadler?'

'Ken je die?' vroeg Olivia verrast.

'Nee, niet echt. Ik heb over hem gelezen. Was hij niet degene die je lastigviel in het laarzenhok? Ik vind hem nogal intimiderend.'

'Dat kun je wel zeggen, ja.' Olivia durfde nauwelijks te denken aan de problemen die Aaron had gehad. En misschien nog steeds had. Het was in elk geval duidelijk dat hij volgens Maxwell nog altijd bij hem in het krijt stond. Maar dit was niet het moment om daarover te piekeren. Het ging er nu om dat de avond een succes werd. De rest was van later zorg.

Cutler wenkte haar. 'Olivia! Je ziet er zoals altijd weer buitengewoon charmant uit.'

Ze draaide zich om, met de bedoeling Janine aan hem voor te stellen, maar die had zich in het gedrang gestort, ongetwijfeld op zoek naar Patty en Annalise.

Er klonk een gongslag; de veiling ging beginnen. Stefan klapte in zijn handen en beklom het podium.

Olivia zocht een plaatsje achterin; ze wilde geen stoel bezetten van iemand die misschien wel van plan was te bieden. Diverse telefoons lichtten op, met hun camera op Stefan gericht.

'Dames en heren, welkom op deze bijzondere avond. We beginnen vroeg, want straks kruisen we de poolcirkel en maken we kennis met de middernachtzon. Maar eerst maakt u met deze veiling iets mee wat net zo uniek is, net zo bijzonder. U krijgt de kans om uw eigen stukje geschiedenis te claimen. Een werk van een schilder die ons in de bloei van zijn leven is ontnomen, maar wiens kunst tot duizelingwekkende hoogten in waarde zal stijgen terwijl hij over de hele wereld zal uitgroeien tot een legende.

Kijk alleen maar naar de sociale media. Het is misschien ironisch, gezien het feit dat hij zelf zelden iets postte, maar het aantal van zijn volgers op Instagram was in de nasleep van zijn dood tot een miljoen gestegen. Een paar dagen later werd zijn account opgeheven. Verzamelaars, curatoren en kunstliefhebbers staan sindsdien te dringen om een werk van Yennin aan te schaffen. Maar dat kan alleen hier, in onze galerie aan boord van de Vigil. Tenzij je miljardair bent, natuurlijk,' voegde hij er met een knipoog aan toe. 'Voordat hij stierf heeft de kunstenaar toestemming gegeven voor een uiterst beperkte oplage reproducties die hij heeft gesigneerd en die alleen wij op de markt mogen brengen. De kans om een werk uit die oplage te kopen doet zich alleen vanavond nog voor. Daarna niet meer. Dit is een investering die vergelijkbaar is met beleggen in het werk van Banksy voordat die wereldberoemd werd.

Maar ik ben inmiddels lang genoeg aan het woord geweest. En ik weet dat u allemaal popelt van ongeduld om met de veiling te beginnen.'

Hij deed een stap opzij en trok met een zwierig gebaar het witte gordijn open om de eerste exclusieve, in een beperkte oplage gesigneerde reproductie te onthullen die zou worden geveild: *šviesa*.

Vanuit het publiek stegen kreten van bewondering op. Het was weliswaar geen originele Yennin, maar dat leek niemand te kunnen schelen.

'Ik stel de bieding op deze eerste kavel open. Wie doet het openingsbod?'

Olivia hield tijdens het bieden haar adem in – althans, zo voelde het. Maar misschien was Stefans aanpak inderdaad de juiste. De belangstelling was enorm. De biedingen stroomden van alle kanten binnen. Delilah zat het meest op het vinkentouw, en de prijs steeg naar honderdduizend dollar.

Stefan hamerde uiteindelijk af bij een kwart miljoen, geboden door Delilah. Er werd enthousiast geapplaudisseerd. Ze bloosde van blijdschap, en Cutler liet nog meer champagne aanrukken om op haar te klinken.

Het publiek was inmiddels aardig opgewarmd, en met elke kavel waarvoor Stefan de bieding openstelde, steeg de prijs. Het mocht dan niet zo bloedstollend spannend zijn als de veiling waarbij *nemiga* voor meer dan drie miljoen was verkocht, maar als dit concept regelmatig kon worden gehanteerd, diverse keren per jaar, op diverse schepen…

Misschien wist Stefan wat hij deed. En het kon toch niet verkeerd zijn dat Yennins naam over de hele wereld bekend werd? Dat steeds meer mensen de kans kregen om kennis te maken met zijn schitterende oeuvre? Zonder de mixed-media-component was er wel iets verloren gegaan, maar de impact van het werk was nog altijd verbijsterend. Vooral in combinatie met de witte uitgestrektheid van ijs en sneeuw waar ze langs voeren en die zo'n bron van inspiratie voor hem was geweest. Antarctica verleende de veiling een bijzondere magie.

Het duizelde Olivia. Ze moest Aaron laten weten dat de veiling een enorm succes was. Maar toen ze haar telefoon uit haar tas wilde pakken om een foto te maken, besefte ze dat die nog in de hut aan de oplader lag.

Onopvallend glipte ze de galerie uit, en terwijl ze zich naar de hut haastte, besefte ze verbaasd hoe vertrouwd de indeling van het schip haar al was, hoe moeiteloos ze haar weg vond door de gangen. Maar toen ze vlak bij de hut was, fronste ze haar wenkbrauwen. Er klopte iets niet. De deur stond op een kier; het zonlicht dat door de patrijspoort naar binnen viel stroomde de gang in. Toch wist ze bijna zeker dat de anderen allemaal nog bij de veiling waren.

Haar hart bonsde toen ze de onderkant van een van haar shirts onder de deur door zag piepen. Toen ze eerder die avond naar de galerie vertrok, had het shirt netjes opgevouwen in een la gelegen. Voorzichtig duwde ze de deur open.

Toen hield ze geschokt haar adem in.

De hele hut was overhoopgehaald.

26

Ze werd geroepen. Als verlamd bleef ze in de deuropening staan. Was de inbreker er nog? Misschien in de badkamer?

Alles in haar verzette zich ertegen om naar binnen te gaan.

'Olivia!'

Ze draaide zich om en zag Patty en Janine aankomen. Het was Patty die haar had geroepen. 'Is er iets?' vroeg ze. 'We zagen je weglopen en we vroegen ons af of alles goed met je was. Dus toen zijn we –'

Bij het zien van de ravage sloeg ze een hand voor haar mond. 'O, wat vreselijk!'

'Shit. Is er iets gestolen?' vroeg Janine.

'Ik, eh... Dat weet ik niet,' wist Olivia uit te brengen. 'Ik ben nog niet binnen geweest. En misschien is de inbreker er nog...'

Patty pakte haar hand. 'Kom, dan gaan we samen naar binnen. Janine, ga jij de bemanning waarschuwen.'

'Doe ik.' Janine draaide zich om en zette het op een rennen.

Olivia raapte het shirt op dat onder de deur uit had gestoken en drukte het tegen zich aan. Patty ging als eerste naar binnen. 'Hallo?' riep ze kordaat. 'Wie is daar?'

Toen ze geen antwoord kreeg, liep ze verder de hut in, zich een weg banend tussen kleren, boeken, telefoons en snoeren. 'Het valt wel mee,' riep ze over haar schouder terwijl ze her en der wat kleren opraapte. 'Is dit van jou?' Ze hield een vest omhoog.

'Ja.' Olivia liet haar blik over de ravage gaan. Kasten stonden open, haar koffer lag op zijn kant, de voering was opengesneden en losgetrokken. Haar matras was van het bed gehaald, het kussen lag op de grond. 'Het is, eh... Het is allemaal van mij.'

'Ach, kindje.' Patty sloeg een arm om haar heen en trok haar tegen zich aan. 'Wat ellendig voor je. Maar ik geloof inderdaad dat je gelijk hebt.'

'Jezus!' Annalise verscheen in de deuropening. Ze haastte zich naar haar bed. Haar laptop lag nog onder het kussen, constateerde ze met een zucht van verlichting. Toen keerde ze zich naar Olivia. 'Is er iets gestolen?'

'Geen idee.' Geholpen door de twee anderen raapte ze alle kleren van de grond, vouwde ze op en legde ze weer in de laden. Toen ze haar koffer inspecteerde, zat haar paspoort nog gewoon in het binnenvak. 'Ik begrijp het niet. Ik heb niks bij me wat het stelen waard is.'

'Je maakt deel uit van de organisatie van de veiling. En je hebt de bedragen gehoord die daar worden geboden. Dus misschien ging de dief ervan uit dat je dure spullen bij je had,' opperde Patty.

'Nou, dan had hij het mis.'

Olivia sloeg haar armen stijf om zich heen. In de hut, met de drie vrouwen die vriendinnen van haar waren geworden, had ze zich veilig gevoeld. Nu was het gevaar ook hier binnengedrongen.

Ze schrokken toen er werd geklopt.

Het was Liam. 'Sorry als ik jullie de stuipen op het lijf jaag. Wat is er gebeurd?'

'Hij was de eerste die ik tegenkwam,' vertelde Janine.

'Ik heb Elisabet ook al gewaarschuwd, dus die zal zo wel komen. De veiling is net afgelopen. Jezus, wat een ravage!'

'Dat kun je wel zeggen. En volgens mij zijn alleen mijn spullen overhoopgehaald.'

'Echt waar?' vroeg Janine.

'Ja, daar lijkt het wel op. Maar controleer voor de zekerheid je spullen.'

'Is er iets gestolen?' vroeg Liam.

Olivia schudde haar hoofd. 'Ik heb geen idee waar ze naar op zoek waren.' In de kast lagen alle jasjes en truien op een berg op de bodem. Ze pakte Aarons smokingjasje. Er brandden tranen in haar ogen terwijl ze het weer op een haakje hing. Toen zag ze de scheur in een van de mouwen.

'Lieverd, ga zitten. Je bent in shock.' Patty nam haar bij de hand en loodste haar naar het bed.

'Wie doet nou zoiets? Ik heb helemaal niks wat het stelen waard is.'

'En je camera? Je telefoon?' vroeg Liam.

'Mijn camera is er.' Ze wees naar het tafeltje, met daarop haar kleine digitale camera. 'En mijn telefoon… O, daar kwam ik voor.'

'Die ligt hier.' Janine raapte hem van de grond. Hij lag tussen de matras en het tafeltje, nog aan de oplader. Ze gaf hem aan Olivia, die hem meteen aanzette. Maar ze had natuurlijk geen bereik.

Liam pakte de camera en opende het klepje waar de geheugenstick onder zat.

'Wat doe je?' vroeg Olivia fronsend.

'Kijken of dit nog oké is. Misschien zochten ze iets op je stick.'

'Volgens mij heb je te veel spionagethrillers gelezen,' zei Annalise.

'Misschien. Afijn, ik ga kijken of Elisabet al onderweg is. Dan kan zij verder met jullie overleggen.'

'Dank je wel.' Patty liet Liam uit en deed de deur achter hem dicht. 'Het lijkt erop dat je gewoon pech hebt gehad, kindje. Pure, akelige pech. Blijkbaar dachten ze dat er iets bij je te halen viel. Sieraden, dure spullen, ik heb geen idee.'

'Dan waren ze beter af geweest bij Cutler en Ingrid. Dat mens heeft vast en zeker een vracht aan diamanten bij zich,' merkte Annalise op.

'Het is ongelooflijk balen.' Janine ging naast Olivia zitten. 'Wie denk je dat het heeft gedaan?' Ze dempte haar stem. 'Die man over wie je het had? Die man in Ushuaia? Van wie je dacht dat hij jullie in de gaten hield?'

'Hè? Wie is dat? Over wie heeft ze het?' vroeg Patty.

Olivia beet op haar onderlip. 'Ik dacht dat het aan mij lag. Dat ik paranoïde was. Maar ik heb hem hier aan boord ook al een paar keer gezien. Hij heeft een kaalgeschoren hoofd, met een soort haartatoeage boven zijn oor.'

'Wat eng! Om bang van te worden,' zei Patty. 'En je denkt dat hij heeft geprobeerd om je te beroven?'

'Dat zou heel goed kunnen.'

Er werd opnieuw geklopt. Elisabet kwam binnen, samen met een vlezig ogende man die aan Olivia was voorgesteld als Pedro, hoofd Beveiliging. Ze had niet veel hoop dat hij iets voor haar zou kunnen doen. Cruiseschepen hadden geen CSI-team aan boord. 'Het is afschuwelijk wat er is gebeurd!' zei Elisabet. 'Ik ga meteen in het systeem kijken wie jullie sleutelkaart voor het laatst heeft gebruikt. En jullie krijgen van Pedro een nieuwe code op jullie deur.'

Olivia voelde automatisch naar haar sleutelkaart, maar die zat niet meer in haar zak. Was het allemaal haar eigen schuld? Was de kaart uit haar zak gevallen? Maar het kon ook zijn dat ze hem in de galerie had laten liggen.

Ze slikte. 'Ik ben mijn sleutelkaart kwijt.'

Pedro keek Elisabet aan. En Olivia wist wat ze dachten. Hoe kon iemand zo onnozel zijn!

'Zijn er bewakingscamera's?' vroeg Olivia.

'Ja, er is camerabewaking in de gangen. Dus we zullen de beelden terugkijken,' antwoordde Pedro. 'Het moet tijdens de veiling gebeurd zijn, zei u?'

'Ja.' Olivia keek de hut rond. 'We zijn allemaal tegelijk vertrokken, en toen ik wat eerder terugkwam, om mijn telefoon te halen, toen ontdekte ik... Nou ja, dit.'

'We gaan het tot op de bodem toe uitzoeken,' zei Elisabet. 'O, en kapitein Enzo vraagt of je vanavond bij hem aan tafel komt dineren. Om van de schrik te bekomen.'

Pedro en zij vertrokken.

'"Om van de schrik te bekomen",' schamperde Patty. 'Alsof dat helpt, dineren met de kapitein! Als je je ticket bij mij had gekocht, dan zou ik zorgen voor een betere schadeloosstelling. Ik zou om te beginnen de reparatie van dat jasje vergoeden.'

Olivia liep naar de kast om de schade te inspecteren. Terwijl ze met haar hand over de scheur streek, voelde ze in de zak. Het briefje was verdwenen.

27

‘Volgens mij hebben we wel een borrel verdiend. En gelukkig is het vanavond partytime. Dat is iets om naar uit te kijken. Iets om even alle narigheid te vergeten. De poolcirkel! De middernachtzon! Wat een ervaring! Dat maak je maar eens in je leven mee!’

Patty was één brok energie. Olivia kon alleen maar knikken. Ze hadden de hut opgeruimd, en het leek erop dat er niets ontbrak. Behalve het briefje.

De verwachting was dat het schip even voor elven de poolcirkel zou kruisen. Daarvóór werd Olivia aan de tafel van de kapitein verwacht. Ze kon het nauwelijks opbrengen. Tijdens het bijwerken van haar make-up deed ze haar uiterste best om de kringen onder haar ogen weg te werken, maar het ziekelijke blauwpaars schemerde zelfs door diverse lagen concealer heen.

Pedro kwam de nieuwe sleutelkaarten brengen. Hij had teleurstellend nieuws. Volgens de computer was de deur van de hut voor het laatst geopend met de oude sleutelkaart van Olivia. En omdat ze geen idee had waar ze die kon zijn kwijtgeraakt, waren de camerabeelden nog haar enige hoop.

Ze stond erop om met hem mee te gaan om de beelden terug te kijken. Het was een vreemde gewaarwording om zichzelf op het scherm te zien terwijl ze met de andere vrouwen naar de veiling vertrok. In de uren daarna kwamen de schoonmakers de gang door om de vloerbedekking te stofzuigen en de relingen te poetsen. Ze gingen de hutten niet binnen om daar schoon te maken. Verder waren er nog twee personen op de beelden te zien. Beiden kwamen van buiten; de een droeg een hoody, de ander een dikke wollen muts, waardoor hun gezicht nauwelijks te zien was. Olivia bestudeerde de beelden aandachtig. Zou een van de twee de man met het geschoren hoofd kunnen zijn? Maar zonder camera voor de deur van hun hut was het onmogelijk te zeggen of daar iemand tijdens de veiling naar binnen was gegaan.

Pedro verontschuldigde zich dat de beelden niets hadden opgeleverd. Het was voor het eerst dat er zoiets was gebeurd, verzekerde hij haar, en ze zouden de situatie nauwlettend in de gaten houden.

Olivia ging terug naar de hut, waar ze het teleurstellende nieuws met de anderen deelde.

'Maak je geen zorgen,' zei Janine. 'Samen staan we sterk. Van nu af aan laten we elkaar geen moment meer alleen.'

'Die belofte staat,' zei Patty. 'Goed plan. We moeten een soort buddyregeling afspreken.'

'Prima. Ik doe mee,' viel Janine haar bij.

'En jij, Annalise?' drong Patty aan.

'Ik zie het probleem niet. Er is niks gestolen. Gewoon overgaan tot de orde van de dag, zou ik zeggen. Toch?' Ze aarzelde bij het zien van Patty's doordringende blik. 'Nou, oké dan. Ik doe ook mee.'

Olivia glimlachte dankbaar. Ze deden het allemaal voor haar, besefte ze, en alleen al daardoor voelde ze zich meteen iets minder ellendig. 'Ik vind het echt heel lief van jullie. Maar ik red me w–'

'Onzin! Het is bij dezen afgesproken. We laten elkaar geen moment alleen.'

'Te beginnen met het diner bij de kapitein.'

'Volgens mij was die uitnodiging alleen voor jou bedoeld…' Patty keek haar weifelend aan.

'Dan schikt de kapitein maar een beetje in,' zei Olivia. 'En nu moet ik dringend naar buiten. Het is hier veel te vol.'

Terwijl ze zich dik inpakte vroeg ze zich af hoe de rest van de veiling was verlopen. Zodra ze de kans kreeg zou ze er Stefan naar vragen. Zelf had ze geen foto's kunnen maken, maar misschien wilde Janine de hare wel doorsturen.

Toen ze door de zware deuren het dek op liep, was ze zich bewust van de ironie van de situatie. Een paar dagen eerder was ze van al dat water nog in paniek geraakt; nu was uitgerekend dit de plek waar ze zich nog enigszins op haar gemak voelde.

De ijzige wind die met haar haar speelde, het voortdurend veranderende landschap van Antarctica... Het was het enige wat hielp om orde in haar gedachten te scheppen. Het continent veranderde per uur. Even eerder hadden de ijskliffen nog zo dichtbij geleken dat ze haar hand maar hoefde uit te steken om ze aan te raken. Inmiddels voeren ze al een stuk zuidelijker; de kustlijn was hier minder grillig en veel weidser. De zee was bedekt met een dikke laag ijs; je kon het horen knarsen terwijl de boeg van het schip erdoorheen sneed. De ijsbergen waren niet langer vormeloze massa's die in het water deinden, maar grootse sculpturen in alle denkbare tinten blauw.

Na het kruisen van de poolcirkel zou het schip een kijkje nemen in een baai met de poëtische naam Crystal Sound, waarna het op weg ging naar de volgende aanmeerplek, Neko Harbour. Vandaar voeren ze naar Paradise Bay, waar een kampeerexcursie op het continent op het programma stond. De laatste stop was bij Deception Island, voor de beruchte *polar plunge*. Daarna begonnen ze aan de terugtocht, via de Drake Passage naar Argentinië, en dan konden Aaron en zij elkaar eindelijk weer in de armen sluiten.

Ze telde de dagen, om niet te zeggen: de uren.

Achter zich hoorde ze de deuren opengaan. Ze verstijfde. Maar ze ontspande toen ze zag dat het Lucinda was die naar buiten kwam.

'Ongelooflijk, hè?' Lucinda leunde over de reling.

'Het is adembenemend. Ik had nooit kunnen denken dat het zo prachtig zou zijn.'

'En, was de veiling een succes?'

'Nou en of.' Olivia dwong zichzelf te glimlachen, om niet te laten merken dat de avond voor haar een afschuwelijke wending had genomen. Dat ging verder niemand wat aan. En voor zover ze wist was, zakelijk gezien, alles goed verlopen. 'Ik ga morgen naar Stefan om het hele verhaal te horen. Maar volgens mij heeft de veiling alle verwachtingen overtroffen.'

'En nu wordt het project uitgerold over alle cruiseschepen?'

Olivia knikte. 'Dat is de bedoeling.'

'Zelfs zonder dat er origineel werk wordt aangeboden.'

'Daar zullen we in de toekomst duidelijker over moeten zijn. En daar ga ik voor zorgen. Dat beloof ik. Maar hopelijk betekent het huidige concept dat de originelen in musea en galeries over de hele wereld komen te hangen. Zodat iedereen ze kan zien.'

'Laten we het hopen. Ik begreep van Maxwell dat er voor jullie veel van het project afhangt. Het is zo jammer dat ik Aaron nooit heb ontmoet. Maxwell heeft me veel over hem verteld.'

'Ik mis hem verschrikkelijk.' Olivia's keel werd dichtgesnoerd, de emoties dreigden haar te machtig te worden. Ze begon haastig over iets anders. 'Hoe hebben Maxwell en jij elkaar leren kennen?'

'In Londen. In Soho House. Ik was er een paar maanden geleden voor mijn werk, en sindsdien vliegen we heen en weer tussen Londen en Vilnius. Het is een schat. Maar ook een driftkikker.'

'Volgens mij kust hij de grond waarop je loopt.'

'Dat is geheel wederzijds. We zijn nog maar kort bij elkaar, maar hij is zo'n steun voor me. Max heeft het gevoel dat hij me moet beschermen. Hij zou alles voor me doen. Dat weet ik zeker. Wat ik hem ook vraag.'

Olivia slikte terwijl Lucinda in haar handen klapte. 'Tijd om ons om te kleden voor de party!' Ze liet de reling los, trok de zware deuren open en gebaarde Olivia haar voor te gaan. 'Waar is jouw hut?'

'Op dek vijf.'

'Oké. Ik moet de andere kant uit. We zien elkaar straks.'

Olivia knikte.

Toen ze terugkwam in de hut zaten Annalise en Janine aan de borrel. Ze hadden kleine wodkaflesjes, zoals je die in het vliegtuig kreeg of in de minibar van een hotel, en maakten shotjes.

'Wil je ook, om alvast in de stemming te komen?' Janine hield haar flesje op naar Olivia.

Die schudde haar hoofd. 'Nee, dank je.'

'Heel verstandig.' Janine boog zich naar haar toe; haar adem rook naar drank. 'Maar hou het alsjeblieft een beetje in de gaten – dat ik niet dronken word en dingen doe waar ik later spijt van krijg.'

'Heb je al iemand op het oog?' vroeg Annalise met een vette knipoog.

Janine gooide een kussen naar haar hoofd. 'Ik moet er niet aan denken. Daar ben ik nog helemaal niet klaar voor.'

'Vanwege een vorige relatie? Zijn jullie op een vervelende manier uit elkaar gegaan?' vroeg Olivia.

'Zo zou je het kunnen noemen.'

'Daar moet op gedronken worden!' Annalise hief haar glas.

Olivia dacht aan Ingrid en Cutler. Ze pakte Janines hand. 'We zijn buddy's. Dat hebben we afgesproken. Dus ik ben er voor je.'

Janine glimlachte. 'Dank je wel.' En ze dronk in één teug het flesje leeg.

Ze hoefden niet lang te wachten voordat ze aan tafel konden. De kapitein had ermee ingestemd dat ze alle vier bij hem aanschoven, met als gevolg dat Olivia heel ver bij hem vandaan kwam te zitten. Niet dat ze dat erg vond. Omringd door de vrouwen met wie ze de hut deelde, bleef ze alert op de man met het geschoren hoofd. Maar er was niemand die haar argwaan wekte.

Het eten was uitstekend en de drank vloeide rijkelijk. Patty nipte genietend van haar cocktail, een Antarctic sunrise die bereid zou zijn met echt gletsjerijs. Het was niet haar eerste, en als ze in dit tempo doorging, was het nog maar de vraag of ze de party zou halen. Dat gold trouwens ook voor Janine en Annalise. Maar dat zou jammer zijn. Er was van alles georganiseerd voor het magische moment dat ze de poolcirkel kruisten, op 66°33' zuiderbreedte. Om te beginnen een toost met champagne; verder was er livemuziek in de bar en stond er een gekostumeerd feest op het programma.

Zelfs na al die dagen op zee bleef het uitzicht onverminderd fascinerend. Het was bijna halfelf, het diner liep ten einde, maar het was nog steeds licht. De zon hing vlak boven de horizon; zijn stralen schilderden schaduwen op de ijsbergen en dompelden ze in een zachtgouden gloed. Die nacht zou hij geen moment helemaal achter de horizon verdwijnen en zouden ze getuige zijn van het fenomeen dat middernachtzon werd genoemd.

Vanuit de intercom schalde het vertrouwde drievoudige signaal, en Patty greep Olivia's arm. 'Het is zover!'

'Passagiers van de Vigil en leden van de bemanning,' klonk de stem van Elisabet. 'Als uw cruisemanager spreek ik de hoop uit dat u hebt genoten van de veiling en van het diner. Maar de avond is nog niet ten einde. Over ongeveer een kwartier breekt het moment aan waarop we allemaal hebben gewacht. Dan kruisen we de beroemde breedtegraad, 66°33' zuiderbreedte, beter bekend als de poolcirkel. Dus ik zou u willen verzoeken naar het bovendek te komen, waar we een bijzondere verrassing voor u in petto hebben...'

Met die veelbelovende woorden eindigde de boodschap. In de eetzaal barstte een opgewonden geroezemoes los.

'Kom. Het is zover,' zei Patty.

Ze trokken hun jack aan en sloten zich aan bij de rest van de passagiers: een zee van rood die het voordek op stroomde. Met hun capuchon over hun hoofd getrokken zagen ze er allemaal hetzelfde uit. Het zorgde voor een gevoel van anonimiteit waarbij Olivia zich op haar gemak voelde. Als iemand het inderdaad op haar had gemunt – en dat viel niet langer te ontkennen –, dan was ze in dit gezelschap in elk geval niet van de anderen te onderscheiden.

De bemanning had zich verkleed en verscheen aan dek met enorme zonnebrillen, bloemenslingers, en in zwembroek of badpak over hun blauwe jack, om 'de zomer te vieren' in de ijzige kou van Antarctica.

Op de bladen die ze droegen stond champagne, en het leek alsof er damp opsteeg van de belletjes in de kristallen flûtes. Olivia schudde haar hoofd. Voor haar aan boord geen champagne meer, en misschien wel helemaal nooit meer. In plaats daarvan koos ze voor de alcoholvrije optie: appelsap.

De kapitein stond op het bovendek en hield de brug in de gaten. Op het moment dat het schip de breedtegraad kruiste, zou hij het signaal laten klinken. Uiteindelijk begon hij af te tellen. 'Tien, negen, acht...' En iedereen telde met hem mee.

Toen de kapitein opdracht gaf de misthoorn te laten klinken, barstte er gejuich los op het dek.

Er gebeurde verder niets. Geen magische explosie van licht. Er was geen hobbel, geen vlag, geen controlepost. Alleen ijsbrokken en -schotsen zo ver als het oog reikte. Terwijl ze met haar glas tegen dat van Janine tikte, omringd door medepassagiers die allemaal eenzelfde rood jack droegen, merkte Olivia dat haar ogen vochtig werden en dat haar keel werd dichtgesnoerd.

Het was wonderlijk, maar onmiskenbaar ontroerend om door te dringen tot dit deel van de aardbol waar de mens nog een zeldzame gast was. Na een lange reis hadden ze het einde van de wereld bereikt.

Toch trok er, ondanks de warmte, ondanks de uitbundigheid waarmee ze werd omringd, een huivering door haar heen.

De zon zou die nacht niet ondergaan. En er was iemand op het schip die het op haar had gemunt. Dat betekende dat ze zich nergens zou kunnen verbergen.

28

De wijzers op haar horloge kropen naar één uur, maar het feest was nog in volle gang.

Na wat voelde als een onwaarschijnlijk lange dag wilde Olivia niets liever dan naar bed. Maar haar maag verkrampte bij het vooruitzicht om helemaal in haar eentje naar de hut terug te gaan. De anderen waren nog lang niet zover. Janine dronk shotjes met Liam, die zijn kleurige slinger om haar hals had gedrapeerd en de glaasjes telkens weer vulde uit een staalblauwe fles met likeur. Zijn vrije hand rustte op haar knie. Annalise was in geanimeerd gesprek gewikkeld met Lucinda en Greg, terwijl Patty zich op de dansvloer uitleefde met kapitein Enzo.

Bij de bar helemaal boven in het schip was een klein buitendek. Olivia schoof de deuren open en stapte naar buiten, dankbaar om te kunnen ontsnappen aan het lawaai, aan de verschaalde lucht. Een ijzige kou drong via de kraag haar jack binnen, maar ze ademde diep in.

De middernachtzon. Antarctica was een van de weinige plekken waar je die kon zien. Het verschijnsel was niet te vergelijken met daglicht. De hemel was paarsachtig indigo van kleur, als een blauwe plek die zich achter de wolken oneindig ver uitstrekte. De zon ging gehuld in heiigheid en tikte de horizon net niet aan. Het licht werd weerkaatst door de ijsbergen, waardoor de overgang tussen ijs en wolken, tussen water en hemel nauwelijks te zien was.

Ze had verwacht dat ze Aaron juist op dit moment heel erg zou missen, maar ze betrapte zichzelf erop dat ze aan haar ouders dacht. Aan haar vader, die ervan had gedroomd om Antarctica te ontdekken. Aan haar moeder, die zou genieten van de stilte, van het unieke licht, en die misschien haar schilderspullen tevoorschijn zou halen.

Ze viste haar telefoon uit haar zak om foto's te maken. Ook al had ze op dit moment niemand met wie ze die kon delen, wanneer ze weer thuis was, zou ze de foto's aan haar moeder laten zien.

'Het lijkt bijna onecht,' klonk een stem achter haar.

Toen Olivia zich omdraaide, zag ze Janine naar buiten komen. Zonder jack, alleen in haar jeans met een glinsterend topje.

'Hij zou het geweldig hebben gevonden.' Ze leunde naast Olivia tegen de reling.

Die huiverde; de kou van het metaal drong zelfs door haar dikke jack heen. 'Je vriend?'

Janine knikte. Ze had tranen in haar ogen. '"Mijn ex", zou ik nu waarschijnlijk moeten zeggen. Het valt niet mee.' Ze wankelde licht en er lag een vurige blos op haar wangen.

'Ik vind het heel verdrietig voor je. Wil je erover praten? Je hebt al die tijd naar mij geluisterd, en ik heb je nooit naar hem gevraagd.'

'We zouden deze reis samen maken. Maar dat zal er nu nooit meer van komen.' Ze huiverde.

'Heb je het koud? Ik ga wel even je jas halen.'

Maar van het ene op het andere moment waren haar tranen verdwenen. Het ging zo snel dat Olivia zich afvroeg of ze het zich had verbeeld. Janine rechtte haar schouders en knipoogde. 'Ja, het is hier inderdaad hartstikke koud. Nog even, en mijn tieten vriezen eraf. Zeg, die Liam is wel een cutie, hè? Wat vind je, moet ik ervoor gaan?'

'Janine… weet je nog wat je zei?'

'O, dat? Welnee, niks aan de hand. Er is geen betere manier om over iemand heen te komen.' Ze stak haar hand op naar Liam, die twee glaasjes omhooghield en haar naar binnen wenkte.

Olivia beet op haar lip. 'Doe geen dingen waar je later spijt van krijgt. Je bent nu erg kwetsbaar…'

'En jij bent gewoon jaloers.' Na een knipoog liep ze parmantig weer naar binnen.

Olivia volgde haar naar binnen en ging in de lege stoel naast Patty zitten. In het gedrang kon ze Janine en Liam nog steeds zien, vooral de arm van Liam, die hij nonchalant om Janines schouders had geslagen.

'Als hij niet oppast, wordt hij op staande voet ontslagen,' mompelde Patty. 'Volgens mij gaat het echt te ver wat hij doet.'

'Ja, het bevalt mij ook helemaal niet. Ik maak me zorgen.'

'Janine is een grote meid. Ze kan echt haar eigen boontjes wel doppen.'

'Nou, dat weet ik nog zo net niet...'

Patty legde een hand op haar knie. 'Het is weer eens wat anders. Dat besef ik. Je zorgen maken over Janine, in plaats van over die ellendeling die je het leven zuur maakt. Maar je moet mensen de kans geven om fouten te maken...'

'Ze heeft me gevraagd om haar een beetje in de gaten te houden. En dat heeft ze blijkbaar nodig.' Olivia keek weer naar de bar, maar Janine was nergens meer te bekennen. En Liam ook niet. 'Hè, nee! Heb jij gezien waar ze naartoe gingen?' Ze stond op en keek de bar rond. 'We moeten erachteraan. Als er maar niks gebeurt!'

'Ach kindje, jij en ik weten precies wat er gaat gebeuren.' Patty nam nog een grote slok wijn, maar ze liet het glas bijna vallen toen Olivia haar overeind trok. 'Pas op!'

'Sorry, maar je moet met me mee. Ik ga niet in mijn eentje het hele schip door.'

Patty aarzelde. 'Nou, oké dan. Maar alleen omdat je vandaag al genoeg hebt meegemaakt. En zodra we Janine hebben gevonden, zodra we zeker weten dat alles goed met haar is, gaan we terug naar de hut.'

'Afgesproken.'

'Kom, dan vragen we Annalise of ze ook meegaat.'

Maar die had geen zin. 'Ik heb geen last van paranoia. Dat is jullie probleem. Ik red me prima in mijn eentje.'

'Zeker weten?' vroeg Olivia. Maar Annalise draaide zich alweer om en wuifde hen weg.

Ze zochten op alle dekken en in alle openbare ruimtes. Sommige waren afgesloten, zoals de bibliotheek, de galerie en de eetzaal, maar de lounges waren open. Janine en Liam waren nergens te bekennen.

'Hij weet natuurlijk precies waar hij met een meisje naartoe moet,' zei Patty. 'Zonder dat ze hem vinden.'

Maar Olivia liet zich niet zo gemakkelijk ontmoedigen. Bij de deur met VERBODEN TOEGANG VOOR ONBEVOEGDEN, de deur waar ze dokter Tove had aangeklampt, bleef ze staan. Liam zou toch niet…

Voordat ze begon te twijfelen, voordat Patty haar kon tegenhouden, probeerde ze de deur. Die zat op slot. Er was een pasje nodig om hem open te krijgen. Gefrustreerd sloeg ze erop met haar vlakke hand.

'We zijn niet voor één gat te vangen,' zei Patty. 'Waar is de receptiebalie? Ik raak hier altijd helemaal gedesoriënteerd.'

'Daar zijn we vlakbij. Maar ik zou niet weten hoe –'

'Sst. Ik ben vaker op cruise geweest.'

Ze haastten zich naar de lobby, waar Patty over de balie reikte en het afdekblad terugschoof. 'Eens kijken wat we hier hebben… Normaliter had ik er niet op durven gokken, maar op een avond als deze willen ze nog weleens vergeten de boel goed af te sluiten.'

Ze trok een paar laden open, inspecteerde vakken en planken, en het duurde niet lang of ze hield een sleutelkoord omhoog, met daaraan een sleutel. Haar ogen schitterden triomfantelijk. 'Kom, we zullen eens zien of we haar kunnen vinden.'

De sleutel paste, de deur met VERBODEN TOEGANG VOOR ONBEVOEGDEN zwaaide open, en daarachter leidde een gang naar de diepste krochten van het schip.

'Het ziet er hier een stuk minder gezellig uit.'

Olivia moest haar gelijk geven. Net als in het kantoor van Elisabet was ook hier het contrast met het passagiersgedeelte ronduit schril. Voor de bemanning geen hoogpolig tapijt en gepolijst hardhout, maar praktisch linoleum. En er hing ook geen kunst aan de muur.

Dat was niet het enige verschil. Op memoborden waren lijsten met regels en bepalingen geprikt, schema's waarop met felle kleuren en vette belettering sommige gedeelten waren geaccentueerd. In de eetzaal was het een chaos. Overal stonden gebruikte theemokken en lege bierflesjes. Maar het merendeel van de bemanning was aan het feesten. Opruimen had duidelijk geen prioriteit. Het meest opvallend was echter het ontbreken van natuurlijk licht. Olivia was zo gewend geraakt aan de enorme ramen van het bovendek dat ze het bijna schokkend vond dat hier geen daglicht was.

'We vinden ze nooit,' zei ze moedeloos. 'Ze kunnen overal zijn.'

Patty stak een vinger op, en Olivia spitste haar oren. Ergens verderop in de gang klonk muziek, gelach. 'Volgens mij zitten we goed.'

Toen ze achter zich stemmen hoorden, versnelden ze hun pas om niet te worden betrapt. Patty kreeg zo de slappe lach dat Olivia haar moest ondersteunen om te voorkomen dat ze viel. Het was dan ook absurd, zoals ze door de bemanningskwartieren slopen, op zoek naar iemand die misschien helemaal niet gevonden wilde worden. Maar Olivia had iets beloofd, en daar hield ze zich aan. Janine had zo oprecht geleken. Zo zeker van haar zaak, en volkomen helder. Anders dan nu, gezien de hoeveelheid drank die ze ophad. Dus Olivia wilde op z'n minst van haar horen dat dit haar eigen keus was.

'Hé, wat doen jullie hier?'

Olivia draaide zich om en zag Melissa aankomen.

'Shit,' zei Patty. 'We zijn erbij.'

'Jullie mogen hier helemaal niet komen. Daar kunnen we grote problemen mee krijgen...'

'Je moet ons helpen, Melissa. Het gaat om Janine. Je weet wel, die in de kajak een paniekaanval kreeg. Liam heeft haar mee naar beneden genomen, en we willen gewoon zeker weten dat alles oké is. Dan gaan we weer weg. Echt waar.'

Met haar armen over elkaar geslagen keek Melissa van de een naar de ander. Toen zwichtte ze. 'Liam! Wat een sukkel! Kom maar mee, deze kant uit.'

Terwijl Melissa hen door een doolhof van gangen leidde werd de muziek steeds luider. De deuren van de hutten stonden open, en Olivia zag bemanningsleden die ze boven nog nooit was tegengekomen. Ze hingen met een fles bier in de hand tegen hun kooi; uit speakers klonk harde techno-rock. 'Op de volgende oversteek!' klonk het. Patty en Olivia moesten bijna rennen om Melissa bij te houden.

'Hier is het.' Ze wees naar een hut. De deur stond op een kier.

'Janine?' riep Olivia.

'Janine?' riep ook Patty, maar dan harder.

Vrijwel onmiddellijk kwam Janine de hut uit. 'Jezus! Hoe hebben jullie me gevonden?'

'Shit,' klonk achter haar de stem van Liam. 'Jullie mogen hier helemaal niet zijn.'

'Dan had je haar niet mee moeten nemen naar je hut,' snauwde Olivia. Ze keerde zich naar Janine. 'Alles oké? Je zei dat ik –'

'Ja, dat weet ik. Je hebt gelijk. Ik had niet mee moeten gaan. Wacht even, dan pak ik mijn spullen.' Ze struikelde. Olivia schoot toe om haar op te vangen, en Liam deed hetzelfde.

'Bemoei je er niet mee.' Olivia boog zich naar Janine. 'Waar is je jas?'

'Wat denk je nou?' bitste Melissa tegen Liam terwijl Olivia met Janine naar binnen ging om de jas te pakken. Er stonden twee lage bedden, twee bureautjes en een kleerkast van dezelfde afmetingen als wat zij boven hadden. Maar er was geen patrijspoort. Liam had zijn kant van de hut gezellig gemaakt met souvenirs van thuis, foto's en bedankbriefjes van deelnemers aan eerdere reizen. De andere kant oogde veel kaler. Het bed was netjes opgemaakt, de lakens waren met militaire precisie strakgetrokken. De enige rommel was afkomstig van Janine, die haar tas op het bureau had gezet. Toen Olivia hem pakte, zag ze het zwartfluwelen doosje dat daaronder had gelegen.

Met trillende vingers maakte ze het open. Ze kon haar ogen niet geloven. Er zat een platina ring in met een grote diepblauwe saffier, aan weerskanten geflankeerd door een flonkerende diamant. Antiek. Uit duizenden te herkennen.

Verbijsterd hield Olivia hem in haar hand.

'Wat is dat?' vroeg Patty.

'Dat is… mijn verlovingsring.'

29

Ze zat bij kapitein Enzo in zijn kantoor, waar ze voor de honderdste keer – althans, zo voelde het – haar verhaal had gedaan.

Bij de inbraak in de hut waren alleen háár spullen overhoopgehaald.

Ze had de ring aanvankelijk niet gemist, omdat ze niet had geweten dat die in de zak van Aarons smokingjasje zat; ze was ervan uitgegaan dat hij die bij zich had gehouden.

Liam beweerde dat hij de ring voor het eerst zag. En dus werd de man opgetrommeld met wie hij zijn hut deelde. Olivia verstijfde toen die arriveerde. Haar adem stokte in haar keel.

Het was onmiskenbaar de man die ze in Ushuaia aan de overkant van de straat had zien staan, die avond toen ze het restaurant uit kwamen. En het was ook de man die ze in de eerste nacht op het schip uit hut nummer 16 had zien komen.

Patty en Janine waren beschermend aan weerskanten naast haar komen staan.

'Wat is er aan de hand?' vroeg de man bars.

'Sergei, kerel, de kapitein wil je wat vragen. Hij kan elk moment hier zijn.'

'We hebben de ring gevonden!' De stem van Janine klonk schel en luid door de drank. 'We weten wat je hebt gedaan.'

'Je hebt Olivia bestolen,' zei Patty.

'Dit is een misverstand, miss Campbell. Laat me het uitleggen, alstublieft...' Hij keek haar met zijn ijsblauwe ogen strak aan. 'U bent in gevaar.'

'Hoezo? Waar... Waar heb je het over?' stamelde Olivia. Hij klonk zo stellig, zo overtuigd van wat hij zei, dat ze aan zichzelf begon te twijfelen. 'Van wie komt dat gevaar dan?'

'Daar ben ik nog niet achter...' Hij leek ineens niet meer zo zeker van zichzelf.

'Nou, dat kunnen wij je wel vertellen. Van jou!' Janine maakte aanstalten om weg te lopen en trok Olivia met zich mee.

'En daar laten we het nu even bij.' Liam ging tussen Sergei en de vrouwen in staan. 'Pedro en de kapitein komen eraan. Dan kunnen die het overnemen.'

'Vraag maar aan Pierre waarom ik hier ben,' zei Sergei over Liams schouder tegen Olivia. 'Hij zit in Ushuaia. En hij kan het uitleggen.'

Daarop werd Olivia door Patty en Janine de hut uit geloodst, de gang op. Liam trok de deur achter hen dicht.

Olivia dacht koortsachtig na. *Vraag maar aan Pierre waarom ik hier ben?* Sinds de kapitein haar zijn boodschap had doorgegeven, had ze niets meer van de miljardair gehoord. Geen berichten via de radio, geen e-mails. Helemaal niets.

Alles wees erop dat Sergei de dief was. Hij had haar in Ushuaia al in de gaten gehouden. Blijkbaar had hij haar achtergrond nagetrokken, en het was duidelijk dat hij het op haar had gemunt. Maar nu hij betrapt was, probeerde hij de schuld op een ander te schuiven.

Het duurde niet lang of Pedro verscheen en vroeg iedereen naar de brug te komen. Olivia, Sergei en Liam meldden zich bij de kapitein; Patty en Janine moesten buiten het kantoor wachten.

'Sergei, ik verwacht een verklaring van je,' begon kapitein Enzo zijn ondervraging. 'Waar was je tussen zes en acht vanavond?'

'In de machinekamer, kapitein. Ik had dienst.'

'En deze ring? Hoe is die bij jou in de hut terechtgekomen?'

'Dat weet ik niet. Ik zie hem voor het eerst.'

'Je bent nieuw aan boord, dus misschien ben je nog niet helemaal vertrouwd met het protocol. Maar de passagiersdekken zijn verboden terrein voor je, behalve wanneer je aanwezigheid daar is vereist in verband met je werk.'

'Ik heb hem de eerste nacht ook al bij ons in de gang gezien,' zei

Olivia nogmaals. 'Volgens mij probeerde hij me toen al te bestelen. Maar blijkbaar wist hij niet dat ik van hut had gewisseld. Dus wie zegt dat het klopt wat hij zegt? Dat hij inderdaad in de machinekamer was? Zijn daar getuigen van?'

Sergei deed er grimmig het zwijgen toe. De kapitein wreef over zijn voorhoofd en keerde zich ten slotte naar Olivia. 'Het spijt me heel erg dat dit heeft kunnen gebeuren, miss Campbell. Ik zal opdracht geven Sergei in te sluiten in een andere hut, waar hij zal worden bewaakt zolang het onderzoek loopt. Ik vrees dat we weinig andere opties hebben tot we terug zijn in de haven. Daar kunnen we de zaak overdragen aan de politie. Ik zal de autoriteiten in Argentinië op de hoogte stellen, zodat de politie klaarstaat wanneer we aanmeren.'

Olivia knikte.

'Ik hoop dat je deze zaak daarmee achter je kunt laten. We hebben een prachtige tocht voor de boeg naar het Lemaire Channel en Neko Harbour.'

'Dank u wel, kapitein.'

Toen ze het kantoor uit kwam, zaten Janine en Patty op haar te wachten, samen met Annalise. 'En?' Ze schoten overeind. 'Wat zei hij?'

'Sergei gaat tot het eind van de reis achter slot en grendel.'

'Goddank,' verzuchtte Patty. 'Ik ben al heel wat keren op cruise geweest, maar zoiets heb ik nog nooit meegemaakt!'

'Ik ook niet,' viel Annalise haar bij.

'Laten we hopen dat er geen ruchtbaarheid aan wordt gegeven. Stel je voor dat Pioneer een slechte pers krijgt. Dan staat onze telefoon straks roodgloeiend.'

'Ik verwacht in dat opzicht geen problemen,' stelde Annalise haar gerust.

'O? Waarom niet?' vroeg Patty fronsend.

Janine pakte Olivia bij de arm en hield een beetje in. 'Laten zij het maar over hun reisbureau hebben. Ik wilde je nog bedanken dat je me bent komen halen.'

'Dat spreekt toch vanzelf? Ik had het je beloofd. En als ik het niet had gedaan, zou Sergei misschien wel nooit gepakt zijn. Wonderlijk hoe dingen soms lopen.'

'En die verlovingsring... Wat geweldig! Aaron wil met je trouwen! Wat zul je gelukkig zijn.'

Olivia bloosde. 'Ja, dat ben ik ook. Maar ik had liever gehad dat hij gewoon aan boord was geweest.'

'Dat snap ik, maar toch. Wat heb jij het goed voor elkaar. Dat moet je toch toegeven. Een geweldige baan. Een vriend die van je houdt. De kunstwereld met alle glamour die erbij hoort. Reisjes naar verre, exotische oorden... Zo'n leven wil ik later ook.'

Olivia lachte enigszins verbitterd. 'Nee, dat wil je niet.'

'Hoezo? Wat bedoel je?'

Vraag maar aan Pierre waarom ik hier ben. De woorden klonken nog na in haar hoofd. Pierre had haar geschreven over verontrustend nieuws dat hem had bereikt. Bestond er een verband tussen alles wat er gebeurde en de reden waarom Aaron niet op tijd was geweest voor de boot?

Ze schudde haar hoofd. 'Sorry. Dat had ik niet moeten zeggen. Maar ik ben nogal van slag.'

'Dat begrijp ik. Volgens mij moeten we hoognodig naar bed. Ik hoop dat je nu een beetje kunt ontspannen.'

'Ja, dat hoop ik ook.'

'En morgenavond gaan we kamperen op het ijs! Dat lijkt me zo gaaf. Mijn ouders zullen me niet geloven als ik het ze vertel. Heb je trouwens nog iets van Aaron gehoord?'

'Nee.' Olivia schudde haar hoofd. 'Ik weet niet eens of mijn mailtjes wel doorkomen. Ik heb nog van niemand antwoord gekregen.'

'Nou ja, je weet in elk geval dat alles goed met hem is. Ik vind het eigenlijk wel lekker om even niet te kunnen mailen. Dan kan ik met mijn dronken kop ook geen rare dingen sturen. Het voelt alsof we alleen op de wereld zijn. Samen met de pinguïns.'

En met een potentiële moordenaar. Olivia dacht aan het jonge stel in hut nummer 16. Maar Sergei zat opgesloten. Het gevaar was geweken.

Daar moest ze in geloven.

30

Het was voor het eerst dat er in hut nummer 12 werd uitgeslapen. Tegen de tijd dat de vrouwen wakker werden, lag de Vigil aangemeerd in Neko Harbour, een enorme baai in de vorm van een walvisstaart, aan alle kanten omsloten door hoog oprijzende gletsjers.

Nu Sergei achter slot en grendel zat, was Olivia vastbesloten om van de rest van de cruise te genieten. Ze controleerde nogmaals het kluisje in de kleerkast en constateerde opgelucht dat de ring veilig was weggeborgen.

Hij was schitterend, maar ze betrapte zichzelf erop dat ze niet wist wat ze zou zeggen als Aaron inderdaad een aanzoek deed. Er was zoveel wat ze hem wilde vragen, niet alleen vanwege zijn afwezigheid op de cruise, maar ook door wat ze in de gesprekken met Maxwell, Lucinda en Stefan had gehoord. Zelfs het gesprek met Sergei had vragen opgeworpen. Pierre was duidelijk méér dan de eerste investeerder die miljoenen had neergeteld voor een werk van Yennin. Er moest een reden zijn waarom Sergei over hem was begonnen, net zoals de miljardair een reden moest hebben om op dit moment in Ushuaia te zijn.

De kajakkers werden opgetrommeld om naar het laarzenhok te komen. Toen Olivia en Janine zich meldden, was Liam druk in de weer met de reddingsvesten. Ze hadden hem niet meer gezien sinds het gesprek in het kantoor van de kapitein, en toen Olivia's blik de zijne kruiste wendde hij zich af.

'Kun je me helpen met mijn drysuit?' vroeg Janine. In haar rossig bruine haar werd een donkere uitgroei zichtbaar, en zoals ze hem aankeek, met grote vragende ogen, leek ze nog een tiener in plaats van begin twintig.

Ze keerde haar rug naar Olivia, zodat die haar drysuit kon dichtritsen. Daaroverheen ging het reddingsvest.

Olivia nam haar aandachtig op. 'Ik ben blij dat je het weer gaat proberen.'

'Ik ook. En deze keer gaat het vast beter. Misschien kunnen wij wel samen in een kajak.'

Olivia wilde al enthousiast knikken, maar Melissa gooide roet in het eten. 'Dat zal helaas niet gaan. Jij zit bij mij in de boot, en Olivia gaat in haar eentje. Tenminste, als dat oké is?' Ze keek haar vragend aan.

'Echt waar?'

'Het ging goed de vorige keer. Volgens mij kun je je prima redden.'

Olivia glimlachte. Ze kon het nog, na al die jaren! Melissa had haar ingedeeld in een solokajak. Als dat geen blijk van vertrouwen was...

'Trek het je niet aan,' zei Melissa tegen Janine. 'Ik zorg dat jij alles wat cool en gaaf is als eerste te zien krijgt. En mocht je toch weer een paniekaanval krijgen, dan breng ik je rechtstreeks naar een zodiac en ga je met de rest van de passagiers alvast aan wal.'

Janine liet het even bezinken; toen knikte ze.

Liam stond bij de deur en liet de kajaks een voor een voorkomen. Terwijl Olivia zich installeerde, lette ze erop dat haar camera onder handbereik bleef.

Toen iedereen zat, nam Liam met een paar krachtige slagen de leiding. Olivia besloot haar beste beentje voor te zetten; ze stak haar peddel in het water, zette af en de kajak schoot naar voren. Melissa en Janine hadden het nakijken. Ze genoot van de snelheid waarmee haar felgele bootje door het water sneed, alsof de zee haar natuurlijke habitat was.

Neko Harbour was een plaatje: de perfecte ansichtkaart van Antarctica. De omstandigheden waren volmaakt. De zon stond hoog aan de hemel, de sneeuw vormde een glinsterend tapijt, en dankzij de scheuren in de kliffen van ijs was te zien dat ze vanbinnen diepblauw waren. Olivia herinnerde zich iets wat ze had gelezen in een van de boeken van haar vader – 'Het aquamarijn van veel gletsjers vormde een prachtig contrast met het ongerepte wit van de sneeuw' – en nu zag ze met eigen ogen wat Darwin had bedoeld.

Het water was zo glad als een spiegel; het voelde bijna ongepast om de rust met haar peddels te verstoren. Dankzij de krachtige zonnestralen had ze het niet eens koud, en ze was zich bewust van de ongekende zuiverheid van de lucht die haar longen vulde.

Ze passeerde eerst Cutler en Ingrid, vervolgens de kajak met hun twee zoons, en ten slotte Robert, die voor deze tocht aan Helena was gekoppeld. Die laatste had een houder voor haar smartphone, waardoor het toestel stabiel bleef ondanks de bewegingen van de boot. Lucinda zat met Maxwell in een kajak, maar Olivia zag haar regelmatig fronsend naar Melissa en Janine kijken. Misschien maakte ze zich zorgen dat Janine opnieuw in paniek zou raken en de boot zou doen kapseizen.

Liam loodste hen dicht langs de kust, zo grijs als graniet, waar kliffen van basalt uit het ijs staken. Hoog op de rotsen zaten Wilsons stormvogeltjes; hun felgele poten doorbraken de monochromie, in hun bek glinsterde zilver: de kleine visjes die hun ontbijt vormden.

Olivia kwam ogen tekort. Er was zoveel te zien, zo'n rijkdom aan schoonheid. Ze controleerde voortdurend of haar camera wel op filmen stond, en stelde zich voor dat ze uit de beelden een korte video zou samenstellen voor haar moeder. Dan konden ze daar bij haar volgende bezoek samen naar kijken. Om zich heen kijkend hoopte ze dat ze een bultrug te zien zou krijgen; er werd gezegd dat de enorme walvissen in de baai voorkwamen. Maar het wateroppervlak bleef stil en rimpelloos. Het zou geweldig zijn als Liam hun voorging, terug naar het Lemaire Channel, om daar verborgen inhammen te bezoeken waar een schip als de Vigil niet kon komen.

Nadat ze een tijdje een groep pinguïns had gadegeslagen die in een lange rij kwamen aanwaggelen, als een file op een ijzige snelweg, ging haar wens in vervulling. Met Liam als gids voeren ze terug naar het Lemaire Channel, waar ze uit het zicht waren van het schip. De kajaks sneden soepel en snel door het kalme water.

Weg van het schip, weg van de gemotoriseerde zodiacs en het geroezemoes van de andere passagiers, ervoeren ze pas echt de serene stilte van het gebied. De enige geluiden waren het gespetter van hun peddels, het zachte klotsen van de golven tegen de kliffen, en af en toe de roep van een zeevogel.

Liam leidde hen dwars door een ijsberg, met hoog boven hen een boog van glinsterend wit, hard en flonkerend als diamant. De aanblik was adembenemend. Olivia was verbijsterd door het intense blauw van het ijs. Ze had er foto's van gezien, maar die deden de werkelijkheid geen recht. Nu ze het met eigen ogen zag, besefte ze pas hoe bijzonder het blauw was. Een stralend kobalt, zo intens dat het haar deed denken aan de saffieren verlovingsring in het kluisje.

Dat Aaron zo serieus was over hun toekomst, betekende dat ze zich voor niets zorgen had gemaakt. *Lieve Olivia...* Het had niets te betekenen. De problemen waarmee hij zich geconfronteerd zag, moesten wel heel groot zijn. Maar de veiling was een succes geweest. Daarover kon hij tevreden zijn. Zodra ze terug waren van het kajakken, zou ze Stefan om een update vragen.

Ze volgden een grillige route langs nog meer ijsbergen; op ijsschotsen lagen enorme weddellzeehonden te luieren, als zonaanbidders op het strand. Op een ander stuk drijfijs ontdekte ze adeliepinguïns, een soort die ze nog niet hadden gezien, met kraalogen en een volledig zwarte kop.

En weer kwam er een ijsberg in zicht, nog kolossaler dan alle voorgaande. De bovenkant leek onder het bloed te zitten. Olivia's maag draaide zich om terwijl ze zich afvroeg welk beest daar de dood had gevonden.

Maar toen ze beter keek, besefte ze dat het geen bloed was – dat het rood was ingebed in de ijsberg, alsof de zijkanten met streken vuurrood waren beschilderd.

Melissa en Janine kwamen met hun kajak naast haar liggen. 'Wat is dat?' vroeg Olivia.

'Hm, dat is niet echt een goed teken,' antwoordde Melissa. 'Het zijn microalgen. Waar die zich in het ijs nestelen, kan dat het zonlicht niet meer weerkaatsen, met als gevolg dat het smelt. Ze noemen het "bloedsneeuw".'

Olivia huiverde.

'Zo te zien is de berg een slag gedraaid. Blijkbaar is hij pas kortgeleden van de kust losgeraakt.' Melissa keek langs de gletsjer omhoog. 'Elke keer dat ik hier kom, is de kustlijn instabieler geworden.' Ze schudde haar hoofd. 'Ik denk soms dat Antarctica ten dode is opgeschreven.'

Olivia peddelde weg van het 'bloederige' ijs, en terwijl ze koers zette naar open water, spoot er een fontein van water op. Een walvis! Ze meende een glimp te zien van een gladde zwarte vin die door het water sneed. Een orka!

Haar hart bonsde in haar keel. Dit was iets wat de mens alleen hier kon ervaren. Ze dacht aan haar vader en stelde zich voor hoe die haar zou aanmoedigen de confrontatie aan te gaan met haar angst om deze unieke ervaring niet te hoeven missen. Ze tastte naar haar camera en bevestigde die aan haar zwemvest, zodat ze handsfree kon filmen.

Vervolgens liet ze de groep achter zich en peddelde ze om de ijsberg heen.

De orka bewoog zich snel bij haar vandaan. Toen ze verderop een tweede fontein zag, besefte ze dat de walvis misschien deel uitmaakte van een school. Ze voerde het tempo op, maar het drijfijs was hier aanzienlijk dikker en knarste tegen de kajak. Ze moest veel meer kracht zetten om vooruit te komen.

Tot haar verbazing waren de schotsen voortdurend in beweging. Vanaf het dek van de Vigil leek het alsof de brokken ijs stil tegen elkaar lagen, als gras dat wortelde in een drassig veld. Maar hier, in het water, bleek dat het veld van schotsen geen moment hetzelfde bleef. Bovendien was het ijs hier veel zwaarder, veel dikker dan in de beschutting van Neko Harbour.

Ze keek achterom. Niemand van de groep leek zich bewust van de unieke kans om walvissen te zien. Cutler ging, hoorbaar gefrustreerd, tegen zijn zoon tekeer dat zijn peddeltechniek niet deugde. Waarop

Ingrid het voor het kind opnam. 'Laat hem nou! Hij is pas twaalf.' Melissa probeerde tussen de twee kajaks in te gaan varen, maar daarbij werd ze gehinderd door Janine, die voor haar zat.

De walvissen leken van richting te veranderen. Olivia was wel zo verstandig om de school niet naar open water te volgen, maar ze had niet in de gaten gehad dat ze pal onder de enorme gletsjer terecht was gekomen. Die torende huizenhoog boven haar uit; de striemen leken met een hark hemelwaarts te zijn getrokken. Ze keerde de kajak naar de groep, maar ondertussen hield ze de camera gericht op de plek waar ze de walvis voor het laatst had gezien.

Toen werd haar aandacht getrokken door iets anders, verder het kanaal in. Een andere boot! Veel kleiner dan de Vigil, met brede roomwitte zeilen. Het leek een soort jacht, maar door de afstand kon ze geen details onderscheiden. Er was moed voor nodig om met een zeilboot naar het uiterste zuiden te varen. Die moed werd dan wel rijkelijk beloond, met de mooist denkbare ankerplekken, ver weg van de bewoonde wereld. Misschien wel zo ver dat er nog nooit een mens voet aan wal had gezet. Ze richtte haar camera op het schip, in de hoop de anderen de beelden te kunnen laten zien.

Op dat moment werd haar geduld beloond. Uit het water welfde zich een zwart silhouet. Ze kon de witte vlek boven het oog duidelijk zien, net als de witte buik. Een hoekige rugvin sneed door het inktzwarte water. Olivia's hart bonsde in haar keel. Terwijl ze het dier gefascineerd gadesloeg, slaakte ze een kreet van verrukking toen ze een tweede rugvin zag verschijnen, aanzienlijk kleiner dan de eerste. Een moeder met kalf!

Dit moesten de anderen zien! Ze keek achterom en zag dat Liam haar kant uit kwam, krachtig peddelend; de kajak schoot door het water. Ze was te ver afgedreven, besefte ze schuldbewust, en ze keerde de kajak in de richting van de groep.

'Kijk uit!' riep Liam.

Er klonk een oorverdovend gekraak, als een geweerschot. Met haar vingers om de rand van de kuip geklemd keek ze op naar de muur van ijs die hoog boven haar oprees. Haar mond viel open toen het ijs leek te gaan schuiven. Nee, het kalfde af! Een reusachtig plak ijs gleed langs de gletsjer naar beneden en viel in brokken uiteen, alsof het met een gigantische bijl was losgehakt.

Terwijl de eerste brokken het water raakten, leek de tijd stil te staan. De rest volgde. Een stuk ijs zo groot als een auto tuimelde door de lucht. Olivia zette zich met ingehouden adem schrap voor de inslag.

Maar het was niet genoeg.

Op de plek van de inslag kwam het water omhoog, aanvankelijk in lome, aanzwellende golfbewegingen, maar toen steeds sneller en sneller. Het raasde op haar af. Ontsnappen was onmogelijk.

Woeste golven beukten tegen de kajak. Het bootje sloeg om, en het ijskoude water sloot zich boven Olivia's hoofd.

31

‘Wat dácht je nou, om zo ver bij de groep vandaan te gaan?’ Liam keek op haar neer, met zijn vuisten gebald in de zij.

Ze nam een slok uit de mok hete thee, met veel suiker, die iemand haar in de handen had geduwd.

‘Sorry,’ zei ze toen ze eindelijk kon praten zonder te klappertanden. ‘Ik ging achter die school walvissen aan, en toen had ik niet in de gaten dat ik al zo ver was afgedreven…’

‘Goddank dat Melissa naar je op zoek ging. Het echtpaar vloog elkaar weer eens naar de keel, dus ik dacht al dat Cutler het water in zou gaan. Hun boot ging flink tekeer. Wil je soms dat ik ontslagen word? Daar doe je tenminste alles aan.’

‘Nou, volgens mij heb je mij daar niet voor nodig.’ Ze trok de handdoek dichter om zich heen. Uit haar haar droop met een zacht getik water op de vloer van het laarzenhok. Het stonk er naar zweet en zeewater. Olivia wilde terug naar de hut. Ze wilde onder de douche en dan schone kleren aan. Haar camera werd geacht waterproof te zijn, maar ze vroeg zich bezorgd af of dat ook echt zo was.

Het leek wel alsof de ijzige kou op haar hersens was geslagen. Ze kon amper logisch nadenken, en ze hield haar ogen stijf dicht. Gelukkig lag de natte exit opgeslagen in haar spiergeheugen, waardoor ze zonder problemen uit de kajak had weten te komen. En dankzij de drysuit was ze niet tot op haar huid doorweekt geraakt. Ze was hijgend en proestend bovengekomen, wild maaiend met haar armen, waarop Melissa haar een peddel had toegestoken en haar luidkeels maar beheerst instructies had toegeroepen. Terwijl Olivia zich aan de peddel vastklampte, was ze met vereende krachten in een zodiac gehesen.

‘Ik ben al tien jaar gids, en er is nog nooit iemand gekapseisd.’

Liam schudde nog altijd ongelovig zijn hoofd. 'Afijn, voor jou geen kajaktripjes meer. Dat lijkt me duidelijk.'

'Dat begrijp ik, en dat is mijn verdiende loon.' Ze vouwde haar handen kleumend om de hete mok en nam weer een slok thee.

'Hier. Dit werkt nog beter.' Hij viste een flesje whisky onder de bank vandaan. Olivia knikte terwijl hij een scheutje in haar thee goot. Bij de volgende slok voelde ze dat de warmte zelfs tot in haar vingertoppen doordrong en dat haar wangen begonnen te gloeien. Ze zuchtte hoorbaar.

Liam glimlachte. 'Zo beter?' Hij nam zelf ook een grote slok whisky.

'Veel beter. Dank je wel, en... nogmaals sorry. Ik dacht niet na.'

'Zelfs een spuitende walvis is geen duik in de ijszee waard. Neem dat maar van me aan. En als je dichter bij de kliffen had gevaren toen die gletsjer afbrak, of als er een ijsberg was gekanteld... dan waren we je misschien wel kwijt geweest.'

'Ik waardeer je bezorgdheid. Echt waar.' Ze aarzelde. 'Hoe is het gisteravond afgelopen. Na... nou ja, je weet wel...'

Liam haalde zijn schouders op. 'Ze kunnen me niet wegsturen. Ik heb als expeditieleider de beste papieren, en Cutler is er alles aan gelegen dat de boel soepel verloopt. De kapitein heeft me een uitbrander gegeven, maar dat is oké. Blaffende honden bijten niet.'

'En Sergei?'

'Die is er behoorlijk ellendig aan toe. Hij houdt vol dat hij onschuldig is. En hij zegt dat alles duidelijk zal worden wanneer we terug zijn in Ushuaia. Nou ja, nu zegt hij helemaal niks meer. Hij is volledig dichtgeklapt.'

'Ik ben blij dat hij de rest van de cruise achter slot en grendel zit. Is er nog nieuws over dat jonge stel?'

Liams gezicht betrok. 'Nee, nog niet. Ik blijf dokter Ranj ermee lastigvallen. Hij laat het me weten zodra hij iets hoort.'

'En dan hoor ik het weer van jou.' Ze kwam overeind, maar ging meteen weer zitten en sloeg duizelig haar handen voor haar gezicht.

'Misschien is het verstandig als jij ook even naar dokter Ranj gaat.'

'Echt niet! Nergens voor nodig. En trouwens, mij zien ze daar niet meer.'

'Oké, je moet het zelf weten. En ook al mag je niet meer in een kajak, je kunt wel met de anderen mee als ze straks met de zodiacs aan land gaan.'

'Bedankt, maar ik denk dat ik de rest van de dag maar op het schip blijf. Bovendien wil ik naar Stefan, om te horen hoe de veiling is verlopen.'

Toen ze het laarzenhok uit kwam stond Janine haar op te wachten. 'Ik wou je niet alleen laten. Dat hebben we tenslotte afgesproken.'

Olivia glimlachte. 'Dank je wel. Maar ik voel me een stuk beter nu die vent achter slot en grendel zit.'

'Dan heeft het toch nog wat opgeleverd, mijn onnozele escapade. Waar had Liam het over?'

'O, hij was nijdig op me omdat ik me niet aan de regels had gehouden.'

Janine trok een gezicht. 'Dat moet hij nodig zeggen.'

In de hut droogde Olivia haar haar en trok ze warme kleren aan. Ondertussen bekeek Janine op haar telefoon de foto's die ze in de kajak had genomen.

'Heb je die walvis nou nog op de foto gekregen?' vroeg ze toen Olivia de badkamer uit kwam.

'Dat weet ik niet. Ik zal eens kijken, of het allemaal de moeite waard is geweest.' Ze vertrok haar gezicht. Met haar telefoon overdwars drukte ze op de laatste video die ze had gemaakt.

Ze huiverde toen de gletsjer in beeld verscheen. Het enorme brok ijs dat even later zou afkalven, waardoor haar kajak was gekapseisd. Toen draaide de camera naar open water. 'Kijk! Daar is-ie!' zei Olivia toen de neus van de orka uit de golven opdook. Terwijl de camera de walvis volgde, kwam er een ijsberg in beeld.

'Wat is dat?' vroeg Janine.

'Wat bedoel je?' Olivia zette de beelden stil, en Janine wees naar een kleine blauwe vlek. 'O, dat. Ja, dat is een andere boot.' Olivia zoomde in. 'Een zeiljacht, volgens mij.'

'Wauw, die heeft lef.'

Ze bekeken de rest van het filmpje, nu gefocust op het schip. Het verdween achter een ijsberg en kwam toen weer tevoorschijn. Zo te zien was het inderdaad een jacht, met een gestroomlijnde marineblauwe romp en de brede roomwitte zeilen die Olivia al vanuit de kajak had gezien.

Net voordat het misging, maakte de camera de laatste beelden van het jacht. Olivia zette het filmpje opnieuw stil en zoomde zo veel mogelijk in. De horizon stond scheef, maar de naam van het schip was duidelijk zichtbaar.

CLARISSA II.

Ze liet de camera uit haar handen vallen alsof ze zich eraan had gebrand.

'Wat is er?' vroeg Janine.

Maar Olivia kon geen woord uitbrengen.

Haar grootste nachtmerrie was haar gevolgd, helemaal naar het einde van de wereld.

32

Terwijl ze de beelden opnieuw bekeek, dacht ze koortsachtig na. Janine had zich erg bezorgd getoond en haar bestookt met vragen; ze begreep niet waarom haar stemming plotseling was omgeslagen. Olivia beweerde dat ze nog altijd in shock was door het kapseizen. En met dat excuus was ze in bed gekropen.

Uiteindelijk liet Janine haar met rust en kon Olivia zich overgeven aan haar gedachten.

En die gedachten waren duister. Clarissa. Het was een naam die ze nooit zou vergeten.

Ze herinnerde zich haar opwinding toen ze als zestienjarige met haar moeder op St. Lucia aankwam. Ze had haar vader drie weken niet gezien, terwijl die solo de oversteek maakte vanuit Lagos in Portugal naar de turkooisblauwe wateren van de Caribische Zee. De eigenaar van het schip had geen zin om het aan het eind van de zomer zelf de oceaan over te varen.

Zoals wel vaker was het bij de deal inbegrepen dat haar vader zijn gezin kon laten overkomen voor een korte vakantie na de oversteek, terwijl hij het schip inspecteerde en controleerde of er nog herstelwerkzaamheden nodig waren voordat hij het overdroeg aan de eigenaar. De reizen met haar ouders behoorden tot Olivia's favoriete jeugdherinneringen. Of ze nu met een kleine zeilboot in de Griekse wateren voeren, of met een luxueus superjacht het gebied rond Bermuda verkenden, het was voor hen als gezin een kans om een week lang kennis te maken met een ander leven. Net als haar moeder was Olivia een goede zeiler, en haar vader kon op hen rekenen als volwaardige dekknechten.

Nu ze zestien was, zou ze tijdens de week in St. Lucia meer verantwoordelijkheid kunnen dragen, en daar keek ze naar uit. Omdat ze geïnteresseerd was in cijfers en grafieken, had ze de technische bijzonderheden van de Clarissa uitvoerig bestudeerd. Misschien zat het er toen al in voor welke loopbaan ze uiteindelijk zou kiezen. Ze wist dat de Clarissa een eersteklas zeiljacht was, volledig zeewaardig en bestand tegen extreme weersomstandigheden. Een week op de kristalheldere Caribische wateren was als rondjes rijden in een Ferrari op een parkeerterrein. De weersverwachting was gunstig: zonnig, met een kalme zee en een lichte bries. Alles wees erop dat ze een perfecte week tegemoet gingen.

Wie de eigenaar ook mocht zijn, geld had bij het uitrusten van het schip duidelijk geen rol gespeeld. Het interieur was oneindig veel luxer dan wat naar basale nautische begrippen gebruikelijk was, en riep associaties op met een penthouse in *Selling Sunset*. Olivia's moeder had haar ogen uitgekeken naar de kunst aan de muren, de fraaie bekleding op het meubilair en het zachte, gedessineerde damastbehang.

Het schip mocht dan niet groot zijn, het was schitterend. Zelfs de naam, Clarissa, flonkerde in stralende letters van bladgoud op de smetteloos witte romp. De eerste zes dagen waren een volmaakte idylle geweest. Ze gingen voor anker in verlaten baaien met witte stranden, ze snorkelden boven ongerepte koraalriffen waar clownvissen en murenen zwommen, en ze namen het rubberbootje om aan de wal te gaan eten.

Tot...

Tot die laatste nacht. Tot die laatste woorden van haar vader: *Wakker blijven. En hou alles goed in de gaten.*

Hij had het volste vertrouwen in haar gehad, en zij had dat vertrouwen beschaamd.

Haar herinneringen aan de nasleep van het ongeluk waren vaag. Het schip was door een vissersboot naar de haven gesleept. De stank van benzine en gloeiend metaal was haar voor altijd bijgebleven. En dan het onderzoek. De ondervraging door de politie in de vroege ochtenduren. De scheur in de romp van het schip waar de speedboot hen had geraakt – een gruwelijke verminking die afbreuk deed aan de schoonheid van de Clarissa.

Een complete vloot voer uit om naar het lichaam van haar vader te zoeken. Hij was bekend en geliefd in de St. Lucia Yacht Club in Gros Islet, en Olivia was verbaasd door het aantal mensen dat te hulp schoot. Aan de hand van de data uit de boordcomputer van de Clarissa werd er gericht gezocht, in zorgvuldig afgebakende vakken. Maar het lichaam werd nooit gevonden.

Olivia's moeder zat, volledig in shock, gehuld in een deken. Niet in staat om voor zichzelf te zorgen, laat staan voor Olivia. Die had noodgedwongen het heft in handen genomen. Ze sprak met advocaten, met de politie, en ze regelde de tickets naar huis.

Dood door ongeval, was uiteindelijk de conclusie. Olivia's moeder werd achtervolgd door de angst dat ze verantwoordelijk zou worden gesteld voor de schade aan de Clarissa, maar er viel nooit een brief op de mat waarin schadeloosstelling werd geëist. En ze hoorden nooit iets van de eigenaar van het schip.

Maar Olivia wist één ding absoluut zeker. Het was geen ongeval geweest. Wat er was gebeurd, was haar schuld. Haar verantwoordelijkheid.

En ze sloot niet uit dat de eigenaar van de Clarissa dat wist.

Toen ze weer thuis waren, werd het allemaal nog veel ingewikkelder. De tickets hadden een enorm gat in hun spaargeld geslagen, en van het salaris van Olivia's moeder – ze was als invaller in het onderwijs gaan werken – konden ze maar net rondkomen. Maar ze hadden het hoofd boven water weten te houden, totdat Olivia van school kwam en wilde gaan studeren. Toen bleek dat haar vader daar geld voor opzij had gezet. Ze was verrast geweest dat haar vader zo ver vooruit had gedacht, en vooral dat ze nooit iets van die studierekening had geweten. Maar wanneer ze haar moeder ernaar vroeg, hulde die zich in stilzwijgen.

En dan waren er de tegenvallers die niemand had kunnen voorspellen. Bijna vanaf de dag dat Olivia het huis uit ging om te gaan studeren, was het met de gezondheid van haar moeder bergafwaarts gegaan. Vroege dementie, luidde uiteindelijk de diagnose. En Olivia besefte dat ze werk moest zien te vinden om de zorgkosten voor haar moeder te kunnen opbrengen. Ze woog al haar opties tegen elkaar af en ontdekte dat het beginsalaris van een aankomend actuaris het hoogst haalbare was, met bovendien uitstekende financiële vooruitzichten. Ze zou alles op alles zetten om zich zo snel mogelijk officieel actuaris te mogen noemen, zodat ze niet alleen in haar eigen onderhoud kon voorzien, maar ook in dat van haar moeder.

Ze had met succes gesolliciteerd bij Pendle, waar ze als aankomend actuaris door het bedrijf werd begeleid in de laatste fase naar haar kwalificatie. Om overeind te blijven had ze alle pijnlijke herinneringen – aan haar zeilverleden, aan het jacht, aan die laatste noodlottige reis – diep weggestopt.

Maar de ontdekking van een ander jacht met de naam Clarissa had haar geschokt tot in het diepst van haar wezen.

Dat kon geen toeval zijn. Het kon niet anders of het had iets te betekenen. Maar wat?

Ze moest het jacht nog eens zien. Of ze moest er iemand naar vragen die er mogelijk meer van wist.

Uit de intercom klonk het signaal om de passagiers te laten weten dat er zodiacs klaarlagen voor wie naar het vasteland wilde.

Olivia schoot overeind. Dit was haar kans.

Ze liep de trappen af naar het laarzenhok, trok haar waterdichte broek, jack en laarzen aan en waadde door de bak met ontsmettingsmiddel. Samen met een groepje andere passagiers die ze niet kende, stapte ze in een zodiac.

'Wacht! Wij willen ook mee!'

Olivia sloot haar ogen toen ze Cutlers bulderende stem herkende. *Kom alsjeblieft niet bij mij in de boot.* Ze had geen zin om te praten. Ze was niet in de stemming voor gebabbel over koetjes en kalfjes.

'Zijn de kinderen er vandaag niet bij?' vroeg dr. Vance, de gletsjerdeskundige die de zodiac bestuurde.

'Na het drama van vanochtend wilden ze er nog een keer met de kajak op uit.' Pas toen Cutler zich had geïnstalleerd kreeg hij Olivia in de gaten. 'En daar hebben we de aanstichter. Als je maar zorgt dat deze boot niet óók omvergaat.'

De zodiac spoot weg richting de kust. De harde wind maakte het Olivia, tot haar opluchting, onmogelijk te antwoorden.

Ze was verrast door de stabiele ligging, door het gevoel van veiligheid dat ze ervoer in de rubberboot, die in wezen niet meer was dan een enorme opblaasbare jol.

Met grote snelheid voeren ze door de haven en langs kleine rotsachtige stranden, van elkaar gescheiden door morenes van ijs die oprezen uit het blauwe water. Olivia keek er huiverend naar. Daarachter verhieven zich hoge bergen bedekt met sneeuw, de kroon op een witte weidsheid die zich uitstrekte zo ver het oog reikte.

Naarmate ze dichter bij de kust kwamen, leken de ijsmorenes zich te vermenigvuldigen. Daartussen lagen eilanden van bevroren gruis en dikke brokken ijs die knarsten tegen de dikke rubberen wanden van de zodiac.

'Is dit normaal?' vroeg Olivia aan dr. Vance, gebarend naar het klonterende ijs.

'Tja, wat is normaal?' Hij haalde zijn schouders op. 'Het continent stoot ijs af, en het gaat veel sneller dan de wetenschappers hadden voorspeld. De hele kustlijn is instabiel. Maar misschien is dat het nieuwe normaal.'

'Dat klinkt angstaanjagend.'

'En dat is het ook. Elke keer dat ik hier kom, maak ik me meer zorgen dat het continent bezig is te krimpen. Maar het valt niet mee om die bezorgdheid op anderen over te brengen, tenzij ze met hun eigen ogen te zien krijgen wat hier gebeurt. Daarom is het zo belangrijk om foto's te maken, om je herinneringen te delen wanneer je straks weer thuis bent. We moeten doen wat we kunnen om dit unieke gebied te beschermen, zodat ook toekomstige generaties er nog van kunnen genieten.'

Hij zette de motor uit en liet de zodiac uitdrijven tot de bodem over het strand schoof. 'Wees voorzichtig bij het van boord gaan. En denk enorm: met natte handen pak je elkaar bij de pols.'

Terwijl ze op haar beurt wachtte boog Olivia zich over de rand van de boot en keek ze in het water. Ook daar was leven. Wuivend zeewier dreef voorbij; zelfs een paar zeeanemonen klampten zich aan de rotsen vast. Als ze al had gedacht dat Antarctica onvruchtbaar zou zijn, een continent zonder leven, dan was dat vooroordeel grondig de wereld uit geholpen.

'Voorzichtig.' Dr. Vance, de glacioloog, pakte haar bij de pols en hielp haar aan land. Ze struikelde; het duizelde haar doordat ze na dagenlang op een deinende boot ineens weer op vaste grond stond.

'Het duurt even om je zeebenen kwijt te raken.'

'Waar denkt u dat ik het mooiste uitzicht heb?'

Hij keek op zijn horloge. 'Als je genoeg energie hebt, kun je dat pad daar volgen. Aan het eind ervan begint een spoor dat naar de top van de heuvel leidt. Vandaar zou je een schitterend uitzicht over de haven moeten hebben. Maar zorg wel dat je tegen twaalven hier terug bent. Je hebt twee uur de tijd.'

'Dank u wel.' Met haar ogen tot spleetjes geknepen tuurde ze naar de besneeuwde berg. Er waren al mensen op weg naar boven; hun rode jacks vormden een schril contrast met het ongerepte landschap.

Al ploeterend werd ze afgeleid door een beweging, ergens bij haar voeten. Vlak naast haar laars ontdekte ze een jonge, pluizige ezelspinguïn. Het diertje maakte een geluid dat het midden hield tussen gesnater en gebalk. Ze wist dat ze niet te dicht bij de dieren mocht komen, maar er bestonden geen regels voor de dieren dat ze bij háár vandaan moesten blijven. Heel langzaam, om het beestje niet weg te jagen, haalde ze haar camera tevoorschijn. De jonge pinguïn bleef onverstoorbaar en kwam nieuwsgierig nog dichter naar haar toe. Hij pikte zelfs naar haar harde rubberen laars terwijl ze de ene foto na de andere nam.

Met tegenzin deed ze uiteindelijk weer een stap naar voren. Het beestje hief met een ruk zijn kop op, en ze verbeeldde zich ergernis in zijn blik te lezen. 'Sorry, ventje. Ik moet de berg op.'

De kou beet in haar gezicht, en ze dook diep weg in haar kraag, met de capuchon zo ver mogelijk over haar voorhoofd getrokken. Ze was blij met haar zonnebril; de weerkaatsing van de zon op de sneeuw was oogverblindend.

Terwijl ze hoger klom knerpte de sneeuw onder haar laarzen. Het pad was erg steil, en ze haalde een groepje andere passagiers in die hijgend en puffend op weg waren naar de top, onder wie Cutler. Zijn vrouw, die een eindje voor hem liep, verging het beter. 'Hoe is het met Annalise?' riep Cutler toen ze even naast hem liep.

Olivia kneep haar ogen tot spleetjes. 'Hoezo?'

'Ik geef om mijn werknemers.'

'Ja, ja. Je werknemers,' mompelde Olivia.

'Wat zei je?'

Olivia bleef staan. 'Niks. Het gaat prima met Annalise. En met Patty ook.'

'Ach ja. Arme Patty. Een prima reisagent, maar ze had al veel eerder iets anders moeten gaan doen.'

'Hoezo? Volgens mij houdt ze van haar werk. Het komt niet zo vaak voor dat je iemand daar zo enthousiast over hoort vertellen.'

Cutler kreunde.

'Gelukkig is de veiling een succes geworden,' vervolgde Olivia haastig.

'Ja, die indruk heb ik ook. Maar dat doet me eraan denken dat ik Stefan nog naar de definitieve stand moet vragen. Ik wil zeker weten dat de deal getekend kan worden zodra we terug zijn in Ushuaia. Heb jij al iets van hem gehoord?'

'Nee, nog niet. Ik wilde vanochtend al naar hem toe, na het kajakken. Maar toen moest ik eerst opwarmen...'

'Waarom gaan we niet samen? Dan hebben we allebei meteen duidelijkheid.'

Ze waren bijna bij de top van de berg. Daar had zich al een grote groep passagiers verzameld. Landinwaarts lag Antarctica, een eindeloze uitgestrektheid. De Vigil had tijdens het grootste deel van de reis dicht langs de kust gevaren, maar het gebied daarachter was een mysterie gebleven. Het poollandschap was in elk opzicht episch te noemen. Hoog oprijzende bergen voerden de blik naar een weidse witte verlatenheid. Op de top van een van de bergen verhief zich een kruis.

'Dat staat daar ter nagedachtenis aan twee wetenschappers die op Antarctica zijn omgekomen. Ze waren werkzaam op een van de bases hier vlakbij,' vertelde Elisabet, die als eerste naar boven was geklommen en de passagiers opwachtte met haar klembord. 'Ze gingen op expeditie, de bergen in, maar daarna heeft niemand ze meer gezien.'

Olivia huiverde. Met al zijn schoonheid was het landschap ook ongastvrij, om niet te zeggen wreed. Door de hoge bergen was het onmogelijk te zeggen hoe ver het continent zich daarachter nog uitstrekte. Een eindeloze verte van sneeuw en ijs, bedekt met een golvend patroon van sastrugi, formaties van opgewaaide sneeuw die aan zandduinen deden denken. Wie daar verdwaalde, werd nooit meer gevonden.

Ze keerde zich weer naar het water. Van hieraf leek het schip heel klein, een speelgoedbootje in een zee van glas, met een blauwe romp versierd met een stralend rode bies. En ook al wist ze dat de Vigil een ijsbreker was, een echte krachtpatser, toch oogde het schip kwetsbaar: broos en nietig in vergelijking met het omringende landschap. In de diepte zag ze de gele kajaks, samenklonterend als bladluizen. De baai leek door een reusachtige hand in de vorm van een walvisstaart te zijn uitgehakt.

Het was hier boven heel stil. Sereen. Vredig.

'O, Elisabet?'

'Ja?'

'Zou ik je verrekijker even mogen lenen?'

'Natuurlijk.' Elisabet tilde de band over haar hoofd en gaf Olivia de kijker.

Huiverend hield ze hem voor haar ogen en liet ze haar blik over de baai gaan. Ze focuste op de kajakkers, benieuwd of ze Liam en Melissa kon onderscheiden. Uiteindelijk ontdekte ze Liam in een tweepersoonskajak met een van de kinderen Hughes. Het was duidelijk dat hij op safe speelde. Dat was waarschijnlijk haar schuld, besefte ze schuldbewust.

Toen richtte ze de kijker op de kust. Gletsjers en donker, bijna zwart water strekten zich mijlenver uit. Nergens een flonkerende mist van waterdruppels te zien, afkomstig van een spuitende walvis. Ze zag zelfs nergens een zeehond, loom uitgestrekt op een ijsberg. En van de Clarissa II was al helemaal geen spoor te bekennen.

Iemand knipte met zijn vingers.

Het was Cutler. 'Geef mij dat ding eens. Ik wil kijken of ik de kinderen zie.' Hij had haar eindelijk ingehaald. Zijn vrouw was nog verder doorgelopen om de top van de heuvel te verkennen.

'O, eh... natuurlijk...'

Op het moment dat ze de band over haar hoofd tilde, hoorde ze een enorm gekraak, als een harde donderklap. Van alle kanten klonken verschrikte kreten. Olivia keerde zich in de richting van het geluid, naar een gletsjer hoog boven de kust.

Een reusachtig brok ijs liet los en tuimelde als in slow motion de diepte in. Sneeuw en bevroren gruis spatten hoog op toen het brok het water raakte. Van bovenaf was de aanblik bijna net zo angstaanjagend als Olivia die vanaf het water had ervaren.

Bijna.

De impact was enorm. Waar het brok ijs in zee was verdwenen, kwam het water omhoog en ontstond een reusachtige golf die met angstaanjagende snelheid op de kajaks afkwam.

Opnieuw barstte er een koor van geschokte kreten los. De stem van Ingrid klonk boven alles uit.

'Matthew! Nate!' gilde ze, alsof er ook maar een schijn van kans bestond dat haar zoons haar konden horen.

Nog even, en de golf had de kajaks bereikt. Olivia kon zich de angstkreten voorstellen, de instructies van de gidsen om de kajak met de neus in de richting van de golf te draaien. Liam was in zijn element, stelde ze zich voor. Als leider van de expeditie zou hij ervoor zorgen dat iedereen er zonder kleerscheuren vanaf kwam.

Ze hield haar adem in toen de eerste kajak de golf nam... en toen de volgende... Het zag ernaar uit dat ze geen van allen zouden kapseizen. Cutler, die naast haar stond, blies zijn wangen bol en had een arm om zijn vrouw geslagen om haar overeind te houden. Inmiddels hadden alle kajakkers hun peddel geheven. Ze hadden het gered! Er volgde een high five van peddels, en zo te zien werd de triomf uitbundig gevierd. Olivia glimlachte.

'Wat bezielt die achterlijke Kiwi om weer zo dicht langs een gletsjer te varen? Weet hij nou nog niet dat we geen stront aan de knikker willen?'

'Dat is het enige waar jij aan denkt! Je bedrijf! Je deal! Je bent als de dood voor een schandaal. Mijn jongens zijn blijkbaar niet belangrijk!' tierde Ingrid, gevolgd door een stroom verwensingen in het Duits.

Olivia pakte de verrekijker terug terwijl Cutler zich de helling af haastte, achter zijn vrouw aan. Die gebaarde driftig met haar handen, ongetwijfeld nog steeds woedend.

Nu het gletsjerpuin was geruimd en de zee weer kalm werd, ontdekte Olivia iets merkwaardigs: een van de kajaks had zich van de groep losgemaakt en verdween achter een ijsberg. Een vluchtige glimp oranje, meer was het niet. Maar ze wist zeker dat ze zich niet vergiste.

Toen ze de verrekijker op Liam richtte, zag ze dat die zijn handen vol had aan de groep. Bovendien zat hij met zijn rug naar de afvallige kajak.

Ze volgde het oranje stipje naar een kleine baai, uit het zicht van het schip. En van de kustlijn. Vanaf haar hoge uitkijkpunt zag Olivia bovendien dat er een jacht in de baai lag. Althans, dat vermoedde ze. Alleen de boeg was zichtbaar.

De kajak was op weg naar een ander schip. Naar de Clarissa II.

De scheepshoorn klonk. De tijd was om. Ze moesten terug naar het schip. Er was niemand meer op de top van de heuvel. Zelfs Elisabet was al vertrokken, waarschijnlijk vanwege de commotie met het echtpaar Hughes. Een ijzige kilte bekroop Olivia bij de gedachte dat ze niet op tijd bij de zodiac zou zijn. Dat ze hier alleen zou achterblijven. Ze had niets bij zich, nog geen granolareep. Stom. Want ze was nadrukkelijk gewaarschuwd. De reis naar Antarctica mocht dan een luxe cruise lijken, het ging om een expeditie. Om een tocht naar een onvoorspelbaar continent. Een continent vol gevaren.

Als ze in de problemen kwam, als ze gewond raakte op het ijs, als ze verdwaalde en het vertrek van de zodiac miste...

Dan was ze volledig op zichzelf aangewezen.

33

Glibberend en glijdend begon ze aan de afdaling. Af en toe, wanneer ze het te verraderlijk vond, liet ze zich op haar achterwerk vallen. De passagiers die haar waren voorgegaan, hadden een sleuf in de sneeuw gemaakt, en die gebruikte ze als glijbaan, waarbij ze met haar handen stuurde en afremde.

De zodiac zat vol, zag ze, en de professor keek al op zijn horloge. Dus ze zette het op een rennen, liep het water in en waadde spetterend naar de boot.

Dr. Vance keek op; er lag een grimmige trek om zijn mond. 'Olivia! Je bent net op tijd.' Hij pakte zijn klembord om een vinkje achter haar naam te zetten.

Buiten adem liet ze zich over de rand zakken. 'U moet alarm slaan.'

'Hoezo?'

'Ik keek naar de kajaks die teruggingen naar het schip, maar toen zag ik dat er een de aansluiting met de groep verloor.'

De professor fronste zijn wenkbrauwen. 'Weet je het zeker?'

'Absoluut.' Ze hield de verrekijker omhoog die nog altijd om haar nek hing.

'Ik kan het me niet voorstellen...'

'Het kunnen de jongens wel zijn!' Ingrid schoot zo abrupt overeind dat de zodiac vervaarlijk slagzij maakte. De rest van de passagiers greep zich krampachtig vast aan de touwen.

De professor knikte, wrijvend over zijn kin. 'Akkoord. Ik zal het schip waarschuwen.'

Olivia slaakte een zucht van verlichting, dankbaar dat ze serieus werd genomen, en klom aan boord.

Zodra ze zat, deed ze haar zwemvest om. Ondertussen keek ze naar de professor, die met zijn portofoon tegen zijn oor stond. Hij glimlachte, maar het had iets neerbuigends. 'Geen zorgen,' zei hij toen. 'Alle passagiers die in de kajaks zaten, zijn weer aan boord. Misschien was het iemand van de bemanning die je hebt gezien; iemand die op verkenning uitging.'

Hij wendde zich af om de motor te starten. Olivia liet fronsend haar blik over de ijszee gaan, naar de baai waarin ze de kajak had zien verdwijnen. Niets wees op problemen. De Clarissa II was nergens te zien, net zomin als de afgedwaalde kajak en...

De passagier die naast haar zat, hield plotseling zijn adem in. Niet ver van de zodiac stak een vin uit het water. Net op dat moment startte de professor de motor, dus hij stuurde de rubberboot in de richting van de walvis. Om Olivia heen maakte iedereen foto's; sommige passagiers lieten hun telelens op de rand van de zodiac rusten.

Maar Olivia was zo gespannen dat ze niet in de opwinding kon delen. Ze zag ertegen op om terug te gaan naar het schip. Op het vasteland had ze zich een stuk veiliger gevoeld.

Cutler gaf haar een por. 'Wat scheelt eraan? Kan het dierenleven je nu al niet meer boeien?'

'Ik ben een beetje nerveus.'

'Dat gaat wel over als we Stefan hebben gesproken. Ik ben blij dat we onderweg geen problemen hebben gehad.'

'Geen problemen? En hut nummer zestien dan?'

Ze wist niet of hij het had gehoord boven het lawaai uit: het geroep en gepraat van hun medepassagiers, het geraas van de motor en het kraken van het ijs tegen de flanken van de zodiac. Hoe dan ook, ze kreeg geen antwoord, en Cutler keerde haar zijn brede rug toe.

Zodra ze weer aan boord van de Vigil waren, beende hij haastig weg, met zijn laarzen nog aan. Dr. Vance deed een poging hem terug te roepen, maar uiteindelijk gaf hij het op en maakte een notitie op zijn klembord. Om Cutler er later aan te herinneren dat de laarzen terug moesten naar het laarzenhok, vermoedde Olivia.

Ze voelde een hand op haar arm. Het was Ingrid, zag ze toen ze zich omdraaide. De vrouw van Cutler gebaarde met haar hoofd haar te volgen. Geïntrigeerd deed Olivia wat ze vroeg, waarop Ingrid haar meenam door een houten deur, die ze achter hen dichttrok.

De haartjes in Olivia's nek begonnen te prikken terwijl ze om zich heen keek. Geen ramen, cederhouten wanden, rondom banken, een emmer water... Het kon niet missen: ze waren in de sauna. Gelukkig stond hij niet aan, maar dankzij de warmte die er nog hing van de laatste gebruiker was het er behoorlijk benauwd.

Olivia voelde zweetdruppeltjes op haar bovenlip.

'Wat heb je gehoord over hut nummer zestien? Over wat daar is gebeurd?' vroeg Ingrid fluisterend.

Olivia ritste haar jack los, maar de thermokleding daaronder hield alle warmte vast. Ze vroeg zich af hoeveel ze kwijt wilde. 'Ik was die nacht in de ziekenboeg, tegelijk met het pasgetrouwde stel.'

Ingrid haalde haar hand van de deur en begon rusteloos heen en weer te lopen. Olivia trok aan de hals van haar shirt. Ondertussen harkte ze met haar vrije hand door haar haar, dat al aan haar bezwete voorhoofd plakte.

'Kende jij ze?' vroeg Ingrid.

'Nee, niet echt. We kwamen elkaar tegen bij het inchecken. Jay en Christa. Ze waren op huwelijksreis.' Ze stond op het punt om te vertellen dat ze met hen van hut had geruild, maar toen bedacht ze zich. Ze hield haar vermoeden dat zíj het doelwit was geweest liever voor zich.

Ingrid liep nog steeds rusteloos heen en weer. 'Volgens mijn man hoef ik me geen zorgen te maken. Hij heeft alles onder controle, zegt hij, maar... Ik heb iets gehoord wat niet voor mijn oren bestemd was.'

'O? Wat dan?'

'Zeg jij het maar! Jij weet wat er is gebeurd. Anders had je mijn man er niet naar gevraagd. En ik heb gezien hoe hij reageerde.' Al pratend betastte ze nerveus haar ketting, een van de vele kostbare sieraden die ze droeg. Door het vocht in de sauna glinsterde de diamanten hanger alsof hij in zee was gedompeld.

Olivia haalde diep adem. 'Oké, ik weet dat ze met de helikopter zijn teruggevlogen naar Ushuaia. Voor onderzoek naar de oorzaak waardoor ze ziek zijn geworden. Wat ik niet weet, is waarom het schip geen rechtsomkeert heeft gemaakt. Maar daar zal de kapitein wel een goede reden voor hebben gehad. Meer kan ik je niet vertellen.'

Ingrid ging op de bank zitten. 'Is dat wat je hebt gehoord? Dat ze ziek waren?'

'Dat zei de kapitein. Maar toen ik de dokter ernaar vroeg, bleek die te denken dat het veel ernstiger was.'

'Dat ze waren overleden?'

Nu ze het hardop hoorde uitspreken, had Olivia het gevoel dat haar bloed in ijswater veranderde. 'Ja,' wist ze met moeite uit te brengen.

'Maar waaraan dan? Ik begrijp het niet…'

'De dokter had het over vergif. Mogelijk drugs.'

'Geen wonder dat Cutler zich zo ongerust maakt. Ik neem aan dat hij er bij de kapitein op heeft aangedrongen om gewoon door te varen. Om te doen alsof er niks aan de hand is. Er hangt voor ons zoveel van deze reis af… Het laatste wat hij kan gebruiken, is een slechte pers. En reken maar dat het breed wordt uitgemeten als bekend wordt dat er twee passagiers zijn overleden.'

Olivia ging naast haar zitten en pakte haar hand. 'Kun je het niet gewoon vragen? Dan weten we het zeker.'

'Zelfs al is het zo, dan krijg ik dat toch niet te horen. Hij wil me beschermen.'

'Beschermen? Waartegen?'

Ingrid schoot in de lach, maar het klonk verbitterd. 'Bij het inchecken kregen we hut nummer zestien toegewezen. Maar ik vond het er niet prettig. Er was geen tussendeur naar de hut ernaast, de hut van de jongens. Dus ik heb om een andere hut gevraagd. En die kregen we.'

Olivia slikte. 'Dus nummer zestien was oorspronkelijk voor jullie bedoeld?'

Ingrid knikte. 'Ik moet er steeds aan denken… Misschien hadden ze het wel op ons gemunt.'

'Maar waarom dan? Waarom zou iemand jullie willen vergiftigen?'

Ingrid sperde haar ogen wijd open. 'Dat kan ik niet zeggen. Ik heb al veel te veel gezegd.'

Olivia had het gevoel dat ze ging flauwvallen. Ze wist niet of het kwam door wat Ingrid had gezegd, of door de hitte en de claustrofobie. Maar ze moest hier weg, de sauna uit!

Dus ze stond op en deed de deur open. Althans, dat probeerde ze. Maar er was geen beweging in te krijgen.

De deur had een houten knop, maar geen kruk, geen slot. Ze rammelde aan de knop. Het haalde niets uit.

'Heb je hem op slot gedaan?' vroeg ze aan Ingrid, die nog op de bank zat.

'Nee.' Ze stond op. 'Ik dacht eigenlijk dat je een sauna niet op slot kon doen.'

'Dat zou ook niet moeten kunnen.' Olivia drukte haar gezicht tegen het ruitje, wreef de condens weg en probeerde langs de deur naar beneden te kijken. Maar het leek wel alsof die geblokkeerd was. Niet dat ze veel kon zien.

Ze sloeg met haar vlakke hand op de deur. 'Hallo! Is daar iemand? We kunnen er niet uit!'

Ingrid probeerde het ook, alsof ze dacht dat Olivia misschien niet hard genoeg had getrokken. Ze greep de knop en rammelde er uit alle macht aan, maar het was tevergeefs. In paniek keken ze elkaar aan, waarop Ingrid net als Olivia om hulp riep.

Achter hen klonk gesis, alsof er water op de hete stenen was gegoten. De ruimte vulde zich met stoom, de temperatuur steeg, en Olivia raakte hoe langer hoe meer in paniek. Nu bonkte ze met haar gebalde vuist op de deur.

'Een n-noodstop,' stamelde ze. 'Die… moet er… zijn.'

Maar de stoom werd steeds dichter. Ze kon amper nog een hand voor ogen zien, laat staan dat ze de noodstop kon vinden. Haar hoofd bonsde, haar stem werd steeds zwakker.

Het was zo heet in de sauna dat ze amper lucht kreeg. Ingrid klampte zich aan haar vast, haar nagels boorden zich in Olivia's arm. 'Ik heb hartproblemen… Dit moet niet veel langer gaan duren.'

Ze had het nog niet gezegd of haar hand schoot naar haar hart, haar knieën knikten en haar greep verslapte. Olivia probeerde haar naar de bank te loodsen, maar ze had zelf ook last van duizelingen.

De hete stoom was verstikkend.

Geconfronteerd met Ingrids blinde paniek had Olivia zichzelf ook niet meer in de hand. Ze zaten gevangen. En er was niemand die dat wist.

Behalve degene die hen had opgesloten.

34

'Jezus! Wat doen jullie hier?'

Olivia deed met moeite haar ogen open. Ze zat in elkaar gezakt op de grond. Naast zich hoorde ze Ingrid kreunen. De deur stond open, en Olivia kroop er instinctief naartoe, snakkend naar lucht, naar koelte.

Liam hielp haar en Ingrid overeind en loodste hen naar een bank in het laarzenhok. 'Wat is er gebeurd?'

Toen Olivia weer genoeg lucht had om te kunnen praten, probeerde ze het uit te leggen. 'We zaten gevangen! De deur zat op slot... of hij was vanaf de buitenkant geblokkeerd... We... We konden er niet meer uit.'

Liam keek haar verbijsterd aan. 'Rustig maar. Het is voorbij.'

'Waarom ging de deur niet open? Was hij geblokkeerd? En waarmee dan?' vroeg Ingrid.

Liam schudde zijn hoofd. 'Geen idee. Ik heb niks gezien. En er zit geen slot op de deur. Dus volgens mij hadden jullie er gewoon uit gekund.'

Olivia kreunde. Het zweet droop van haar gezicht. Toch huiverde ze. Koelde ze te snel af? Ingrid zag bleek. Van haar onberispelijke make-up was niets meer over.

'Dat hebben we geprobeerd!' zei Olivia. 'Om de deur open te krijgen. Maar dat lukte niet. We kregen hem echt niet open.'

Liam legde een hand op haar knie. 'Ik begrijp het niet, maar ik geloof je. Ga naar boven. Probeer iets te eten, en te drinken, en een beetje tot rust te komen. Het moet afschuwelijk zijn wat jullie is overkomen. Traumatisch. Ik breng Mrs. Hughes naar haar hut.'

Olivia's hart bonsde in haar keel. Ze was ervan overtuigd dat iemand had geprobeerd hen te vermoorden.

Maar Sergei zat opgesloten.

Misschien had ze zich vergist, misschien was hij inderdaad onschuldig. Dat betekende dat degene die het op haar gemunt had nog vrij rondliep.

'Kom.' Ingrid pakte Olivia bij de hand. 'Ik wil niet dat je alleen bent.'

Olivia volgde haar en Liam de trappen op, naar de hut van Cutler en haar. Op hetzelfde dek als hut nummer 16. Bij de aanblik van de deur werd haar keel dichtgesnoerd.

De hut van het echtpaar Hughes was uiterst luxueus ingericht met spullen die Cutler en Ingrid blijkbaar van huis hadden meegenomen: fluwelen bedspreien, zijden lakens, dikke zachte handdoeken. Zoals Ingrid al had gezegd, was er een tussendeur naar de hut ernaast.

'Jongens!' Ingrid keek voorzichtig om een hoekje en slaakte een zucht van verlichting toen ze zag dat de kinderen er waren. 'Ik ga me even opfrissen, want ik wil niet dat ze me zo zien.' Met die woorden verdween ze in de badkamer.

Olivia liet zich op een diepe, comfortabele bank vallen en sloeg haar handen voor haar gezicht.

Liam knielde bij het koelkastje, inspecteerde de inhoud en reikte haar een flesje mineraalwater met bubbels aan. 'Niet echt geweldig, maar het is beter dan niets.'

Olivia nam gretig een slok. 'Ik dacht dat ik me geen zorgen meer hoefde te maken nu Sergei achter slot en grendel zit.' *U bent in gevaar*, had Sergei gezegd. Had hij gelijk gehad? Zat er iemand anders achter alles wat haar was overkomen?

Liam vertrok zijn gezicht en wipte van de ene voet op de andere.

'Wat is er?' vroeg Olivia, plotseling wantrouwend.

'Sergei zat vanmiddag niet achter slot en grendel. Hij wilde met de kapitein praten terwijl we voor anker lagen. Geen idee wat hij hem heeft verteld, maar de kapitein heeft hem vrijgelaten.'

'Dat meen je niet!'

'Het is echt zo. Hij werkt benedendeks. Dus misschien dacht de kapitein dat je er niet achter zou komen.'

'Totdat ik in de sauna werd opgesloten. Ik was bijna dood geweest!'

Liam leek iets te willen zeggen, maar toen kwam Ingrid de badkamer uit met een schoongeboend gezicht en een handdoek om haar hals. Liam gaf haar ook een flesje water, dat ze dankbaar aanpakte.

'We moeten meteen naar de kapitein,' drong Olivia aan. 'Hij moet weten wat er is gebeurd.'

'Nee, we moeten eerst met Cutler praten,' zei Ingrid.

'Hoezo? We kunnen toch niet doen alsof er niks aan de hand is?'

Ingrid keek Liam aan. 'Ach, zou je zo lief willen zijn om naar de keuken te gaan? Ik denk dat we dringend iets moeten eten.'

'O, natuurlijk. En ik zal dokter Ranj vragen om even langs te komen.' Hij trok een wenkbrauw op naar Olivia, toen liep hij de hut uit.

Ingrid liet zich op het bed vallen.

'We moeten de kapitein waarschuwen,' zei Olivia weer.

Ingrid ging er niet op in. 'We hadden er nooit aan moeten beginnen, aan deze cruise. Hij wilde nog één keer kunnen pronken met een van zijn schepen voordat de hele vloot wordt verkocht. Voordat we Pioneer opdoeken.'

'Wat?' Olivia wist dat Cutler op het punt stond alle schepen van de hand te doen, maar stopte hij ook met de reisagentschappen?

'Ja, reken maar dat het groot nieuws is wanneer we terug zijn. Cutler gaat met pensioen. Pioneer bestaat in de toekomst uitsluitend nog online. Maar alleen als de deal doorgaat. Zo niet, dan houdt Pioneer op te bestaan.'

'Maar... Maar weet het personeel dat al?'

'Nee, er is officieel nog niets meegedeeld. Maar volgens mij heeft iemand er lucht van gekregen. En zijn wij daarom nu het doelwit.'

Olivia dacht koortsachtig na. Ze dacht aan Patty en haar agentschap, dat ze samen met haar overleden man had opgebouwd, aan Annalise die droomde van een carrière in de reiswereld, beiden in de veronderstelling dat deze cruise een feestelijke lancering inluidde, terwijl die in werkelijkheid een afscheid was. Een laatste reis. Het was zo oneerlijk. Ze besefte dat in de zakenwereld harde keuzes soms noodzakelijk waren, dat bepaalde onderdelen van een bedrijf uit besparingsoverwegingen soms met genadeloze efficiëntie werden opgeheven, maar haar hart ging uit naar de mensen die daar de dupe van werden.

Tegelijkertijd voelde ze zich ook opgelucht. Als bij alle angstaanjagende gebeurtenissen Cutler en zijn vrouw het doelwit waren geweest, dan had zij zich ten onrechte bedreigd gevoeld. Dan was ze simpelweg op het verkeerde moment op de verkeerde plek geweest.

Maar dat verklaart niet de aanwezigheid van de Clarissa. En ook niet wat Sergei over Pierre zei.

'Het spijt me dat jij erbij betrokken bent geraakt.'

'Maar Ingrid, als je echt denkt dat je gevaar loopt, dan moet je de kapitein waarschuwen. Anders –'

De deur ging open, en Cutler kwam binnenstormen; zijn gezicht zag rood van inspanning. 'Leg die fles onmiddellijk neer!' bulderde hij tegen Ingrid. Hij rukte hem zo wild uit haar handen dat er water op het dekbed morste.

'Cutler!' gilde Ingrid, die het ook over haar kleren kreeg.

'Van wie heb je dit gekregen?'

'Van Liam!'

'Wat heb ik nou gezegd?' Cutler beende naar de badkamer en goot de fles leeg in de wastafel. 'Ik wil niet dat je ook maar iets drinkt wat we niet zelf mee aan boord hebben genomen.'

Ingrids ogen werden groot terwijl ze van Cutler naar Olivia keek en toen weer naar haar man. Die knipperde verbaasd met zijn ogen, alsof hij Olivia tot op dat moment niet had gezien. 'Je kunt niet voorzichtig genoeg zijn,' bromde hij.

'Olivia weet het,' zei Ingrid. 'Dat de champagne was vergiftigd. Dat er twee passagiers dood zijn. Dat je met pensioen gaat. Ze weet alles. We zaten opgesloten in de sauna. Liam kwam net op tijd. Anders waren we gestikt.'

'Ingrid, jezus...'

'Olivia vindt dat we de kapitein moeten waarschuwen.'

Cutler keerde zich naar haar toe. 'Geen sprake van. Elk incident wordt genoteerd en aan de koper gemeld. Die hijgt me toch al in mijn nek. Een schandaal vanwege een defecte sauna kan al genoeg zijn om de hele deal af te blazen.'

'Niet om het een of ander, maar we waren bijna dood geweest! En er zíjn al twee doden gevallen. Lijkt dat je niet belangrijker dan of je deal wel of niet doorgaat?'

'Ik heb alles onder controle,' zei Cutler grimmig. 'En jullie leven nog. Dus laten we proberen positief te blijven. Om te beginnen door naar Stefan te gaan. Nu je hier toch bent, kunnen we er net zo goed meteen naartoe.'

'Ik vind het krankzinnig om niets te ondernemen. Bovendien rapporteert Liam het incident hoe dan ook aan de kapitein.'

'Laat Liam maar aan mij over. Kan ik rekenen op je discretie?'

'Ik –'

'Er hangt voor de Hunt Advisory net zoveel af van deze deal als voor mij. Ik hoop dat je dat beseft.'

Olivia keek hem aan. Cutler was het prototype van een man die het gewend was zijn zin te krijgen. Anderzijds: als ze zonder de steun van Ingrid naar de kapitein ging, dacht die helemaal dat ze paranoïde was. Stiekem vond hij nu al dat ze niet helemaal spoorde. 'Oké, ik hou mijn mond. Maar bij het volgende incident ga ik niet naar de kapitein, maar naar de politie.'

35

Olivia kookte nog steeds van woede toen ze op weg gingen naar de galerie. Op de deur hing het bordje GESLOTEN; wanneer ze voor anker lagen, bleef de galerie dicht.

Cutler, die vooropliep, klopte op de deur en draaide zich om naar Olivia. 'Ik begrijp dat je geschrokken bent,' zei hij bezorgd.

Ze vroeg zich af of zijn bezorgdheid oprecht was.

'Maar mijn vrouw kan nogal hysterisch reageren. Geloof mij nou maar: er is niemand die het op ons heeft voorzien. Maar ik vind het heel vervelend dat jij tussen twee vuren in zit. En wat dat stel uit hut zestien betreft, ik krijg dagelijks een update van de kapitein. Wil je het echt weten? Uit het onderzoek is gebleken dat ze MDMA hebben binnengekregen. Die moet in de champagne hebben gezeten. En die kunnen ze niet aan boord hebben besteld; die moeten ze zelf hebben meegebracht. Misschien wilden ze het extra gezellig maken en is het uit de hand gelopen. Hoe dan ook, hun dood wordt door de politie gezien als een geval van zelfmoord.'

Olivia huiverde. 'Het is niet alleen die champagne waarmee geknoeid is, en die sauna… Er is gisteravond ingebroken in mijn hut. Door een lid van de bemanning.'

'Wát? Daar weet ik niks van…'

'De dief had de verlovingsring gestolen die Aaron voor me had gekocht. Dus je moet me maar vergeven dat ik behoorlijk gestrest ben.'

'Een inbraak. Een gestolen verlovingsring. Nou, dan is het geen wonder dat je van slag bent.' Cutler was nog altijd een en al bezorgdheid. 'Maar Stefan zal ons vast en zeker opvrolijken. Trouwens, waar zit die man?' Hij klopte nogmaals op de deur, deze keer wat harder.

Olivia boog zich langs hem heen en probeerde de kruk. De deur ging open. 'Wist hij dat we kwamen?'

Cutler haalde zijn schouders op.

Olivia's handen werden op slag ijskoud. Haar maag verkrampte, haar oren suisden, haar hart bonsde. Ze liet Cutler vooropgaan; zijn kordaatheid en indrukwekkende verschijning gaven haar althans enig gevoel van veiligheid.

Binnen leek alles normaal. Het merendeel van de reproducties aan de muren was voorzien van een sticker met VERKOCHT. Het bood een surrealistische aanblik: binnen het op Antarctica geïnspireerde werk, buiten de verbijsterende weidsheid van het poolgebied. Voor Olivia werd het daardoor nog duidelijker hoezeer Yennin erin was geslaagd de schoonheid en tegelijkertijd de schraalte van Antarctica op het doek te vangen zonder dat het continent ook maar iets aan bezieling en dynamiek inboette. Net als de kolkende wateren die door de ramen te zien waren, leek Yennins werk bezield door leven en een eigen pulserende hartslag te bezitten.

Zelfs in de vorm van reproducties vervulde het haar met verwondering.

'Stefan?' riep Cutler.

Geen antwoord. De galerie lag er verlaten bij.

'Kom, dan gaan we naar zijn kantoor. Misschien doet hij een dutje.'

Het angstige voorgevoel dat Olivia's maag deed verkrampen werd sterker. Er was iets niet in de haak. Het liefst zou ze rechtsomkeert maken. Maar ze riep zichzelf tot de orde. *Stel je niet aan.* Net als voor Cutler was ook voor haar het resultaat van de veiling van het grootste belang.

Cutler klopte op de deur van het kantoor. Er kwam opnieuw geen reactie. Deze keer was hij het die aan de kruk voelde. Olivia stond achter hem.

Toen de deur openzwaaide, slaakte ze een kreet van ontzetting.

Cutler draaide zich om en sloeg zijn armen om haar heen in een poging haar af te schermen.

Maar het was al te laat. Ze had hem gezien. Stefan hing aan de barrièrestang voor het raam.

Hij was dood.

36

Cutler en de kapitein hadden zich teruggetrokken in het kantoor van die laatste, samen met de twee artsen, Ranjeed en Tove. Olivia zat op de brug, met een deken om haar schouders geslagen en met haar handen om een kop hete thee geklemd. Niet dat ze ervan dronk, maar het hielp tegen het beven.

Liam kwam aanlopen en liet zich voor haar op zijn knieën zakken. 'Kan ik verder nog iets voor je doen? Wil je misschien wat eten?'

Ze schudde haar hoofd.

'Ik kan het nog steeds niet bevatten. Afschuwelijk! Een dode aan boord! En dat uitgerekend jij hem moest vinden!'

Olivia was als verdoofd, lamgeslagen; ze verkeerde in shock. Stefan was dood. En alles wees erop dat hij zelfmoord had gepleegd. Tenminste, dat was wat iedereen zei. Maar het voelde verkeerd; ze kon en wilde het niet geloven. Ze kénde Stefan. Niets had erop gewezen dat hij suïcidaal zou zijn. Tegelijkertijd wist ze uit ervaring hoezeer schijn kon bedriegen. Misschien was Stefan diep vanbinnen wel wanhopig geweest, zonder dat iemand daar iets van had gemerkt. Toch kon ze het gevoel niet van zich afzetten dat er iets niet klopte. Na alles wat er was gebeurd, wilde het er bij haar niet in dat Stefan zelf een eind aan zijn leven zou hebben gemaakt.

Pedro en Elisabet bekeken de camerabeelden, maar de galerie was de hele dag gesloten geweest, en het merendeel van de passagiers had met zodiacs de oversteek gemaakt naar het continent. Los van het gebruikelijke heen-en-weergeloop van passagiers die van de eetzaal op weg waren naar hun hut, was er op de beelden niets opmerkelijks te zien; er was niemand die op verdachte wijze bij de deur van de galerie had rondgehangen, of die in een ander opzicht iets had gedaan wat argwaan wekte.

Toen Cutler het kantoor van de kapitein uit kwam, schoot Olivia overeind. 'En?'

Cutler schudde zijn hoofd, en het was de kapitein die reageerde. 'Het is betreurenswaardig. Buitengewoon betreurenswaardig.'

'Hoe zit het met Sergei? Ik hoorde van Liam dat u hem had vrijgelaten. En nu is er weer iemand dood. Dat kan toch geen toeval zijn?'

'Ik kan je verzekeren dat Sergei er niets mee te maken heeft,' stelde de kapitein haar gerust.

'Hoe weet u dat zo zeker?'

'Dat weet ik omdat Sergei niet meer aan boord is.'

Daarmee was Olivia elk weerwoord uit handen geslagen. Hoezo, niet meer aan boord? Dus dan... Misschien was hij dat geweest, in de eenzame kajak die ze in de richting van de Clarissa II had zien verdwijnen! Het kon haast niet anders of dat was zijn bestemming. Waar kon een mens anders heen, in het diepe zuiden van Antarctica?

Net toen ze de kapitein ernaar wilde vragen, sprak die verder. 'Zonder de helikopter kunnen we de veilingmeester niet terugbrengen naar het vasteland. We hebben al contact gehad met het hoofdkantoor van Art Aboard. Die zullen op hun beurt contact opnemen met de familie. In de ziekenboeg beschikken we over de faciliteiten om hem aan boord te houden totdat we terug zijn in de haven.' Hij ademde diep in. 'In het belang van de passagiers willen we zo min mogelijk afwijken van de normale gang van zaken, dus we hebben besloten onze route te vervolgen. Alleen de galerie blijft gesloten. We varen nu door naar Paradise Bay, en Liam, jij doet vanavond gewoon de excursie die op het programma staat. Daarna beginnen we, zoals gepland, aan de terugreis naar Ushuaia.'

Olivia's mond viel open. 'Dat kunt u toch niet menen? Gewoon het programma verder afwerken? We moeten terug.'

De kapitein schudde zijn hoofd. 'Ik heb dit besluit bepaald niet lichtvaardig genomen. Er trekt vanavond opnieuw een frontale depressie door de Drake Passage. Als onze veiligheid niet in het gedrang komt, slaan we Deception Island over. Dat scheelt een dag. Maar zolang er zo'n krachtige storm staat in de regio, is het te gevaarlijk om de oversteek te maken. In Paradise Bay liggen we beschut.'

Olivia wilde al protesteren, maar besefte dat het geen zin had. Met noodweer in de Drake Passage begreep ze dat de kapitein het schip daar niet opnieuw aan wilde blootstellen. En door het excursieprogramma gewoon af te werken vermeed hij dat er paniek ontstond onder de passagiers.

Nu was zij de enige bij wie – opnieuw – paniek dreigde.

'Ik moet even gaan liggen,' zei ze. 'Ik wil terug naar de hut.'

'Ik loop met je mee,' bood Liam aan.

Ze ademde diep en beverig in, dankbaar dat ze de verstikkende atmosfeer op de brug achter zich kon laten.

'Arme jij. Wat een dag heb je achter de rug! Ik kan het nauwelijks bevatten.'

'Ik ben gewoon... in shock.'

'En dat is logisch. Maar, eh... heb je nog iets over dat pasgetrouwde stel gehoord?' Liam klonk nonchalant, maar het ontging Olivia niet dat er een grimmige trek om zijn mond verscheen terwijl zijn schouders verkrampten.

Ze aarzelde. Tenslotte had ze al eerder meegemaakt dat hij zichzelf amper in de hand wist te houden. Kon ze hem vertrouwen? Wat wist ze nou helemaal van hem?

Hij zag haar aarzeling. 'Je weet er meer van.'

Ze was moe, ze was geestelijk en lichamelijk uitgeput, dus ze kon amper helder denken. 'Ze zijn dood,' zei ze bijna fluisterend.

'Fuck!' Liam beukte met zijn gebalde vuist zo hard tegen de muur dat de scheuren in het pleisterwerk sprongen.

En Olivia maakte dat ze wegkwam.

37

‘Olivia! Wacht nou even!’

Maar ze wachtte niet. Ze vloog de trap af, zo snel als ze kon. Ze moest terug naar de hut! En ze was vastbesloten om er de rest van de cruise niet meer uit te komen.

Dat leek haar de veiligste en misschien wel de enige optie.

Liams woede maakte haar bang. Hij was onvoorspelbaar, geestelijk labiel.

Het was Liam die hen in de sauna had gevonden. En het was ook Liam geweest die in haar eerste nacht op zee door de gangen had gezworven. Misschien was hij wel degene die probeerde haar angst aan te jagen. En de ring was in zíjn hut gevonden.

Hij was veel sneller dan zij, en ook veel sterker. Het duurde niet lang of ze voelde zijn hand op haar arm en ze werd gedwongen te blijven staan. Een vlaag koude lucht streek langs haar heen toen hij de dubbele deuren openduwde en haar meetrok het dek op. Het schip voer weer, op weg naar Paradise Bay. Olivia verzette zich uit alle macht en keek in paniek om zich heen, op zoek naar iets wat ze als wapen kon gebruiken.

‘Rustig maar. Ik doe je niks.’ Na een lange worsteling liet hij zijn greep eindelijk verslappen.

Ze rukte zich los. ‘Wat moet je van me?’

‘Jezus! Sorry, maar ik moet je wat vertellen. Toen we in Ushuaia lagen zijn we als bemanning een avond uit geweest met z’n allen. Ik was ladderzat. Zo gaat dat. Als we de wal op kunnen, gaan alle remmen los. Hoe dan ook, aan het eind van de avond legde ik het aan met een meisje...’

‘Hou op! Dat wil ik allemaal niet weten!’ Olivia kon het niet opbrengen hem aan te kijken. En ze begreep niet waar hij naartoe wilde. Ze wist alleen dat ze bang voor hem was.

'Luister nou!' zei hij bezwerend. 'Toen ze erachter kwam dat ik op de Vigil werkte, vroeg ze of ik iets voor haar wilde doen. Of ik een verjaarscadeau in een van de hutten wilde afleveren. Een fles champagne.'

'Wát?' Olivia was op slag haar angst vergeten.

'Ja. Geen goed idee. Vertel mij wat. Maar ik kreeg er tienduizend dollar voor. Dat is bijna het dubbele van wat ik tijdens deze cruise verdien. En voor dat geld hoefde ik alleen maar een fles champagne in een hut te zetten.'

'En dat vond je niet raar? Het maakte je niet wantrouwend?'

'Je begrijpt het niet. Zoveel geld... Het was genoeg om het allemaal anders te gaan doen. Ik ben het zat om maar wat aan te rommelen. Ik wil werk dat me voldoening geeft. En met dat geld kon dat. Ik zocht er niks achter. Stom, ja. Ongelooflijk onnozel.'

Olivia hoefde hem niet te vragen voor welke hut het verjaarscadeau bedoeld was geweest. 'Dus jíj hebt die fles aan boord gebracht?'

Liam blies sissend lucht door zijn tanden. 'Ja, maar op dat moment wist ik niet dat ermee was geknoeid. Het was gewoon een dure fles bubbels in roze folie. Niet mijn stijl, maar ieder zijn meug. Later sprak ik Ranj. Die zei dat het spul er raar uitzag. Bruinachtig rood, met een anijsachtige geur. Ze hebben de fles met de heli meegestuurd. Als de politie een onderzoek instelt... Mijn vingerafdrukken zitten aan alle kanten op die vervloekte fles.'

'Liam... er zat vloeibare MDMA in. Dat hoorde ik van Cutler.'

Al het bloed trok weg uit zijn gezicht. 'Shit. Dat wist ik niet. Echt niet. Ik dacht gewoon dat ik die griet een plezier deed. Als ik in Argentinië achter de tralies kom... Ik durf er nauwelijks aan te denken.'

'Hoe zag dat meisje eruit?'

'Geen idee. Tenminste, ik weet er weinig meer van. Wat ik al zei: ik was stomdronken. Maar toen ik wakker werd, stond de fles champagne op tafel. Met het geld ernaast. Ze had donker haar, tot halverwege haar rug. En volgens mij was ze ongeveer net zo lang als jij.'

Olivia dacht koortsachtig na. Eerst Sergei, nu een vrouw. Werkten ze samen?

'Denk je dat ze aan boord is? Zou je haar herkennen?'

Hij kromp ineen. 'Ik had zoveel op. Ik kan me van de hele avond nog amper iets herinneren.'

Lang, donker haar. Er waren diverse vrouwen aan boord voor wie die beschrijving opging. Maar het kon ook een pruik zijn geweest, bij wijze van vermomming. Wie het ook was geweest, ze moest hebben geweten dat Liam zo wanhopig om geld verlegen zat dat hij op het voorstel zou ingaan. En dat hij een voor de hand liggende zondebok zou zijn. Sergei was nieuw aan boord, had Liam gezegd. Dus misschien had hij erop moeten toezien dat Liam zich aan de afspraak hield. En toen het fout liep, had Sergei noodgedwongen moeten ingrijpen...

'Jezus, Liam. Wat moet ik met die informatie?'

Hij fronste zijn wenkbrauwen. 'Je zei dat de champagne voor jullie bedoeld was. Omdat hut nummer zestien oorspronkelijk aan jullie was toegewezen.'

'En daarvóór aan Cutler en Ingrid Hughes. Dat hoorde ik van Ingrid. Vandaar dat zij dacht dat zij het doelwit waren.'

'Shit. En nu? Wat gaan we eraan doen?'

Olivia keek hem verschrikt aan. 'Wé gaan helemaal niets doen. Hoe weet ik of ik je kan vertrouwen? Je kunt het wel allemaal verzonnen hebben.'

'Waarom zou ik zoiets in godsnaam verzinnen? Als je met dit verhaal naar de kapitein gaat, dan is het over en uit.' Hij knipte met zijn vingers. 'Dan zit ik binnen de kortste keren achter de tralies. Maar volgens mij kunnen we elkaar helpen.'

Olivia nam hem onderzoekend op. Hij had gelijk. Het zou hem niets opleveren, zijn bekentenis dat hij de fles aan boord had gebracht. De enige reden dat hij het haar had verteld, was om haar vertrouwen te winnen.

'Wie denk je dat hierachter zit?' vroeg hij.

'Ik heb geen idee...'

'Kom op, je weet meer dan je loslaat. Dat kan niet anders.'

Ze aarzelde. 'Toen bleek dat Aaron te laat was, dacht ik in eerste instantie dat hij zich in de tijd had vergist. Maar...'

'Maar...?'

'Kort voor ons vertrek ving ik flarden op van een gesprek tussen hem en Stefan. Het ging om bedreigingen waarmee Aaron te maken had gehad. Iemand stuurde hem dreigmailtjes waarin hij ervan werd beschuldigd medeplichtig te zijn aan Yennins dood. En later vond ik in een zak van zijn jasje een briefje waarop min of meer hetzelfde stond. Bovendien verkeerde hij financieel in zwaar weer. Maar dat zou worden opgelost dankzij de winst van de veiling. Inmiddels vraag ik me af of de problemen hem toch boven het hoofd waren gegroeid. En dan is Ingrid er ook nog. Die is ervan overtuigd dat de dader alle reden heeft om Cutler en haar tot doelwit te maken. Cutler gaat met pensioen, en hij is van plan zijn hele bedrijf op te doeken. Dus misschien heeft het allemaal niets met Aaron en mij te maken.' Ze slaakte een zucht. 'Maar wat doet het jacht hier dan...'

'Welk jacht?'

'Dat moet je toch gezien hebben tijdens het kajakken? De Clarissa II. Brede witte zeilen, donkerblauwe romp.'

Liam knikte. 'De kapitein wees ons er vanochtend op. De een of andere rijke stinkerd, op zoek naar avontuur. Vanwege de regels van de IAATO moesten we onze route en het aanmeren op elkaar afstemmen. Maar wat heeft het jacht te maken met de problemen op de Vigil?'

'Geen idee. Misschien wel niks.' Ze wist niet hoe ze haar connectie met de naam Clarissa moest uitleggen. 'Maar als Sergei niet meer aan boord is, waar is hij dan? Zit hij op de Clarissa II?'

'Wie zal het zeggen? Afijn, hou dit bij je. Gewoon voor de zekerheid.' Hij gaf haar zijn portofoon. 'Ik heb er nog een. Als er ook maar iets is, als je je ook maar enigszins bedreigd voelt, waarschuw me dan. En vanavond gaan we aan wal.'

'Ik peins er niet over. Ik sluit mezelf op in mijn hut, en daar blijf ik tot we terug zijn in Ushuaia.'

Liam nam haar fronsend op. 'Maar de anderen uit je hut gaan allemaal mee, toch?'

'Eh… ja.'

'Dan blijf je alleen achter. Dat lijkt me geen goed idee.'

Olivia beet peinzend op haar onderlip. Toen knikte ze. Hij had gelijk. Alleen achterblijven klonk verre van aanlokkelijk. Maar dat gold ook voor de excursie. Ze wist niet wat het minste van de twee kwaden was. Maar misschien hoefde ze nog niet te kiezen. Ze liet de portofoon in haar jaszak glijden. Het was een prettig gevoel om die bij zich te hebben.

'Kom, dan loop ik met je mee naar je hut, om zeker te weten dat je niet alleen bent.'

'Dank je wel.'

'Wat er ook gebeurt, op mij kun je rekenen. Dat is wel het minste wat ik voor je kan doen.'

38

De andere drie vrouwen waren in de hut toen Olivia binnenkwam, met de portofoon in de borstzak van haar jack. Liam legde een hand op haar arm. 'Pas goed op jezelf. En denk aan wat ik heb gezegd.' Hij tikte op de borstzak van zijn eigen jack.

Ze knikte.

Patty was bezig thermokleding op te vouwen en in haar rugzak te stoppen. Toen Liam was vertrokken, floot ze zacht. 'Vergis ik me of bloeit er iets moois op tussen jullie?'

'Het is niet wat je denkt.' Olivia keek wat ongemakkelijk naar Janine; ze wilde niet dat die een verkeerde indruk kreeg.

Maar Janines gezicht stond alleen maar bezorgd, zonder een zweem van jaloezie. 'Alles oké? Je ziet er nogal… ontdaan uit. Ik zocht je, maar ik kon je nergens vinden.'

'O, eh…' Olivia dacht koortsachtig na wat ze moest zeggen, want ze had ermee ingestemd om Stefans dood – althans voorlopig – stil te houden. 'Ik zat bij de kapitein. Om over de sauna te klagen. De deur wilde niet meer open.'

'O?' Patty keek verbaasd.

'Gelukkig schoot Liam ons te hulp.'

'"Ons"?' vroeg Janine.

'Ingrid Hughes en ik.'

'O? Ik wist niet dat jullie elkaar kenden,' zei Annalise. 'Hoe is het met haar?'

Het ontging Olivia niet dat ze haar best deed om niet al te geïnteresseerd te klinken, maar het was duidelijk dat ze het antwoord gespannen afwachtte.

'Prima. Liam en ik hebben haar naar de hut teruggebracht.'

'O! Hoe ziet die eruit?' Patty grijnsde. 'Vertel, we willen alles weten!'

'Nou, hij is om te beginnen een stuk groter dan de onze.'

'Ik had gehoopt op een rondleiding langs de luxere hutten. Om ze straks beter te kunnen verkopen.'

'Was Cutler er ook?' vroeg Annalise.

'Ja, die was er ook.'

'En? Ligt het huwelijk al op zijn gat? Cutler kan zijn eigen kinderen niet eens opvoeden, laat staan die van een ander.' Annalise sloeg haar armen over elkaar.

'Hè? Zijn de jongens dan niet van hem?' vroeg Olivia verbaasd.

'Nee, Ingrid en hij zijn pas een jaar getrouwd. Ik heb gewed dat ze het samen nog geen anderhalf jaar zouden volhouden.'

'Ik moet een boek terugbrengen.' Janine hield een thriller omhoog die ze uit de bibliotheek had geleend.

'Ik ga met je mee.' Olivia wilde proberen meer te weten te komen over de Clarissa II. Na het ongeluk waarbij haar vader was omgekomen, had ze nooit weten te achterhalen wie de eigenaar was van het schip. Dat was nu vijftien jaar geleden. Er bestond geen database voor luxejachten, maar als wat Liam zei klopte, als het jacht inderdaad privébezit was, dan was er in de pers misschien aandacht besteed aan de eigenaar.

Op weg naar de bibliotheek schrokken ze allebei toen Liams portofoon begon te piepen. 'Wat was dat?' vroeg Janine.

Olivia haalde het ding tevoorschijn en zette het geluid uit. 'Die kreeg ik van Liam. Nadat hij ons uit de sauna had bevrijd.'

'Aha. Jullie hebben heel wat afgepraat, hè?'

Olivia legde vluchtig een hand op haar arm. 'Maak je geen zorgen. Hij is niet in me geïnteresseerd. Alleen in jou. En ik heb wel wat anders aan mijn hoofd. Ik maak me nog altijd ernstig zorgen over Aaron.' Ze hief in een hulpeloos gebaar haar handen.

'Zeker weten?'

'Echt waar. Hij zag dat ik er volledig doorheen zat. Daarom heeft hij me die portofoon gegeven, in de hoop dat ik me op die manier wat veiliger voel. Zeker nu de kapitein Sergei heeft laten gaan.'

'Wát? De dief? Dat meen je niet! Hoe kan hij dat nou doen?'

'Hij heeft de kapitein er blijkbaar van weten te overtuigen dat hij niets heeft misdaan.'

'Geen wonder dat je erdoorheen zit.'

In de bibliotheek schoof Olivia achter een computer, terwijl Janine naar een van de kasten liep om haar boek terug te zetten. Toen Olivia haar inbox opende, verbaasde het haar allang niet meer dat ze geen post had, op de gebruikelijke spam na. Waarom reageerde Pierre niet op haar mailtjes, met name op haar vraag naar Sergei? Hij moest toch een goede reden hebben gehad om haar die waarschuwing te sturen.

Ze opende een nieuw tabblad in Google en typte de naam van het jacht in.

De resultaten kwamen langzaam binnen, maar Clarissa was een vrij gebruikelijke naam, en geen van de sites leek verband te houden met het jacht, laat staan met de eigenaar.

Ze slaakte een zucht.

'Alles oké?' vroeg Janine.

'Dat jacht dat ik had gefilmd... Ik probeer erachter te komen wie de eigenaar is. Gewoon uit nieuwsgierigheid. Wat is dat voor iemand, die de moed heeft om zich zo ver naar het zuiden te wagen?' Het klonk niet echt geloofwaardig.

Maar Janine knikte. 'Mag ik het eens proberen? Ik ben best handig met zoeken, al zeg ik het zelf.'

'Tuurlijk. Ga je gang.' Olivia maakte haar stoel vrij voor Janine.

Die typte een uitgebreide zoektekst in, voorzien van aanhalingstekens, dubbele punten en hashtags. Op die manier wist ze de zoekopdracht te verfijnen, zodat alleen de relevante sites op het scherm verschenen.

'Hoe weet je dat allemaal?'

'Het is mijn werk. Of tenminste, dat was het. Naast mijn werk als influencer. Digitale marketing, zoekmachineoptimalisatie – dat soort dingen. Wanneer het internet zo traag is als hier, is het echt de moeite om heel gericht te zoeken. Kijk...' Ze had inderdaad gevonden wat ze zocht: een artikel over de Clarissa II. Er stond een foto bij die bevroor tijdens het laden. Maar het onderschrift was duidelijk leesbaar.

Olivia hield haar adem in.

Janine keek verschrikt op. 'Wat is er?'

Pierre Lavaud met de laatste toevoeging aan zijn vloot: de Clarissa II, een zeewaardig jacht, zelfs bestand tegen de extreme omstandigheden rond de polen.

'Ik verheug me erop de uithoeken van onze planeet te verkennen,' aldus Mr. Lavaud. 'Al mijn schepen zijn vernoemd naar mijn jonggestorven dochter. Dat geeft me het gevoel dat ze met me meereist.'

Olivia's maag draaide zich om en haar mond werd plotseling kurkdroog.

De eigenaar van de Clarissa II was Pierre Lavaud! Had hij haar vader gekend? Wist hij wat er destijds was gebeurd?

'Wat is er?' vroeg Janine. 'Je staat helemaal te trillen.'

'Ik ken de eigenaar van dat schip,' wist Olivia met moeite uit te brengen.

'Echt waar?'

'Het is een oude klant van me. Hij heeft destijds de eerste Yennin gekocht. Daar is het voor Aaron en mij allemaal mee begonnen.'

'En nu komt hij controleren of hij daarmee een goede investering heeft gedaan?'

Olivia keek haar verbaasd aan. Dat was nog niet bij haar opgekomen. 'Ja, misschien.' Ze dacht aan wat Sergei had gezegd: dat hij aan boord was in opdracht van Pierre. Misschien om Pierre verslag uit te brengen van de veiling?

'Ik zie je denken. Mag ik het weten?' vroeg Janine.

'Sorry, maar het duizelt me. Sergei… Sergei had het over Pierre. Misschien werkt hij inderdaad voor hem.'

'Waarom heeft hij onze hut dan overhoopgehaald? En je verlovingsring gestolen? Daar klopt iets niet. Weet je zeker dat Pierre geen verborgen agenda heeft? Zei je niet dat Aaron grote schulden had? Misschien is Sergei gestuurd om althans iets van dat geld terug te halen…'

Olivia slikte. Dat was ook een mogelijkheid. Ze had geen idee wie ze kon vertrouwen. En dan was er ook nog de mogelijkheid dat Pierre haar vader had gekend... Het was nauwelijks te bevatten. Wat was de reden van zijn aanwezigheid, hier in Antarctica? Ging het om Yennin? Of lag de reden veel verder terug?

Janine pakte haar hand. 'Wat er ook aan de hand is, je staat er niet alleen voor. Je hebt mij, en Patty en Annalise. En Liam. Dus je hoeft niet bang te zijn. Wij zorgen dat er niks gebeurt.'

Olivia glimlachte ondanks zichzelf, verrast door de felheid waarmee Janine het zei. 'Dank je wel.'

Op dat moment werd er luid op de glazen deur gebonsd en kwam Liam de bibliotheek binnenstormen. 'Jezus! Ik heb je overal gezocht. Waarom reageer je niet? Ik dacht al dat er iets vreselijks was gebeurd.'

Olivia haalde de portofoon uit haar jaszak. 'Sorry. Ik had hem uitgezet. Ik dacht eigenlijk dat hij vooral bedoeld was voor als ik jou nodig had. Niet andersom.'

Liam keek van Olivia naar Janine.

'Ze weet ervan,' stelde Olivia hem gerust.

'We zijn bijna in Paradise Bay. Zodra we zijn aangemeerd ga je met me mee op excursie.'

39

Olivia hield haar adem in terwijl ze de twee zodiacs met passagiers bij het schip zag vertrekken. De afgelopen uren had ze Liam en Melissa geholpen de benodigde uitrusting van het schip over te brengen naar het vasteland, waar een en ander keurig stond opgestapeld, klaar voor de kampeerexcursie op het ijs. Het waren verrassend veel spullen, het aantal deelnemers in aanmerking genomen: inclusief Olivia zestien passagiers plus drie begeleiders.

Cutler en Ingrid waren natuurlijk van de partij; de jongens bleven bij de nanny – er konden alleen volwassenen mee – en zouden op het dek kamperen.

Tot de overige deelnemers behoorden Robert en Aida, Greg en Tariq, en Maxwell en Lucinda. Ook Delilah was erbij, deze keer met een lange donkere pruik. Bijna alle vips gingen mee, wat niet mocht verbazen voor een excursie die een unieke ervaring beloofde te worden. Maar het aantal plaatsen was beperkt. De vrouwen uit de hut van Olivia gingen ook allemaal mee, en de rest van de deelnemers bestond uit passagiers met wie Olivia niet echt contact had gehad. Zoals Yara, een van de influencers, die de drone van Helena bij zich had. Helena zelf voelde zich niet fit genoeg om aan land te gaan. En ten slotte was er een lief, al wat ouder echtpaar dat zich had voorgesteld als Dave en Kathy, afkomstig uit het zuiden van Californië. Allebei waren ze enthousiast over de 'investering' die ze hadden gedaan door een werk van Yennin aan te schaffen. Dat was de gedachte achter het concept: om hem ook te introduceren bij mensen die geen kunstliefhebber waren en om op die manier steeds meer bekendheid te genereren.

Het derde staflid was Arthur Vance, de glacioloog, die de diverse natuurfenomenen van Antarctica zou toelichten. Stiekem had Olivia liever gehad dat dokter Ranjeed meeging. Een arts in het gezelschap leek haar een goed idee.

Maar het aantal deelnemers aan excursies moest nu eenmaal beperkt blijven. Dat had te maken met de impact op het milieu. De IAATO, de International Association of Antarctica Tour Operators, had strikte regels opgesteld die behelsden dat er geen voedsel aan land mocht worden gebracht en dat er geen afval mocht achterblijven. Vandaar dat de deelnemers al aan boord hadden gegeten en dat ze op het vasteland alleen water mochten drinken. Het was de bedoeling dat er onder de blote hemel werd geslapen, ieder voor zich gehuld in een met thermomatten geïsoleerde slaapzak, een zogenoemde bivakzak.

Het uitladen van de slaapzakken en de rest van de spullen was zwaar werk, en dat zorgde ervoor dat Olivia af en toe even kon vergeten wat er allemaal was gebeurd. De dood van die arme Stefan, de geblokkeerde deur van de sauna, de Clarissa II in een nabijgelegen baai, hoogstwaarschijnlijk met Sergei aan boord. Ze deed haar uiterste best zich te focussen op het landschap. Paradise Bay deed zijn naam zeker eer aan. De hemel was bijna de hele middag diep kobaltblauw geweest. De zon deed het ongerepte witte landschap bijna oogverblindend flonkeren. De bergen rond de baai zorgden voor een gevoel van geborgenheid. Aan het eind van de baai stond een groepje rood geschilderde gebouwen, de poolbasis Almirante Brown, bemand door wetenschappers en bestierd door de Argentijnse overheid. Op dit moment was de basis verlaten, had Arthur verteld. De wetenschappers zaten er alleen gedurende het zomerseizoen.

Tegen de avond zakte de zon steeds lager; de stralen wierpen een zachte, serene gloed over de baai.

‘Kijk! Dit moet recentelijk zijn aangespoeld, na het afkalven van een gletsjer.’ Arthur raapte een brok ijs op, zo helder en donker dat het op onyx leek. ‘Is het niet verbijsterend?’

Olivia liet zich op haar knieën zakken. ‘Maar wat is het precies?’

‘Een brokje geschiedenis. De luchtbelletjes in dit stuk gletsjerijs zijn misschien wel miljoenen jaren geleden gevormd. En nu hou ik ze in mijn hand.' Hij legde het brok ijs zorgvuldig terug. 'Tegelijkertijd is het betreurenswaardig dat wij dit te zien krijgen. Elke keer dat ik hier kom, is het continent veranderd. Gletsjers verschuiven en veranderen van vorm. Dat is op zich normaal. Maar niet het tempo waarin dat gebeurt. Het gaat allemaal veel te snel.'

Hij richtte zich op en liet zijn blik langs de bevroren kliffen gaan.

Olivia werkte zich ook overeind. 'Waar kijkt u naar? Verwacht u dat het opnieuw zal gebeuren?'

'Dat is onvermijdelijk. Maar hopelijk niet terwijl de zodiacs worden uitgeladen.'

'En dan kun je ook maar beter niet in een kajak zitten.'

'O, was jij dat?'

Ze knikte, en hij schoot in de lach. 'Nou, je hebt bij de bemanning een legendarische status verworven. Tijdens cruises naar Antarctica is een kajak die kapseist zo ongeveer het ergste wat de bemanning kan overkomen. Maar het gebeurt eigenlijk nooit. Het is net zo zeldzaam als IJs VII.'

Ze vroeg niet wat dat betekende, bang als ze was voor opnieuw een verhandeling over de diverse soorten ijs. Daar had ze voorlopig genoeg over gehoord.

Een krachtige bries wervelde rond hun laarzen en speelde met hun haar. Ze had verwacht dat de wind uit zee zou komen, net als in de haven van Ushuaia. Maar hier was de wind afkomstig van het continent. Antarctica was een wereld op zich – een omgekeerde wereld.

Nog maar een paar dagen, dan was het voorbij. Dan kon ze naar de politie om duidelijkheid te krijgen over alles wat er was gebeurd.

De eerste zodiac gleed het kiezelachtige strand op. Liam sprong eruit. Hij stak een hand uit naar Cutler, maar die deed alsof hij het niet zag.

'Ik weet niet of ik dit wel kan,' zei Ingrid aarzelend. Ze zag nog altijd bleek na de angstaanjagende ervaring in de sauna. Olivia zag dat Annalise met haar ogen rolde, en ze wou dat ze haar kon vertellen hoe benauwd Ingrid en zij het hadden gehad. Dan zou ze het begrijpen.

Tenzij zij het was geweest die hun de stuipen op het lijf had gejaagd…

'Ik wil terug. Ik wil naar mijn jongens.'

'Ik ga wel naar haar toe,' zei Melissa, die net met de tweede zodiac het strand op was geschoven.

Vanaf het strand keek Liam toe terwijl de passagiers een been over de rand zwaaiden om van boord te gaan. Plotseling werd zijn blik als door een magneet naar een van hen getrokken. Al het bloed trok weg uit zijn gezicht.

'Alles oké?' vroeg Olivia zachtjes.

Liam gebaarde met zijn hoofd naar Delilah. 'Zij daar, met dat lange donkere haar… Ze komt me ineens bekend voor.'

Olivia dacht aan wat hij haar had verteld, over de jonge vrouw die hem een enorm bedrag had betaald om de fles champagne aan boord te brengen. 'Je denkt toch niet dat zij…'

Liam riep zichzelf tot de orde. 'Nee, dat kan niet.' Hij keerde zich naar de rest van de groep en de kleur kwam terug op zijn wangen. 'Het werkt voor iedereen het best als u tweetallen vormt. Dus zoek een buddy, pak een schep en een bivakzak.'

Olivia slikte terwijl ze naar Delilah keek, die een tweetal vormde met Yara, de influencer. Delilah was de op een na hoogste bieder geweest tijdens de Yennin-veiling in Londen. Voelde ze zich tekortgedaan? Oneerlijk behandeld? En was dat gevoel zo sterk dat ze zelfs voor moord niet was teruggedeinsd? Olivia huiverde.

'Sorry!' Ingrid werkte zich langs Olivia heen om in de zodiac van Melissa te klimmen, waarop die de rubberboot het water weer in duwde om haar terug te brengen naar de Vigil.

'Volgens mij hangt er weer een scheiding in de lucht,' zei Annalise vanuit haar mondhoek tegen Olivia, zonder te beseffen dat de andere vrouwen uit de hut het ook konden horen.

Patty gaf haar een por. 'Dat is niet aardig om te zeggen.'

'O nee? Nou, volgens mij is het bepaald geen rozengeur en maneschijn,' mompelde Annalise.

Olivia nam het voor Ingrid op. 'Ze heeft een zware dag achter de rug.'

Janine pakte een schep van de stapel.

'Zal ik je helpen?' bood Olivia aan.

Maar Janine had het ding al over haar schouder gelegd. 'Het lukt wel.'

'Kijk, daar hebben we jonge mensen voor nodig. Om al die zware spullen te sjouwen,' zei Patty lachend.

'Kom. We mogen niet achteropraken,' drong Olivia aan.

Liam trok een langgerekte knalrode plastic slee achter zich aan, beladen met noodvoorraden. Hij leidde de groep in ganzenpas het ijs over en een lichte helling op, naar een plateau dat uitkeek over de baai en het schip. De blauwe Vigil leek van hieraf klein en nietig, omringd door de majestueuze weidsheid van het witte continent.

Olivia gunde zichzelf een moment om op adem te komen en van het uitzicht te genieten. De hemel was diep indigoblauw en de zon zakte steeds verder naar de horizon. Op deze breedte ging de zon maar een paar minuten onder voordat hij weer tevoorschijn kwam. Maar ook in die paar minuten werd het niet volledig donker. 'Een witte nacht' werd het genoemd.

Aan de hemel dreven wat geelachtige wolkenflarden. Olivia omklemde de steel van haar schep nog wat steviger. Een beweging vlak bij de Vigil trok haar aandacht. Melissa was met de zodiac weer op weg naar de kust. Olivia kneep haar ogen tot spleetjes. Het leek wel alsof ze iemand bij zich had. Het was moeilijk te zien. Misschien was het een zak met spullen. Een grote zwarte plunjezak. Zwart. Geen rood, zoals de parka's van de passagiers. En geen blauw, de kleur van de bemanning.

Turend naar de baai wenste ze dat ze een verrekijker had. Het enige wat ze zag, waren de schuimkoppen op de golven, als stroken witte kant, en de hoog oprijzende drijvende ijsbergen. De Clarissa II was nergens te bekennen. Maar dat ze het schip niet kon zien wilde niet zeggen dat het er niet was. Er waren zoveel baaien en inhammen waar de gletsjers tot in het gitzwarte water staken. Stuk voor stuk plekken waar een jacht ongezien voor anker kon liggen.

Ze draaide zich om naar het groepje op het plateau. Het was moeilijk te zeggen wie een tweetal vormde met wie, omdat ze allemaal eenzelfde rood jack aanhadden, voorzien van het logo van Pioneer. Het deed haar denken aan een crèche van vuurrode pinguïns. Alleen Liam, Melissa en dr. Vance waren te herkennen.

'Proberen ze ons soms moe te maken? Zodat we vanavond goed slapen?' vroeg Patty hijgend. Ze liep achter Olivia en liet met een smak de schep uit haar handen vallen.

'Kom. Ik zal je helpen.' Olivia pakte de steel en trok het ding achter zich aan, slepend over de grond.

'Ongelooflijk dat we hier nu echt zijn. Karl zou er alles voor over hebben gehad om op het ijs te kamperen. Hij zou het geweldig hebben gevonden.' Patty ademde diep in.

Olivia legde vluchtig een hand op haar schouder. 'Was hij avontuurlijk?'

'Nou en of. Hij zocht altijd het avontuur op. Maar het fijnste vond hij het om zijn ervaringen te delen met anderen. Zijn ogen straalden wanneer hij voor klanten een reis boekte waarvan hij wist dat die hun leven voorgoed zou veranderen... Ach, dan was hij zo gelukkig.'

'Hij klinkt als een bijzonder mens.'

'Dat was hij ook. Toen hij stierf, was dat ook voor het bedrijf een enorme klap. Ik heb zijn levensverzekering moeten gebruiken en een extra hypotheek moeten afsluiten op het huis om de boel tijdens covid overeind te houden. Maar inmiddels komen we geleidelijk aan weer op het oude niveau. En dat is voor een belangrijk deel te danken aan Annalise. Ze zegt misschien niet zoveel, maar ze is razend slim. Het zou me niet verbazen als ze in de toekomst aan het hoofd van Pioneer komt te staan.'

Olivia boog haar hoofd en trok haar roze muts nog dieper over haar oren. Als Cutler zijn plannen doorzette, dan was er voor Pioneer Adventures geen toekomst meer.

Liam bleef halverwege het plateau staan en liet het touw van de slee in de sneeuw vallen. 'We zijn er, mensen. Hier gaan we vannacht kamperen. Dus pak je schep en graaf een kuil. Lang genoeg, diep genoeg, zodat je er lekker in kunt liggen. Op die manier ben je beschut tegen de wind. Haal zo veel mogelijk stenen en harde brokken ijs weg, want als je die in je rug voelt duurt de nacht wel heel erg lang.'

'Niemand heeft ons verteld dat er ook dwangarbeid in het programma zat,' mopperde Cutler. Hij zag er niet uit alsof hij gewend was een schop vast te houden. Als er gegraven moest worden, liet hij dat ongetwijfeld door anderen doen.

Olivia stak Patty's schep in de sneeuw. 'We redden ons wel. Ik zal eerst jou helpen.'

'Dat hoeft niet, lieverd. Je weet wat ze in het vliegtuig zeggen: eerst je eigen zuurstofmasker.'

Olivia schoot in de lach. 'Die vergelijking gaat nogal mank. Laat me nou maar. Ik vind het fijn om je te helpen.'

'Nou, dan graag. Maar je moet er geen gewoonte van maken. Want als je niet oppast, ben je alleen maar druk voor anderen. En dan kom je niet aan jezelf toe.'

Ze had gelijk, dacht Olivia plotseling ernstig, maar ze dwong zichzelf te blijven lachen. Terwijl ze begon te graven, pakte Patty de bivakzakken om ze uit te rollen.

Het was merkwaardig troostrijk om de spade met een knarsend geluid keer op keer in de sneeuw te steken. Er parelde zweet op haar voorhoofd, al haar spieren deden pijn, en ze begon al snel moe te worden. Maar die vermoeidheid kwam nu eens niet voort uit angst, uit bezorgdheid of stress. Het voelde goed.

'Dat is diep genoeg, lijkt me,' zei Liam over haar schouder. 'Je moet het gat alleen nog iets langer maken. Anders kun je niet languit liggen.'

'Bedankt. Ik ben nu nog voor Patty bezig. Het valt vast niet mee om een stelletje amateurs aan te sturen, en om dat daar in het gareel te houden.' Ze gebaarde met haar hoofd naar Cutler, die tegen Melissa tekeerging, terwijl die nota bene het meeste werk voor haar rekening nam om te zorgen dat hij er beschut bij zou liggen.

'Dat is wat ik laatst bedoelde. Het is mijn droom om een vaste aanstelling te krijgen op een kleinschalig expeditieschip. Misschien wel op een jacht zoals de Clarissa II. Ik begrijp niet waarom Melissa van de privécharters is overgestapt naar een groot cruisebedrijf. Ze lijkt wel gek. Er zijn organisaties die klimmen en skiën in Antarctica aanbieden. Dan zou ik de Mount Banck kunnen beklimmen.' Hij gebaarde naar de berg die oprees achter het poolstation Almirante Brown. 'Dat soort organisaties levert avontuur als maatwerk. En dat verdient ook beter. Bovendien kan ik dan 's zomers naar huis. Ik zou ook voor mezelf kunnen beginnen. En wie weet, misschien kom ik dan wel iemand tegen met wie ik het aandurf. Een gezin, kinderen, dat lijkt me heerlijk. En dan doe ik nog steeds het werk dat ik leuk vind.'

'Het klinkt fantastisch.'

'Voor mij zou het een droom zijn die uitkomt.' Hij keerde zijn gezicht naar het licht, zich koesterend in de gouden gloed van de zon. 'Maar waarschijnlijk wordt het gewoon weer de eerste de beste baan als gids. Waar ik weer geen fuck voor betaald krijg, met als gevolg dat ik domme dingen ga doen en in de problemen kom. Zoals dat akkefietje met die fles.'

Olivia huiverde. 'Voor jou een droom, voor mij niet mijn ding. Ik ben van de zekerheden. Dus ik heb bewust gekozen voor een duidelijk uitgestippelde carrière. Op gezette tijden examen doen, promotie maken – we hebben zelfs een gedragscode waaraan we ons moeten houden.'

Op de achtergrond hoorden ze Cutler nog steeds tekeergaan tegen Melissa. Liam liet zijn knokkels kraken terwijl hij een blik over zijn schouder wierp. 'Ik kan er maar beter naartoe gaan, want ik heb ook een gedragscode. En dit soort vuilbekkerij tolereer ik niet.'

Olivia keek hem na; het viel niet mee wat hij allemaal op zijn bordje kreeg, om nog maar te zwijgen over de verantwoordelijkheid die op zijn schouders drukte. Zij moest ook hard werken, maar ze schrok ervoor terug het voortouw te nemen. Bovendien waren er controlemechanismen waarop ze kon vertrouwen. Er waren altijd anderen die over haar schouder meekeken en die uiteindelijk de definitieve beslissing namen.

Sinds die nacht waarin ze het vertrouwen van haar vader had beschaamd, was ze teruggedeinsd voor het nemen van verantwoordelijkheid. Hij had op haar gerekend, en ze was zijn vertrouwen niet waard geweest. Met de ergst denkbare gevolgen. Die nacht op de Clarissa was bepalend geweest voor de rest van haar leven.

Boven haar hoofd krijste een grote jager. Ze dacht aan de kleine pinguïnkuikens die langs de kustlijn waggelden en hoopte dat ze de nacht zouden overleven. De lichten van het schip werden weerkaatst door het kalme water in de baai; de Vigil bood een warme, troostrijke aanblik, knus als een kerstboom. Het leek onvoorstelbaar dat er iemand aan boord zou zijn die een bedreiging vormde.

Een plotselinge windvlaag trof haar in de rug. Haar voet gleed van de rand van het gat dat ze voor Patty had gegraven en ze tuimelde met een kreet achterover in de sneeuw.

'Heb je je pijn gedaan?' riep Patty geschrokken.

Olivia huiverde, maar toen ze voorzichtig haar benen bewoog besefte ze dat alles in orde was. Ze ging rechtop zitten en zag dat Liam fronsend in de verte keek, langs de bergen die de baai omsloten. De uitdrukking op zijn gezicht maakte haar bang.

'Wat is er met hem?' Janine had het blijkbaar ook gezien. Ze was bezig met haar eigen kuil naast die van hen.

'Geen idee. Maar die wind loog er niet om. Ik hoop niet dat het weer zich tegen ons keert.'

'Zo te zien maakt zij zich nergens zorgen over,' merkte Patty op.

En inderdaad: Melissa, die Maxwell en Lucinda hielp met het uitleggen van hun bivakzakken, leek zich niet ongerust te maken. Toen haar blik die van Olivia kruiste, knikte ze goedkeurend naar Patty's schuilplaats voor de nacht.

Bij wijze van antwoord stak Olivia twee duimen op.

'Je bent hier echt goed in.' Janine trok verbaasd een wenkbrauw op.

'Wat maakt een actuaris geschikt voor dit soort expedities?' vroeg Patty.

Olivia glimlachte. 'Helemaal niks. Maar ik heb het een en ander van mijn vader geleerd. Hij was altijd buiten, in de vrije natuur. Zeilen, sneeuwgrotten bouwen in de heuvels bij ons huis in Schotland...'

'Wat zul je ernaar uitkijken om hem straks alles over je reis te vertellen,' zei Patty.

'Hij is er niet meer. Ik was zestien toen hij overleed.'

'Ach, sorry. Dat wist ik niet. Wat onnozel van me.' Patty fronste haar wenkbrauwen. 'En zo hebben we allemaal ons eigen verdriet. Volgens mij was het voorbestemd dat we bij elkaar in de hut belandden. De hut van de verloren meisjes.'

'Heeft Annalise ook iemand verloren?' vroeg Janine fluisterend, ook al stond Annalise sneeuw te scheppen met haar oortjes in.

Patty slaakte een zucht. 'Ik vraag me af of ze ooit wel iemand heeft gehad. Het is een vechter. Ze heeft keihard moeten werken om te komen waar ze nu is. En reken maar dat ze zich heeft bewezen. Niet alleen tegenover mij.'

Olivia deed een stap naar achteren en inspecteerde hun werk. Of eigenlijk was het vooral haar werk. Keurige rechthoeken, uitgegraven in de sneeuw, met een vlakke bodem en een opstaande rand van ijs waarachter ze beschut lagen tegen de wind.

Het voelde alsof alles wat ze van haar vader had geleerd haar voorgoed was bijgebleven, alsof het deel uitmaakte van haar DNA: kennis en vaardigheden die ze moeiteloos aanboorde, net zo vanzelfsprekend als ze op haar werk berekeningen uitvoerde. Het was troostrijk dat ze haar vader nog altijd bij zich droeg, ook al had ze de herinneringen tot voor kort zo diep mogelijk weggestopt.

'Goed werk,' zei een mannenstem achter haar.

Verschrikt draaide ze zich om, en daar stond Maxwell, met zijn armen over elkaar geslagen. 'O, eh... dank je wel.'

Hij nam haar fronsend op. 'Waarom heb je niet meteen gezegd dat je hem bij je had?'

Olivia keek hem verbaasd aan. 'Wat bedoel je?'

Hij gooide met een geërgerde zucht zijn handen in de lucht. 'De ring. Ik heb je die eerste dag al verteld dat Aaron bij me in het krijt staat. Lucy wilde een antieke ring met een saffier, en die heeft Aaron voor me weten te vinden. Hij zou hem meenemen, zodat ik haar op Antarctica ten huwelijk kon vragen. Je hebt hem nu niet toevallig bij je, zeker?'

'Ik... Ik weet niet waar je het over hebt.'

Hij haalde zuchtend zijn telefoon tevoorschijn, klikte een paar keer op het schermpje en hield het Olivia voor. 'Hier heb ik het over. Over de ring die bij jou in de kluis ligt. Tenminste, dat hoorde ik van Cutler.'

Olivia kon haar ogen niet geloven. Maar de ring op de foto was ontegenzeggelijk de ring die ze in de zak van Aarons smokingjasje had gevonden. 'Dat vriendje van je, die sukkel, zou hem meteen op de eerste dag van de cruise aan me geven. Maar hij kwam niet opdagen. Weet je wel wat ik voor die ring heb betaald? Ik was al bang dat hij alles had verpest. Maar als jij zorgt dat ik die ring krijg zodra we terug zijn op het schip, kan het nog steeds: Lucy ten huwelijk vragen in Antarctica.'

De intimiderende Maxwell die ze met wantrouwen had bekeken, was verdwenen en had plaatsgemaakt voor een romanticus die diep teleurgesteld was omdat zijn huwelijksaanzoek de mist in dreigde te gaan.

Dus Aaron wás helemaal niet van plan geweest haar ten huwelijk te vragen. Ze had de verkeerde conclusie getrokken. Niet Aaron was een sukkel, maar zij! Een enorme sukkel.

'Daar wist ik niks van,' zei ze. 'Maar natuurlijk zorg ik dat je hem krijgt.'

'Mooi zo.' Maxwell liep met een zucht van verlichting naar Lucinda, sloeg zijn armen om haar middel en keek samen met haar omhoog, geboeid door het schouwspel van een hemel die voortdurend veranderde.

Hoe had ze zo onnozel kunnen zijn? Olivia liet haar blik naar de Vigil gaan. Misschien had ze het helemaal mis, misschien waren alle conclusies die ze had getrokken verkeerd geweest. Over Sergei, over Pierre, over Maxwell, over Liam. Het enige wat ze zeker wist, was dat Aaron de boot had gemist, dat er doden waren gevallen – Jay, Christa, Stefan – en dat zij tot twee keer toe aan de dood was ontsnapt. Met de riem van haar zwemvest en in de sauna. Wie zat daarachter?

De enige conclusie die ze met zekerheid kon trekken, was dat ze nog altijd geen idee had. Huiverend keek ze neer op de kuil in de sneeuw.

En ze vroeg zich onwillekeurig af of ze zojuist haar eigen graf had gegraven.

40

Die avond luisterden ze naar dr. Vance met zijn verhalen over het ijs. Wanneer de glacioloog geen wetenschappelijk jargon gebruikte bleek hij een geweldige verteller te zijn, en een groot kenner van de geschiedenis van de gletsjers. Maxwell had zijn armen om Lucinda heen geslagen, en Olivia dacht opnieuw schuldbewust aan zijn romantische huwelijksaanzoek dat door haar toedoen de mist in was gegaan. Anderzijds leken Lucinda en hij er niet mee te zitten. Janine installeerde haar camera voor een timelapse van de hemel in deze witte nacht, terwijl op de achtergrond de etherische kreten klonken van weddellzeehonden, met af en toe het blazende geluid van een bultrug die bovenkwam. Ondertussen joeg de wind vanuit de bergen op volle kracht over het plateau.

Terwijl de zon geleidelijk aan zakte, werden de kleuren levendiger, de stralende tinten rood en paars bijna té intens, alvorens af te zwakken tot een heiig lavendelblauw. Het liep tegen elven, maar er was nog ruimschoots genoeg licht om te kunnen zien. Met het dalen van de zon begon de temperatuur echter ook te dalen, en het duurde niet lang of Olivia kroop huiverend van de kou – en van uitputting na de gebeurtenissen van de afgelopen dagen – in haar bivakzak.

Het verraste haar hoe aangenaam warm die was, terwijl de kou tintelend in haar wangen beet. De kuil die ze in de sneeuw had gegraven, als een soort ondiep graf in het ijs, was niet meer zo luguber nu ze erin lag. Het voelde eerder als een soort wieg. De wereld die ze had betreden, was nieuw en angstaanjagend, maar in haar wieg van ijs voelde ze zich geborgen.

Plotseling werd ze overweldigd door het gemis van haar moeder. Als die dit landschap zou kunnen zien, zou het haar inspireren om het in olieverf op het doek te zetten. Met haar talent zou ze iets magisch weten te creëren. Net als voor Yennin zou Antarctica ook voor haar moeder een bron van inspiratie zijn.

Dankzij de reis had ze meer begrip voor haar moeder gekregen en was ze gaan beseffen hoe ingrijpend het verlies van haar vader moest zijn geweest. Met de dood van Graham Campbell was er een belangrijk deel van haar moeders leven afgekalfd en met donderend geraas naar beneden gekomen, met vernietigende gevolgen voor haar zelfvertrouwen en haar levenslust. Wat resteerde was ijzig als een gletsjer, met angst als overheersende emotie. Een angst die ze aan haar dochter had doorgegeven.

Olivia had wanhopig geprobeerd haar moeder te helpen overeind te blijven. Maar dat bleek een onmogelijke opdracht, ook omdat ze die helemaal alleen moest zien te vervullen. Sinds de diagnose had ze steeds meer het gevoel gehad dat ze ook de controle over haar eigen leven begon te verliezen, terwijl de druk hoe langer hoe groter werd. Met elk jaar dat verstreek, verslechterde haar moeders toestand en kostte het Olivia meer moeite om de kosten voor haar verzorging op te brengen. Door de ontmoeting met Aaron, waarna ze zich ook voor zijn projecten was gaan inzetten, in combinatie met de toegenomen spanningen rond haar eigenlijke werk, was ze mentaal overvraagd geraakt. Eén periode van onbetaald verlof had haar geestelijk weer in evenwicht moeten brengen. In plaats daarvan was ze bijna voortdurend angstig geweest.

Uiteindelijk hadden de meeste deelnemers zich in hun bivakzak geïnstalleerd; van alle kanten klonk geschuifel, gehoest en zelfs gesnurk. Het verbaasde Olivia dat sommige mensen overal doorheen konden slapen. Terwijl ze haar fles water uit haar tas haalde – de enige proviand die was toegestaan – keek ze naar Janine, die diep in gedachten verzonken leek. Wat rossig bruine lokken piepten onder haar zwarte beanie uit.

'Wil je ook?' Olivia hield de fles water omhoog.

Janine reageerde niet meteen. Toen leek het alsof ze zichzelf tot de orde riep, en ze knikte. 'Ja, graag. Dank je wel.'

Olivia gaf haar de fles. 'Een penny voor je gedachten.'

Janine glimlachte. 'Dit landschap is zo ongelooflijk wild en onbedorven.'

'Ik dacht precies hetzelfde. Ook hoe inspirerend het is. Ik begrijp wat Yennin erin aantrok.'

'Zelfs de geluiden bij zijn kunst waren gebaseerd op de opnamen die hij hier had gemaakt.'

Olivia hield geïnteresseerd haar hoofd schuin. 'Heb je ze gehoord?'

Janine schudde haar hoofd. 'Nee. Was het maar waar.' Ze glimlachte. 'Ik had het erover met Lucinda, tijdens de veiling. Zij weet er alles van. En ze liet me wat opnamen horen die ze in haar telefoon had opgeslagen. Yennin heeft jullie leven echt veranderd, hè? Ik bedoel, jouw leven en dat van Aaron.'

'Absoluut. En in zoveel opzichten. Dankzij zijn werk heb ik een periode vrij kunnen nemen van mijn eigenlijke werk, en dat was hard nodig...'

'Het is ongelooflijk, het leven dat jullie leiden. En dat allemaal dankzij zijn dood.'

Olivia huiverde. 'Nee, natuurlijk niet. Zijn dood is een enorm verlies. Niet alleen voor zijn familie en zijn vrienden, ook voor ons. Voor de hele kunstwereld. Bovendien, zo ongelooflijk is mijn leven niet.'

'Hoe bedoel je?'

'Vlak voor deze cruise heb ik mijn baan op moeten zeggen. Ik heb ruziegemaakt met mijn beste vriendin, dus nu ben ik bang dat ik haar voorgoed kwijt ben. En ik heb mijn moeder in het verzorgingstehuis min of meer verwaarloosd. Ik fantaseerde zelfs om mezelf iets aan te doen, alleen maar om niet meer naar mijn werk te hoeven. Of eigenlijk ging het verder dan fantaseren.'

'O? Wil je erover praten?'

Olivia slaakte een diepe zucht. 'Ach, het is een lang verhaal.'

'Nou en? Of heb je andere plannen voor vannacht? Er valt hier verder weinig te beleven.'

'Nee, dat is zo.' Toch aarzelde ze. Maar toen Janine een stilte liet vallen, begon Olivia als vanzelf te praten. 'Het gebeurde op de avond van de grote Yennin-veiling. Ik moest die dag werken, maar ik was enorm gespannen. Nog meer dan anders, omdat ik vroeg weg moest om andere kleren aan te trekken. Aan de veiling zelf hoefde ik niets te doen. Aaron had me alleen gevraagd om Yennin op te halen.' Ze zweeg even en haalde diep adem. Het schuldgevoel was nog altijd zo overweldigend dat ze moeite had met praten. Ze nam nog een slok water. 'Ik had in meer dan één opzicht een slecht jaar achter de rug. Ik was gezakt voor mijn laatste examen, waardoor ik me nog niet officieel actuaris mocht noemen. Verder had ik een portefeuille met behoorlijk veeleisende klanten, een strenge leidinggevende, en dan was er ook nog het werk dat ik voor Aaron deed.

Uitgerekend die dag was ik de mist in gegaan met een van mijn grootste klanten, waarop mijn baas me een ultimatum had gesteld. Als ik niet snel beter werk afleverde, kon ik vertrekken. De druk was enorm. En dan belde en appte Aaron ook nog voortdurend. Hij was in paniek omdat hij Yennin niet te pakken kon krijgen, en was als de dood dat die zou weigeren naar de veiling te komen. Dus hij zei dat ik onmiddellijk naar zijn huis moest rijden om hem te halen. Pas sinds kort, sinds deze cruise, besef ik hoeveel er destijds voor hem van afhing dat de veiling een succes zou worden. Hoe dan ook, ik kon niets voor hem doen. Aaron had me nodig, maar ik wilde alleen maar naar huis, me opsluiten, niemand zien.

Er werd van alle kanten aan me getrokken… en ik voelde me als verdoofd. Uiteindelijk ben ik zonder iets te zeggen van mijn werk vertrokken. Ik ben gewoon het kantoor uit gelopen. Zonder naar huis te gaan om iets anders aan te trekken.

Van de uren daarna herinner ik me weinig meer. Ik was volkomen verdwaasd. Er hing een dichte mist in mijn hoofd die maar niet wilde optrekken. Het enige wat ik wist, was dat ik naar de veiling moest. Dus ik begon te lopen, in de richting van Mayfair. In de stromende regen, ook dat nog. Ondertussen maalde het maar door in mijn hoofd. Ik voelde me bedolven onder alles wat ik moest doen.

Kon ik maar even wat tijd voor mezelf nemen, zonder dat iemand iets van me verwachtte. Zonder dat iemand me verwijten maakte over deadlines die ik had gemist of beloftes die ik niet was nagekomen. Misschien zou ik me dan aan de druk weten te ontworstelen en er weer bovenop komen.

Maar hoe moest ik dat aanpakken? Op vakantie gaan was niet genoeg. Dan zou ik alsnog mijn e-mail blijven controleren. En ik kon ook niet minder gaan werken, want ik had het geld hard nodig. Een sabbatical nemen? Krankzinnig. Daardoor zou ik hopeloos achteropraken met mijn carrière.

Ineens wist ik het. Ik zou mezelf iets aandoen. Niet iets ergs. Iets waarvan ik volledig zou herstellen, maar waardoor ik tijd kocht. Misschien een gebroken been. Dan kon je niet naar je werk, en er was niemand die je dat kwalijk nam. Terwijl ik de trap af liep naar de ondergrondse, overwoog ik me te laten vallen.'

'O, nee!'

'Nee, ik heb het ook niet gedaan. Maar toen ik de ondergrondse weer uit kwam, bedacht ik dat ik misschien kon zorgen dat ik door een auto werd geraakt. Niet heel erg. Ik wilde niet dood. Alleen maar nét ernstig genoeg om...' Haar stem stierf weg.

'Maar dat heb je ook niet gedaan.'

'Nee. Ik heb het wel serieus overwogen.'

Olivia sloot haar ogen. Vanaf het station was het nog maar een paar minuten lopen naar de veiling. Gezien de toestand waarin ze verkeerde, had ze zich afgevraagd of ze er wel naartoe moest gaan. Ze had zich niet aan de afspraak gehouden om Yennin te halen. Hopelijk had Aaron iemand anders geregeld. Of was Yennin op eigen gelegenheid naar de veiling gekomen. Ze zag er verschrikkelijk uit, met drijfnat haar en dikke ogen van het huilen. De kleren die ze zo zorgvuldig had uitgezocht, hingen nog thuis in de kast.

Alles voelde verkeerd. De geluiden van de stad – het gekletter van de regen op het plaveisel, het geraas van het verkeer, de sirenes van de hulpdiensten – klonken oorverdovend hard. Het licht van de straatlantaarns leek te pulseren. Haar zintuigen konden alle prikkels niet verwerken.

Ze wenste wanhopig dat het ophield, al was het maar even. Een kort moment van rust, zodat ze weer op adem kon komen. *Een lichte botsing.* De auto's reden hier, midden in de stad, niet zo hard als op de snelweg. Het enige wat ze nodig had, was tijd. Was dat nou zoveel gevraagd? Ze voelde zich als een hert, gevangen in de koplampen van een auto: zich bewust van het gevaar, maar niet in staat zich eraan te onttrekken.

Ze ging tussen twee geparkeerde auto's in staan. Zou ze het durven?

Alleen wat pijn. Niets ernstigs. Dan hoefde ze niemand meer teleur te stellen.

Dan had ze eindelijk rust.

'Ik zag een auto aankomen… Hij slingerde van de ene kant van de weg naar de andere. Geen idee waarom. Misschien was de chauffeur in tijdnood… bang om te laat te komen… Zonder nadenken stapte ik de weg op, vlak voor de auto. Ik zette me al schrap voor de pijn, maar toen besefte ik ineens waar ik mee bezig was. Dus ik deinsde op het laatste moment terug en vluchtte de stoep op. Een fietser ging tegen me tekeer, en volgens mij stak hij zijn middelvinger naar me op. Maar ik had het gered. Ik was er zonder kleerscheuren vanaf gekomen.

Toen wist ik dat er serieus iets moest veranderen. Dat ik niet dieper kon zinken. Het was alsof mijn zintuigen op slag weer normaal functioneerden. Dus toen ben ik alsnog naar de veiling gegaan. Te laat, maar ik ben er wel gekomen. En ik heb tegen Aaron gezegd dat ik professionele hulp ging zoeken. Nog diezelfde week kreeg ik van de huisarts de diagnose burn-out, in combinatie met angst- en paniekklachten, en nam ik officieel verlof van mijn werk.'

'Jezus, wat een verhaal!'

'Ja, ik vind het achteraf ook verbijsterend. Het had maar weinig gescheeld of ik had echt iets heel stoms gestaan. Maar het was wel de waarschuwing die ik nodig had. Deze cruise had een nieuw begin moeten zijn, voor mij, maar ook voor Aaron en mij samen. Nou, daar is niet veel van terechtgekomen. Het begon al meteen afschuwelijk, met die arme Christa en Jay.'

'Zeg dat wel. Afschuwelijk. Dat is het,' mompelde Janine.

'Er was met die champagne geknoeid. Daar zijn ze inmiddels achter, en dat maakt het allemaal nog afschuwelijker.' Ze boog zich dichter naar Janine toe. 'Liam vertelde dat hij die fles aan boord heeft gebracht, en dat hij daar een hoop geld voor heeft gekregen. Dus hij is als de dood dat hij wordt aangeklaagd wegens moord.'

'Jezus! Zei hij ook van wie hij dat geld had gekregen?'

'Nee.' Olivia schudde haar hoofd. 'Alleen dat het een vrouw was. Zodra ik terug ben in Ushuaia ga ik naar de politie.'

'Goed idee. En als je me nodig hebt: je kunt op me rekenen.'

'Dank je wel.' Olivia keek omhoog. Langs de diep indigoblauwe hemel kwamen wolken aandrijven.

Toen keerde ze zich weer naar Janine. Die beet op haar onderlip, ogenschijnlijk in gedachten verzonken. Ze leek erg jong. Olivia wilde haar net vragen hoe ze zich voelde toen Janine zich oprichtte om haar spade te grijpen. Haar voeten kwamen tegen de rand van haar kuil; ze had wat meer ruimte nodig.

Het knarsen van laarzen op de sneeuw en het gebliep van een portofoon verstoorden de stilte. Ze schrokken er allebei van. Olivia wilde het liefst diep wegkruipen in haar warme holletje. Er liep een rilling over haar rug die niets te maken had met de kou, maar alles met de ondertoon in de stem die met de wind werd aangevoerd.

'Olivia? Kun je even meekomen?' Melissa verscheen aan het voeteneind van haar provisorische bed in het ijs.

'Ik?' reageerde ze verrast.

'Waar ga je heen?' Janine richtte zich op in haar bivakzak.

'Ik heb voorlopig alleen Olivia nodig. We zijn zo terug.'

'Oké.' Janine klonk aarzelend, maar ze ging weer liggen.

Melissa nam Olivia mee naar de slee met daarop de noodvoorraden. Daar gebaarde ze haar een van de touwen te pakken en haar te helpen de slee naar de achterkant van het kampement te trekken. Met z'n tweeën ging het verrassend gemakkelijk, en ze werkten in kameraadschappelijk stilzwijgen, totdat Olivia zich niet langer kon inhouden.

'Nu ik je toch spreek, het spijt me van gisteren. Dat wilde ik je nog zeggen. Dat ik niet verder bij die gletsjer vandaan ben gebleven. Zonder jou was ik er niet meer geweest.'

'Joh, het is al goed. Weet jij waar de eerstehulpspullen zijn? Ik dacht, omdat jij hebt geholpen met uitladen...'

'Ja, dat weet ik. Die zitten in het derde krat van onderen.'

Melissa liet zich op haar knieën vallen en begon in de lading naar de vuurrode eerstehulpkist te wroeten. 'Het is eigenlijk niet volgens het protocol om buiten de excursies om passagiers mee aan land te nemen.'

'Liam deed het om me op mijn gemak te stellen.'

'En trouwens, er gebeurt wel meer wat in strijd is met het protocol. Zoals een wijziging in de bemanning halverwege een reis. Dat kan echt niet.'

Olivia verstijfde. 'Wat bedoel je?'

'De kapitein vroeg me om de bagage van een voormalig bemanningslid aan land te brengen. Dan kon die hem komen halen. Het is toch niet te geloven! Aha! Hier heb ik het. Pillen tegen de hoofdpijn voor Mr. Hughes. Laten we hopen dat hij dan stopt met klagen.' Ze hield een pakje paracetamol omhoog.

'Heeft de kapitein ook gezegd wanneer die spullen worden opgehaald? Vannacht of...'

Melissa trok een gezicht. 'Geen idee. Misschien weet Liam het. Die deelde een hut met hem.'

Olivia's hart bonsde in haar keel. 'Waar heb je zijn spullen neergezet? Hier vlakbij?' Ze wist nog altijd niet zeker of Sergei een bedreiging vormde, maar ze moest er niet aan denken dat hij 's nachts rond het kamp zou sluipen.

Voordat Melissa antwoord kon geven dwong een harde windvlaag hen in de beschutting van de slee. Toen begon Melissa's portofoon te piepen. Ze fronste haar voorhoofd terwijl ze het ding bij haar oor hield.

'Wat is er aan de hand?' vroeg Olivia toen Melissa de portofoon weer had weggestopt.

'Dat is me niet helemaal duidelijk. Maar volgens mij kun je beter teruggaan naar je plek. En wat die spullen betreft, die had ik hier neergezet. Dus blijkbaar heeft hij ze al opgehaald.'

'Sergei? Dus die is hier ook?' Olivia keek nerveus om zich heen, op zoek naar de man met het geschoren hoofd, of naar zijn voetafdrukken in de sneeuw. Maar er was niets te zien.

Melissa fronste haar wenkbrauwen. 'Ik zou me er maar niet druk over maken. Als hij slim is heeft hij zijn spullen gepakt en is hij rechtstreeks naar zijn nieuwe boot gegaan.'

'Hoezo?'

'Dat gaan wij ook doen: terug naar het schip. Bij nader inzien lijkt het me toch niet verstandig om vannacht hier te blijven.'

41

Melissa beende met grote stappen terug naar het plateau. Het kostte Olivia moeite om haar bij te houden. Sinds ze had gehoord dat Sergei in de buurt was, ging haar hart als een razende tekeer.

Ze had gedacht dat hier niks kon gebeuren. Er was zelfs enige ontspanning ingetreden bij het vooruitzicht van de unieke ervaring van een nacht op het ijs. Maar daar was nu niets meer van over. Hij kon overal zijn.

Ze moest zorgen dat ze geen moment alleen was. Bij terugkeer op de top van het plateau bleek dat iedereen wakker was, met de blik gericht op het water.

Olivia zocht beschutting tussen Patty en Annalise. Vanaf de andere kant van de groep klonken kreten van ontzag. Er was weer een gletsjer die afkalfde, waarmee Antarctica opnieuw bewees hoe onvoorspelbaar en instabiel het was. Reusachtige brokken ijs belandden met luid geraas in het water. De zon hing net onder de horizon en kleurde de ijzige kliffen in tinten paars en blauw. Bijna alsof ze gekneusd waren, verwond door de aanwezigheid van zoveel indringers.

'Je hebt net een grote gemist,' zei Patty. 'Er was eerst een enorme waterval, en toen begonnen er brokken ijs af te breken. Krankzinnig! Verbijsterend!'

Er klonk opnieuw gerommel uit de gletsjer, een geluid als van donderslagen. Annalise gilde en haastte zich om haar camera in stelling te brengen. 'Denken jullie dat er nog meer komt?'

'Kijk nou! Godallemachtig!'

Er ging een huivering door de groep. Patty pakte Olivia bij haar pols. Wat er gebeurde, was zo onwezenlijk dat die haar ogen niet kon geloven. Aan de bovenkant van de gletsjer verscheen een scheur, een kloof die steeds breder werd en als een bliksemschicht door het ijs trok. Een brok zo groot als een huis brak af, rukte andere brokken los, die in het water belandden, en stortte toen zelf de diepte in.

Vol afschuw keken ze toe terwijl er in de Zuidelijke IJszee een nieuwe ijsberg werd geboren. Een ijsberg die rechtstreeks koers zette naar de Vigil.

'Shit!' Dr. Vance deed zijn gebreide muts af en drukte die tegen zijn borst alsof hij in de rouw was.

Melissa praatte in haar portofoon. En ook al stond ze met haar rug naar de groep, de bezorgdheid in haar stem was voor iedereen duidelijk hoorbaar. 'Akkoord. Ik roep ze bij elkaar.'

Behalve bezorgdheid en berusting hoorde Olivia ook iets anders in haar stem: een zweem van angst.

Toen Melissa zich uiteindelijk omdraaide liet ze haar blik fronsend rondgaan. 'Heeft iemand Liam gezien?'

Het bleef stil.

Er klonk opnieuw gekras uit de portofoon en Melissa drukte het ding tegen haar oor. 'Duidelijk. Over en uit.'

Het waaide hard, en Melissa schermde haar gezicht af met haar arm. Toen de wind even ging liggen, liet ze haar arm zakken en lag er een uitdrukking van ijzige vastberadenheid op haar gezicht. Ze wenkte dr. Vance, waarop die twee de koppen bij elkaar staken. Toen Melissa zich weer naar de groep keerde, stond haar gezicht ernstig. Net als dat van Arthur.

'Sorry, mensen. We zullen het kamperen moeten afblazen.'

'Wát?' riep Robert, die helemaal achteraan in de groep stond. 'Vanwege een beetje ijs? Geen sprake van.'

Melissa wisselde een blik met de glacioloog. 'Nee. Niet vanwege "een beetje ijs". Ook al zijn afkalvingen van deze grootte een teken van enorme instabiliteit. Maar ik krijg net door van de kapitein dat er noodweer op komst is.'

Olivia hield geschrokken haar adem in. Dat moest dezelfde storm zijn die de kapitein had willen vermijden door in de baai te schuilen. Was het noodweer van koers veranderd?

Melissa was nog steeds aan het woord. 'Gecombineerd met de sterke valwinden afkomstig uit het binnenland, is de kans groot op rondvliegend ijs en een sterke daling van de temperatuur. Bovendien kunnen de omstandigheden op zee zodanig veranderen dat we als we nog langer wachten misschien niet meer terug kunnen naar het schip.'

'En dan zijn we hier gestrand. Zonder eten. En zonder afdoende beschutting,' vulde Arthur aan.

'Waarom zijn we dan gegaan, als het niet veilig was?' vroeg Lucinda.

Maxwell sloeg beschermend een arm om haar heen.

'Het was veilig toen we gingen. Maar het weer kan hier van het ene op het andere moment omslaan.' Melissa klapte in haar handen. 'Akkoord, mensen! Pak zo snel mogelijk je spullen bij elkaar. Zorg dat er niets achterblijft, en dan terug naar de zodiacs.'

Terwijl de wind nog verder aanwakkerde, werd er verrassend weinig gemopperd. Het voelde alsof het continent zelf hen aanspoorde om te vertrekken.

Olivia begon haar bivakzak terug te stoppen in de hoes. Patty had er moeite mee, dus toen ze klaar was, nam Olivia het van haar over.

Annalise werkte veel sneller en efficiënter, maar ze wierp herhaaldelijk een blik over haar schouder naar Cutler. 'Denk je dat dit onder een schandaal valt?'

'Welnee,' antwoordde Patty. 'Zoals Melissa al zei: de omstandigheden zijn hier nu eenmaal onvoorspelbaar. Je moet flexibel zijn. Dat maakt deel uit van het avontuur.'

'Alsjeblieft.' Olivia gaf Patty haar bivakzak.

'Dank je wel. Waar is Janine?'

Olivia keek om zich heen, maar Janine was nergens te bekennen, net zomin als haar spullen. 'Blijkbaar was ze al klaar en is ze vooruitgegaan.'

Ze vertrokken als laatsten bij de kring van slaapkuilen, die de aanblik bood van een ontheiligde begraafplaats. Melissa overzag de chaos, en Olivia vroeg zich af of ze onder normale omstandigheden de 'bedden' weer zouden hebben dichtgegooid, indachtig de afspraak om geen sporen achter te laten. Het was iets waarvan de bemanning de passagiers vanaf het begin van de reis had doordrongen.

Ze stampte met haar voeten en begroef haar handen diep in haar zakken. Nu ze stilstonden besefte ze pas goed hoe koud het was. Blijkbaar gold dat ook voor de anderen. Iedereen daalde huiverend en met opgetrokken schouders het plateau af.

Op weg naar het strand sloot Olivia achter Melissa aan.

In de baai lichtte de Vigil op als een baken. Maar Olivia zag tot haar schrik dat de reusachtige, kersverse ijsberg nog altijd op weg leek naar het schip. Bovendien stuwde de witte kolos dikke brokken zee-ijs voor zich uit, die de doorgang tussen het strand en het schip dreigden te blokkeren.

'Dat ziet er niet goed uit,' zei Arthur Vance. 'Als die ijsberg daar blijft liggen en als dat kruiende ijs te dik is en de boel verstopt, komen we er met de zodiacs niet doorheen.'

'Kruiend ijs?' vroeg Olivia.

'Heb je niet goed opgelet tijdens mijn lezing?' Zijn poging om een grapje te maken mislukte doordat hij niet in staat was zijn bezorgdheid te verbergen. 'Een opeenhoping van ijsschotsen. Dat is verraderlijk. En onmogelijk om doorheen te komen als het te veel is. De brokken komen vast te zitten in onze propellers, en dan is het einde verhaal voor de boot.'

Ergens gilde een vrouw, en Olivia omklemde van schrik de arm van de glacioloog.

'Opzij!' Melissa stormde op haar zware laarzen naar de vrouw, die bij een van de zodiacs stond.

In het rubber was een diepe snee zichtbaar en de zodiac was aan één kant bijna volledig leeggelopen. Drie van de opblaasbare kamers waren lek. Dat maakte de zodiac onbruikbaar. De boot zou onmogelijk kunnen blijven drijven.

'Jezus! Wat is er gebeurd?' hoorde Olivia de glacioloog mompelen.

'Heeft iemand de boot lekgestoken?' vroeg ze. Haar stem trilde van angst.

Melissa rende naar de volgende zodiac en liet zich van opluchting op haar knieën vallen. 'Deze is oké. Mensen, laat de spullen maar liggen. Aan boord!'

Ze hield de boot aan één kant vast, terwijl dr. Vance hem aan de andere kant tegenhield.

Cutler klom als eerste in de zodiac. 'Anna! Kom hier,' bromde hij, en hij pakte Annalise bij de arm om haar mee de boot in te trekken.

Hij toonde zich tenminste bezorgd om zijn dierbaren, dacht Olivia.

Ze hielp Patty aan boord, terwijl Robert en Aida aan de andere kant in de boot klommen. Ook Maxwell, Lucinda, Yara en Delilah waren het water in gelopen en werkten zich over de dikke opblaasbare kamer om op een van de banken te gaan zitten. Maxwell stak Kathy een hand toe, die door Dave aan boord werd geholpen, waarop hij zelf ook over de rand klom.

'Dr. Vance! Uw beurt!' riep Melissa.

Ze hielp hem aan boord, voordat ze zelf hulp accepteerde. Het kostte haar enige moeite om in de overvolle boot bij de motor te komen.

'Wacht even!' riep Olivia. 'Waar is Liam?'

'Die komt vanzelf. Zodra hij de motor hoort starten,' verklaarde Melissa met grote stelligheid. Ze trok aan het startkoord... en keek vol afschuw naar het rafelige stuk touw dat ze in haar hand hield.

'Het is gebroken,' zei ze grimmig.

Olivia werd door wanhoop overvallen. Dit kon geen toeval zijn.

'Er zijn toch ook peddels? Dan gebruiken we die,' zei dr. Vance.

'Natuurlijk! Doen we.' Melissa ging op zoek naar de noodpeddels, waarmee elke zodiac was uitgerust voor het geval dat de motor dienst weigerde. Maar de peddels ontbraken.

'Allemaal uitstappen! Terug naar de kust,' zei Melissa. Ze klonk berustend.

'Melissa?' Maxwells gezicht stond grimmig terwijl hij zich over de zijkant van de boot boog.

'Wat is er?' vroeg ze kortaf.

Hij bukte zich en trok iets uit het rubber. Het was een mes. Een gekarteld stanleymes. 'Blijkbaar hebben ze geprobeerd om deze ook lek te steken.'

De vondst van het mes bevestigde dat er sprake was van sabotage.

Het was een gruwelijke ontdekking. Net zo gruwelijk als het besef dat ze geen kant uit konden.

Ze zaten gevangen.

42

Ze stonden op een kluitje bij de vernielde zodiacs, in een poging beschutting te zoeken bij elkaar.

'En nu?' vroeg Cutler. 'Wat gaan we eraan doen?'

Melissa zei iets, maar het was onverstaanbaar door een plotselinge rukwind, die maakte dat ze allemaal nog dieper wegdoken in hun jack. Het noodweer was niet langer 'op komst', maar sloeg inmiddels in volle hevigheid toe.

Om contact te maken met de boot haalde Melissa haar portofoon tevoorschijn. 'Strand naar Vigil. De zodiacs zijn moedwillig vernield. Stuur een nieuwe.'

Olivia liet haar blik over de groep gaan. Iedereen stond als aan de grond genageld, verlamd door de schokkende ontwikkelingen. Liam was nergens te bekennen, terwijl hij nota bene de reden was waarom ze met de excursie had ingestemd. Hij had beloofd haar te beschermen. Wat er met de zodiacs was gebeurd, kon slechts het werk van één man zijn.

Van Sergei.

En dat moest ze tegen Melissa zeggen.

Arthur Vance luisterde huiverend en klappertandend terwijl Melissa het bericht aan de Vigil herhaalde.

De zee was veranderd in een kolkende grijze massa, als gesmolten metaal; de striemende wind zorgde voor witte koppen op de golven. Dichte bewolking verduisterde de hemel, die een paar uur eerder nog stralend indigoblauw was geweest. Alles was grijs geworden, onheilspellend monotoon grijs. Geen nacht, maar een vreemd, bijna onaards halfduister.

'Wie doet er nou zoiets?' vroeg Cutler met zijn blik op de twee zodiacs gericht. De boot met de kapotgesneden zijkanten zag eruit als het ingevallen karkas van een aangespoelde walvis.

Melissa had het mes in beslag genomen en in haar rugzak gestopt. Olivia haastte zich naar haar toe. 'Volgens mij weet ik wie het heeft gedaan.'

'O?'

'Sergei. Dat bemanningslid over wie je het had. Van wie je de bagage hier moest neerzetten...'

'Dat bestaat niet. Het is ondenkbaar dat iemand van de bemanning zoiets zou doen. Sorry, maar de groep heeft me nodig. Oké, mensen...' Ze verhief haar stem. 'Ik wil precies weten met hoeveel we zijn.' Ze wenkte de groep om dichterbij te komen.

Olivia beet op haar lip, nijdig omdat Melissa haar niet serieus nam. Toen keek ze om zich heen, op zoek naar Janine, en ze meende haar aan de rand van de groep te ontdekken. Doordat ze de capuchon zo ver mogelijk over haar hoofd had getrokken, was alleen het puntje van haar neus te zien.

Plotseling joeg er een bliksemschicht langs de hemel, gevolgd door een reeks oorverdovende donderslagen. De groep dook ineen. Lucinda gilde. Greg liet zich op zijn knieën vallen, met zijn armen beschermend om zijn hoofd. Tariq probeerde hem te troosten. Angst was besmettelijk. Ze wisten niet wie ze konden vertrouwen, maar iedereen was zich bewust van de gevaren van het ijs en de zee.

'Akkoord, iedereen is er. Behalve Liam. We moeten op zoek naar beschutting,' zei Melissa met grimmige vastberadenheid.

'Volgens mij heeft hij het gedaan. Vandaar dat hij zich niet laat zien.' Cutler gebaarde naar de zodiacs.

'Natuurlijk niet! Hoe durf je het te zeggen?' beet Melissa hem toe.

'Nou, waar is hij dan?'

Nee, Sergei heeft het gedaan! Niet Liam. Olivia wist het zeker.

Melissa's portofoon bliepte. Ze hield hem tegen haar oor, en er verscheen een verschrikte uitdrukking op haar gezicht. 'Wat? Dat kan niet waar zijn. We kunnen hier toch niet –' Ze zweeg abrupt en keek de groep rond.

'Vooruit! Zeg op: wat is er aan de hand?' bulderde Cutler.

Melissa schonk hem een woedende blik. Olivia stampte met haar voeten op het ijs; ze had geen gevoel meer in haar tenen en probeerde ze warm te krijgen. Ondertussen liet ze haar ogen over de andere passagiers gaan. Een groep van vijftien leek ineens een lastige uitdaging.

Robert had zijn verrekijker opgediept uit een van de zakken van zijn jack en richtte die op de Vigil, in de hoop dat er hulp onderweg was.

Maar Olivia zag dat Melissa nog steeds somber fronste; haar lippen bewogen, alsof ze probeerde een plan te formuleren, maar ertegen opzag om het hardop uit te spreken. De enige keer dat ze die uitdrukking eerder op Melissa's gezicht had gezien, was bij het kapseizen van haar kajak. De schrik sloeg haar om het hart.

In dit geval waren ze als groep gekapseisd. En ze wist niet of Melissa in staat zou zijn hen allemaal te redden.

Die slikte, haar stem haperde toen ze opnieuw het woord nam. 'Oké, mensen. Ik heb helaas nog meer slecht nieuws.'

Daarmee had ze de aandacht gevangen. Iedereen kwam nog wat dichterbij, in een poging ondanks de wind te kunnen verstaan wat er werd gezegd. 'Ik heb de kapitein gesproken. De ijsberg die net is ontstaan, komt in hoog tempo richting de Vigil en blokkeert de doorgang. De wind is bijna veertig knopen, dus ze kunnen geen zodiac te water laten om ons te komen halen. De kapitein sluit zelfs niet uit dat hij het schip moet verplaatsen wanneer de storm in de baai nog krachtiger wordt. In dat geval overwegen ze terug te varen naar Neko Harbour. En dan komen ze ons morgenochtend halen, zodra het ook maar enigszins veilig is.'

Uit de groep klonken kreten van afschuw.

'En wat worden wij ondertussen geacht te doen?' vroeg Cutler.

'We gaan terug naar het plateau, en we maken de kuilen nog dieper als beschutting tegen de wind. Daar wachten we tot de storm is overgewaaid, en dan gaan we over een paar uur terug naar de kust. Tegen die tijd heeft het schip hulp gestuurd en hebben ze warme chocolademelk en pancakes voor ons klaarstaan.' Ze deed haar best om te glimlachen, maar haar ogen lachten niet mee.

De groep reageerde onrustig. 'Er loopt hier een maniak met een mes rond!' tierde Cutler. 'En jij weet niks beters te verzinnen dan lijdzaam afwachten?'

'Voordat er hulp komt zijn we doodgevroren,' droeg Maxwell zijn steentje bij.

Olivia dacht koortsachtig na. De zodiacs waren onbruikbaar, van de Vigil hoefden ze geen hulp te verwachten, ze hadden geen tenten, en bij noodweer boden de bivakzakken nauwelijks bescherming. Tot overmaat van ramp hadden ze ook niets te eten bij zich. Misschien waren er noodrantsoenen op de slee. Want als dit geen noodgeval was, wat dan wel?

'En als ze morgen ook nog niet bij ons kunnen komen?' Het was eruit voordat ze er erg in had.

Melissa aarzelde even. 'Dat zal niet gebeuren.'

'En als het nou wel gebeurt?'

'Dan zullen wij bij het schip moeten zien te komen. Dus dan lopen we naar Neko Harbour.'

'Over het ijs?'

'Yep.' Melissa's lippen vormden een smalle rechte lijn. 'Maar eerst moeten we Liam zien te vinden. Hij heeft de leiding. Dus hij zal wel weten wat ons te doen staat.'

Het begon te sneeuwen. Dikke vlokken vielen uit de hemel, die steeds donkerder werd. Olivia hief haar hand om ze op te vangen. Antarctica werd geacht een van de plekken met de minste neerslag te zijn. Als deze sneeuw vanuit het binnenland werd aangevoerd, kon dat tot grote problemen leiden.

Ze had het gevoel dat er een loodzware steen op haar maag drukte. Het besef dat Sergei hier ergens rondsloop, dat hij het hun onmogelijk had gemaakt om terug te keren naar het schip, was al angstaanjagend genoeg. Maar als ze ook nog door een poolstorm werden getroffen, dan was de ellende niet te overzien.

Melissa diepte een aantal zaklantaarns op uit een van de zodiacs, maar het waren er niet genoeg voor iedereen.

Ze gaf een van de zaklantaarns aan Arthur Vance. 'Ik ga met de groep zo snel mogelijk terug naar het plateau. U blijft hier, om er zeker van te zijn dat er niemand achterblijft.' Ze richtte zich weer tot de groep. 'Oké, mensen! Zoek een buddy. En blijf bij elkaar!'

Op dat moment legde Janine een hand op Olivia's arm. 'Mag ik bij jou blijven?'

'Natuurlijk.' Ze gaf de hand een klopje. 'Patty? Annalise? Gaan jullie samen?'

'We blijven dicht achter jullie,' zei Patty. 'Denk je dat we het gaan redden zo?'

Olivia wist niet wat ze daarop moest zeggen.

'Natuurlijk gaan we het redden. We hebben geen keus.' Uit de stem van Annalise sprak kalme vastberadenheid.

'Melissa, kan de Vigil echt geen boot sturen?' vroeg Patty.

Melissa schudde haar hoofd. 'Zodiacs zijn onbetrouwbaar bij ruwe zee. Er kan van alles gebeuren. Iemand zou kunnen vallen en iets breken, of er kan iemand overboord slaan of geplet worden tussen de zodiac en het schip. De kapitein heeft gelijk. Het is veiliger om vannacht hier te blijven,' zei ze, ploeterend door de sneeuw.

Vanwege de wind deden ze er deze keer een stuk langer over om naar het plateau te klimmen. Boven waaide het nog veel harder, en door de sneeuwjacht konden ze amper een hand voor ogen zien. Ze bleven dicht bij elkaar, en bij gebrek aan natuurlijke beschutting hadden ze geen andere keus dan de kuilen nog verder uit te diepen.

Janine trok haar schouders op; met haar capuchon zo ver mogelijk naar voren verplaatste ze haar gewicht kleumend van de ene voet naar de andere.

'Hé!' Olivia wapperde met een hand voor haar gezicht. 'Pak een schep! Daar word je warm van. En probeer de kuilen met elkaar te verbinden. We hebben muren van ijs en sneeuw nodig om achter weg te kruipen.'

Tot haar verrassing sputterde Janine niet tegen. Ook Greg en Tariq gingen weer met de schep aan de slag en begonnen samen te graven.

Toen Arthur Vance zich bij hen voegde, met de bevestiging dat er geen achterblijvers waren, nam Melissa opnieuw het woord. 'Ik wil met een klein groepje op zoek naar Liam. We moeten hem zien te vinden. Cutler, Greg, Janine, jullie gaan met mij mee. De rest blijft hier onder leiding van de professor. Hij heeft expeditietraining en kan toezicht houden op het uitdiepen van de kuilen voor voldoende beschutting.'

'Meent ze dat nou serieus?' vroeg Annalise. 'Ze kunnen toch niet het hele continent uitkammen? Waar kan hij in vredesnaam zijn gebleven?'

Patty liet zich in de gang van sneeuw en ijs zakken die ze inmiddels hadden uitgegraven. 'Dit is niet veel beter dan zonder beschutting.' Ze trok een reddingsvest over haar schouders dat ze van de zodiac had meegenomen. Olivia vroeg zich af in hoeverre dat zou helpen, maar misschien vormde een extra laag althans enige bescherming tegen de kou. En misschien gaf het haar een illusie van veiligheid, alsof ze met het reddingsvest een signaal afgaf aan het universum. Olivia kon het haar nauwelijks kwalijk nemen. Ze wenste dat ze ook iets had om zich aan vast te klampen, iets wat voorkwam dat ze nog dieper wegzonk in de chaos waarin ze zich bevond.

Maar er bestond geen reddingsvest tegen verkeerde beslissingen.

Het was zwemmen of verzuipen.

'Misschien zouden we de slee hier ook moeten hebben,' peinsde ze hardop. 'Professor?' Ze wapperde met haar armen om zijn aandacht te trekken.

Hij ploeterde door de sneeuw naar haar toe. 'Wat is er?'

'De slee. Die heeft Liam aan de andere kant van het plateau gezet. Ik wil hem wel gaan halen, maar misschien heb ik hulp nodig.'

De glacioloog knikte. 'Goed idee. Robert, zou jij met haar mee willen gaan?'

Olivia vertrok meteen, voordat het zicht nog verder verslechterde.

Ze nam zulke grote stappen dat Robert moest rennen om haar in te halen.

'Kom op, Liam… waar zit je?' mompelde ze in zichzelf, terwijl ze zoekend om zich heen keek. De laaghangende bewolking leek hen in te sluiten, waardoor ze het gevoel kreeg dat haar ogen in watten waren gehuld. Haar voeten schoven alle kanten uit in de veel te grote laarzen, en ze moest zich tot het uiterste inspannen om verder te kunnen kijken dan de mouw van haar vuurrode jack. Het was niet te geloven dat ze zich een paar uur eerder nog veilig had gevoeld, opkijkend naar de oplichtende hemel van een heldere witte nacht.

Ze was er bijna. De contouren van de slee – van de voorraden en van het vuurrode plastic waar ze op rustten – waren al zichtbaar. Toen fronste ze. De sneeuw lag bezaaid met rode spetters, alsof de verf van de slee was uitgelopen.

Haar maag draaide zich om. Haar lichaam wist al wat die rode spetters waren, nog voordat haar hoofd het kon bevatten.

Bloed.

Het liefst had ze rechtsomkeert gemaakt, maar ze zette door en deed nog een stap in de richting van de slee.

Toen begon ze te gillen.

43

Robert liep dicht achter haar.

'Shit!' was alles wat hij kon uitbrengen.

Olivia zat op haar knieën, met naast zich een plasje braaksel. Ze durfde haar hoofd niet op te tillen, want dan zag ze hem weer.

Liam. Zijn dode lichaam lag verminkt en bebloed over de slee.

Ze had geen dokter nodig om te weten dat hij dood was, dat niets hem meer tot leven zou kunnen wekken. Want zijn gezicht was voor de helft vermorzeld, ingeslagen.

Toen ze Janine zag aankomen, dwong Olivia zichzelf overeind te komen. Om haar de gruwelijke aanblik te besparen sloeg ze haar armen om haar heen. 'We... We moeten de professor erbij halen.'

'Shit... shit... shit...' Robert leek in een soort trance te verkeren, niet in staat te bevatten wat er was gebeurd. Op die manier had ze niets aan hem. Dus Olivia greep hem bij de mouw van zijn jack en schudde krachtig zijn arm heen en weer, net zo lang totdat hij zich naar haar omdraaide.

'Hé, wakker worden! We moeten de bemanning waarschuwen. Ze moeten weten wat er aan de hand is.'

Tot haar onbeschrijflijke opluchting kwam Melissa op dat moment aanrennen. 'Wat is er aan de hand?'

Met haar armen gespreid maakte Olivia de rest van de groep duidelijk niet dichterbij te komen. Ondertussen haastte Robert zich terug naar zijn vrouw.

'Ik hoorde iemand gillen...' Melissa's ogen zochten die van Olivia.

'We... We hebben Liam gevonden. Hij is...' Ze kreeg het niet over haar lippen. Maar ze zei tegen zichzelf dat ze sterk moest zijn. Dus ze haalde diep adem, en omdat ze haar stem niet vertrouwde, gebaarde ze met haar hoofd in de richting van de slee.

Melissa liep ernaartoe. Bij het zien van de dode Liam kreunde ze; het geluid leek heel diep uit haar keel te komen. Maar dat duurde maar even. Toen kwam ze in actie. Ze liet zich op haar knieën vallen en greep hem bij zijn arm. 'Liam! Liam!' Heb je gecontroleerd of er nog een hartslag is?' vroeg ze met een blik over haar schouder naar Olivia. 'En dat bloeden... kunnen we dat stoppen? Waarom hebben jullie niks gedaan?'

Olivia slikte, maar toen niemand iets zei liet ze zich naast Melissa op haar knieën zakken. 'We kunnen niets meer voor hem doen. Hij is dood.'

'Nee! Nee! Dat kan niet! Hij kan niet dood zijn...'

Ze beefde zo dat Olivia het niet kon aanzien en zich afwendde.

'Ik... Ik kan het gewoon niet geloven. Het is... Ik weet niet wat ik moet doen!'

Olivia kon het niet opbrengen opnieuw naar Liam te kijken, maar wat ze had gezien stond voorgoed op haar netvlies gebrand. De verwondingen aan zijn hoofd verrieden dat zijn dood geen ongeluk kon zijn geweest. Met haar ogen neergeslagen zag ze alleen zijn handen. Er zaten snijwonden aan de binnenkant. Wonden die moesten zijn ontstaan toen hij had geprobeerd de moordenaar af te weren.

Er ging een huivering door haar heen. Hij had zich verzet; hij had gevochten tot het laatste moment.

'Dit is geen ongeluk, Melissa. Hij is vermoord.'

'Maar wie doet nou zoiets?'

'Dat heb ik je gezegd. Sergei. Het bemanningslid met wie hij de hut deelde.'

Melissa leek haar te willen onderbreken, maar Olivia praatte door. 'Luister nou eindelijk naar me! Hij is betrapt op diefstal in onze hut, en de kapitein zei dat hij opgesloten zou blijven totdat hij aan de politie kon worden overgedragen. Ik weet niet hoe hij het voor elkaar heeft gekregen, maar blijkbaar heeft de kapitein hem toch laten gaan. Sergei is levensgevaarlijk! Dit is het bewijs.'

Melissa nam Olivia onderzoekend op. 'Als dat zo is, dan zijn we allemaal in gevaar. Maar…' Ze pakte Olivia's hand. 'De rest van de groep mag het niet weten. We moeten kalm blijven. We moeten voorkomen dat er paniek ontstaat. Dan kan ons niks gebeuren.'

'Maar als Sergei nou nog niet klaar is?'

'Dan is het belangrijker dan ooit dat we bij elkaar blijven. Je moet me helpen. We leggen hem op de slee, afgedekt met dekens.'

Ze voegde de daad bij het woord, maar het kostte haar de grootste moeite om Liams benen op de slee te krijgen. Olivia's hoofd leek gevuld met mist. 'Hij heeft ook de zodiacs lekgestoken. Dat kan niet anders.'

Melissa verstijfde. 'Wie heeft er nog meer gezien wat er met Liam is gebeurd?'

'Robert. En Janine ook, denk ik.'

Melissa keek over haar schouder. 'Dan kunnen we het net zo goed aan de hele groep vertellen. Ze moeten me kunnen vertrouwen, anders kan ik niet werken. Maar ze hoeven Liam niet te zien. Het is geen aapjes kijken in de dierentuin.'

Samen wisten ze Liam op de slee te krijgen. Melissa legde een deken over hem heen en stopte die strak in onder zijn hoofd. Toen ze zijn gezicht zag verdwijnen, begon Olivia opnieuw te kokhalzen, ondanks de tederheid waarmee Melissa het toedekte.

Ze dwong zichzelf flink te zijn en pakte de touwen van de slee aan die Melissa haar aanreikte. Inmiddels kwam ook de rest van de groep aanlopen, opgeschrikt door alle emotie. Melissa stak een hand op om de aandacht te vragen. Nu Liam er niet meer was, had zij de leiding over de expeditie.

'Mensen, kom zo dicht mogelijk om me heen staan!' Vanwege de harde wind moest ze schreeuwen om zich verstaanbaar te maken. Olivia stond schuin achter haar, en terwijl ze haar blik over de groep liet gaan, verwachtte ze half en half Sergei ergens op de achtergrond te ontdekken.

'Hebben jullie Liam gevonden?' vroeg Cutler.

'Ja. Maar ik moet jullie vragen kalm te blijven. Want ik zal er niet om liegen. Er heeft zich een ongeluk voorgedaan. Liam is dood.'

Uit de groep klonken kreten van ontzetting op. Olivia keek verrast naar Melissa. Ze had niet verwacht dat die zo direct zou zijn. Patty zag eruit alsof ze zou flauwvallen; ze klampte zich aan Annalise vast. Robert probeerde de huilende Aida te troosten. Maxwell pakte Lucinda's hand, maar haar gezicht stond onbewogen en haar lippen vormden een grimmige streep.

'Jezus, wat een zieke shit is dit!' tierde Tariq. Van zijn kenmerkende gereserveerdheid was niets meer over.

Greg legde een hand op zijn arm. 'Rustig blijven, lieverd.'

'Hoezo, rustig blijven!' Tariq rukte zijn arm weg, maar de tranen stroomden over zijn gezicht, en hij liet toe dat Greg hem in zijn armen nam. Iedereen was van streek, en als niet snel iemand de leiding nam, was het met de groep gedaan en trok iedereen zich terug in zijn eigen wanhoop.

'Een ongeluk? Wat moet ik me daarbij voorstellen? Wat is er gebeurd?' Cutler deed een stap naar voren.

Melissa stak opnieuw een hand omhoog. 'Het betekent dat de plannen opnieuw zijn veranderd. We kunnen niet –'

'Ik wil hem zien. Dat eis ik. Als CEO van Pioneer Adventures ben ik verantwoordelijk voor het welzijn van al mijn werknemers.'

Melissa deed een stap in zijn richting. 'Je mag dan CEO zijn, hier op het ijs ben ik de baas. En ik zeg dat we hier niet kunnen blijven. Het is hier te open, er is te weinig beschutting.'

'Dat is het eerste verstandige woord dat ik je hoor zeggen,' mopperde Cutler.

'We lopen naar Almirante Brown, het poolstation. Daar is op dit moment niemand, maar ik verwacht dat er wel noodvoorraden zijn.'

'Hebben we echt niets te eten bij ons?' vroeg Janine.

Melissa schudde haar hoofd. 'Nee, maar daar wil ik het nu niet over hebben. De tijd dringt. We moeten zo snel mogelijk op weg. Als we de kust aan onze linkerhand houden, komen we vanzelf bij de basis. Dat kan niet missen.'

'Hoe ver is het?' vroeg Maxwell.

'Het zou hoogstens een uur lopen moeten zijn. Maar dan moeten we wel meteen vertrekken. Ik ga voorop. Dr. Vance, redt u het met de slee? En zorg dat er niemand achteropraakt.'

De glacioloog zag bleek, maar hij knikte.

Melissa begon te lopen; ze ploeterde met grote stappen door de sneeuw, op weg naar het poolstation.

Olivia aarzelde. Ze had het een ontmoedigende gedachte gevonden om de nacht door te brengen bij het lijk van Liam, en met een moordenaar op vrije voeten. Maar hier in het provisorische kampement waren ze als groep tenminste samen. Tijdens de tocht naar het poolstation bestond de kans dat ze elkaar uit het oog verloren, dat ze de kudde kwijtraakten. Gelukkig waren er meer die er zo over dachten. 'We hebben verdomme net de kuilen dieper uitgegraven, en het waait nu al zo hard dat ik je amper kan verstaan,' mopperde Robert tegen Melissa's rug. 'En jij wilt dat we gaan lópen? In dit noodweer?'

Cutler leek ook te willen protesteren, maar toen hij zijn hoofd uitstak boven het muurtje dat ze hadden gemaakt, blies de wind hem recht in zijn gezicht. Zonder iets te zeggen ploeterde hij achter Melissa aan.

De rest van de groep aarzelde nog. Uiteindelijk was Annalise de eerste die in beweging kwam. Ze haastte zich om Cutler in te halen.

Dat was voor de anderen het teken om zich ook aan te sluiten. Janine pakte Olivia's hand.

'Mag ik bij jullie lopen?' Patty voegde zich bij hen. 'Volgens mij ben ik mijn buddy kwijt.'

'Natuurlijk.' Olivia boog zich naar haar toe. 'Wist jij dat die twee zo close waren?'

Patty schamperde. 'Close? Zo zou ik het niet willen noemen. Maar misschien is er een poolstorm voor nodig om vader en dochter nader tot elkaar te brengen.'

44

'Vader en dochter? Dus Cutler is haar vader?' vroeg Olivia verbijsterd.

'Ze denkt dat ik het niet weet, maar ik werk al mijn hele leven voor Pioneer. Zo ben ik erachter gekomen. Ooit neemt ze de leiding van het bedrijf over, maar ik vind het in haar te waarderen dat ze helemaal onder aan de ladder wil beginnen.'

'Wauw! Dan zat ik er helemaal naast. Ik dacht dat ze iets hadden. Een buitenechtelijke relatie.'

Patty schaterde het uit, en Olivia begon ook te lachen. Janine keek hen fronsend aan. En terecht. Gezien de situatie was het een vreemde, volstrekt ongepaste reactie. Ontnuchterd ploeterden ze verder.

Volgens Olivia's horloge was het al middernacht geweest.

Wat ze had gevreesd, gebeurde: de groep raakte op weg naar het poolstation steeds meer verspreid. Melissa liep nog altijd voorop, met dicht achter zich een groepje dat bestond uit Cutler en Annalise, Robert en Aida, en het stel waarvan Olivia de namen was vergeten. Delilah had zich aangesloten bij Greg en Tariq. Ze had Yara afgesnauwd omdat die doorging met filmen, zelfs onder deze afschuwelijke omstandigheden. Misschien hoopte ze dat haar content viraal zou gaan. Maxwell en Lucinda liepen hand in hand, gehuld in een griezelig stilzwijgen, er volledig op gefocust hun bestemming te bereiken.

De vrouwen van hut nummer 12 vormden de achterhoede. Adrenaline was nog het enige wat Olivia overeind hield. Al haar spieren schreeuwden het uit, maar op de een of andere manier wist ze telkens weer een voet voor de andere te zetten. Na alles wat er was gebeurd, kon haar hoofd het nauwelijks meer bevatten.

En bij alles wat ze deed, bij alles wat ze voelde, was er de angst. De angst dat Sergei hen elk moment kon aanvliegen, de angst dat hij haar de hersens in zou slaan, net zoals hij dat bij Liam had gedaan.

Om de paar stappen keek ze over haar schouder, en wanneer ze dat niet deed, zocht haar blik de horizon af. Maar Sergei was nergens te bekennen.

Ze hield ook de professor in de gaten. Na verloop van tijd werd steeds duidelijker hoezeer hij worstelde met de slee terwijl ze de helling afdaalden naar het strand. De slee was simpelweg te zwaar om door één persoon te worden getrokken.

'Melissa!' riep Olivia.

De expeditieleider keek over haar schouder en kwam toen aandraven. De rest van de groep bleef staan. 'Wat is er?'

'De professor. Volgens mij houdt hij het niet lang meer vol in zijn eentje.'

Melissa knikte. 'Oké, ik neem het van hem over.'

'Geen sprake van, verdomme!' bulderde Cutler. 'Jij bent de enige die weet hoe we bij dat poolstation moeten komen.'

'Ik ga hem wel helpen,' bood Olivia aan.

'Weet je het zeker?' Melissa nam haar onderzoekend op. Ten slotte knikte ze. 'Ik zorg dat jullie om de vijf minuten worden afgelost. We doen het in ploegendienst.'

'Prima.'

De glacioloog keek opgelucht toen ze hem op zijn arm tikte. Hij gaf haar een van de touwen, en dat legde ze over haar schouder. Samen lukte het hun het gewicht van de slee te stabiliseren, zodat hij redelijk soepel de helling af gleed.

Zelfs met z'n tweeën was het een hele klus om hem door de sneeuw te trekken. Het touw sneed in het dons van Olivia's jack, haar dikke wanten maakten het moeilijk er greep op te houden. Het golvende landschap werkte bovendien bepaald niet mee. Zelfs de kleinste glooiing voelde als een berg.

Toen de glacioloog struikelde en viel, was Janine er ineens om het van hem over te nemen.

'Geef mij dat touw maar,' zei Cutler bars tegen dr. Vance.

'Melissa heeft ons gestuurd om jullie te helpen. Zal ik het van jou overnemen?' vroeg Annalise aan Olivia.

'Ik hou het nog wel even vol,' antwoordde die. Dankzij de hulp van Cutler ging het weer iets minder moeizaam.

Patty stak de glacioloog een hand toe en hielp hem overeind. Samen met Annalise en Janine nam ze de leiding; ze stampten de sneeuw aan, zodat de slee er gemakkelijker overheen gleed.

Cutler tuurde in de verte. 'We verliezen de aansluiting met de groep.'

Olivia keek op. De dichte sneeuwjacht en de wind bemoeilijkten het zicht, ook al was de zon weer boven de horizon verschenen. Ze kon niet verder dan een paar meter voor zich uit kijken. Zelfs de vuurrode jacks van Patty en dr. Vance waren niet meer te zien. Het voelde alsof ze weer in de Hunt Gallery was, maar dan zonder kunst aan de muren. Een lege, witte ruimte. Een doolhof, net zo angstaanjagend als complete duisternis zou zijn. Ze had geen enkel referentiepunt; hemel en aarde gingen naadloos in elkaar over.

Ze slikte. 'Het kan niet ver meer zijn naar de basis. Volgens Melissa was het een uur lopen. En we zijn al... Zijn we inmiddels drie kwartier onderweg?'

Terwijl ze het zei was ze geschokt dat het al zo lang duurde. Waarom had Melissa niemand gestuurd om het van hen over te nemen?

'Doorgaan dan maar,' zei Cutler.

'Goddank! Daar zijn jullie.' Annalise doemde op uit de sneeuw, met de glacioloog in haar kielzog. 'Ik was gestopt om dr. Vance te helpen, en toen ben ik Janine en Patty kwijtgeraakt. Dus ik heb onze voetstappen terug gevolgd, in de hoop dat ik hen zou vinden. Of jullie.'

'Professor? Alles goed?' vroeg Olivia.

'Volgens mij heeft hij zijn been bezeerd. Hij heeft moeite met lopen,' vertelde Annalise. 'Maar we zijn vlak bij de basis. Ik heb hem al gezien.'

'Breng jij de professor ernaartoe,' zei Olivia. 'Wij komen er ook zo aan.'

'En de rest?'

'We vinden ze wel. Ze kunnen niet ver zijn. Sterker nog: waarschijnlijk zijn ze er al.'

Annalise knikte, legde een arm van de glacioloog over haar schouder en hobbelde weg in de richting van het poolstation.

'Kom op. We zijn er bijna,' zei Olivia bemoedigend tegen Cutler. 'We moeten zorgen dat we binnen zijn voordat...'

'Voordat wat? Vertel op! Wat is er met Liam gebeurd?'

Maar Olivia hield haar mond stijf dicht en liep door.

'We zijn in gevaar, waar of niet? De moordenaar van Liam loopt hier nog steeds ergens rond.'

Achter hen klonk gegil. Cutler en Olivia bleven abrupt staan. Met grote ogen keken ze elkaar aan. Cutler liet het touw vallen en zette het op een rennen, in de richting waarin Annalise was verdwenen.

De verleiding was groot om hetzelfde te doen, maar Olivia had de stem herkend. Het was Janine die gilde.

Ze kon haar niet in de steek laten.

Met de slee als beschutting probeerde ze erachter te komen wat er aan de hand was. Ze schermde haar ogen af tegen de glinstering van de sneeuw en dacht twee gedaanten te kunnen onderscheiden – de ene in het rood, de andere in het zwart.

Het tweetal kwam strompelend dichterbij. Janine schreeuwde het nog altijd uit en probeerde wanhopig de slee te bereiken. Het duurde niet lang of het zwarte jack haalde haar in. Janine verzette zich uit alle macht. De capuchon van het zwarte jack schoof naar achteren tijdens de worsteling. De muts die de man daaronder had gedragen viel op de grond. Hij had een kaal hoofd. Sergei! Hij had hen gevonden.

Haar instinct had haar niet bedrogen! Sergei. Hij was het van meet af aan geweest.

'Laat me los!' Janine begon weer te gillen.

Olivia moest haar helpen. Ze kon het niet laten gebeuren dat Sergei nog een slachtoffer maakte. Haastig greep ze een schep van de slee, waarbij ze het gevoel van weerzin probeerde te negeren toen ze

Liams dode lichaam aanraakte. Gewapend met de spade haastte ze zich om haar vriendin te hulp te komen.

Vooral het verrassingselement bleek in haar voordeel. Maar hoe woest ze ook met de spade zwaaide, ze raakte Sergei niet. Die schrok wel, met als gevolg dat hij Janine losliet. Olivia probeerde de spade opnieuw hoog op te tillen, maar het ding was loodzwaar, en ze kwam niet verder dan zijn benen. Sergei schreeuwde het uit van de pijn. Olivia liet de schep vallen, pakte Janine bij de arm en trok haar mee.

'Rennen!'

'Olivia! Olivia!' Sergei deed een stap naar voren, opnieuw grommend van pijn.

Maar ze luisterde niet. Ze rende zo hard als ze kon, en ze sleepte Janine met zich mee. Ze wist niet of ze in de goede richting liep. Haar enige gedachte was dat ze bij Sergei moest zien weg te komen.

'Die vent is een psychopaat!' bracht Janine hijgend uit. 'Ineens was hij er. En hij was op zoek naar jou. Ik heb geprobeerd hem tegen te houden. Maar… Waar is hij gebleven?'

'Geen idee. Maar hij geeft het niet op. Dat weet ik zeker. Dus we moeten door!'

Een reusachtig zwart rotsblok versperde hun de weg. Ze renden eromheen en leunden er even tegenaan om op adem te komen. Olivia waagde een blik achterom, maar Sergei was nergens te bekennen. Aan de andere kant van het rotsblok zag ze dat ze rechtstreeks op een van de roodmetalen barakken af waren gerend. Nog een paar minuten, dan waren ze er.

'Kijk dan! We zijn er bijna. We gaan het redden!'

Olivia pakte de arm van haar vriendin, maar die keek haar verwilderd aan. Het arme kind was doodsbang.

'Kom! We moeten verder.' Olivia begon al te lopen, maar Janine hield haar vast aan haar mouw. Toen liet ze zich op haar knieën zakken en raapte ze een steen van de grond, zo groot als haar vuist.

'Goed idee.' Olivia pakte er ook een. Ze wist niet of ze er iets aan zou hebben, maar het was twee tegen één als Sergei zich opnieuw liet zien. En een steen als extra wapen kon geen kwaad.

De sneeuwjacht was inmiddels minder dicht, maar de wind bulderde nog altijd op volle kracht. Olivia was verrast hoe ver het zicht reikte in het griezelige licht.

Dat betekende wel dat Sergei ook een beter zicht had. En dat ze zich, op weg naar de barakken, niet voor hem zouden kunnen verbergen.

Toen zag ze hem. Hij kwam strompelend op hen af.

Ze gilde het uit. 'Daar is-ie weer! Rennen!' Ze pakte Janine bij de hand en sleurde haar mee.

45

Tot haar opluchting had Janine geen aansporing nodig om het op een rennen te zetten, met het nutteloze brok steen nog in haar hand geklemd.

Toen Olivia een blik over haar schouder wierp, zag ze dat Sergei hen nog altijd strompelend achtervolgde. Maar zij waren sneller.

Het poolstation lag op een rotsachtige kaap die uitstak in de baai; daarachter verhief zich een hoge heuvel. Het pad naar de barakken lag bezaaid met keien, hopen opgewaaide sneeuw en pinguïnpoep. Olivia hoopte dat het golvende, ongelijke terrein Sergei zou vertragen.

Ze had het nog niet gedacht, of ze struikelde zelf over wat los steengruis.

Toen ze dichter bij de basis kwamen, bleek die uit diverse gebouwen te bestaan. 'Kom! We gaan daarheen.' Olivia wees naar de dichtstbijzijnde barak, die eruitzag als een schuur. 'Als ze daar niet zijn, kunnen we altijd nog verder kijken.'

Vanuit de volgende barak drong het geluid van een harde klap tot hen door. 'Hoorde je dat?' vroeg Janine.

'Ja! Oké, dan kijken we daar eerst.'

Ze zetten zich schrap tegen de wind, die hier, vlak bij het water, een stuk krachtiger was. Bij de deur gekomen greep Olivia de hendel en trok uit alle macht. De deur klemde even; toen vloog hij open.

Ondanks het omgevingslicht buiten was het binnen aardedonker; de weinige ramen waren verduisterd met dik zwart materiaal. 'Melissa!' riep Olivia vanuit de deuropening.

'Olivia! Je hebt het gered!' klonk de stem van Annalise.

Janine tastte in haar zak naar haar telefoon en drukte op het zaklantaarntje. Bij het licht daarvan konden ze Annalise, Patty en Cutler onderscheiden, ineengedoken in een hoek van de ruimte. De muren achter hen gingen schuil achter planken en rekken, bedekt met gereedschap, elektronische apparatuur en duidelijk intensief gebruikte donzen jacks – spullen die een team wetenschappers nodig zou hebben om een zomer in Antarctica te overleven.

'Goddank! Wat is er gebeurd? Hebben jullie de anderen nog gevonden?' vroeg Patty.

'Nee. Jullie weten ook niet waar ze zijn? Janine werd aangevallen door Sergei. Je weet wel, die man met wie Liam een hut deelde,' vertelde Olivia.

'Zonder Olivia was ik er niet meer geweest!' verklaarde Janine.

'Zijn we hier dan wel veilig?' vroeg Patty. 'Wat doen we als hij probeert binnen te komen?'

'Misschien kunnen we de deur barricaderen,' opperde Olivia. 'Maar we zouden echt moeten proberen Melissa te vinden.' Ze liet haar blik door de ruimte gaan, om te zien of ze een kast van zijn plaats konden halen. Helaas was alles aan de vloer vastgeschroefd. Maar er was genoeg gereedschap – hamers, schroevendraaiers – waarmee ze zich zouden kunnen verdedigen.

'Belachelijk!' Cutler stampte driftig op de grond en blies in zijn handen. 'Dit had natuurlijk nooit mogen gebeuren.'

'Niemand had kunnen voorspellen dat de storm zich zo zou ontwikkelen. Ik heb de kapitein gesproken. Als hij dit noodweer ook maar enigszins had voorzien, zou hij de excursie hebben afgeblazen,' zei Olivia.

'Het weer is één ding. Maar die sabotage! Wat er met die zodiac is gebeurd... Mijn vrouw had gelijk. We hadden nooit aan deze cruise moeten beginnen. Maar ik wilde de boel netjes overdragen.' Hij keerde zich naar Annalise. 'En nu heb ik jou er ook in meegesleurd.'

'Hoezo, de boel netjes overdragen?' vroeg Patty.

Cutler snoof. 'Het maakt nou toch niks meer uit. Met vier doden. En een maniak op vrije voeten. De deal gaat niet door. Het is gedaan met Pioneer.'

'Je vrouw zei dat je hoe dan ook van plan was ermee te stoppen.

Ook al vóór deze reis,' merkte Olivia op.

'O ja, zei ze dat? Dan had ze gelijk. Annalise zou de online business onder haar hoede krijgen, en alle andere activiteiten zouden worden stopgezet. Het was trekken aan een dood paard geworden.'

Annalise kroop huiverend dieper weg in haar jack. 'Ik had nog geen ja gezegd, pap. Je hebt me ermee overvallen.'

Cutler haalde zijn schouders op. 'Je bent er klaar voor. Dat weet jij net zo goed als ik.'

Patty hield geschokt haar adem in. 'Dus mijn agentschap zou worden opgeheven?'

'De business is failliet, Patricia. We hebben nog zo lang mogelijk geprobeerd de boel draaiende te houden.'

'En jij wist hiervan?' Patty's stem brak terwijl ze Annalise aankeek.

'Pas sinds een paar dagen. Daarvoor had ik er geen idee van. Echt niet.'

Patty keerde zich weer naar Cutler. 'Je hebt tegen ons gelogen. Mijn Karl heeft alles gegeven voor het bedrijf. Voor jou.'

'Patty...' Annalise deed een stap naar haar toe.

Ergens in een kast klonk een schrapend geluid.

Janine richtte haar zaklantaarn op de plek waar het vandaan kwam.

In de lichtstraal was Patty's gezicht te zien: verstard, net zo wit als het landschap van Antarctica, met een harde blik in haar ogen en een grimmige trek om haar mond.

In haar hand hield ze een moersleutel.

Janine liet gillend haar telefoon vallen, en het volgende moment stortte Patty zich op Cutler, met de moersleutel geheven.

46

'Stop!' gilde Olivia.

Patty zwaaide met de moersleutel, Cutler probeerde uit alle macht weg te komen, en Annalise schoot toe in een poging Patty tegen te houden.

Maar het was al te laat. Met een misselijkmakend gekraak, nog verergerd door het gehuil van pijn van het slachtoffer, kwam de moersleutel neer op Cutlers achterhoofd.

'Patty!' gilde Annalise. 'Hou op!'

Bij het horen van haar naam leek Patty uit haar verdwazing te ontwaken. Ze knipperde met haar ogen, zich plotseling bewust van wat ze had gedaan.

Olivia haastte zich om Cutler overeind te helpen.

'Hij heeft alles kapotgemaakt! Alles wat Karl en ik hadden opgebouwd. Ik blijf met lege handen achter.'

'En dus besloot je hem te vermoorden?' Olivia's stem had een schrille klank.

Patty keerde zich naar Cutler, nog altijd high van de adrenaline. 'Je bent nooit van plan geweest het bedrijf te redden. Je denkt dat het allemaal van jou is, maar dan vergis je je. Wij hebben al het werk gedaan. We hebben ons voor je afgebeuld. Ik heb mijn hele leven voor Pioneer gewerkt, Karl heeft zijn leven voor het bedrijf gegeven, en als dank had je de boel willen verkopen! Of sluiten!'

Ze deed dreigend een stap naar voren. Olivia gilde, net als Janine. De moersleutel viel kletterend op de grond, en Janine schopte hem weg. Er glinsterden tranen in Patty's ogen; de harde blik was eruit verdwenen.

Ze draaide zich om en rende de deur uit, aan de andere kant van de barak. Annalise riep haar terug, en toen ze geen reactie kreeg rende ze achter haar aan.

'Waar is Cutler?' vroeg Janine.

Olivia kreunde. 'Jezus!'

Cutler was door de andere deur naar buiten gestrompeld en lag voorover in de sneeuw. Olivia keek om zich heen. Patty was nergens te bekennen. Sergei ook niet. Het duizelde haar, omdat er van alle kanten gevaar loerde. 'Cutler? Kun je me horen?'

Hij reageerde niet. Met haar tanden trok ze een want uit, maar toen ze probeerde zijn hoofd op te tillen, voelde ze dat haar hand vochtig werd van het bloed. 'Shit.' Bevend drukte ze haar vingers op zijn hals, op zoek naar een hartslag. Die was er nog, zij het heel zwak.

Olivia had geen idee wat ze moest doen. Ze was geen dokter, geen avonturier. Ze had altijd op kantoor gewerkt.

Hoewel ze niet wist of hij haar kon horen, bleef ze tegen hem praten. 'We kunnen hier niet blijven, in deze kou. Dat is veel te gevaarlijk. We moeten de rest van de groep zien te vinden.'

Hulp was onder de huidige omstandigheden niet te koop, zelfs niet voor al het geld van de wereld. Als passagiers hadden ze dik betaald voor het privilege om een van de verste uithoeken op de aardbol te bezoeken. Maar Antarctica was een wild en ongetemd continent. De ultieme gelijkmaker, dat was het. Er kon geen helikopter landen, de artsen zaten gevangen op het schip. Ondanks zichzelf schoot Olivia bijna in de lach. Misschien maakte dat wel deel uit van de aantrekkingskracht van het poolgebied. Misschien was dat ook de reden waarom zoveel miljardairs de ruimte in wilden: om te ervaren dat er nog altijd plekken waren waar geld er niet toe deed.

Plekken waar problemen niet met geld konden worden opgelost.

Olivia werkte dagelijks met problemen die wél met geld konden worden opgelost – door het te verplaatsen, te tellen, door het te verwerven of weg te geven, door het opzij te zetten of te investeren. Zolang ze maar zorgde dat er geen verlies werd geleden. Hier heersten de elementen, hier keerde je als mens terug naar de basis. Ze had letterlijk bloed aan haar handen. Dat plaatste haar hele wereld in perspectief. Ze had haar werk, haar vrienden, haar familie de rug toegekeerd. Wat stelde een misgelopen kwalificatie nou helemaal voor, in vergelijking met wat hier gebeurde? Sinds de dood van haar vader was ze voor elke verantwoordelijkheid op de vlucht gegaan.

Ze wilde niet nog meer doden op haar geweten hebben. Ze moest zorgen dat ze Cutler levend weer binnen kreeg.

'Cutler? Kun je me horen?' vroeg ze nogmaals.

Zijn huid zag grauw en voelde klam aan. Ze snoerde zijn capuchon zo strak mogelijk aan nadat ze zich ervan had overtuigd dat hij nog ademde. Hij lag hevig te trillen van de shock en van de kou. Ze zou snel moeten zijn.

'Ga Melissa zoeken!' riep ze over haar schouder naar Janine. Patty en Annalise waren nergens meer te zien. 'Zeg dat ze met Robert en Maxwell hierheen komt. We hebben hulp nodig om Cutler naar binnen te krijgen. Anders raakt hij onderkoeld.'

Toen ze geen reactie kreeg, keek ze achterom. Janine kwam naar haar toe, met de bebloede moersleutel in haar hand.

'Waar is dat voor?' Olivia's adem stokte in haar keel.

Boven het huilen van de wind uit klonk het geluid van een motor. Janines ogen werden groot. 'Bewijsmateriaal. Om aan te tonen wat er met Cutler is gebeurd.'

'O. Ja. Goed idee. Volgens mij is er hulp in aantocht.'

Janine haastte zich naar haar toe. Een kleine zwarte zodiac worstelde zich door de golven en schoof het strand op.

'Help!' riep Olivia zo hard als ze kon. Wonder boven wonder was het de Vigil alsnog gelukt om hulp te sturen.

Maar toen de boot dichterbij kwam fronste ze haar wenkbrauwen. Het bemanningslid dat de zodiac bestuurde, droeg niet het kenmerkende blauw van de Vigil, maar een chique kakikleurige parka die tot zijn knieën reikte; door de capuchon, afgezet met bont, was zijn gezicht niet te zien. Olivia's hart bonsde in haar keel toen hij met geoefend gemak uit de rubberboot sprong. Ze greep Janine bij de hand en bleef als aan de grond genageld staan toen de man het strand op kwam lopen.

'Goddank! Daar ben je!'

Olivia deed een stap naar voren.

De man schoof zijn capuchon naar achteren.

Olivia's hart begon nog sneller te slaan toen ze zag wie het was. 'Pierre?' Haar stem brak.

Maar haar opluchting maakte snel plaats voor angst.

Kwam hij haar redden? Of betekende zijn komst dat ze dieper in de problemen zat dan ooit?

47

Olivia hief bijna afwerend haar handen toen Pierre naar haar toe kwam lopen. 'W-wat kom je hier doen?'

'Jou halen. Kom! De storm is even afgezwakt, maar dat zal niet lang duren. We moeten zo snel mogelijk terug naar het schip.'

'Wie is dat?' Janine pakte Olivia bij haar mouw.

'Dat is... Pierre Lavaud.'

'De miljardair?' vroeg Janine fluisterend.

Olivia knikte.

'Kom,' drong hij nogmaals aan. 'We hebben geen minuut te verliezen.'

Olivia gebaarde naar Cutler. 'Hij heeft dringend hulp nodig.'

Pierre knikte. 'Ik heb een dokter aan boord.'

Een krachtige windvlaag beukte Olivia in haar rug, waardoor ze bijna voorover op haar knieën belandde. Pierre had gelijk: de storm was nog niet met hen klaar.

'We zijn met een hele groep,' zei ze. 'Moeten we niet eerst op zoek naar de anderen?'

Pierre knielde bij Cutler. 'Is dit Mr. Hughes?'

Olivia knikte.

'Hij redt het niet als we nog langer wachten,' zei Pierre. 'Waar is de rest van de passagiers?'

'Ze zouden dekking zoeken in een van de barakken van de basis. Maar we weten niet precies waar ze zitten.'

'Ik kom later terug om ze te halen. Echt waar. Als ze in een van de barakken zitten, zijn ze in elk geval beschut. We moeten voortmaken.'

Cutler kreunde; het geluid kwam diep vanuit zijn keel. Hij had dringend hulp nodig. Olivia's vragen over het waarom van de komst van Pierre zouden moeten wachten. Met z'n drieën lukte het hun

Cutler overeind te krijgen, maar daar was dan ook alles mee gezegd. Hij zwalkte, kreunde, sleepte met zijn benen.

'Is het wel veilig om het water op te gaan?' vroeg Olivia op weg naar de boot. De storm was inderdaad iets afgezwakt, maar de hoge golven, bekroond door brokken ijs, boden nog altijd een dreigende aanblik. Alleen een uiterst ervaren roerganger zou daar succesvol doorheen weten te navigeren.

'Ik heb gewacht tot de omstandigheden gunstig waren. We liggen in een kleine baai hier vlakbij, afgesneden van het Lemaire Channel. Op de boordradio hoorden we de noodoproep van de Vigil. Dus toen hebben we de zodiac te water gelaten. *Bien, on y va.*'

Samen lieten ze Cutler voorzichtig op de bodem van de rubberboot zakken. Janine klom na hen aan boord. Ondertussen wist Olivia nog steeds niet of ze Pierre kon vertrouwen. Wat deed hij hier? En had Sergei niet gezegd dat hij voor hem werkte?

Maar Pierre was een en al behulpzaamheid. Als hij haar dood had willen hebben, had hij dat aan de elementen kunnen overlaten. Of aan Sergei. De wil om te overleven was sterker dan haar angst. Pierre zou de zodiac niet laten kapseizen zolang hij er zelf in zat, dus blijkbaar was hij inderdaad van plan hen veilig naar de Clarissa II te brengen.

Tegen die tijd zag ze wel verder. Gelukkig was ze niet alleen, maar had ze Janine bij zich.

De zodiac ploegde knarsend door het ijs en stuiterde over de golven. Tot haar opluchting was het maar een klein eindje varen. Maar het was wel duidelijk waarom de Vigil geen hulp had kunnen sturen. De neus van de zodiac ging als een uit het lood geslagen wipwap op en neer. Olivia maakte zich zo klein mogelijk; ze klampte zich wanhopig vast en probeerde niet te huiveren telkens wanneer Cutler het uitschreeuwde van pijn.

Het ijskoude water beet in haar gezicht. Met haar vrije hand trok ze het koord van haar capuchon zo strak mogelijk aan, maar het hielp nauwelijks. Elke windvlaag voelde als een fysieke klap die haar de adem benam. Elke golf maakte dat ze haar vingers nog strakker om het veiligheidstouw klemde. Ze durfde er niet aan te denken hoe het met haar zou aflopen als ze overboord werd geslingerd en in het kolkende ijzige water belandde.

Vanuit de stormachtige heiigheid doemden rode lichten op, en Pierre navigeerde de zodiac moeiteloos tot dicht naast de romp van de Clarissa II. Op de boeg stond iemand op hen te wachten. Hij ving het touw dat Pierre hem toewierp en legde de zodiac vast. De overstap naar het jacht was een uitdaging op zich. De rubberboot werd door de golven afwisselend tegen het laadperron van het jacht gesmeten en er bij vandaan gerukt. Olivia dacht aan de waarschuwing van de glacioloog over het risico te worden vermorzeld of in het water te vallen. De man op de boeg stak haar een hand toe. 'Kom!'

Olivia aarzelde, met haar vingers nog altijd om het touw van de zodiac geklemd. Toen de man op het jacht haar opnieuw een hand toestak, dwong ze zichzelf hem bij zijn pols te pakken. Op zijn beurt deed hij bij haar hetzelfde. 'Klaar?'

Een golf tilde de zodiac op, en de man maakte daar gebruik van door haar aan boord te hijsen. Op het glimmend gewreven houten dek ging ze bijna onderuit, maar ze wist zich staande te houden. 'Meteen naar binnen!' riep de man.

Ze haastte zich naar de deur. Binnen liep ze naar het raam om te zien hoe Janine uit de zodiac werd geholpen en hoe Pierre er vervolgens in slaagde Cutler aan boord te krijgen. Zijn bleke gezicht vormde een schril contrast met het aangekoekte bloed op zijn achterhoofd.

'We moeten zorgen dat we hem zo snel mogelijk beneden krijgen,' zei Pierre tegen de man aan dek. Toen schakelde hij over op rap Frans. Vrijwel onmiddellijk voegde zich nog een bemanningslid bij hen. De twee mannen ontfermden zich samen over Cutler. Ze namen hem tussen zich in, met zijn armen over hun schouders, en daalden de trap af.

Hij zou medische hulp krijgen. Meer konden ze niet voor hem

doen. Olivia slaakte een zucht van verlichting. Ze was zo uitgeput dat ze amper op haar benen kon blijven staan.

'Nou, de dokter krijgt het druk vannacht.' Pierre kwam binnen en streek zijn zilvergrijze haar glad. Toen kuste hij Olivia op beide wangen. 'Je hebt geen idee hoe opgelucht ik ben dat alles goed met je is. We waren zo ongerust.'

Olivia was op slag weer gespannen. 'Waar is Aaron?'

'Kom,' zei Pierre, zonder op haar vraag in te gaan. 'Ga lekker zitten en zorg dat je weer warm wordt. Ik moet meteen weer weg om de anderen te halen. Maar nog één vraag: is er iemand in de groep die je bang maakt? Iemand die ik bij je vandaan moet houden?' Hij nam haar onderzoekend op.

'Sergei,' zei ze prompt.

Pierre schudde zijn hoofd. 'Die werkt voor mij. Sergei had het beste met je voor. Hij heeft geprobeerd erachter te komen van wie het gevaar kwam.'

'Wát?' Olivia kon amper helder denken. Ze had het koud, ze was drijfnat, en nu de adrenalinepiek voorbij was, kostte het haar de grootste moeite om niet in te storten. 'O. Dan... Dan weet ik het niet.' Ze dacht aan Patty, aan de verwilderde blik in haar ogen, maar Patty vormde voor haar geen bedreiging. Maxwell dan. Hij had gezegd dat Aaron nog bij hem in het krijt stond. Maar nee, dat was voordat... En hoe zat het met de rest? Ze dacht aan Liam, die zo nadrukkelijk naar Delilah had gekeken met haar lange donkere pruik. En die een paar uur later dood was geweest.

Pierre las de besluiteloosheid, de twijfel in haar ogen en schudde zijn hoofd. 'Ik ben snel weer terug. We hebben een heleboel te bespreken. Blijf in de lounge.'

Toen hij weg was schoof Janine haar capuchon naar achteren en keek nieuwsgierig om zich heen. 'Wauw! Ongelooflijk. Wat een schip.'

Olivia had nog amper om zich heen gekeken, maar Janine had gelijk. Ze waren via het laarzenhok naar de lounge geloodst. Een reusachtige ruimte met een glanzende notenhouten lambrisering en smetteloze witleren banken. Op de grond lag een groot tapijt met een William Morris-motief. Tegen de achterwand stond een enorme eettafel met tien stoelen. Op de tafel lag een stapel weelderige handdoeken, voorzien van een monogram. Overal waren accenten in marmer en glimmend goud aangebracht. Het was schitterend, maar haar maag draaide zich om. De afwerking deed haar zo sterk denken aan de oorspronkelijke Clarissa dat ze bijna verwachtte haar vader vanuit de stuurhut te zien binnenlopen om haar een knuffel te geven. Ze twijfelde niet langer. Het kon niet anders of Pierre was de eigenaar geweest van de oorspronkelijke Clarissa. De Clarissa II was als de reïncarnatie daarvan. Als er geen storm had gewoed, zou ze er alles aan hebben gedaan om het schip weer zo snel mogelijk te kunnen verlaten.

Janine gaf haar een handdoek, en ze veegde het opgespatte zeewater van haar gezicht.

'Ongelooflijk, dat jij die kerel kent,' zei Janine.

'Nou ja, kennen… Hij is een klant bij het actuarieel adviesbureau waar ik werk. In zekere zin is hij degene die me met Aaron in contact heeft gebracht. Hij heeft me destijds om advies gevraagd over investeren in kunst. Maar ik had nooit verwacht dat ik hem hier zou tegenkomen.'

'Hij was naar je op zoek. Dus blijkbaar geeft hij om je.'

Olivia fronste haar wenkbrauwen. 'Ik begrijp er niks van.'

'We horen het wel als hij straks terug is. Ik weet niet hoe het met jou is, maar ik rammel van de honger. Dus ik ga kijken of er op dit superjacht ook iets te eten is.' Janine verdween door een schuifdeur aan de andere kant van de lounge.

Olivia liet zich op een van de banken vallen, met de handdoek op schoot. Ze was overweldigd door adrenaline en emotie. En ze kon nog steeds niet bevatten wat ze met Patty had zien gebeuren. Ze dacht aan de pijn, de woede in de ogen van haar nieuwe vriendin. En ze dacht aan de rest van de groep, die beschutting had gezocht in een van de barakken van het poolstation. Ze voelde zich schuldig dat zij inmiddels in veiligheid was gebracht, dat ze warm en droog binnen zat, terwijl de anderen nog aan de storm waren overgeleverd. En hoe zat het met Sergei? Was het waar wat Pierre had gezegd? Kon ze hem geloven?

Alles in haar verzette zich daartegen. Er liep een man langs het raam, bij het zien van zijn contouren verstijfde ze. Hij liep mank, het was duidelijk dat hij last had van zijn linkerbeen. Voor de deur van de lounge bleef hij staan.

'Psst, Olivia!'

Toen ze zich omdraaide zag ze dat Janine haar verwoed wenkte. In haar ogen stond paniek te lezen, terwijl ze naar Sergei wees, die nog altijd voor de deur stond. 'Dat is de man die me aanviel. We moeten hier weg!'

De deurknop bewoog, en Olivia schoot overeind. Wat Pierre ook had gezegd, ze wilde niet met Sergei alleen zijn. Dus ze volgde Janine een trap af.

'Ik weet een hut waar we ons kunnen verstoppen.' Janine bleef staan bij een deur en duwde die open met haar heup. Zodra ze binnen waren, pakte ze een stoel en zette die tegen de deurknop.

'Zo. Knappe jongen die hem openkrijgt,' zei ze voldaan.

Olivia liep rusteloos heen en weer over het weelderige tapijt. 'Pierre zei dat Sergei voor hem werkt, dus misschien ís hij helemaal geen bedreiging. Maar ik blijf hier totdat Pierre terug is. Tot die tijd ga ik nergens heen.'

'Maar Olivia,' zei Janine zacht, 'je gaat überhaupt nergens meer heen.'

48

'Hè?' Olivia bleef abrupt staan. 'Wat bedoel je?'

Janine glimlachte, maar het was geen geruststellende glimlach. Integendeel. Olivia verstijfde, op slag weer tot het uiterste gespannen.

'Toen Pierre ons had gevonden, dacht ik dat het allemaal voor niets was geweest. Ik had mijn tijd afgewacht, net zo lang tot ik met je alleen was, op het ijs. En dat was ook bijna gelukt. Het zou perfect zijn geweest als ik je daar had kunnen vermoorden. Maar dit is eigenlijk ook prima. Vooral nu ik weet wat er op de vorige Clarissa is gebeurd.' Janine haalde een keukenmes vanachter haar rug tevoorschijn. Een mes met een langgerekt lemmet. 'Het valt niet mee om op een schip iets te vinden wat als wapen kan dienen. Iets wat niet is vastgespijkerd. Maar in de pantry had ik geluk.' Ze streek met haar vingertoppen langs het lemmet en trok ze haastig terug, tevreden over de scherpte.

'Janine! Wat... Wat...' Olivia probeerde kalm te blijven, ondanks de angst die gierend door haar lijf joeg. Gejaagd keek ze de hut rond, maar er was nauwelijks iets waarmee ze zich kon verdedigen. En de enige uitweg was door Janine gebarricadeerd. Er waren weliswaar schuifdeuren naar een balkon, maar daarachter kolkte de ijzige poolzee.

'Je hebt geen greintje spijt, hè?'

'Om wat er met mijn vader is gebeurd? Ja, natuurlijk wel. Er gaat geen dag voorbij dat ik er niet aan –'

'Ik heb het niet over je vader. Ik heb het over Kay.'

Olivia wist even niet wat ze bedoelde. Ze nam Janine onderzoekend op. In haar ogen las ze wanhoop, pijn, verdriet – emoties die ze al die tijd verborgen had gehouden. De onderkant van haar ijsberg die naar de oppervlakte kwam.

'Sorry, maar ik ken geen Kay.' Er kwam een gedachte bij haar op. 'Is dat je vriend? Met wie je hebt gebroken?'

‘Ik heb niet met hem gebroken. Hij is dood.’

‘O, Janine, wat afschuwelijk. Wat vind ik dat erg voor je. Maar ik begrijp niet wat dat met mij te maken heeft…’

‘Hou je maar niet van den domme!’ Janine sloeg driftig met het mes tegen de muur, en Olivia deinsde geschokt achteruit. ‘Wat denk je dat ik hier doe? Waarom ik hier ben? Om jullie te laten boeten! Jullie allemaal! Die walgelijke Stefan! Die zich verrijkt met zijn erfenis. En Aaron, die hem zoveel troep heeft laten slikken dat hij manisch werd. En jij… Jij hebt hem vermoord.’

Olivia’s keel werd dichtgesnoerd; ze had het gevoel dat ze stikte. ‘Dus jij was de vriendin van Kostas Yennin?’ wist ze uit te brengen. Ze dacht aan Stefan, opgehangen aan de barrièrestang. Ze had meteen geweten dat het geen zelfmoord was geweest. Maar Janine had Aaron ook genoemd. ‘Wat… Wat heb je met Aaron gedaan?’

‘Moordenaar!’ grauwde Janine.

‘Moordenaar? Waar héb je het over?’ Olivia zou het willen uitschreeuwen. Het was krankzinnig, absurd. De zachtmoedige Janine die was veranderd in een vrouw met een verwilderde blik in haar ogen en die nu grauwend van woede met een mes zwaaide.

‘Dat weet je heel goed. Je hebt het me zelf verteld. Je burn-out. Dat je voor zijn auto de weg op stapte. Maar dat is niet het hele verhaal.’

Olivia slikte. Janine had gelijk. Het was niet het hele verhaal.

Nadat ze de stoep op was gevlucht, had ze beseft hoe stom ze was geweest. Hoe gruwelijk ze bijna in de fout was gegaan. Maar het was nog niet te laat. Ze had het gered. Ze was tot inzicht gekomen voordat haar wanhoopsdaad tot gruwelijke gevolgen had kunnen leiden.

Maar het vervolg was wel degelijk gruwelijk geweest.

Op het moment dat ze de stoep op sprong, werd er oorverdovend getoeterd. Er klonk gekrijs van banden op het asfalt, een gillend geknars van remmen, gevolgd door een harde klap die door haar hele lijf weergalmde. De slingerende auto was met hoge snelheid tegen een lantaarnpaal gebotst. De fietser die zijn middelvinger naar haar had opgestoken, greep naar zijn telefoon. Een zwarte taxi stopte vlak achter de plek van het ongeluk, en er sprong een vrouw uit, die naar de verongelukte auto rende. Olivia hoorde haar wanhoopskreten toen ze zag hoe ernstig de inzittenden eraan toe waren. Vanuit beide richtingen stopten andere bestuurders om poolshoogte te nemen. In veel gevallen haalden ze hun telefoon tevoorschijn om het alarmnummer te bellen.

Olivia overwoog ook om te bellen, maar ze was al veel te laat voor de veiling. En op haar telefoon zag ze een reeks gemiste gesprekken van Aaron. Er waren genoeg andere getuigen. Er was zelfs iemand die zei dat hij arts was. Dus wie er ook in de auto zaten en hoe ze er ook aan toe waren, ze zouden de hulp krijgen die ze nodig hadden.

Pas uren later legde ze het verband. Toen ze via Aaron de bevindingen van de politie hoorde, kreeg ze al een vermoeden. En dat werd bevestigd toen hij de straat noemde waar het ongeluk had plaatsgevonden. Yennin had achter het stuur van de slingerende auto gezeten. En hij had de botsing niet overleefd.

Als zij er niet zo beroerd aan toe was geweest, zou ze hem hebben opgehaald, zoals ze had beloofd... en dan was het allemaal nooit gebeurd.

Ze had altijd gedacht dat niemand wist dat ze het ongeluk had zien gebeuren.

En nu keek ze recht in de ogen van iemand die het van meet af aan had geweten – ogen waarin de pijn en het verdriet duidelijk te lezen stonden.

Er ontsnapte Janine een gesmoorde snik, maar ze hield het mes stevig in haar hand geklemd. 'Je zette het op een lopen. Terwijl je wist dat jij het ongeluk had veroorzaakt. En vervolgens profiteerde je van zijn dood. Van de dood van mijn Kostas.'

'Maar ik héb het ongeluk niet veroorzaakt.' Het duizelde Olivia. 'Ik was erbij. Dat klopt. Maar de auto slingerde van de ene kant van de weg naar de andere.'

'Lieg niet!' schreeuwde Janine met ogen vol tranen. 'Ik reed vlak achter hem. Ik zat in die taxi. En ik heb gezien dat je vlak voor zijn auto de weg op stapte. Dat heb ik gezien! Hij móést wel uitwijken, anders had hij je geraakt!'

'Nee, dat is niet –'

'Hij was er bijna! Nog even, dan had hij het gehaald. Als jij er niet was geweest...'

'Janine, toe... Ik vind het afschuwelijk voor je. De dood van Kostas. Ik kende hem nauwelijks, maar Aaron was er kapot van toen hij het hoorde. Volgens de politie was hij onder invloed toen hij tegen die lantaarnpaal reed. Dus dat is waarschijnlijk de reden dat –'

'Hij was onder invloed, ja! Van de drugs die hij van Aaron had gekregen!'

Olivia schudde haar hoofd. 'Dat zou Aaron nooit doen. Er was hem alles aan gelegen dat Kostas clean zou zijn.'

'O nee, zou Aaron dat nooit doen? Zei hij dat? Nou, dan heeft hij er vast niet bij verteld dat hij die middag nog in het atelier was geweest. Kostas was aan het werk. Dat was hij altijd, en dus ook op de dag van de veiling. Aaron liet er geen misverstand over bestaan dat dit zijn laatste kans was. Als hij niet naar de veiling kwam, als zijn werk niet werd verkocht, dan zou Aaron hem niet langer vertegenwoordigen. Want zo is Aaron. Keihard. Hij zag Kostas uitsluitend als een manier om geld te verdienen. Het ging hem niet om zijn talent. Maar Kostas vertikte het om potentiële kopers naar de mond te praten, en het kon hem niet schelen wie hem vertegenwoordigde. Als hij maar kon schilderen.

Ik ben die middag even weggeweest om iets te eten te halen. Wanneer hij lekker bezig was, wanneer hij inspiratie had, was het altijd een strijd om te zorgen dat hij iets at. Dan wilde hij verder ook niemand zien. Vandaar dat het me verbaasde toen ik de auto van Aaron zag wegrijden. Ik had meteen het gevoel dat er iets niet goed zat. En ik had gelijk. Ik zag het meteen, zodra ik binnenkwam.'

Er rolden tranen over haar wangen. 'Hij deed raar. Hij was duidelijk niet zichzelf. Maar hij was al zo lang clean, dus ik dacht niet... Maar toen zag ik zijn ogen. Zijn pupillen waren sterk vergroot. Hij was zo ver heen dat ik hem amper herkende. Ik vond dat hij in die toestand niet naar de veiling moest gaan, maar hij stond erop. Hij was volledig opgefokt. Precies wat Aaron wilde.

Hij wilde per se zelf rijden, ook al smeekte ik hem om het niet te doen. Ik heb geen rijbewijs, anders had ik hem gebracht. Maar hij wilde me zelfs niet mee hebben! Dus toen heb ik een taxi gebeld. Als jij niet zo stom was geweest om vlak voor zijn auto de weg op te lopen, dan had hij het gehaald. En je ging er gewoon vandoor. De politie heeft je niet ondervraagd. Niemand wist dat je erbij was.'

Janine klemde grimmig haar kaken op elkaar. 'Maar jullie kwam het uiteindelijk goed uit, waar of niet? Het schilderij bracht een paar miljoen op... en de geruchten rond zijn dood zorgden voor het soort publiciteit dat Aaron nodig had. Door zijn dood kwam er iets tragisch, iets magisch om het werk te hangen. Maar denk maar niet dat zijn familie ook maar iets heeft teruggezien van al dat geld! En de stichting die Kostas in het leven had willen roepen, is er ook nooit gekomen. De Hunt Advisory heeft de volledige winst opgestreken. Kostas had zijn auteursrecht aan jullie overgedragen.'

'Maar Janine... Aaron kon toch niet weten dat Kostas die avond zou komen te overlijden?'

'Hij heeft misschien niet geweten dat jij daar een rol in zou spelen, maar hij wist wat hij deed toen hij Kostas die drugs gaf. Ik heb tegen de politie gezegd dat ik je had gezien, maar er was geen enkel bewijs, geen beelden van een dashcam. Dus de politie kon niks met mijn verklaring. En al hadden ze er wel iets mee gekund, al zou je in de cel zijn beland, daarmee zou je bij lange na niet genoeg gestraft zijn geweest. Want jullie gingen maar door; jullie misbruikten zijn dood om jullie bankrekening te spekken. Toen ik hoorde over de veiling aan boord van de Vigil, kon ik mijn oren niet geloven. Het plan om het werk van mijn Kostas massaal te vermenigvuldigen, waardoor het unieke karakter volledig verloren zou gaan. Maar dat kon jullie niet schelen. Voor geld waren jullie tot alles bereid. Maar ik heb van meet af aan gezworen dat ik dat niet zou laten gebeuren, dat jullie je straf niet zouden ontlopen.'

In haar stem klonk zoveel rauwe emotie door dat Olivia haar ondanks alles zou willen omhelzen, zou willen troosten. Want ze was het in veel opzichten met haar eens. Zoals zijn kunst was gepresenteerd en geveild, zo zou Kostas het niet hebben gewild. En Aaron ook niet. Maar wat ze ook zei, Janine zou niet naar haar willen luisteren. Daarvoor was ze veel te ver heen.

Ineens zag Olivia het mes op zich afkomen. Janine haalde uit naar haar borst. De punt haakte in de stof van de parka, en Olivia deinsde met een luide gil achteruit.

'Ik heb deze cruise geboekt om met jullie allemaal af te rekenen,' zei Janine. 'Aaron was het makkelijkst. Ik heb hem maandenlang gedreigd de beelden waarop hij Kostas drugs geeft openbaar te maken. Met briefjes. Appjes. Zodat hij geen moment zou vergeten wat hij had gedaan! Ik hoefde hem alleen maar van boord te lokken om hem in zijn hotelkamer te vermoorden. En voordat iemand besefte dat hij ontbrak, was ik allang weer terug op het schip.'

De kreet die Olivia slaakte, klonk bijna dierlijk. Dus Aaron was dood? Al die tijd dat ze kwaad op hem was geweest, al die tijd dat ze hem had vervloekt en ondanks alles had gezorgd dat hij trots op haar kon zijn... Janine had hem vermoord! En dat vertelde ze bijna zakelijk, zonder een zweem van emotie.

'Ik had verwacht dat jij ook geen probleem zou zijn. Eén glas van de champagne die ik door Liam in jullie hut had laten bezorgen, en dat was nummer twee van mijn lijstje. Maar het liep anders.'

'Dat... Dat pasgetrouwde stel. Je hebt ze vermoord, en je ging gewoon door met de cruise?'

Er schitterde woede in Janines ogen. 'Hoe had ik moeten weten dat jij met ze van hut zou ruilen? Gelukkig had ik Aarons telefoon meegenomen. Daardoor had je eerst niets in de gaten. En toen kwam de veiling. En ik zag hoe die vent van Art Aboard zijn reet afveegde met alles wat Kostas in zijn werk had gelegd. Het scheelde dat het maar een klein mannetje was, dus het kostte me geen enkele moeite om zijn zelfmoord in scène te zetten. En toen bleek dat Liam jou over die fles champagne had verteld, dat hij ervoor was betaald om die in de hut te zetten... toen kon ik het risico niet nemen dat hij dat bij terugkeer aan de politie zou vertellen.'

Het duizelde Olivia. Janine had Aaron vermoord! En Stefan! En Liam! In gedachten zag ze Stefan voor zich, hangend aan de stang voor het raam. En ze dacht aan Liam, aan zijn dode lichaam dat ze samen met Janine op de slee had gelegd.

En terwijl het tot haar doordrong waartoe Janine in staat was, hoeveel slachtoffers ze had gemaakt, sloeg de paniek toe. Ze moest hier weg! Anders was zij het volgende slachtoffer. Maar ze werd verblind door tranen. Door het verdriet om Aaron had ze het gevoel dat haar hoofd was gevuld met mist. Aaron was dood. Ze dacht dat ze moest overgeven. 'O, Janine, je... Je hebt gelijk. Het is allemaal mijn schuld.' Ze sloeg haar handen voor haar gezicht en haalde beverig adem. 'Ik maak mezelf de vreselijkste verwijten. Ik had Kostas die avond moeten gaan halen. Aaron had het me gevraagd. Hij wilde dat ik Kostas zou halen, samen met zijn manager Sociale Media. Dat was jij, waar of niet? Ook al begrijp ik dat je veel meer voor hem betekende. Het spijt me zo. Dat meen ik, echt waar. Er gaat geen dag voorbij of ik denk aan wat ik heb gedaan. En dan haat ik mezelf!'

Janine keek haar enigszins verbouwereerd aan.

Heel even vroeg Olivia zich af of ze door schuld te bekennen eindelijk tot haar was doorgedrongen. 'Ik dacht dat we vriendinnen waren.'

'Zeggen dat het je spijt is niet genoeg.' Janine deed een stap naar voren. 'Ik heb gezworen dat jullie je straf niet zullen ontlopen. En ik zal niet rusten voordat ik het karwei heb afgemaakt.'

Olivia deinsde nog verder achteruit. Janine was in de rouw, maar ze was ook een koelbloedige moordenaar. En het was allemaal zo zinloos. Yennins dood was verschrikkelijk, een tragedie, en ze besefte dat zij daarin een rol had gespeeld. Maar niets rechtvaardigde de slachting die Janine had aangericht.

'Maar jij zult je straf ook niet ontlopen. Denk dat maar niet. Dat we straks weer in Argentinië zijn, betekent niet dat de politie je ongemoeid laat. Maar als je me laat gaan, zorg ik dat Yennins erfenis wordt gerespecteerd. Jij hebt hem het best gekend. Jij weet wat hij zou hebben gewild, wat zijn familie wil dat er met zijn werk gebeurt. Daar ga ik voor zorgen. En ik ga een stichting oprichten die zijn naam draagt. Hij hield van het poolgebied. Hij zou hebben willen bijdragen aan de bescherming daarvan. Dat kan ook na zijn dood.'

Janine schudde haar hoofd. 'Ik heb jou door. Je probeert me te manipuleren. Ik weet precies hoe je te werk gaat, want ik heb research naar je gedaan. Wat het ook is, jij regelt het. Je bemiddelt tussen de kunstwereld en de wereld van het geld. Jij hebt altijd een oplossing. Voor alles. Maar sommige problemen zíjn niet op te lossen. Welke slimme regelingen je ook bedenkt, met welke alternatieven je ook komt, er is één ding dat je niet kunt veranderen. Je kunt Kostas niet meer levend maken. Kostas is dood.' Haar stem brak. 'En daar moet je voor boeten.'

49

Met die woorden stortte ze zich op Olivia, het mes geheven.

Olivia hief gillend haar armen voor haar gezicht. Het mes haalde haar jas open.

Ze deinsde achteruit, in de richting van het bureau. Bijna alles zat vastgenageld, daar had Janine gelijk in. Maar wat niet vastzat, gooide ze uit alle macht naar haar belager. Een pen, een boek. Het had nauwelijks effect, anders dan dat ze er tijd mee won doordat het Janine uit balans bracht.

Op dat moment werd er luid op de deur gebonsd. 'Olivia?' klonk de diepe stem van Pierre door het notenhout. 'Olivia?' Er werd aan de deurknop gerammeld.

Janine was even afgeleid. Daarvan maakte Olivia gebruik door in de aanval te gaan. Ze greep Janine bij haar pols en draaide haar arm naar achteren, waardoor ze het mes liet vallen.

'Help!' Olivia rende naar de deur en trok de stoel weg. Maar voordat ze de deur van het slot had kunnen doen, had Janine zich hersteld. Ze haakte een arm om Olivia's nek en trok haar naar achteren.

Ze vielen tegen de boekenplank, en doordat Janine zich op het laatste moment omdraaide, kreeg Olivia de volle laag. Glas verbrijzelde terwijl ze al vechtend tegen een kast werden geslingerd. Olivia ging tegen de grond en greep wanhopig om zich heen, op zoek naar iets om zich mee te verdedigen. Het enige resultaat was dat ze zich sneed. Maar ze voelde de pijn nauwelijks, doordat Janine onophoudelijk op haar inbeukte.

Uiteindelijk merkte ze dat ze begon weg te zakken. Ze was geen vechter, en Janine werd gedreven door wanhoop en een nietsontziende woede.

Toen het slaan ophield en Olivia moeizaam haar ogen opendeed, zag ze tot haar ontzetting dat Janine het niet had opgegeven. Integendeel. Ze omklemde een stuk glas, zo groot als haar onderarm. Gekarteld, scherp. Zo scherp dat het bloed uit haar hand langs haar pols droop, in de mouw van haar jack.

Met de scherf boven haar hoofd geheven knielde ze op Olivia's borst.

'Voor Kostas,' fluisterde ze, en ze liet het glas neerdalen naar Olivia's hart.

Die sloeg opnieuw haar armen voor haar gezicht. Het glas boorde zich in haar pols, en ze schreeuwde het uit.

Misschien was dit haar verdiende loon. Ze had aan haar leven willen ontsnappen, en daardoor had ze een rol gespeeld in de gebeurtenissen die tot Kostas' dood hadden geleid. Het zou heel gemakkelijk zijn om Janine wraak te laten nemen. Aaron was dood. En hij niet alleen. Zoveel onschuldige mensen waren gestorven. Waarom zij dan niet? Er school een zekere morbide poëzie in: sterven aan boord van de nieuwe incarnatie van het schip waarop haar vader de dood had gevonden.

Maar Olivia was in de afgelopen weken veranderd. Herinneringen die ze heel lang diep had weggestopt, waren eindelijk naar boven gekomen. En haar vader zou hebben gezegd dat ze moest vechten. Dat wílde ze ook. Ze wilde nog een kans krijgen om de band met haar moeder te herstellen. Ze wilde haar moeder meenemen het water op, en ze wilde eindelijk weer een glimlach op haar gezicht proberen te toveren.

Ze wilde het allemaal anders doen. Ze wilde opnieuw beginnen. Maar om de toekomst te veranderen moest ze zien dat ze bleef leven. En íémand moest zorgen dat er recht werd gedaan aan alle doden.

Een luid gebonk op de deur deed Janine aarzelen.

Nog heel even, dacht Olivia. Dan kwam er hulp. Ze klemde haar kiezen op elkaar tegen de pijn van de scherf die zich in haar arm boorde, en haalde uit met haar been. Haar voet raakte de knie van Janine. Nu was zij het die het uitschreeuwde. De scherf viel uit haar hand, en ze greep met bebloede vingers naar haar been.

Olivia rolde op haar buik en krabbelde overeind.

Er klonk geroep. Het gezicht van Pierre verscheen in de spleet die in de deur was geslagen. 'Hou op!' Hij trok aan de deur, maar het slot blokkeerde. 'Wat is er verdomme aan de hand?'

Janine haakte opnieuw een arm om Olivia's nek en trok haar naar achteren, in de richting van de schuifdeur naar het balkon. Met haar vrije hand schoof ze die open, en Olivia voelde een ijzige wind in haar rug.

'Laat los!' Pierre had de deur eindelijk van het slot weten te krijgen. Samen met Sergei stormde hij de hut binnen, maar ze aarzelden om dichterbij te komen. Olivia worstelde wanhopig om zich uit Janines greep los te maken. Ze waren ongeveer even lang, maar Janine was veel sterker.

Olivia werd naar de reling van het balkon getrokken.

'Daar blijven!' commandeerde Janine.

Pierre hief zijn handen, met de vingers gespreid. Sergei wilde alsnog naar voren komen, maar Pierre schudde zijn hoofd. Het was duidelijk op wie Janines woede was gericht.

'Wat wil je? Geld? Je vrijheid? Het kan allemaal geregeld worden,' zei Pierre. 'Als je haar loslaat.'

Maar Janine trok Olivia alleen maar dichter tegen zich aan.

De wind huilde. Het bloed raasde in Olivia's oren; ze kon nauwelijks verstaan wat Pierre zei.

'Je kunt me niet tegenhouden, wat je ook zegt.'

'Dan heb ik geen keus. Sergei?' Pierre gebaarde met zijn hoofd, waarop Sergei een stap naar voren deed en een wapen trok. Het zag eruit als een pistool, maar dan van geel plastic. Hij richtte het op Janine.

Tot haar opluchting voelde Olivia dat die haar greep liet verslappen. Toen zakte ze in elkaar. Olivia zag haar kans schoon en strompelde bij de reling vandaan. Sergei bleef het wapen op Janine gericht houden en ondertussen stak Pierre zijn hand uit naar Olivia.

Nog een klein stukje. Ze kon hem bijna pakken.

Maar toen voelde ze een ruk aan haar capuchon. Janine trok haar uit alle macht weer naar zich toe en smeet haar tegen de reling. Met een kreet van pijn doordat ze kracht moest zetten met haar beschadigde knie, wist ze Olivia op de reling te werken.

Die klampte zich uitzinnig aan haar vast. Heel even hielden ze elkaar gevangen. Als Olivia losliet, viel ze in het water. Als Janine probeerde zich van haar greep te ontdoen, zou Olivia zich op het balkon laten vallen.

Janine maakte een andere keus. Ze zette af.

De twee mannen stormden naar voren, omdat ze beseften wat ze van plan was.

Maar het was al te laat.

Janine en Olivia stortten in zee.

50

Het water sloot zich boven haar, haar longen leken te krimpen, de kou benam haar de adem.

Anders dan in de kajak droeg ze nu geen drysuit. Het ijzige water drong genadeloos door haar kleding, waardoor ze loodzwaar werd en nog verder de diepte in werd getrokken. Haar spieren verkrampten. Ze verloor haar greep op Janine. De pijn was gruwelijk, veel heviger dan toen de glasscherf in haar arm drong. Het voelde alsof ze in een zee van gebroken glas was gevallen, en de pijn werd bij elke beweging heviger.

Toen was die ineens verdwenen. Net als de paniek, de angst. Ze voelde helemaal niets meer terwijl ze wegzakte in de diepst denkbare duisternis. Ze wilde vechten, maar berusting nam bezit van haar.

Gelukkig ging haar lichaam daar niet in mee. Stuiptrekkingen joegen door haar spieren, ze verzette zich uit alle macht tegen de drang om haar mond open te sperren en naar lucht te happen. *Kalm blijven.* Het was of ze de stem van haar vader hoorde, alsof hij bij haar was. Ze deed haar ogen open en keek zoekend om zich heen, maar het enige wat ze zag was groenachtig zwart water.

Wat was boven? Wat was onder? In verwarring deed ze haar ogen opnieuw stijf dicht. De drang om adem te halen was overweldigend. Ze moest watertrappelen om zich naar de oppervlakte te werken. Maar welke kant moest ze uit?

Wanhopig deed ze haar ogen weer open. En ze zag een knipperend rood licht. Was dat het schip? Het was haar enige kans. In schoolslag, trappelend met haar benen zwom ze erheen.

Amper een paar seconden later kwam ze boven. Hijgend, maaiend met haar armen en haar benen. Ze wist dat ze kalm moest blijven, maar ze had zichzelf niet in de hand.

Janine zag ze nergens, maar het water was bedekt met kruiende ijsschotsen, ontstaan bij het afkalven van de gletsjer. Doordat de wind de golven hoog opzweepte, kostte het haar de grootste moeite haar hoofd boven water te houden.

Ze probeerde te roepen, maar haar stem had geen kracht meer. Haar lichaam voelde loodzwaar.

'Daar is ze!'

'Gooien! Nu!'

Vlakbij hoorde ze gespetter. Een oranje reddingsboei plonsde in het water. Ze probeerde ernaartoe te zwemmen, maar al haar spieren waren verstijfd, en door haar natte kleren was ze heel zwaar.

Bijna! Nog een klein stukje! Toen lukte het haar een arm om de boei te haken. Ze klampte zich wanhopig vast terwijl de lijn werd ingehaald.

Vanaf de Clarissa II reikten sterke armen naar haar jack. Het volgende moment werd ze aan dek gehesen en in dikke handdoeken gewikkeld.

Haar hele lichaam schokte van de kou, en ze kon niet stoppen met klappertanden. 'W-waar... is Janine?' vroeg ze stamelend.

Toen de mannen haar blik ontweken, keerde ze zich naar de reling en liet ze haar blik over het met ijs bedekte water gaan, zoekend naar een teken van leven.

Maar het was tevergeefs.

'We blijven zoeken,' zei Pierre. 'Dat beloof ik. Kom, je moet naar binnen.'

Ze knikte. In de lounge werd ze tot haar verbijstering door Melissa uit haar jas en haar laarzen geholpen. Waren de anderen inmiddels ook aan boord? Ze wilde het vragen, maar hoe ze het ook probeerde, ze kon geen woord meer uitbrengen.

'Ik ga op zoek naar schone kleren,' zei Pierre. 'Breng haar maar naar mijn hut. En ik zal zorgen dat de pantry iets te drinken maakt, iets warms. Zodra ze weer droog en aangekleed is zien we elkaar in de lounge. Daar is het lekker warm.'

Olivia's benen werkten niet mee, maar op de een of andere manier slaagde ze erin om, geholpen door Melissa, naar de grootste hut te strompelen.

Wonderlijk genoeg was het eerste wat haar opviel een geluid. Een neuriënd zoemen dat door haar hele lichaam vibreerde en waarvan de frequentie een kalmerend effect had op haar ademhaling. Ze herkende het gezoem onmiddellijk.

Toen ze om zich heen keek, lieten haar benen haar bijna alsnog in de steek. Aan de muur tegenover de deur hing een enorm schilderij: *nemiga*. De originele Yennin die Pierre op de veiling had gekocht.

Het schilderij dat de aanzet had gegeven tot de gebeurtenissen die haar bijna fataal waren geworden. Ze was doorweekt, bebloed, bedekt met snijwonden en blauwe plekken, maar ze leefde nog. Of droomde ze? Was ze toch verdronken in het ijzige water? Zakte ze langzaam weg in een staat van onderkoeling en was dit de manier waarop haar lichaam probeerde haar te troosten?

Er werd geklopt. Pierre kwam binnen met een stapeltje schone kleren. Melissa pakte ze aan en wachtte terwijl Olivia zich afdroogde in de badkamer.

Tot haar verbazing had ze het ineens niet meer zo koud. Of was dat een symptoom van ernstige onderkoeling? Tegen de tijd dat ze zich volledig in kasjmier had gehuld, begon haar huid te tintelen. Haar zintuigen kwamen geleidelijk weer tot leven.

Melissa legde zorgzaam een deken om haar schouders, wreef haar handen warm en inspecteerde de diepe snee in haar arm. 'Daar moet de dokter naar kijken.'

'Ik ben zo blij dat jullie het hebben gehaald! Gaat het goed met iedereen?' vroeg Olivia nog altijd klappertandend.

Melissa fronste haar wenkbrauwen. 'Maak je daar nu maar geen zorgen over. Wat is er gebeurd?'

'Janine... Janine heeft Aaron vermoord toen hij vlak voor vertrek nog even de wal op ging. En daarna het pasgetrouwde stel in hut nummer zestien. En toen Stefan... en Liam...'

'Janine?' Melissa hield geschokt haar adem in. 'Maar... Maar waarom dan?'

'Ze geeft mij de schuld van de dood van haar vriend. Kostas Yennin. Onze kunstenaar.'

'Godallemachtig!' Melissa moest zich vastgrijpen aan de bank. 'We moeten de kapitein waarschuwen. Kom, dan gaan we naar de lounge. Je moet eerst iets warms in je maag hebben. Daarna praten we verder.'

Olivia knikte en trok de deken nog wat dichter om haar schouders. 'Maar, eh... hoe is het met Cutler? En met Patty?'

Melissa wendde zich af, zodat Olivia haar gezicht niet kon zien. 'Cutler gaat het wel redden. En Patty... Patty is de enige die nog wordt vermist. Het is op dit moment te gevaarlijk om de oversteek opnieuw te maken. Maar zodra we kunnen, gaan we naar haar op zoek.'

Pierre zat op een van de banken in de lounge, achter zijn laptop. In zijn zwarte coltrui en kakibroek was hij op en top de miljardair annex ontdekkingsreiziger. Toen Olivia binnenkwam streek hij over zijn zilvergrijze haar. 'Ik heb warme chocolademelk voor je. En als je dat liever wilt, heb ik ook een uitstekende whisky onder de kurk.'

'Is Janine al gevonden?'

Hij schudde zijn hoofd. 'Er zit bloed op de romp van het schip. En we hebben geen spoor van haar kunnen vinden. Dus we denken dat ze tijdens haar val met haar hoofd het schip heeft geraakt. Maar wat er ook is gebeurd, ze is al te lang vermist. Het kan niet dat ze nog leeft.'

Olivia sloot haar ogen; voor het eerst liet ze haar tranen de vrije loop. Ze besefte dat ze haar voor gek moesten verklaren, omdat ze huilde om iemand die had geprobeerd haar te vermoorden. Maar daarvóór waren ze vriendinnen geweest. Wat er was gebeurd was zo schokkend, zo bizar dat ze het nog niet kon bevatten.

Sergei kwam de lounge binnen. 'De rest van de passagiers zit bij te komen in de pantry. En de toestand van Mr. Hughes is stabiel, maar hij zal nog wel nadere medische zorg nodig hebben.'

'En je been?' vroeg Pierre.

Sergei trok een gezicht. 'Dat komt wel goed.' Terwijl hij het zei keek hij Olivia aan.

'Ik, eh... Sorry dat ik je niet vertrouwde,' zei ze. 'Maar ik had je al gezien in Ushuaia, en toen ook weer op het schip...'

'Sergei werkt voor mij,' zei Pierre. 'Ik wilde iemand aan boord hebben om Cutler in de gaten te houden. Dat weet je waarschijnlijk niet, maar LUJO staat op het punt om de schepen van Pioneer over te nemen. Afijn, ik ben hoe dan ook blij dat Sergei er was. Aaron zou me op de hoogte houden over de veiling, dus toen ik op de dag van vertrek niets van hem hoorde, begon ik me zorgen te maken. En toen stuurde Sergei bericht dat Aaron helemaal niet aan boord was.

Mijn ergste vermoedens werden bevestigd toen de politie zijn lichaam vond, een paar dagen na vertrek van de Vigil.'

'Wat... Wat heeft Janine met hem gedaan?' Olivia kreeg het nauwelijks over haar lippen, maar ze moest het weten.

'Ze heeft het slim aangepakt, dat moet ik haar nageven. Ze had een kamer genomen en gezegd dat ze tijdens haar verblijf niet gestoord wilde worden. Ook niet door de roomservice. Vandaar dat zijn lichaam pas een paar dagen later is gevonden. De politie heeft kunnen vaststellen dat hij was vergiftigd. Door middel van een injectie.'

'Met vloeibare MDMA?'

'Ja. Hoe weet je dat?'

'Dat spul had ze ook in de champagne gedaan die klaarstond in onze hut. Omdat ik had geruild met een pasgetrouwd stel, zijn die uiteindelijk het slachtoffer geworden.'

'Na de vondst van Aaron wist ik dat je serieus in gevaar verkeerde. En omdat je niet reageerde op mijn oproep via de radio, en ook niet op mijn e-mails.'

Olivia keek hem verbijsterd aan. 'Die heb ik nooit gekregen. Ik heb jóú ook gemaild. Een paar keer zelfs.'

'Dat weet ik, en die mails heb ik ontvangen. Maar het was duidelijk dat je mijn antwoorden niet binnenkreeg. Toen besefte ik dat het gevaar misschien zelfs nog groter was dan ik aanvankelijk had gedacht. Dus ik heb Sergei gevraagd om van een afstand een oogje in het zeil te houden. Ik wilde je niet ongerust maken, maar ik ben onmiddellijk hierheen vertrokken, in de hoop dat ik je zou kunnen onderscheppen voordat het te laat was.'

'Waarom heb je dat niet meteen gezegd?' vroeg Olivia aan Sergei.

'Omdat ik had gezegd dat hij dat niet moest doen,' antwoordde Pierre in zijn plaats. 'Zolang we niet wisten van wie de dreiging uitging, had het geen zin om paniek te zaaien. En als je belager wist dat je in de gaten werd gehouden, zou hij misschien van tactiek zijn veranderd. Met de mogelijkheid dat hij nooit was gepakt. Dat kon ik niet laten gebeuren.'

'Ik besefte pas dat Janine achter de sterfgevallen zat toen ik weer op de Clarissa II zat,' vulde Sergei aan.

'Precies. Kijk...' Pierre drukte op een onopvallende knop, verzonken in het blad van de salontafel. Aan de muur schoof een notenhouten paneel opzij, waarachter een televisie tevoorschijn kwam.

Hij pakte de afstandsbediening, en er verscheen een serie foto's en posts op sociale media op het scherm, die stuk voor stuk verband hielden met Kostas Yennin, inclusief een aantal van de dreigbrieven en -mails die Aaron had ontvangen. Olivia's keel werd dichtgesnoerd toen ze het bewijs zwart op wit zag, in het besef waartoe de afzender van al die berichten in staat was gebleken.

'Sergei had aan Stefan gevraagd of er reden was om aan te nemen dat Aaron gevaar liep. Die vertelde dat hij werd bedreigd. Dit zijn trouwens maar enkele van de tweets die we online hebben gevonden. We hebben geprobeerd de afzender te traceren, maar ze waren bijna allemaal afkomstig van anonieme accounts.

Afijn, ik was op een dood spoor beland toen Sergei hier weer aan boord kwam. Dus misschien is het maar goed dat Janine ervoor heeft gezorgd dat je van de Vigil moest vertrekken.' Pierre wierp een zijdelingse blik op zijn rechterhand. 'Toen hij aan boord kwam en het materiaal zag dat ik had verzameld, herkende hij iets. Of liever gezegd: iemand.'

Olivia stond op en liep naar het scherm. Want haar was ook iets opgevallen: een foto van Yennin in zijn atelier, genomen voor een artikel in *The Guardian*. Op de achtergrond stond iemand die een telefoon omhooghield, misschien om een foto of een filmpje te maken. Het was een jonge vrouw met lang donker haar. De gelijkenis was niet meteen duidelijk, maar wanneer je beter keek herkende je haar. Alleen had ze op de foto geen rossig bruin haar.

'Janine,' zei Olivia fluisterend, terwijl ze haar hand uitstak om het scherm aan te raken.

'Ze noemde zich Nina. Maar inderdaad, het is Janine. Ze was zijn manager Sociale Media en al jarenlang zijn vriendin. En ze was ook ter plekke toen hij verongelukte.'

'Zodra ik besefte dat jullie samen aan land zouden gaan, wist ik dat ik in actie moest komen. Dat ze je anders zou vermoorden,' zei Sergei.

Olivia slikte. 'En het was haar bijna gelukt.' Ze sloot haar ogen, nog altijd niet in staat te bevatten wat er was gebeurd. 'Doden, schandalen… Ik neem aan dat de deal met Pioneer niet doorgaat.'

'Daar lig ik niet van wakker,' zei Pierre onverschillig. 'Het ging me om jou.'

'Om mij?'

'Ja. Ik volg je al heel lang. Al sinds de dood van je vader.'

51

Olivia voelde zich als verdoofd, alsof ze opnieuw in het ijzige water was gestort.

Pierre schonk zichzelf een whisky in en sloeg die in één teug achterover. 'Je vader was een van de beste zeilers die ik heb gekend. Ik zou hem al mijn schepen hebben toevertrouwd. Hij heeft me ook geholpen bij de keuze van dit schip. Het was zijn droom om aan het roer te staan van een jacht dat tegen de meest extreme omstandigheden bestand was. Omstandigheden zoals hier, in de poolzee.'

'Ja, dat weet ik. Daar had hij het altijd over,' zei Olivia zacht. In plaats van weer op de bank te gaan zitten zocht ze steun tegen de muur, want ze voelde zich nog steeds zwak.

'Na het ongeluk hebben we uitvoerig onderzoek gedaan naar wat er was gebeurd. Net voor jullie reis hadden we een nieuw precrashsysteem aangeschaft. Het beste van het beste. Maar het bleek dat er bij het installeren iets was misgegaan. Daardoor waarschuwde het systeem niet toen die idioot met zijn speedboot achter het stuur in slaap viel en op de Clarissa afkwam. Hij voerde ook geen verlichting. Dus je vader had hem onmogelijk kunnen ontwijken.'

Olivia schudde haar hoofd. 'Het was niet de schuld van mijn vader. Het was mijn schuld. Ik stond die nacht op wacht. En ik heb het niet in de gaten gehad.'

'Ach kindje, ik weet dat je jezelf de schuld geeft. Je hebt die boot niet zien aankomen. En je kón hem ook niet zien, want hij voerde geen verlichting. Maar het alarm had moeten afgaan. Dat heb ik mezelf nooit vergeven.'

'Je begrijpt het niet. Ik ben tijdens mijn wacht in slaap gevallen. Misschien maar heel even, een paar seconden, maar het had nooit mogen gebeuren.'

'Maar je was niet de enige die op wacht stond. In het logboek van je vader staat dat hij die nacht wakker is gebleven. Dat hij om de paar minuten een rondje maakte, om zeker te weten dat met jou alles goed was. Daarom was hij aan dek toen het gebeurde. En sloeg hij overboord toen de speedboot op het jacht botste. Jij had die speedboot niet gezien, maar je vader ook niet. De techniek heeft jullie in de steek gelaten. Het was niet jouw schuld. En je was nog veel te jong om je vader te verliezen. Daarom voelde ik het sindsdien als mijn plicht om een oogje in het zeil te houden.'

'Dus er was helemaal geen geheime spaarrekening? Jij hebt ons geholpen met de kosten van de verhuizing. En later met de kosten van mijn studie.'

'Ja. Je vader had geen levensverzekering, en ik wist dat jullie het zonder hulp niet zouden redden. Dus die heb ik gegeven, totdat je afstudeerde. Toen verbrak je moeder abrupt het contact. Ik kreeg het gevoel dat mijn hulp niet langer gewenst was. Desondanks ben ik een oogje in het zeil blijven houden. Toen je aan het werk ging als aankomend actuaris was ik zo trots op je. Het sprak vanzelf dat ik klant bij je werd.'

'En al die jaren heb je nooit iets gezegd…'

'Ik wilde mijn boekje niet te buiten gaan en ik respecteerde de beslissing van je moeder. Het schuldgevoel over de dood van je vader drukte zwaar op me. Bovendien deed je het geweldig. Ik kon op je vertrouwen, net zoals je vader dat kon.'

Olivia dronk voorzichtig van haar chocolademelk. Dankzij de warme mok keerde het gevoel terug in haar vingers. Ondertussen dacht ze na over de implicaties van wat Pierre had gezegd. Ze had meerdere malen gevraagd om de uitkomst te mogen inzien van het gerechtelijk onderzoek naar het ongeluk en de dood van haar vader, maar zodra ze erover begon, kapte haar moeder het onderwerp af. En dat haar moeder het contact met Pierre had verbroken toen zij was afgestudeerd… dat viel samen met het begin van haar ziekte. Was het werkelijk de wil van haar moeder geweest om het contact te verbreken? Of was het besluit voortgekomen uit haar ziekte?

Pierre was jarenlang hun geheime weldoener geweest.

Toen kwam er een andere gedachte bij haar op. 'Aaron wist het,' zei ze. 'Dat je een speciale band met me had.'

'Alleen in zoverre dat ik hem duidelijk heb gemaakt dat ik alleen op jouw aanbeveling naar de galerie zou komen. Je moeder en ik hadden regelmatig gesprekken over kunst, en zoals ik al zei: ik wist dat ik op je oordeel kon vertrouwen. En ik ben blij dat ik dat heb gedaan. Je hebt me niet teleurgesteld met je analyse van deze investering. Yennin was een groot kunstenaar, een man met een uitzonderlijk talent, en ik ben er trots op een origineel werk van hem te bezitten.'

Olivia voelde opnieuw een ijzige kilte die bezit van haar nam. Ze had zich altijd afgevraagd waarom Aaron zo hard van stapel was gelopen, waarom hij haar er per se bij had willen hebben. Nu begreep ze dat het hem niet was gegaan om wát ze inbracht, maar om wíé. Via haar had hij Pierre kunnen binnenhalen. En Pierre was de onbekende potentiële koper in het Pioneer-verhaal. Tot die deal rond was, had Aaron de relatie met haar in stand moeten houden.

Dus wat had die relatie eigenlijk voorgesteld? Hij had die verlovingsring niet voor háár gekocht. Zodra ze terug was op de Vigil zou ze de ring aan de rechtmatige eigenaar geven. Misschien waren de twijfels die ze had gekoesterd, het gevoel dat het allemaal te snel ging, dat het te mooi was om waar te zijn, wel terecht geweest. Net als de scepsis van Trish, die intuïtief had aangevoeld dat er iets niet klopte.

Ze riep zichzelf tot de orde. Het deed er op dit moment niet toe. Ze zou het bovendien nooit weten. Daar had Janine voor gezorgd. En wat Aaron ook voor haar mocht hebben gevoeld, zij had oprecht van hem gehouden. En nu was hij dood. Nu zou ze zijn familie, zijn vrienden, zijn dierbaren moeten uitleggen hoe hij aan zijn einde was gekomen.

En bovendien was er een erfenis die ze had gezworen te zullen beschermen.

'Heb je een laptop die ik kan gebruiken?' vroeg ze.

'Ja, natuurlijk.' Pierre gebaarde naar een tafel tegen de muur, waarop een slanke MacBook was ingeplugd en vastgezet met klemmen, zodat hij niet op de grond zou vallen.

Olivia zette hem aan, opende een zoekmachine en verbaasde zich over de snelheid waarmee de verbinding tot stand kwam.

'We hebben hier uitstekende wifi. Daar sta ik op. Ik ga ondertussen bij de rest van onze gasten kijken.' Hij zweeg even. 'Trouwens, wat is er met Mr. Hughes gebeurd? Zijn verwondingen lijken wel... bewust toegebracht.'

Olivia vertrok haar gezicht. 'Dat klopt.' Ze wisselde een blik met Melissa. 'Patty is hem aangevlogen. Maar probeer alsjeblieft om haar te vinden. Ze... Ze wist niet wat ze deed.'

'We gaan haar zoeken,' zei Pierre. 'Kun jij hier blijven en voor Olivia zorgen?' vroeg hij aan Melissa. Die knikte.

Olivia keerde zich weer naar de computer. Ze logde in op haar e-mail, maar de mailtjes van Pierre waren er nog steeds niet. Was het wel waar wat hij had gezegd? Had hij haar wel gemaild?

Ze controleerde haar prullenbak. Daar zaten ze niet in. Ze keek in haar spam. Ook niks. Toen ontdekte ze een tweede map met de naam 'Spam'. Nee, niet 'Spam' maar 'Sparn'. Het verschil was bijna niet te zien.

Toen ze die opende, vond ze niet alleen de mails van Pierre, maar ook mailtjes van Trishia. Iemand had een filter op haar account gezet, waardoor alle mails van non-marketingcontacten werden doorgestuurd naar een plek waar ze nooit zou hebben gekeken.

Dat moest Janine hebben gedaan. Blijkbaar had ze toegang weten te krijgen tot haar e-mail. Het maakte allemaal deel uit van haar strategie om te zorgen dat Olivia zich volkomen alleen en geïsoleerd voelde.

Zoals Pierre had gezegd, had hij op al haar mails geantwoord. En hij had haar geschreven dat hij, vanwege de verontrustende berichten die hij over Aaron had ontvangen, naar Antarctica kwam om te waken over haar veiligheid.

En Trishia had haar ook teruggemaild. Natuurlijk haatte ze haar niet. Ze maakte zich zorgen, schreef ze. En ze klonk met elke mail ongeruster. Ze begreep niet wat er aan de hand was, mailde ze, en ze hoopte vurig dat er niets ergs was gebeurd.

Olivia opende een nieuwe mail om haar terug te schrijven. Maar ze had geen idee wat ze moest zeggen. Hoe ze moest uitleggen wat er allemaal was gebeurd.

Uiteindelijk begon ze met: *Ik leef nog.*

Toen ineens drong het in volle omvang tot haar door. Zij leefde nog, maar Aaron was dood. Ze zou hem nooit meer zien.

'Gaat het?' vroeg Melissa.

Olivia voelde aan haar wangen. Ze huilde, en ze had het niet eens gemerkt.

'Hé, hoi!'

Olivia hief met een ruk haar hoofd op, geschrokken door die nieuwe stem. Het was Annalise. Haar ogen waren gezwollen en roodomrand. Melissa stond op en wenkte haar om binnen te komen. 'Ga lekker bij de kachel zitten.'

Tot Olivia's verrassing kwam Annalise naar haar toe en viel haar om de hals. 'Wat ben ik blij dat alles goed met je is. We hoorden dat je overboord was gevallen.'

'Haar tweede duik in de poolzee, en volgens mij, als het aan haar ligt, haar laatste,' zei Melissa met een wrange grijns.

'Reken maar,' viel Olivia haar bij.

Annalise sloeg haar handen voor haar gezicht.

'Nog steeds geen nieuws van Patty?' vroeg Olivia. Melissa's ernstige gezicht gaf het antwoord. 'Misschien heeft ze ergens beschutting weten te vinden. Dat zou toch kunnen? Dat ze nog leeft?'

'Misschien. Maar volgens mij wilde ze niet meer leven, na wat ze had gedaan. Dat zag ik in haar ogen,' zei Annalise. 'Het had nooit zover mogen komen. Ik hoorde pas tijdens deze cruise hoe ingrijpend de plannen van mijn vader waren. We hadden het erover gehad dat ik de online business zou gaan leiden, en ik was er klaar voor. Maar ik wist niet wat hij van plan was met de rest van het bedrijf. Ik had er geen idee van dat hij alle andere activiteiten ging stopzetten en dat daardoor iedereen zijn baan zou verliezen.'

'Pierre is naar hem toe om met hem te praten.'

Annalise schudde haar hoofd. 'Ik kom net bij hem vandaan. Hij is zo koppig, zo arrogant. Maar op dit moment kan hij geen beslissingen nemen. Hij moet zo snel mogelijk naar een ziekenhuis.'

'Ik vind het heel erg voor je, Annalise.'

'Ach, ik ben eigenlijk zonder vader opgegroeid. Pas de laatste tijd, sinds ik aanleg voor zaken blijk te hebben, hebben we wat meer contact. Ik hoop maar dat alles goed is met Ingrid en de jongens. Maar hoe zit het met jou? Wat is er gebeurd?'

'Janine heeft me aangevallen. Ze had deze cruise geboekt om Aaron en mij te vermoorden.'

'Jezus! Ik hoop dat Pierre haar heeft opgesloten?'

Olivia schudde haar hoofd. 'We zijn samen overboord gevallen. En ze hebben haar niet meer kunnen vinden.'

Melissa reikte naar de karaf die op tafel stond en schonk een royale scheut whisky in drie chique kristallen tumblers. De glazen weerkaatsten het licht als heldere scherven gletsjerijs terwijl ze Annalise en Olivia er allebei een toeschoof. 'Drink op!'

Olivia gehoorzaamde, dankbaar voor de rokerige warmte waarmee de whisky door haar keel brandde.

52

Olivia stond op de boeg van het zeiljacht toen de Clarissa II de haven van Ushuaia binnenvoer. De snijwond in haar pols, waar de glasscherf zich in haar vlees had geboord, klopte nog altijd pijnlijk. Ze was door de dokter bij Pierre aan boord netjes opgelapt, maar in het ziekenhuis moest ze de hechtingen laten controleren.

En daar zou ze dan niet alleen zijn. Cutler was inmiddels bijgekomen en zou in het ziekenhuis verder worden behandeld. Omdat de Clarissa II sneller en wendbaarder was dan de Vigil was besloten hem op het zeiljacht te houden. Inmiddels werd alles in gereedheid gebracht om hem zo snel mogelijk op de ic te krijgen.

De thuisreis was heel anders verlopen dan de heenreis. Geen Drake Shake, maar een Drake Lake, waarmee de zee had bewezen dat ze ook vredig en sereen kon zijn.

Olivia hief haar verrekijker en richtte die op de kade. Er stonden politieauto's en een ambulance, in afwachting van Cutler, maar daartussen ontdekte ze ook een gedaante die haar bekend voorkwam. Haar adem stokte in haar keel.

Op dat moment stak de persoon in kwestie een hand op, aanvankelijk aarzelend.

Olivia liet haar verrekijker zakken. Toen wuifde ze terug.

Het was Trishia! Haar beste vriendin had de lange reis naar Ushuaia gemaakt om haar te verwelkomen.

Olivia ging op een holletje naar binnen, om van boord te kunnen zodra het schip had aangemeerd. In haar haast liep ze Annalise tegen het lijf, die niet van de zijde van haar vader was geweken.

'Hoe is het nu met hem?'

'Hij gaat het redden. En ik heb begrepen dat de Vigil een paar uur na ons afmeert. Ingrid en de jongens kunnen natuurlijk niet wachten om hem te zien.'

Olivia legde een hand op Annalises arm. 'Goed bezig!'

'Ik doe mijn best. En ik doe het ook voor Patty.'

Vanaf de Vigil waren er, onder leiding van Melissa, diverse pogingen gedaan om Patty te vinden. Daarbij was het lichaam van Liam geborgen en aan boord gebracht. Voor Patty waren alle inspanningen tevergeefs gebleken.

Annalise was ontroostbaar geweest. Maar tegen de tijd dat ze zichzelf weer in de hand had, was ze met Pierre om de tafel gaan zitten. Samen hadden ze urenlang onderhandeld over de mogelijkheden om Pioneer alsnog te laten voortbestaan. Annalise had aangeboden de leiding van de nieuwe tak van LUJO op zich te nemen, zodat de honderden werknemers hun baan niet zouden kwijtraken.

En Annalise was niet de enige die aan een nieuwe carrière zou beginnen. Pierre had ook met Olivia gesproken. 'Weet je zeker dat je niet bij me wilt komen werken?' had hij gevraagd. 'Er is bij ons in het bedrijf alle ruimte voor een actuaris. En dan zouden je financiële problemen tot het verleden behoren.'

Maar Olivia had haar hoofd geschud. 'Ik denk dat het beter is als ik mijn eigen weg zoek.'

'Weet je het zeker? Ik had niet de indruk dat je erg gelukkig was bij Pendle...'

Ze schudde opnieuw haar hoofd. 'Nee, en ik ga ook niet terug naar Pendle. Ik heb andere plannen, en misschien zou je daarbij iets voor me kunnen betekenen.' Ondanks alles wat er was gebeurd, had ze de woorden van Janine ter harte genomen. En ze had nagedacht over de erfenis van Kostas Yennin – over een manier om niet alleen zijn werk te beschermen, maar ook de poolgebieden die hem zo dierbaar waren geweest. Ze had er alle vertrouwen in dat ze dat zou weten te bereiken met een stichting die Yennins naam droeg en waaraan ook de Hunt Advisory een bijdrage zou kunnen leveren.

'Ik ben een en al oor,' had Pierre gezegd.

Het jacht meerde af aan de kade.

'Pas je goed op jezelf?' vroeg Annalise.

'Ik ga mijn best doen. En jij ook!'

Ze omhelsden elkaar, de twee overlevenden uit hut nummer 12.

Toen rende Olivia de loopplank af. 'Trish!' Ze stak haar hand op zodra ze op de kade stond. 'Trish!'

Die draaide zich om, en haar gezicht begon te stralen. 'Liv! Goddank! Daar ben je!'

'Wat doe jij hier in hemelsnaam?'

'Wat denk je, na al die rare mails van je? Ik maakte me zo ongerust. Helemaal toen bleek dat je mijn antwoorden niet binnenkreeg. Dus toen ben ik in het vliegtuig gestapt. Ik wilde je zien.'

'Ik ben zo blij dat je er bent. Toen ik niks hoorde, dacht ik dat ik jou misschien ook kwijt was.'

'Natuurlijk niet!' zei Trishia met de felheid die Olivia zo verschrikkelijk had gemist. 'Dus de cruise was niet de manier om van je burn-out af te komen?'

'Nee, niet echt.' Olivia keek naar de Argentijnse politie die haar stond op te wachten, net buiten het hek.

Trishia volgde haar blik. 'Ik vind het heel erg van Aaron. Het is echt afschuwelijk.'

Olivia ademde diep in. 'Ik kan de politie tenminste vertellen hoe hij is gestorven. Hopelijk geeft dat zijn familie althans enige rust. En ik kan ze ook vertellen wat er met Jay en Christa is gebeurd, en met Stefan en Liam...' Haar stem brak. Ze dacht dat ze er inmiddels over kon praten zonder te huilen, maar misschien zou ze dat wel nooit kunnen.

'Ik ben er voor je.' Trish schoof haar arm door de hare en drukte die stijf tegen zich aan. 'Samen staan we sterk.'

Olivia wierp nog een laatste blik achterom naar het Beagle Channel en de flonkerende zee. De zon stond hoog aan de hemel, de schittering was oogverblindend. Genietend koesterde ze zich nog even in de warme gloed.

Toen riep ze zichzelf tot de orde. Ze zou niet langer op de loop gaan voor haar problemen, maar ze moedig onder ogen zien.

53

Ze hielp haar moeder in de zeilboot. Aanvankelijk leek het erop dat die zich door de deining niet staande zou weten te houden, maar toen reikte ze met geoefend gemak naar het touw en ging zitten.

Met een zucht van verlichting sprong Olivia ook aan boord. Ze had het zwemvest van haar moeder zeker al tien keer gecontroleerd, maar nu ze op het water zaten deed ze het nog een keer. Elke knoop, elk riempje was goed vastgezet. Ook van haar eigen zwemvest.

'Checklist afgewerkt?' Vroeg ze het aan haar moeder of aan zichzelf? Ze wist het niet. Maar de glimlach van haar moeder was het antwoord dat ze nodig had. 'Daar gaan we!'

Voordat ze zich kon bedenken, maakte ze de touwen los en keerde ze de boeg naar open zee. Het water was diepblauw en er stond een lichte bries, net genoeg om de zeilen te doen bollen. De omstandigheden waren perfect voor haar eerste tocht aan het roer van haar eigen schip.

'O, wat is dit zalig!' Haar moeder moest haar stem verheffen om zich verstaanbaar te maken. Met gesloten ogen keerde ze haar gezicht naar de zon, terwijl de wind met haar haar speelde. 'Vroeger ging ik elk jaar zeilen met mijn gezin. Ik kan me niets heerlijkers voorstellen.'

'Ik ook niet,' zei Olivia.

Het zeil klapperde, en ze zette het strakker om optimaal van de wind te profiteren. De boot meerderde vaart en schoot over de golven. Meeuwen vlogen krijsend met hen mee, een jan-van-gent dook het water in.

Olivia's hart bonsde, de adrenaline joeg door haar aderen, ze was tot het uiterste alert om zich niet door de wind te laten verrassen. Maar ze had het toch maar gedaan.

'Benoem wat je voelt, mam.'

Het bleef even stil. 'Ik ben gelukkig,' klonk het toen.
'Ik ook,' fluisterde Olivia.
Ze waren eindelijk weer samen. En ze waren vrij.

Dankwoord

Toen ik in februari 2016 in een jeugdherberg in Rio de Janeiro verbleef, hoorde ik van twee andere backpackers over last-minute-tickets voor een expeditie naar Antarctica. Dat wilde ik ook! Naar Antarctica. Dus ik vroeg hoe ze dat geregeld hadden, en ze gaven me de naam van een reisbureau in Ushuaia, gespecialiseerd in niet-verkochte plaatsen aan boord tegen sterk gereduceerde tarieven. Amper een paar dagen later zat ik in het vliegtuig naar Ushuaia, met een ticket op zak voor de Expedition, het schip waarmee ik op cruise zou gaan naar het laatste continent.

Ik weet niet wat ik had verwacht, maar Antarctica was verbijsterend: het dierenleven, de overweldigende schoonheid van het ijs, de boeiende geschiedenis van het uitgestrekte, gevaarlijke en geïsoleerde poolgebied. Het was allemaal heel inspirerend, heel opwindend, van het beroemde Penguin Post Office in Port Lockroy tot een duik in de ijzige wateren bij Deception Island. Met mijn reis naar Antarctica, vlak voor mijn dertigste verjaardag, waagde ik me ver buiten mijn comfortzone, maar tijdens die cruise ontstond mijn liefde voor het avontuur, die sindsdien alleen nog maar groter is geworden. Dus ik wil in de eerste plaats Antarctica bedanken, en de passagiers en de bemanning van de MS Expedition die mijn reis tot zo'n bijzondere, onvergetelijke ervaring hebben gemaakt.

Het schrijven van dit boek was een avontuur op zich, en ik sta voor altijd in het krijt bij Kim Curran, Lizzie Pook en Saara El-Arifi, die me als lezers van de eerste versies hebben geholpen met hun nuttige observaties en hun enthousiasme, dat geen moment verflauwde. Verder bedank ik mijn collega-auteurs die me hebben gesteund bij mijn overstap naar het thrillergenre: Claire Douglas, Gillian McAllister, Stacey Halls, Abigail Dean, Nikky May, Nita Prose, Samantha

Bailey, L.R. Lam, Sarah Pearse, Christie Newport, Amie Kaufman, Charmaine Wilkerson, Ally Wilkes, Lucy Clarke, Juno Dawson, James Smythe and Laure Van Rensburg.

Juliet Mushens, mijn agent, heeft zoals altijd een cruciale rol gespeeld om *Middernacht* tot een succes te maken. Bij haar en bij de rest van het team van Mushens Entertainment – Rachel Neely, Liza DeBlock, Kiya Evans, Catriona Fida, Den Patrick – en bij Jenny Bent van de Bent Agency in de VS zijn mijn boeken in goede handen.

Tijdens het schrijven en schaven word ik telkens weer verrast door mijn drie geweldige redacteuren: Joel Richardson van Michael Joseph, Edward Kastenmeier van Anchor Books en Lara Hinchberger van Penguin Canada. Ik zou me geen beter en grondiger begeleidingsteam kunnen wensen.

Ook heel veel dank aan Jennie Roman, die het manuscript met een ware haviksblik persklaar heeft gemaakt, en aan de productieteams aan beide zijden van de grote plas die zo soepel waren als het ging om hun planning en mijn deadlines!

Aan weerskanten van de Atlantische Oceaan werken achter de schermen enorme redacties met toegewijde en gepassioneerde boekenmensen om te zorgen dat *Middernacht* bij zo veel mogelijk lezers terechtkomt – mensen zoals Ellie Hughes die bij MJ deel uitmaakt van het publiciteitsteam, en Stella Newing bij Penguin Audio, waar briljante luisterboeken worden gemaakt. Dank jullie wel!

Natuurlijk mag ook Victoria Snowden niet onvermeld blijven. Zij heeft me ingewijd in het leven van een actuaris. Mochten er toch onjuistheden in dit boek zijn geslopen, dan komen die volledig voor mijn rekening. Bovendien was het geweldig om mijn liefde voor Antarctica met haar te kunnen delen!

Dank aan mijn ouders, Angus en Maria McCulloch, die de eerste versies hebben gelezen en suggesties hebben gedaan voor de namen in het boek. Zonder hen had ik *Middernacht* niet kunnen schrijven. En dank aan mijn tante, Diana Barnes, en aan mijn oom, Malcolm

McCulloch, voor hun inspirerende verhalen over hun zeiltochten rond de wereld.

En ten slotte zou het allemaal nooit iets geworden zijn zonder de beste partner die ik me had kunnen wensen: Chris. Tijdens onze avonturen hebben we heel wat ongelooflijke plekken bezocht. Wij samen. Jij en ik. Dat vervult me met grote dankbaarheid.